En 2018, Harlequin fête ses 40 ans !

Chère lectrice,

Comme vous le savez peut-être, 2018 est une année très importante pour les éditions Harlequin qui célèbrent leur quarantième anniversaire. Quarante années placées sous le signe de l'amour, de l'évasion et du rêve… Mais surtout quarante années extraordinaires passées à vos côtés ! Azur, Blanche, Passions, Black Rose, Les Historiques, Victoria mais aussi HQN, &H et bien d'autres encore : autant de collections que vous avez vues naître, grandir et évoluer, avec un seul objectif pour toutes – vous offrir chaque mois le meilleur de la romance. Alors merci à vous, chère lectrice, pour votre fidélité. Merci de vivre cette formidable aventure avec nous. Les plus belles histoires d'amour sont éternelles, et la nôtre ne fait que commencer…

40 ANS

De troublantes visions

Mystère à Black Rock

GAYLE WILSON

De troublantes visions

Traduction française de
VÉRONIQUE MINDER

BLACK ROSE

HARLEQUIN

Collection : BLACK ROSE

Titre original :
FLASHBACK

Ce roman a déjà été publié en 2012.

HARPERCOLLINS FRANCE
83-85, boulevard Vincent-Auriol, 75646 PARIS CEDEX 13
Service Lectrices — Tél. : 01 45 82 47 47

www.harlequin.fr

ISBN 978-2-2803-8258-8 — ISSN 1950-2753

Prologue

Comme sous le coup d'une migraine ophtalmique, il vit subitement des lueurs appelées *scotomes scintillants* surgir devant ses yeux, ainsi que des phosphènes, l'équivalent visuel des acouphènes. Seulement, l'aura ne provoquait pas de migraine ; le phénomène n'était pas douloureux, et aucun médicament ne pouvait le prévenir ou le traiter.

Défaillant, il s'adossa à la portière de son pick-up. Il savait que ces éblouissements préludaient à la survenue d'une transe qui, le présent s'anéantissant, le replongeait dans un instant précis du passé, toujours le même. Il revivait alors, avec un terrible réalisme de sensations et de sentiments, le drame qui avait bouleversé le cours de sa vie.

Cela commençait par des odeurs : celle de l'essence, puis bientôt celle de la fumée, du brûlé et du sang. Mais surtout, tout le temps que durait le flash-back, il entendait d'affreux hurlements — les mêmes qui hantaient ses cauchemars, sous une forme atténuée qui ne les rendait pas moins insoutenables.

La puissance de la vision le terrassa comme un coup de poing au plexus solaire ; il n'était plus maître de ses mouvements. Ses genoux fléchirent et se dérobèrent sous lui.

Il tomba accroupi.

Un flot de bile envahit sa bouche tandis qu'il attendait la suite, inévitable : en continu, des cris de souffrance, des imprécations et des supplications, des tirs de roquettes interrompus, puis une salve d'explosions suivies de nouveaux gémissements, le tout enveloppé par des odeurs de métal en fusion et, pire que tout, par l'odeur de la mort.

Or, contre toute attente, ce fut un silence presque irréel qui déferla sur lui. Il ouvrit les yeux, même s'il était à peu près certain de les garder fermés dans la réalité dont il s'était, par la force des choses, absenté. Ce ne fut pas la vision du désert uniforme et monochrome sous une chaleur accablante qu'il découvrit, comme à l'ordinaire, mais une fosse telle qu'en creusent les archéologues.

De ce trou émanait quelque chose de particulièrement sinistre.

Le bruit régulier d'une goutte d'eau s'était substitué aux hurlements de Carter à l'agonie. En lieu et place du brasier infernal habituel, il était cerné par une pénombre opaque. Glacé jusqu'aux os par l'humidité, il frissonna violemment. Enfin, il eut un mouvement de recul pour fuir, car il se sentait piégé, prisonnier.

Il ne savait pas du tout où il se trouvait, et pourquoi. Il ne savait pas non plus pourquoi il éprouvait cette sensation d'impuissance et d'enfermement. Il n'avait conscience que d'une épouvante totale, paralysant toute réflexion. Le plus étonnant, c'est que cette peur à l'état pur était la pire qu'il ait jamais connue, et pourtant, il était aguerri. N'avait-il pas combattu dans l'enfer de la guerre ?

Il allait fermer les yeux, préférant encore sa propre nuit à cette obscurité malveillante qui suscitait en lui tant de terreur, quand il entrevit, dans sa vision périphérique, quelque chose, ou quelqu'un, qui n'aurait jamais dû se trouver dans cette fosse aux parois de terre veinées de racines.

Ni dans ce flash, d'ailleurs.

Mais cette vision fut extrêmement brève et soudaine, il fut de retour dans le présent, dans sa réalité. A genoux devant son pick-up, il avait la bouche sèche et les mains tremblantes.

Il savait d'expérience que son absence n'avait duré que quelques secondes, mais il était en sueur et épuisé comme s'il avait couru plusieurs kilomètres. Il avait également beaucoup de peine à respirer. Son cœur battait trop vite. C'était à croire qu'il allait exploser et jaillir de sa cage thoracique.

Au bout de quelques instants, il rejeta sa tête contre la portière, dont le métal brûlant l'apaisa. Peu à peu, les battements de son cœur se calmèrent ; mais s'il se remit à respirer normalement, ce fut pour sentir monter, irrésistiblement, des sanglots de sa poitrine.

En général, ses flash-backs s'achevaient par des larmes. Il n'en avait pourtant pas versé à l'époque du drame qu'il revivait si souvent. En fait, il ne pleurait jamais, sauf à l'issue de ces transes.

Le visage humide, il leva les yeux vers le chêne sous lequel il se trouvait. Pour retrouver un peu de sérénité, il se concentra sur la mousse espagnole qui en drapait les branches et qui, doucement, s'agitait dans le vent venu du golfe du Mexique.

Il était à Waverly, une petite ville côtière du Mississippi.

Il y était né, et il y avait grandi. Même s'il n'y avait plus ni famille ni proches, il s'y sentait chez lui. C'était son port d'attache, un lieu sécurisant entre tous.

Quand il eut recouvré ses sens et se sentit mieux, il regarda autour de lui. Il était soulagé d'avoir eu cette nouvelle crise alors qu'il était seul, devant sa maison fort heureusement isolée. C'était une chance que personne n'en ait été témoin. Il espérait qu'il en serait toujours ainsi.

Il soupira, s'humecta les lèvres et se releva avec difficulté. En dépit de sa longue convalescence, d'innombrables séances de rééducation et de réadaptation fonctionnelle, il ressentait toujours les effets de sa blessure sur le plan physique.

Mais il avait survécu, alors que tous les autres, dont

Carter et Martinez, avaient perdu la vie dans les plus atroces souffrances.

Avait-il le droit de se lamenter sur son sort ? Ces incursions dans le passé, ces visions d'une journée où tous les autres avaient trouvé la mort étaient un moindre mal.

Pourtant, il ne venait pas d'avoir un flash-back, se dit-il en s'aidant de la poignée de la portière pour se relever. Il n'avait pas revécu le jour où les siens avaient péri sous les bombardements en Irak. Non, cette fois…

Il ferma les yeux et essaya de se souvenir très précisément des images qu'il avait vues, de les identifier afin de leur donner une explication ou un sens, mais il ne vit rien. Il n'avait que des ressentis.

Le froid. L'obscurité.

Surtout, une terreur sans nom. Poignante. Indicible.

Troublé par cette peur exacerbée, cette panique qu'il ne pouvait comparer à rien de ce qu'il avait connu, il ouvrit les yeux et, simultanément, il se souvint de ce qu'il avait vu dans son champ de vision, avant de revenir brusquement à lui.

Une petite fille blonde.

Agée de quatre ou cinq ans.

Peut-être plus ?

Ou moins.

Il n'avait pas l'habitude des enfants, il ne pouvait donc pas être certain.

Pourquoi cette fillette se trouvait-elle dans un endroit aussi abominable ?

Dans ce trou, cette espèce de fosse aux parois striées par les racines des arbres et des buissons ?

Il n'en avait pas la moindre idée.

Tout ce qu'il savait, c'est que cette petite fille éprouvait une terreur *absolue*.

1

— Pouvez-vous me décrire avec précision les circonstances dans lesquelles vous avez découvert la disparition de votre fille, madame Nolan ?

Eden Reddick se pencha en avant et regarda droit dans les yeux son interlocutrice assise en face d'elle sur le canapé, en s'efforçant d'insuffler à son regard la confiance et le calme qu'elle avait instillés dans sa voix.

Du moins l'espérait-elle.

Eden libérait son esprit des autres enquêtes en cours pour se concentrer sur le récit de Margo Nolan. Pendant ce temps, Dean Partlow, son adjoint, interrogeait Ray Nolan, le père, pour obtenir sa version des événements. Ses hommes fouillaient la maison, surtout la chambre à coucher des fillettes, lesquelles se trouvaient à l'étage. Eden était seule avec Margo Nolan dans son salon-salle à manger.

La posture raide, cette dernière acquiesça. Son regard rougi par les larmes devint lointain, comme si elle revoyait, dans ses moindres détails, ce qu'elle se préparait à lui relater.

— Je suis montée réveiller les enfants, pour aller à l'école. Je commence toujours par les filles, parce qu'elles sont un peu paresseuses, le matin. Ensuite, je m'occupe des plus petits, Gavin et Casey. Ce matin, lorsque je suis entrée dans la chambre des grandes, Raine n'était pas dans son lit. Storm dormait, mais sa sœur…

Margo Nolan s'interrompit. Eden attendit patiemment qu'elle reprenne.

— J'ai d'abord cru qu'elle se trouvait dans la salle de bains, mais non... Raine n'était pas non plus dans la chambre des garçons. Alors je l'ai appelée. Plusieurs fois. A la fin, j'ai crié son nom de toute la force de mes poumons...

Le regard de Margo Nolan revint sur Eden.

— Je commençais à paniquer, tout en me répétant que c'était inutile. Stupide. Que pouvait-il arriver à ma fille, dans notre maison ? En sécurité dans son propre lit ?

En sécurité dans son propre lit...

Eden tressaillit. Sa mère avait répété inlassablement cette phrase mot pour mot, comme si ç'avait été une formule magique destinée à conjurer le mauvais sort.

— Un enfant ne risque rien, dans sa chambre, dans son lit, insista Margo Nolan. Mais Raine n'y était pas... Ray a pris peur, en m'entendant hurler, et nous l'avons cherchée partout. Dans la maison. Dans le jardin. Partout... Nous avons accablé Storm de questions, mais tout ce qu'elle savait, c'est que Raine était dans son lit, au moment de se coucher.

— Au bout de combien de temps avez-vous appelé le 911 ?

Margo Nolan secoua la tête.

— Peut-être au bout d'une heure ? Peut-être plus ? Moins ? Je ne cessais de me dire que Raine ne devait pas être bien loin. Je refusais de penser à un enlèvement ou à une disparition. Ici, à Waverly, c'est impossible ! Qui kidnapperait une enfant dans cette petite ville où tout le monde se connaît et s'apprécie ?

Margo secoua de nouveau la tête et s'essuya les yeux avec un mouchoir en papier.

— Lorsqu'un de vos policiers a découvert que la porte

du patio avait été forcée, tout à l'heure, j'ai dû me rendre à l'évidence…

Elle baissa la tête, portant cette fois son mouchoir à ses lèvres tremblantes.

— Nous allons lancer une alerte AMBER, déclara Eden. Concrètement, des stations de radio et de télévision locales vont interrompre leurs émissions en cours pour avertir leurs auditeurs et téléspectateurs de la disparition de votre fille. Ce système sert habituellement à diffuser des alertes météo, mais il est aussi utilisé dans les cas d'urgence.

Face au regard interrogateur de Margo, elle continua.

— L'objectif, c'est d'assurer une réaction rapide : quand une alerte AMBER est lancée, on obtient vite l'assistance de milliers de personnes.

Eden marqua une pause pour laisser à Margo le temps d'assimiler ces informations.

— L'expérience prouve que l'intervention à grande échelle des stations de radio et de télévision aide à trouver des témoins et aussi, à résoudre les affaires d'enlèvement plus vite. Dès qu'une alerte est lancée, c'est en effet toute la collectivité qui se mobilise et participe à la recherche de l'enfant, voire à l'arrestation de son ravisseur.

Margo acquiesça avec vigueur.

— Oui ! Ray dit qu'il suffit d'une piste ou d'un témoignage pour que nous la retrouvions très vite !

Les propos de Ray Nolan étaient bien péremptoires, songea Eden ; sa méfiance s'éveilla ; mais elle n'en montra rien et abonda dans le sens de Margo, afin de la rassurer.

— Vous avez raison.

Jugeant l'entretien terminé, Eden se leva. A la lumière de ce bref entretien, la disparition de Raine réunissait les deux principaux critères préalables au déclenchement du plan AMBER : l'enfant était mineure et pouvait être en danger. Il fallait agir.

— Je dois m'entretenir avec mon adjoint. Le service de police va immédiatement mettre en place une ligne téléphonique, qui sera confiée à des policiers dûment formés. Je vais aussi contacter les autorités du Mississippi, pour déterminer quelles stations de télévision vont assumer la responsabilité de la diffusion des alertes. Ah, il me faut une photo récente de Raine, pour la transmettre aux chaînes locales.

Si une opération de cette ampleur était cruciale, Eden en redoutait les conséquences : tous les médias nationaux allaient accourir et envahir leur petite ville si paisible. Elle soupira. C'était un moindre mal…

— On la retrouvera ! martela Margo, qui semblait reprendre courage. Bientôt, Raine sera parmi nous ! J'en suis sûre !

Eden acquiesça, en espérant que la disparition de Raine Nolan n'aurait pas une issue tragique. Elle se garda bien de le lui dire.

— Je vous propose aussi de lancer un appel au ravisseur, qui sera diffusé à la télé et à la radio. Votre mari voudra intervenir ?

— Je ne sais pas… Ray est très réservé, vous savez, tandis que les filles et moi, nous sommes intrépides et extraverties.

Margo Nolan tourna un regard empli de larmes vers les photos des jumelles qui décoraient le couloir.

— Mes filles ont même de l'assurance à revendre ! Raine va sans doute ordonner à son ravisseur de la ramener à la maison tout de suite, parce que, sinon, elle sera en retard à l'école !

Margo partit d'un rire mouillé de larmes.

— Mon Dieu, je crois l'entendre !

Eden s'épargna la peine de répondre. Que lui aurait-elle dit, sinon des platitudes ?

— Tout le monde veut nous aider, reprit Margo. Ray

m'a appris que les voisins s'étaient organisés pour fouiller les alentours. Nous la retrouverons vite, c'est certain !

Eden garda un nouveau silence prudent. Si Raine avait été enlevée vers minuit, huit heures s'étaient déjà écoulées.

C'était beaucoup.

Margo Nolan ne semblait pas en avoir conscience, mais le ravisseur de la petite fille pouvait être déjà loin, très loin de Waverly. En Louisiane, en Alabama, voire en Floride… Ou sur le golfe du Mexique, pensa-t-elle avec un frisson.

Eden et son adjoint s'isolèrent dans la voiture de patrouille afin d'éviter les assauts des journalistes dont les véhicules encombraient déjà la rue où habitaient Margo et Ray Nolan. Leur présence était inévitable et indispensable, mais pour les empêcher de pénétrer dans le jardin et de détruire les indices éventuels, Eden avait dû demander à trois de ses hommes, qui auraient été plus utiles ailleurs, de monter la garde devant chez les Nolan. Elle en était contrariée.

— Il va falloir décider de la fréquence des alertes sur les radios locales, lui dit Dean, qui avait jugé lui aussi que la situation nécessitait une alerte AMBER. Trop de passages risquent de provoquer l'indifférence de la population.

— Tu as raison.

Dean était un ami de son père. Il la connaissait depuis l'âge de dix ans, précisément depuis qu'elle avait emménagé avec son père à Waverly près de vingt plus tôt. Il était plus âgé et plus expérimenté qu'elle, mais si la municipalité avait préféré la candidature d'Eden à la tête du poste de police à la sienne, il avait accueilli sa nomination sans amertume. Il n'avait a priori jamais douté de ses compétences et semblait ne pas se formaliser qu'elle soit son supérieur hiérarchique alors qu'elle était une femme, et de surcroît une jeune femme. Dans le Mississippi, où les hommes prônaient volontiers leur supériorité virile, une telle attitude était plutôt rare.

A Waverly, tout le monde se connaissait, et connaissait les secrets de ses voisins. Eden cachait soigneusement les siens. En dépit de l'affection qu'elle vouait à Dean, elle entretenait avec lui des relations empreintes de respect et strictement professionnelles. Dean, plutôt discret lui aussi, ne se confiait pas davantage, et ne s'était jamais permis de l'interroger sur sa vie privée, ou sur son passé.

Eden éprouvait une certaine reconnaissance envers Dean Partlow. Au cours de ces trois dernières années, il lui en avait appris presque autant que son père et ses professeurs en sciences pénales et en criminologie. Dans son for intérieur, elle redoutait de ne pas être à la hauteur de ses responsabilités de chef de la police, et elle ne ménageait pas sa peine pour se montrer irréprochable.

— D'un autre côté, reprit tout à coup Dean, dans les affaires de disparition dont je me souviens, l'intervention des parents n'a jamais fait la différence.

— Tu as un avis, une opinion sur ce qui a pu se passer ? Un suspect en tête ? En excluant la mère.

Eden ne concevait pas que Margo soit liée à la disparition de la fillette. Son chagrin et ses peurs étaient sincères.

Dean hocha la tête.

— Je n'ai ni avis ni opinion : je ne m'intéresse qu'aux faits. Du moins, à ce stade de l'enquête. Malheureusement, nous n'avons pas grand-chose.

— Que penses-tu du père ? De son attitude ?

— Si Ray Nolan ment, il devrait être acteur au lieu de vendre de contrats d'assurances. J'ai souvent vu des hommes accablés par leur culpabilité, mais ça n'est pas de la culpabilité que j'ai lue dans ses yeux, ce matin.

— Qu'est-ce que tu as vu ?

Eden avait besoin qu'il traduise ses impressions.

— De l'incrédulité. De la peur. De la colère, surtout. On

a enlevé sa fille. Un intrus a violé le domicile conjugal, et a kidnappé sa fille pendant qu'il dormait, dans la chambre d'à côté. Cela dit, le FBI n'exclut jamais la possibilité que l'un des parents ou les deux soient coupables, dans ce genre d'affaire, surtout quand les parents donnent cette version des événements : quelqu'un entre par effraction dans le domicile familial et enlève un enfant pendant son sommeil.

— Il ne faut pas non plus généraliser…

Un bref silence tomba.

— Qui l'a enlevée ? reprit Eden. Et pourquoi ? Jusqu'à maintenant…

Elle secoua la tête.

— Il n'y a aucune demande de rançon, enchaîna Dean qui l'avait devinée. Même s'il possède une belle maison, Ray Nolan ne roule pas sur l'or.

— Tu penses que Raine est morte ? demanda Eden d'une voix inexpressive destinée à camoufler son émotion.

— Il y a des chances… Mais je crains aussi que la fillette, toujours vivante, soit cachée à Waverly, et que nous ne la retrouvions jamais, parce que nous n'aurons pas pu passer toutes les maisons au crible. Je crains que nous ne la cherchions trop loin, alors qu'elle est peut-être toute proche.

Eden refusait de se laisser gagner par le défaitisme de Dean.

— Il reste à espérer que les gens nous contacteront après le message de Margo et la diffusion de la photo de Raine, par le biais de la hotline que nous allons mettre en place. J'ai déjà demandé une photo de Raine à Margo.

— Il faudra incruster le numéro de la hotline sur un bandeau, avec le signal d'alerte, pendant que Margo parlera.

Eden acquiesça, et griffonna quelques mots sur son bloc.

— Si le ravisseur pense que les Nolan sont riches et a enlevé Raine pour obtenir une rançon, elle est toujours en vie.

— J'espère. Pour nous. Pour ses parents. Mais nous n'avons pas eu de demande de rançon.

Eden leva les yeux vers Dean.

— Tu es bien pessimiste.

Il hésita, puis secoua la tête.

— Je ne crois pas que les parents soient impliqués. Et mon intuition me souffle aussi que le ravisseur n'a pas dans l'idée de leur extorquer une rançon. Dans ce cas, Raine risque la mort, si elle n'est pas déjà morte.

2

Raine avait disparu depuis maintenant presque quarante-huit heures.

Les quarante-huit heures fatidiques suivant une disparition.

La police déployait tous ses efforts, mais l'enquête demeurait au point mort depuis que, la veille au matin, la disparition de Raine Nolan avait été constatée.

— On n'a rien oublié ? Ni laissé aucune piste au hasard ? demanda Eden à Dean pour la centième fois au moins.

— Si : on n'a pas prié, répondit Dean.

Il mordit dans le sandwich qu'un policier leur avait apporté, et but une gorgée de thé glacé.

Il y a de la condensation sur la paroi de son verre, nota Eden machinalement. Elle s'efforça de plaisanter :

— Je suis certain que nos concitoyens s'en sont chargés. Tu sais combien ils sont pieux et assidus à la messe, le dimanche. Plus concrètement, quelles sont les conclusions du labo ?

— Il n'y en a aucune. Tu sais comme moi que le labo a six mois de retard. Cela dit, comme il s'agit de la disparition d'une mineure, les gars se démènent.

Le laboratoire manquait de moyens ; le comté de Jackson n'avait pas assez d'affaires criminelles à son actif pour justifier de plus importants investissements.

De toute façon, les techniciens en identification criminelle n'avaient pas trouvé, dans la chambre des fillettes, d'indices dignes d'intérêt, c'est-à-dire susceptibles de les mettre sur la piste du criminel.

— Le FBI interroge de nouveau les Nolan, ajouta Dean en haussant les épaules.

— Le FBI reviendrait en effet sur ses premières conclusions et les soupçonnerait d'être mêlés à la disparition de leur fille, résuma Eden, songeuse.

— Au point où on en est, on peut tout envisager.

Margo et Ray auraient refusé d'assumer les conséquences de la mort, accidentelle ou non, de leur fille, et auraient inventé de toutes pièces cette histoire d'enlèvement ? Cette hypothèse n'était pas le moins dérangeant des scénarios qu'Eden considérait depuis la veille.

— On dit qu'une caméra ne ment jamais, reprit-elle. Les gens qui ont vu et écouté Margo, hier matin, à la télévision, ne peuvent pas la soupçonner.

— Ce serait donc Ray, le responsable ?

— Ne déforme pas mes propos ! Toi non plus, tu n'as jamais soupçonné Ray et j'ai confiance dans ton instinct. Il est vrai que Ray est plus réservé que Margo, qui ne cache pas sa détresse et son désespoir, mais cela ne signifie rien.

Eden était reconnaissante aux médias d'avoir laissé à Margo autant de temps que nécessaire pour s'adresser au ravisseur et le supplier de lui rendre sa fille saine et sauve. Certes, l'actualité était assez calme, ces derniers temps… Quoi qu'il en soit, ce fait divers attirait l'attention et la compassion.

Eden ferma les yeux. Les mots prononcés par Margo, les mêmes que sa mère avait martelés avec toute la force de sa conviction, autrefois, lui revinrent à l'esprit.

Nulle part ailleurs que dans son lit un enfant est en sécurité.

Eden en refoula le souvenir.

Le silence tomba. Au cours de ces dernières quarante-huit heures, elle s'était appuyée sur l'expérience de son adjoint, ainsi que sur sa connaissance de la région et de ses habitants. En vain.

— Il y a du neuf du côté de la hotline ? demanda-t-elle subitement.

Dean eut un rire sans joie.

— La dernière fois que je l'ai écoutée, j'ai entendu tout et n'importe quoi. Mais à la longue, on finira bien par obtenir quelque chose…

Eden se concentra sur son sandwich, qu'elle mangeait sans appétit. Son dernier repas remontait à son petit déjeuner, qu'elle avait avalé avec la même indifférence.

Elle leva brusquement la tête en entendant frapper à la porte vitrée de son bureau, et fit aussitôt signe d'entrer à Winton Grimes, le plus jeune policier de son équipe. Chaque fois qu'un de ses hommes était venu la trouver, ces dernières quarante-huit heures, elle avait espéré, le cœur battant, entendre une bonne nouvelle.

— Vous avez du nouveau ? lui demanda-t-elle sans cacher sa hâte.

Winton parut hésiter, ce qui n'était de bon augure.

— Chef Reddick… Vous avez bien dit que vous vouliez entendre toutes les informations qui sembleraient pertinentes, n'est-ce pas ?

Eden haussa les sourcils. Où voulait-il en venir ?

— En effet.

Winton toussota avec gêne.

— Eh bien… J'ai quelque chose qui vous intéressera peut-être…

Il lui adressa un sourire confus.

— Je vous le concède, c'est une piste, hum… disons discutable, voire insolite, mais nous n'avons rien d'autre, alors… hum…

— Allez-y, Grimes, intervint Dean d'une voix lasse.

— S'il ne s'agissait pas de cette personne, je n'y aurais

pas du tout prêté attention, reprit Winton, qui semblait incapable de sortir de son indécision.

— Bon sang, Winton, vous allez parler à la fin ? Personne n'a la patience d'écouter vos circonvolutions ! explosa Dean.

— Dean a raison. Parlez, Winton, enchaîna Eden avec plus de calme.

— C'est Jacob Underwood, lâcha Winton.

Dean poussa un soupir appuyé dans lequel Eden décela de l'ironie — à moins que ça ne soit de l'incrédulité, voire du mépris. En tout cas, cela parut contrarier Winton, lequel pinça les lèvres.

— Qui est Jacob Underwood ? demanda Eden comme le silence s'éternisait.

Sa question ramena le regard de Dean vers elle.

— C'est le petit-fils de Miz Etta Wells. Les Wells, si vous vous en souvenez, comptent parmi les familles qui ont fondé Waverly. Jacob Underwood venait souvent chez sa grand-mère, quand il était petit.

Dean se tut. Etonnée par cette information qui n'expliquait pas l'embarras de Winton ni l'ironie, si discrète soit-elle, que Dean avait manifestée à l'énoncé de ce nom, Eden attendit la suite avec impatience, mais aucun des deux hommes ne semblait décidé à continuer.

— Vous avez des raisons de croire qu'il aurait un rapport avec la disparition de Raine ? s'enquit-elle donc.

— Non ! fit Winton avec élan.

Il se ravisa.

— Enfin, j'en doute.

— Vous pourriez vous expliquer ? s'écria Eden, exaspérée, avec toute l'autorité dont elle se savait capable.

Winton coula un regard inquiet à Dean.

— Eh bien, Underwood dit que la fillette est dans une espèce de trou. Il affirme qu'elle y est séquestrée. Enfin, il prétend que cet endroit est sombre et très humide, et qu'on y entend l'eau goutter.

Un long silence tomba. Eden finit par le rompre.

— Pardon ?

— Ah, il a dit aussi que la petite était épouvantée ! Oui, épouvantée. C'est bien le mot qu'il a utilisé.

Les propos de Winton la laissèrent cette fois sans voix. Une petite fille de quatre ans seule dans le noir ne pouvait être que terrifiée, il ne fallait pas être sorcier pour le deviner. Mais comment ce Jacob Underwood pouvait savoir que la petite Nolan se trouvait dans un endroit sombre et humide ?

Sa question fusa.

— Comment il le sait ?

Nouveau regard oblique de Winton à Dean.

— Il a dit… qu'il a eu un flash-back post-traumatique. Ou état de stress post-traumatique. ESPT. L'événement traumatique est constamment revécu. Le jour, l'individu qui en souffre a des flash-backs, ou il n'arrive pas à parler d'autre chose. La nuit, il revit les scènes traumatiques à travers des cauchemars.

Le terme évoquait la guerre du Viêt-nam, les attentats du 11 septembre. Quel était le rapport avec une fillette kidnappée depuis deux jours ? Eden n'y comprenait plus rien.

— Un flash-back post-traumatique ? Vous en êtes certain, Winton ?

— Oui, madame. S'il ne s'était pas agi de Jake Underwood, je ne vous aurais rien dit.

— Parce que vous croyez un homme qui a perdu la tête, Winton ? jeta Dean avec un mépris que reflétaient ses traits.

Le jeune homme lui tint tête.

— Comme je viens de vous le dire, s'il s'était agi d'une tout autre personne…

— Oui, je sais, coupa Eden, qui cherchait toujours à comprendre. Expliquez-moi plutôt qui est Underwood ?

— A l'évidence, Winton tient Jake Underwood pour un héros ! persifla Dean. Un héros bien fatigué, croyez-moi.

— Vous êtes injuste, je…, commença Winton.

D'un geste, Dean lui coupa la parole.

— D'accord. Oubliez ce que je viens de dire. Je ne veux pas dire de mal d'un homme qui a fait la guerre au Moyen-Orient et qui a été blessé au combat. Mais de là à le porter aux nues…

Pour autant, Eden ne comprenait toujours pas le sens des propos de Winton.

— Vous pouvez m'expliquer de quoi il retourne, à la fin ?

— Underwood a été gravement blessé à la tête, marmonna Dean. Traumatisme crânien. D'où son état de stress post-traumatique. Il a des hallucinations, c'est tout, vous pouvez me croire !

— Parlez-lui quand même, chef Reddick, insista Winton Grimes, et vous jugerez…

— Ça suffit, Winton, l'interrompit Dean. On va en rester là. Et n'ébruitez surtout pas cette histoire abracadabrante en ville ! Cela pourrait lui causer de gros problèmes. Renvoyez-le chez lui !

— Attendez ! fit Eden. Cet homme a des visions d'une fillette séquestrée, et vous voulez le laisser rentrer bien gentiment chez lui ? En ce qui me concerne, stress post-traumatique ou pas, je vous le dis tout net : c'est le suspect numéro Un !

Eden s'étonnait que Dean exonère de tout soupçon le dénommé Underwood, mais elle comprenait qu'il recommande la plus grande discrétion à Winton. Si les habitants de Waverly pensaient qu'un des leurs avait un lien, quel qu'il soit, avec la disparition de Raine Nolan, la tension déjà à son comble serait exacerbée. Eden n'avait pas envie que la population devienne hystérique et s'en prenne à l'un de ses administrés. Cela ne ferait que rendre l'enquête plus difficile.

— Je veux l'interroger, dit-elle en se levant.

Son cœur battait plus fort, soudain, son sang bouillonnait. Depuis que la disparition de Raine Nolan avait été signalée, elle avait enfin une piste. Peut-être même un suspect. Certes, il était possible que cet homme ait perdu tout sens commun et souffre d'hallucinations. Avec la couverture médiatique dont bénéficiait l'enlèvement de la petite Nolan, les témoignages les plus fantaisistes abondaient depuis hier. Mais si cet homme qui souffrait de stress post-traumatique était perturbé au point d'avoir enlevé une petite fille ?

Eden s'arracha à ses pensées. Inutile de spéculer plus longtemps sur les motivations de cet individu, ou du moins, sur sa culpabilité ou sur son innocence, tant qu'elle ne l'aurait pas vu et interrogé.

— Où est-il ?

— Dans la salle de réunion. Je pensais que ce serait mieux de l'isoler.

— Pour sa sécurité ou celle du poste de police ? lança Eden en sortant.

Winton ne répondit pas. Eden sentit les regards de Dean et de Winton la suivre tandis qu'elle remontait le couloir. Elle ouvrit la porte de la salle de réunion avec impatience, et au même instant, elle se rendit compte qu'elle n'avait pas réfléchi à une stratégie, pour interroger cet homme.

A son entrée, Jake Underwood se leva et se tint si droit qu'Eden crut qu'il allait lui adresser un petit salut militaire.

— Monsieur Underwood ?

— Lui-même.

Ses cheveux noirs étaient un peu trop longs. Elle remarqua aussi, mais son sens de l'observation était particulièrement développé, avec son métier, que ses vêtements — un jean, un T-shirt blanc, des chaussures bateau — étaient impeccables. Aurait-il porté un uniforme qu'elle aurait été intimidée.

— Si j'ai bien compris, vous avez dit à l'officier Grimes que vous aviez vu la petite fille disparue ? s'enquit-elle sans détour.

Il riva ses yeux gris sur elle, mais Eden ne cilla pas. Elle comprit que Jake Underwood était contrarié.

— Si ce sont les termes qu'il a employés, il s'est trompé. Je ne l'ai pas vue à proprement parler. Je veux dire, pas en chair et en os.

La question jaillit sur ses lèvres.

— Comment l'avez-vous vue ?

Eden regretta aussitôt son impétuosité, mais l'idée que cet individu, même s'il n'était pas responsable de ses actes, ait peut-être enlevé et terrorisé une petite fille la mettait hors d'elle.

— J'ai eu un flash. Hier matin.

Underwood prit une profonde inspiration.

— Je me trouvais dans un endroit sombre et humide. Un trou dont les parois étaient veinées par des racines. Au moment où cette image disparaissait, j'ai vu une enfant.

— Raine Nolan, dit Eden d'une voix uniforme.

— Je n'en sais rien, au juste. Cela n'a duré qu'une fraction de seconde. Il s'agissait plus d'une impression que d'une vraie vision. C'est exactement ce que j'ai raconté à ce policier, conclut-il avec un geste vers Winton Grimes, qui entrait avec Dean. Lorsque j'ai appris qu'une petite fille avait été enlevée, je me suis dit que peut-être…

Il se tut.

— Peut-être ? le relança Dean.

— Peut-être suis-je connecté à cette enfant, acheva Jake Underwood, qui semblait perplexe et dubitatif.

— A votre avis, comment une telle connexion est-elle possible ?

Eden l'observait, plus sceptique que jamais.

— Je l'ignore.

— Vous avez dit au policier Winton que cette enfant était terrorisée, reprit Dean. Si vous ne l'avez pas vraiment vue, comment pouvez-vous l'affirmer ?

— J'ai… j'ai perçu sa terreur.

Eden réagit au quart de tour.

— Vous avez perçu sa terreur ?

Elle regretta d'avoir laissé percer son incrédulité et son hostilité. Un bon policier devait rester impassible, en cours d'interrogatoire. Mais c'était plus fort qu'elle, elle se méfiait de cet homme.

Underwood tourna les yeux vers elle.

— Je comprends que vous ayez du mal à me croire. Quoi qu'il en soit, je voulais vous informer de ce que j'avais vu. Cela peut paraître délirant, mais je pense bel et bien qu'il existe un lien entre ce que j'ai vu ou perçu, dans mon flash, et l'enlèvement de Raine Nolan.

— Et si vous vous asseyiez et que vous nous disiez toute la vérité, monsieur Underwood ? répliqua Eden posément.

— Je n'ai rien d'autre à vous dire, répondit-il d'un ton net. Je sais ce que vous pensez : je suis fou, j'ai perdu la tête. J'ai l'habitude, vous n'êtes pas la première à le penser, lâcha-t-il d'une voix teintée d'amertume. Je vous donnerais volontiers raison, d'autant que c'est la première fois que j'ai un… un flash de cette nature… N'empêche, s'il existe la plus petite chance de retrouver cette enfant, il ne faut surtout pas la laisser passer, vous ne pensez pas ?

Il se tut, attendant manifestement une réaction. Comme le silence se prolongeait, il se dirigea vers la porte.

— Où étiez-vous dans la nuit de mardi à mercredi ? l'apostropha Eden, consciente de son agressivité.

Underwood comprit tout de suite le sens de la question.

— J'étais chez moi. Je dormais. Je n'ai strictement rien à voir avec la disparition de Raine Nolan. Je suis venu au poste de police dans la seule intention de vous aider.

— En nous disant que vous aviez vu Raine Nolan. Dans un flash.

— Un flash, oui. Pas un flash-back relatif à un épisode de mon passé, comme cela m'arrive d'habitude. A la vérité, je ne sais pas ce que c'était. Je sais seulement ce que j'ai vu.

— Vous vous contredisez : vous prétendiez n'avoir rien vu, seulement perçu.

— C'est juste. J'ai eu l'impression de me trouver dans un endroit sombre et humide avec une petite fille complètement terrorisée.

Jusque-là, et en dépit de l'inanité de son témoignage, Jake Underwood s'était exprimé avec le plus grand calme, patiemment, comme s'il tentait de se mettre au niveau d'individus ayant un QI inférieur au sien. Mais ses derniers propos avaient été teintés de colère.

Eden décida de retourner sa colère à son avantage, en l'accablant de questions.

— Il y avait quelqu'un avec l'enfant ? Son ravisseur peut-être ? L'avez-vous vu ? Perçu ?

— Non. Il n'y avait personne.

— C'est étonnant, vous ne trouvez pas ? Pourquoi ?

— Vous me soupçonnez, c'est ça ? Je vous ai déjà dit que je n'avais rien à voir avec sa disparition.

— Permettez-moi d'en douter. Vous avez *vu* Raine Nolan.

— Je l'ai vue. Ou perçue. Comme vous voulez.

Il avait répondu avec froideur, et contenait visiblement sa colère.

— Pourquoi l'avez-vous vue, ou perçue, monsieur Underwood ?

— Je n'en sais rien, chef Reddick, répondit-il, sarcastique comme elle.

— Je pense le contraire.

— Je me moque de ce que vous pensez, répliqua-t-il. Je vous répète que je suis venu témoigner seulement parce que je pensais que c'était mon devoir. Peu importe l'usage que vous ferez de cette information : cela ne regarde que vous.

Sur ces mots, Jake Underwood se désintéressa d'eux, et ouvrit la porte. Eden le considéra, pensive. Cet homme lui paraissait avoir toute sa tête. Son regard ne se dérobait pas et, malgré un léger boitillement, sa démarche était ferme.

Peut-être s'était-elle trompée en l'accusant d'emblée, mais elle désirait tellement retrouver la fillette… Cela dit, cet homme lui avait semblé sincère, et surtout, frustré par la méfiance de la police à son égard. De plus, il était venu de son propre chef. Soit il était profondément honnête, soit c'était l'individu le plus pervers qu'elle ait jamais rencontré.

— Comprenez-nous, vous venez nous trouver pour nous dire que vous avez vu Raine Nolan, que nous recherchons depuis quarante-huit heures, le rappela-t-elle. Il y a de quoi vous soupçonner.

Underwood fit volte-face.

— Je sais. Mais j'ai eu la naïveté de penser que vous désiriez vraiment entendre toute information susceptible de vous donner une piste. C'est le but de l'alerte AMBER, non ? Je suis désolé de vous avoir dérangés. Si vous avez d'autres questions, vous savez où me trouver.

Il sortit.

Dans le silence qui s'ensuivit, Eden, immobile comme Dean et Winton, l'écouta remonter le couloir. Quelques secondes plus tard, la porte d'entrée claqua.

Eden se tourna vers son adjoint.

— J'ai saboté mon interrogatoire, n'est-ce pas ?

Dean se mit à rire.

— Disons que tu as un peu perdu ton sang-froid.

Dean ne semblait pas contrarié, mais il n'avait jamais cru que Jake Underwood avait des informations pertinentes à leur transmettre.

Or, plus y réfléchissait, plus Eden se disait que Jake Underwood avait été sincère. S'il leur avait menti, c'était un acteur consommé. S'il avait enlevé Raine Nolan, sa venue au poste de police était un raffinement de perversité. Il était bien normal qu'elle l'ait soupçonné. N'importe quel policier l'aurait fait, en entendant son histoire. En revanche, elle regrettait la façon dont elle avait géré ce face-à-face.

— J'imagine que ces révélations vont intéresser le FBI, reprit-elle.

— Tu vas en faire part au FBI ?

— Pourquoi ? Il ne vaudrait mieux pas ?

— A mon avis, le FBI réagira comme toi. Mais si tu juges que c'est nécessaire…

Dean se tut et haussa les épaules.

— Ecoute, Dean, je ne peux tout de même pas cacher le témoignage de M. Underwood au FBI…

— Major Underwood, rectifia Dean.

Un gradé. Elle aurait dû s'en douter, en voyant son attitude.

— Major ou pas, dois-je en aviser le FBI, oui ou non ? s'énerva-t-elle.

En même temps, Eden savait qu'elle n'avait pas le choix, ne serait-ce que pour se couvrir. De plus, c'était son devoir. Elle se souvint alors que le major Underwood avait utilisé les mêmes mots, pour expliquer la raison de sa venue au poste.

— A vous de voir, chef Reddick.

Dean refusait d'évidence de s'engager, et d'ailleurs, il l'avait vouvoyée pour mieux faire valoir son pouvoir décisionnaire.

— De toute façon, ajouta-t-il, ce n'est pas une information capitale. Je doute que le témoignage d'Underwood change la donne. Pour tout dire, je doute qu'il ait un lien avec la disparition de Raine Nolan. D'un autre côté, s'il doit rencontrer les gars du FBI, il n'aura aucun mal à gérer un interrogatoire ! Ce n'est pas le genre d'homme qui se laisse impressionner, après tout ce par quoi il est passé. Je plains même nos amis du FBI !

L'idée d'une telle confrontation eut l'air d'amuser Dean. Eden sourit aussi. Si Underwood avait été contrarié par son interrogatoire, il changerait d'avis en affrontant le FBI.

Puis elle soupira. Ces deux derniers jours, elle avait à peine mangé et fermé l'œil. Son excitation retombait, après cette entrevue avec le militaire, et la fatigue la terrassait soudain, ainsi qu'une immense vague de découragement.

La police de Waverly faisait tout ce qui était en son pouvoir pour retrouver Raine Nolan, mais ça ne suffisait pas.

Aussi, en dépit de sa perplexité devant les dires de Jake Underwood, et même si c'était ridicule d'accorder du crédit à son flash, vision ou hallucination, elle songea que c'était actuellement le seul signe, positif, que Raine Nolan était encore vivante.

3

— Tout ce que je veux, c'est m'informer, docteur. Je veux avoir une idée exacte de cette pathologie, si c'en est une.

Sur ces mots, Eden leva les yeux pour vérifier que la porte de son bureau était toujours bien fermée, même si elle s'en était assurée avant de décrocher son téléphone.

A la vérité, elle était mal à l'aise. Chercher à connaître l'état de santé de Jake Underwood, c'était une intrusion non motivée dans sa vie privée.

L'incrédulité, la condescendance, voire le mépris de Dean à l'égard du major avaient été sans appel, mais elle avait ressenti la nécessité d'en savoir plus sur les traumatismes crâniens et l'état de stress post-traumatique. Elle avait décidé de contacter le Dr Murphy, le médecin de famille et ami de son père, ayant confiance dans sa discrétion et dans son jugement.

— Les blessures à la tête et les traumatismes crâniens peuvent occasionner des troubles de plusieurs types, déclara le praticien. Que veux-tu savoir précisément ?

— Je ne sais pas très bien, avoua-t-elle.

— S'agit-il d'un traumatisme crânien fermé ?

— Non… Il s'agit d'un homme qui a combattu au Moyen-Orient et qui a été blessé au combat.

Un silence tomba. Le Dr Murphy avait-il deviné l'identité de la personne dont elle s'enquérait ?

— Eden, dis-moi… est-ce que tu agis dans le cadre d'une enquête officielle ?

— C'est juste une question que j'adresse à un ami de confiance, dans le but d'explorer une piste possible sur une affaire délicate. Je vous contacte donc à titre officieux.

— Je te remercie de ta franchise, Eden. Je vais tenter de te dresser un panorama assez exhaustif, et surtout, sans t'accabler de termes médicaux. D'accord ?

— Je suis preneuse.

— Pour commencer, le cerveau est un organe très délicat. Certains traumatismes l'empêchent de fonctionner normalement. Il peut en résulter de nombreux symptômes parfois difficiles à comprendre. Un neurologue, ou un psychiatre, ainsi que des tests biomédicaux sophistiqués et l'imagerie, permettent de diagnostiquer les troubles.

Il marqua une pause et reprit :

— Des blessures répétitives à la tête peuvent avoir de graves conséquences à long terme et causer, par exemple, une encéphalopathie traumatique chronique, ou ETC. C'est une maladie qui peut causer des troubles cognitifs, des irrégularités comportementales et même la démence. Certains joueurs de football, de hockey, ou des boxeurs, exposés à des chocs crâniens tout au long de leur carrière, en sont parfois frappés.

— Dans l'affaire qui m'intéresse, il s'agit d'une blessure ouverte qui a entraîné un traumatisme.

— Je voulais seulement illustrer mes propos sur la fragilité et la complexité du cerveau, Eden.

— Excusez mon impatience.

— Je comprends. Eh bien, dans le cas des traumatismes crâniens ouverts, l'enveloppe cutanée, osseuse et dure-mérienne n'est plus intacte. Par ordre de sévérité croissante, on distingue les plaies par enfoncement, par pénétration et par perforation.

— Qu'est-ce qui est le pire ?

Le Dr Murphy soupira.

— Quel que soit le type d'accident, la gravité d'un

traumatisme crânien et son pronostic dépendent de la sévérité de la lésion cérébrale.

— Mais encore ?

— Sa gravité dépend de la vitesse initiale du projectile, laquelle détermine son pouvoir de pénétration… Tu es dans la police, tu sais de quoi je parle. C'est en tous les cas une urgence neurochirurgicale. Le traitement a pour objectif le parage de l'ensemble de la plaie, l'hémostase de la plaie cérébrale et la fermeture de la dure-mère et du revêtement cutané.

— Et après ?

— Le pronostic fonctionnel dépend de la topographie et de la sévérité de la lésion cérébrale focale. Le risque de séquelles fonctionnelles reste présent. Deux questions se posent : le risque vital à court terme et le risque fonctionnel à long terme. Plus le traumatisme est jugé grave, plus ces questions sont importantes.

— Concrètement, cela se traduit comment ?

— Même légers, les traumatismes crâniens peuvent occasionner des troubles de plusieurs types : perte de mémoire, difficulté de concentration, dépression, ESPT, et…

— Vous avez dit ESPT ? coupa Eden.

— Etat de stress post-traumatique, expliqua le Dr Murphy qui s'était mépris sur le sens de sa réaction. Certains traumatisés crâniens présentent des symptômes de trouble de stress post-traumatique, qui viennent s'ajouter aux simples symptômes post-commotionnels. Leurs angoisses à propos des circonstances de leur accident pourront ainsi dégénérer en un trouble sérieux. Après tout, ça n'est pas surprenant, quand on a frôlé la mort. La personne revit donc l'événement traumatisant… Il ne s'agit pas de vagues réminiscences, non, mais de véritables flash-backs, beaucoup plus envahissants que des souvenirs ! Un cauchemar éveillé, si vous voulez. Cela ne les empêche d'ailleurs pas de faire de vrais cauchemars pendant leur sommeil. De plus, selon la gravité du traumatisme crânien, certains individus vont conserver des séquelles…

— De quel type ?

— Sur le plan physique : manque d'équilibre et de coordination. Raideur des muscles. Il peut aussi y avoir des séquelles cognitives : trouble de la mémoire et de l'expression. Et enfin, des séquelles émotionnelles et psychologiques : inhibition et désinhibition. Dépression. Frustration et colère…

La pointe de son stylo se figea sur son papier.

— Plus précisément ?

— L'impact émotionnel d'un traumatisme crânien dépendra de la personnalité antérieure du traumatisé, de son appréciation des difficultés rencontrées, ainsi que du soutien familial et professionnel qu'il reçoit après l'accident. Un individu autrefois calme peut devenir irritable, et vice versa. Ou avoir des crises de colère.

— Devenir violent ? coupa Eden.

Un nouveau silence accueillit sa remarque.

— C'est possible. Tout est possible, Eden, mais la grande majorité des individus ayant subi des traumatismes cérébraux reprennent une vie normale. Ils peuvent certes avoir des problèmes de motricité, souffrir d'amnésie ou de stress, mais ils ne deviennent pas des criminels pour autant.

Cette fois, ce fut Eden qui garda le silence. Elle le rompit après quelques secondes.

— J'imagine que vous comprenez la nécessité de garder notre conversation secrète ?

— Je l'avais compris. Tu peux me faire confiance. Je ne soufflerai pas un mot de notre conversation, d'autant que les gens sont à fleur de peau, actuellement. Si jamais le bruit se répand qu'un individu de notre communauté pourrait être dangereux, les conséquences seraient très graves. Je ne veux pas avoir ce poids sur la conscience.

— Merci. Et merci infiniment de votre aide, docteur.

— Ton père serait fier de toi, Eden. Tu es un bon policier. Tu fais face à une situation difficile : retrouver une enfant disparue, maintenir le calme, empêcher la psychose… Entre nous, je déteste ce qui se passe à Waverly en ce moment. J'appréhende les jours à venir.

— Vous n'êtes pas le seul, docteur.

— Fais bien attention à toi, surtout. Nous avons besoin de toi. Comme nous avions besoin de ton père.

— Merci, docteur. Merci aussi pour le compliment.

— Tu le mérites ! Je te souhaite bonne chance pour la suite de ta mission.

Le passé ne m'a donc rien appris, maugréa Jake en suivant des yeux la voiture des agents du FBI au moment où elle disparaissait dans le nuage de poussière qui, à cette époque de l'année, s'élevait de la piste qui conduisait chez lui. Il avait obéi à une impulsion, en se rendant à la police, et il le regrettait amèrement. Quelle mouche l'avait piqué ? Peut-être souffrait-il, en fin de compte, de ces séquelles émotionnelles et psychologiques dont lui avaient parlé les chirurgiens qui l'avaient opéré ? En tout cas, non seulement le chef de police, cette jolie blonde un peu insolente, n'avait pas cru un mot de son récit, mais elle avait lancé le FBI à ses trousses.

Ne jamais se mêler de la vie et des affaires des autres, vivre dans son coin, telle serait désormais sa ligne de conduite, se promit Jake. Même s'il avait d'autres visions, ou hallucinations, comme les appelaient les policiers et les agents du FBI.

Mais son flash était un événement isolé. Il était certain de ne plus en avoir. Ce qui n'était pas le cas, en revanche, de ses flash-backs.

Bon sang, il avait déjà assez de problèmes !

*
* *

Trois jours après la disparition de Raine Nolan, la tension, au poste de police et dans toute la ville, était devenue insoutenable. Aux fouilles organisées à l'initiative de la police, et auxquelles s'étaient joints spontanément les habitants de Waverly, s'étaient ajoutés les chiens pisteurs.

— Tu as eu le labo ? s'enquit Dean, arrachant Eden à ses réflexions.

— Oui. Hier et aujourd'hui. L'agent spécial Davis l'a aussi contacté. Les techniciens font de leur mieux, mais ils n'ont rien découvert. Comme nous, quoi.

Si Cliff Davis, le plus âgé des deux agents que le FBI du Mississippi avait dépêchés sur place, était efficace, compétent et professionnel, Eden avait surpris par deux fois sur son visage une expression condescendante, presque arrogante, quand elle lui avait demandé son opinion sur la situation.

Mais le stress devait la rendre paranoïaque. Tout le monde, même les agents du FBI, était épuisé, après trois jours de recherches incessantes et malheureusement vaines.

Elle s'était déclarée ouverte à toute proposition sur les éventuelles pistes à exploiter et les lieux à fouiller. Certains de ses hommes avaient émis des suggestions, et les équipes de recherches continuaient inlassablement les battues.

Elle-même avait passé en revue la base de données du renseignement criminel. La police et le FBI avaient interrogé les criminels de la région qui avaient été libérés, du moins, ceux dont ils avaient retrouvé la trace. Ils avaient passé le quartier où vivaient les Nolan au peigne fin et questionné au moins trois fois les voisins.

Pour finir, Ray et Margo Nolan avaient été soumis au détecteur de mensonges, qui les avait totalement innocentés. La hotline et l'alerte AMBER avaient provoqué de nombreux témoignages et réactions, mais aucune piste digne d'intérêt n'était apparue.

Bref, en dépit des efforts déployés depuis trois jours, la police et le FBI n'avaient toujours aucune piste.

— Tu as raison : nous n'avons rien. Zéro indice, dit Dean dans un soupir.

— Je ne sais plus quoi faire, avoua Eden, découragée.

— Tu as déjà fait tout ce qui était en ton pouvoir, répondit Dean d'une voix ferme. Tu es sur tous les fronts depuis le début, tu n'as rien laissé passer. Je suis sincère, chef, et vous pouvez me croire.

Eden sourit. Elle aimait quand Dean la vouvoyait et lui exprimait ainsi son respect, lui faisant oublier qu'il l'avait connue petite.

Une vague de tristesse la submergea.

Combien son enfance, et, surtout, sa vie d'avant Waverly semblaient loin… C'était une autre existence. Insaisissable…

— Merci, Dean. Je continue de penser que nous avons forcément ignoré une piste.

— Parfois, même avec la meilleure volonté du monde, des affaires sont classées sans suite et ne sont jamais résolues.

— Je sais.

Elle se tut. Elle était consciente que les chances pour retrouver Raine Nolan vivante s'amenuisaient d'heure en heure.

— Rentre chez toi, reprit Dean. Il faut que tu te reposes. Je tiendrai le fort en ton absence.

Eden leva machinalement les yeux vers l'horloge. Son bureau étant une pièce aveugle, elle perdait parfois la notion du temps, surtout quand les journées étaient aussi trépidantes. Elle n'en fut pas moins surprise de constater qu'il était déjà 18 heures. Bientôt, il ferait nuit, ce qui signifiait que les recherches allaient cesser ; les marais qui entouraient Waverly étaient trop traîtres pour courir le danger de s'y aventurer dans l'obscurité.

Eden accepta donc la proposition de Dean. Il était parfaitement capable de gérer le poste de police seul.

Surtout quand il y avait si peu à faire...

— Tu as raison. Merci. Surtout, contacte-moi s'il arrive quoi que ce soit. Tout. N'importe quoi. D'accord ?

— Je te le promets.

Ils savaient tous deux que les probabilités pour qu'il la contacte en urgence étaient de l'ordre de zéro, puisque les battues interrompues avec la tombée de la nuit ne reprendraient qu'au point du jour.

Chaque journée qui se terminait par le retour des équipes bredouilles suscitait en elle un soulagement paradoxal : Eden gardait espoir que Raine soit toujours vivante, et ce sursis illusoire lui épargnait la peine de se rendre chez les parents de Raine pour leur annoncer que leur fille n'était plus. Pour autant, à chaque jour qui passait l'espoir se réduisait chez tous — sauf chez Margo Nolan, qui croyait dur comme fer que la police retrouverait sa fille en vie.

Autrefois, la grand-mère de Jake répétait à l'envi qu'il importait de traduire en mots ses émotions et ses pensées. A l'époque, il avait aimé cette profession de foi ; mais, au fil des années, il avait aussi appris que toute vérité n'était pas bonne à dire. Ainsi, lorsqu'il eut un nouveau flash, il se jura de le garder secret.

Ce fut sa dernière pensée rationnelle avant qu'il ne plonge dans cette transe étrange qui annihilait toute faculté de raisonnement.

Comme la veille, une épaisse obscurité l'environna. Mais cette fois, il savait ce qu'elle recelait.

Le danger. La terreur.

Il entendit, comme dans son précédent flash, l'eau couler et dégoutter. Il sentait l'humidité. Il ouvrit les yeux.

Une faible lumière perçait la nuit. Les sombres parois terreuses semblaient l'aspirer. Un filet d'eau, à ses pieds, reflétait cette lueur pâle dont il ne parvenait pas à déterminer l'origine. Une lumière extérieure ? Un éclairage artificiel ?

La même peur primitive que la première fois l'envahissait. Il ne pouvait en identifier la cause, mais il voulait la fuir à tout prix. Saisi par cette urgence, il fit un pas vers la source de lumière. Une silhouette s'y encadrait. Il trébucha et faillit tomber.

Il fut alors arraché à ces ténèbres aussi vite qu'il y avait été projeté. Cette fois, lorsqu'il revint à lui, il n'était pas à genoux devant son pick-up ; il était allongé, la joue contre le vieux tapis du salon de sa grand-mère. Ses fibres rugueuses chatouillaient son visage.

Eprouvé par cette nouvelle vision, Jake resta longtemps immobile pour se donner le temps de reprendre pied complètement avec la réalité. Quand il eut recouvré ses sens, il comprit que pour la seconde fois en l'espace de deux jours, il n'avait pas eu un flash-back le ramenant dans le désert du Moyen-Orient, mais un flash qui l'avait transporté dans un espace-temps parallèle et immédiat qui ne lui appartenait pas.

Cette fois, il n'avait pas vu ou entrevu la petite fille. Il chercha vite à fixer dans sa mémoire le souvenir de ce flash qui se dissipait déjà.

Quel que soit l'endroit où il s'était trouvé, il y avait été seul. Seul non plus dans une profonde obscurité, mais dans une semi-pénombre tout aussi angoissante. Comme lors de sa première incursion en ces lieux, il avait été en proie à une pure panique. Il s'était senti nauséeux à la vue de l'individu surgissant devant lui. En dépit de nombreuses années qu'il avait passées dans l'armée américaine, des embuscades, des explosions, des échanges et autres épreuves auxquelles il avait survécu, il ne se souvenait pas d'avoir éprouvé une peur aussi atroce.

Jake se redressa enfin. Il était moulu, courbatu. Flashes ou flash-backs, ces épisodes où il perdait quasiment conscience l'épuisaient autant que s'il avait couru un marathon. Ces deux derniers flashes l'emplissaient également d'un étrange désespoir, car ce n'étaient pas les siens. Il se sentait encore plus impuissant face à leur manifestation et aux raisons mystérieuses qui les provoquaient.

Impuissant.

Oui, c'était le mot.

Il avait toujours su gérer et surmonter les situations de crise, quelles qu'elles soient. La mort ne lui faisait pas peur. Il redoutait certes ces flash-backs, mais au moins, ils faisaient partie de son histoire et de son passé. Or, au cours de ces deux flashes, il s'était trouvé dans une réalité qui lui était étrangère, et il s'y était senti totalement désarmé.

Pire, il avait perdu *tout espoir.*

Jake inspira profondément pour conjurer le souvenir de ce terrible sentiment, inédit pour lui. Puis il posa la main sur la table basse et se mit à genoux.

Il attendit que ses vertiges cessent tout à fait avant de se relever. Il ne savait pas comment il s'était retrouvé sur le tapis. Il ne se souvenait pas non plus comment il était arrivé dans son salon.

Une fois debout, il se laissa tomber sur le sofa, et résista au désir d'enfouir sa tête entre ses mains. S'il détestait ses flash-backs habituels parce qu'ils lui faisaient perdre le contrôle de sa personne, il les trouvait désormais sécurisants, à l'aune de ces deux derniers flashes.

Ses flash-backs étaient familiers, car ils étaient reliés à son vécu et à ses ressentis. Ces deux derniers flashes ne l'étaient pas, *pas plus que ne l'étaient les émotions qu'ils lui inspiraient.*

Cette prise de conscience l'étonna, puis le perturba profondément. Enfin il comprit qu'il avait ressenti la panique de la petite fille blonde qu'il avait entrevue, dans sa première vision. Comme si son esprit était devenu le sien.

Jake fronça les sourcils. S'il avait bien observé la photo de Raine Nolan, à la télévision et dans les journaux, il ne savait toujours pas si l'enfant de sa vision était Raine Nolan.

Si ça n'était pas elle, alors qui ? Son premier flash avait en effet coïncidé avec la disparition de la fillette.

Il ne pouvait s'agir que d'elle.

La question d'Eden Reddick, à savoir s'il avait vu quelqu'un avec la petite fille, dans cet endroit, lui avait-elle fait imaginer la silhouette qu'il venait de voir ?

Enervé, il se leva, mais un vertige le saisit et il se laissa de nouveau retomber sur le sofa.

Non, il n'était pas fou ! se répéta-t-il avec impétuosité. Ce qui lui arrivait l'était, mais lui, il ne l'était pas !

Une enfant au-delà de la terreur était détenue au cœur de la nuit, et elle ne comprenait pas ce qui lui arrivait.

Et pour une raison inexplicable, il la percevait avec une acuité incroyable.

Il devait trouver un moyen de l'aider.

4

De toute façon, c'est sur ma route, se justifia Eden en s'engageant dans le sentier. *Et puis je dormirai mieux si j'en ai le cœur net.*

Comme elle tombait de fatigue, cet argument était spécieux, mais elle ne voulait ni ne pouvait ignorer une piste éventuelle.

Tous les enfants de Waverly avaient un jour ou l'autre joué dans les grottes qui se trouvaient aux confins de la ville. Peut-être la police les avait-elle déjà fouillées, mais comme elle n'en avait pas la certitude, elle préférait s'y rendre en personne. Ensuite, elle serait plus tranquille.

Elle comprit le véritable motif de sa présence sur ces lieux au moment où elle descendit de sa voiture, puis monta le raidillon qui y conduisait.

Ces grottes convenaient en effet à la description de ce que le major Underwood prétendait avoir vu dans son flash.

Comme Ray et Margo Nolan, Jake Underwood s'était soumis au détecteur de mensonges, qui l'avait innocenté. L'enquête de fond réalisée sur sa personne par le FBI avait quant à elle révélé son impressionnant état de service au sein de l'armée américaine. Conclusion : Jake Underwood était brillant, intègre, courageux et au-dessus de tout soupçon.

Malgré cela, les agents du FBI et Dean ne voyaient dans son témoignage qu'une malheureuse conséquence de sa blessure à la tête. A l'évidence, la vision du major était dérangeante pour ces esprits rationnels. Cela leur était plus commode de prétendre qu'il délirait.

Pas pour moi, se dit Eden en franchissant les derniers mètres qui la séparaient de l'entrée des deux grottes.

Là, elle reprit son souffle. Le soleil commençait à se coucher derrière les collines et l'ombre gagnait les lieux.

Eden sortit sa lampe de poche, toujours à sa ceinture, et à tout hasard délogea son arme de son holster. Elle avait beau bien serrer son Glock et s'éclairer, la peur du noir, qui datait de l'enfance, l'envahissait.

Juste un coup d'œil, par acquit de conscience, et tu rentres, s'intima-t-elle pour se donner du courage. Elle irait tout de suite se coucher. Elle dormirait sans doute d'une traite, après trois nuits fragmentées par de nombreux réveils.

Après une grande inspiration, elle entra, et se mit à balayer l'intérieur de la grotte avec sa lampe de poche. Le son doux, régulier et lancinant de l'eau qui gouttait brisait seul un silence sépulcral. Elle avança et leva sa lampe. La voûte de la grotte lui parut plus haute que dans ses souvenirs d'adolescence.

Elle y était venue avec un groupe d'amis, et d'ailleurs, elle était la seule à avoir osé y pénétrer, avec Margaret Eames. Elle s'était toujours demandé si Margaret souffrait comme elle de claustrophobie, car ni l'une ni l'autre n'était restée bien longtemps à l'intérieur. Quoi qu'il en soit, elles avaient gagné leur pari et forcé l'admiration des autres filles.

Eden continua son exploration jusqu'à ce qu'elle soit certaine que la grotte était déserte. Une fois qu'elle aurait exploré la grotte voisine, elle rentrerait.

Elle venait de faire demi-tour, quand elle se rendit compte qu'elle n'était pas seule. Une silhouette se détachait à contre-jour devant la grotte.

Eden brandit son arme, et en même temps, le faisceau

de sa lampe. Jake Underwood, ébloui, vacilla, et porta la main devant ses yeux.

— Ne bougez pas ! lui ordonna-t-elle.

Elle espérait qu'il obéirait. Elle ne voulait pas tirer et ne se sentait pas de taille à l'affronter, s'il décidait de riposter.

— Eteignez votre maudite lampe de poche !

Elle n'en fit rien.

— Que faites-vous ici ?

En son for intérieur, elle ne considérait pas sa présence comme dangereuse ou menaçante. Si Jake Underwood était le ravisseur de Raine Nolan et qu'il la retenait ici, il aurait été stupide de venir à sa rencontre.

— La même chose que vous, répondit-il.

Eden hésita. Si elle lui avouait que c'était sa vision qui l'avait conduite dans ces grottes, elle admettrait du même coup qu'elle accordait du crédit à ladite vision. Or elle s'y refusait.

— Je me trompe ? insista-t-il.

— C'est le seul endroit que nous n'avons pas fouillé, biaisa Eden.

— Soyez honnête : vous pensez que mon flash a un lien avec Raine Nolan, n'est-ce pas ?

— Détrompez-vous, major. Il se trouve simplement que nous avons ratissé toute la région, sauf ces grottes.

Elle agissait conformément aux préceptes de son père : ne jamais ignorer une piste, même si, a priori, la piste semblait incohérente.

— Je suis le chef de police, et je ne dois rien laisser au hasard, ajouta-t-elle.

Jake Underwood baissa la main.

— Désolé de vous être donné cette peine, mais elle n'est pas là.

— Pardon ?

— Il ne la détient pas ici.

Il avait parlé au présent, remarqua Eden toujours étonnée.

— Pourquoi ? Vous avez fouillé l'autre grotte ?

Il secoua la tête.

— Non. Elle n'est ni dans l'une ni dans l'autre. L'endroit où elle est séquestrée est creusé dans la terre. J'ai vu les racines des arbres et des buissons qui saillaient sur les parois comme des veines trop gonflées. Il ne s'agit pas de roches, mais de terre.

Eden se rendit compte qu'elle l'avait écouté, les lèvres entrouvertes, avec presque de la ferveur, comme s'il était désormais son dernier espoir de retrouver Raine. Furieuse de se montrer si naïve, elle pinça les lèvres et baissa sa lampe de poche.

Puis elle soupira.

— Elle peut donc être partout, ne put-elle s'empêcher de repartir.

— Sauf ici.

Sans se laisser démonter par son arme toujours braquée sur lui, Underwood se détourna et sortit de la grotte.

La méfiance d'Eden s'éveilla. Venait-il de faire le lien entre son flash et les grottes ? Ou était-il venu dans cet endroit isolé pour une raison plus sinistre ?

Elle frissonna, sans savoir si c'était à cause de la fraîcheur ou de l'appréhension qui la saisissait. Elle tendit l'oreille. Aucun bruit ne lui laissait entendre que Jake Underwood s'éloignait.

Elle sortit donc à son tour et éteignit sa lampe de poche. Jake Underwood était un peu plus bas sur le raidillon. Il semblait s'être complètement désintéressé de sa personne. Immobile, il regardait le bas de la colline. Les ombres du crépuscule s'étaient allongées, elles atteignaient les arbres en contrebas.

— Je vais vous attendre pendant que vous fouillez l'autre grotte, dit-il tout à coup sans la regarder.

Eden faillit répondre quelque chose, puis fit volte-face et gagna le seuil de la seconde grotte. Sans aller plus loin, elle ralluma sa lampe de poche et se contenta de balayer les parois du faisceau lumineux.

La grotte était déserte. Comme elle s'y attendait…

Comme il venait de le lui dire.

Eden éteignit sa lampe, et s'avisa qu'elle tenait toujours son arme. Elle remit son Glock désormais inutile dans son holster, et se dirigea vers Jake Underwood, qui n'avait pas bougé. Son impassibilité l'énerva.

— Si ça n'est pas ces grottes que vous avez vues, alors…

Elle se tut brusquement. Il opina.

— Alors elle peut être partout. Cachée dans ce trou que j'ai vu.

Il avait parlé avec calme, mais elle avait saisi, dans sa voix, le même désespoir qui l'étreignait depuis trois jours. Le délai fatidique des premières quarante-huit heures était passé, Raine Nolan avait peut-être cessé de vivre…

— Tout à l'heure, vous m'avez dit : « Il ne la détient pas ici. » Son ravisseur est donc un homme ?

— J'en suis à peu près certain. La petite est terrorisée. A mon avis, une femme ne peut infliger une telle épreuve à un enfant.

Jake Underwood parlait comme s'il savait avec exactitude ce que ressentait la petite fille.

— Si j'étais à votre place, je garderais le silence sur ce que vous… voyez.

Il tourna un regard dur vers elle.

— Je sais. Votre réaction, lorsque je suis passé au poste, hier, m'a suffi. Bon, vous venez ?

Eden se raidit. Où voulait-il en venir ? Se montrait-il simplement galant, ou cherchait-il sa confiance pour mieux l'agresser ? Mais au fond, elle doutait qu'il soit animé de mauvaises intentions. Son instinct lui soufflait qu'elle n'avait rien à redouter de Jake Underwood. A la vérité, si elle l'avait menacé, en le découvrant devant la grotte, ce n'avait été que sous le coup de la surprise.

En définitive, il avait raison. A quoi bon rester plus longtemps ici ? Cette nouvelle piste aboutissait dans une énième impasse.

— On y va, répondit-elle.

Elle s'attendait à ce qu'il la laisse le précéder, or il descendit aussitôt le raidillon. Il avait dû deviner qu'elle n'aurait pas été à son aise, le sachant derrière elle, dans l'obscurité croissante.

Elle s'interrogeait. Pourquoi s'était-il rendu sur ces lieux en même temps qu'elle ? Avait-il deviné qu'elle s'y rendrait précisément ce soir ? Serait-il vraiment médium ?

Ma fille, songea-t-elle, *le manque de sommeil te fait délirer...*

Ils n'échangèrent pas un mot jusqu'à sa voiture de patrouille. Eden ouvrit sa portière, puis elle hésita à monter et pour finir se figea. Elle regarda alors Underwood droit dans les yeux, et se décida à lui poser la question, légitime après ce détour par les grottes, qui la tourmentait.

— Vous pensez que Raine Nolan est toujours vivante, major ?

Jake Underwood tourna les yeux vers la colline. Quand il les reporta sur elle, il secoua la tête.

— Je n'ai aucune raison de penser le contraire.

— Donc elle est vivante.

— Je ne peux pas vous en dire davantage, hélas. Sauf si j'ai un autre flash.

Elle opina, comme s'il lui communiquait une information capitale. Au point où elle se trouvait, de toute façon, elle était prête à le croire. Elle s'installait derrière le volant quand il reprit la parole.

— Merci.

De nouveau, elle se figea.

— Merci ? Mais pourquoi ?

— D'être venue jusqu'ici.

Un rire sans joie lui échappa.

— Si vous saviez de quoi je suis capable pour retrouver Raine saine et sauve ! J'irais jusqu'au bout du monde s'il le fallait.

— C'est votre boulot.

— Non, Jake : c'est mon devoir. Ma mission.

En souvenir d'une autre petite fille qui, elle, n'avait jamais été retrouvée, acheva-t-elle en pensée.

— Ecoutez, Jake, si vous avez… un autre… je veux dire… enfin, vous comprenez ?

Jake Underwood acquiesça.

— Si j'ai un nouveau flash, je vous avertirai. Je vous le promets, Eden.

Il resta immobile tandis qu'elle démarrait et faisait demi-tour. Sa silhouette plus sombre se détachait sur les bois environnants. Mue par une inspiration, Eden ralentit, et fit coulisser la vitre de la portière côté passager.

— Où est votre voiture ?

— Mon pick-up est garé derrière ce virage, là-bas. C'est plus pratique pour faire demi-tour.

Il illustra son propos par un geste vague. A l'évidence, il connaissait cet endroit mieux qu'elle. Cette pensée suscita en elle un bref sentiment de malaise, et pourtant, elle savait que Jake Underwood n'avait aucun rapport avec l'enlèvement de Raine Nolan, elle en avait l'intime conviction. Il suffisait de l'entendre parler de la petite fille, de voir son attitude. Il n'avait rien d'un criminel.

— Il va bientôt faire complètement nuit, vous savez.

Jake ne semblait guère pressé de gagner son pick-up et de rentrer chez lui, et elle était curieuse de savoir pourquoi.

— Si vous voulez, je peux vous rapprocher, ajouta-t-elle.

Il observa la route, puis lui adressa un demi-sourire.

— Merci, mais je vais aller faire un tour dans le coin. Autant en profiter, puisque je suis sur place et que l'endroit n'a pas encore été fouillé par les équipes de recherches. Et, en effet, je n'ai pas vu de traces de battue.

Eden doutait qu'il voie ou repère quelque chose, dans la nuit.

— J'espère que vous avez de bons yeux, insinua-t-elle seulement avec un petit sourire.

Celui qu'il lui décocha, en retour, révéla la courbe généreuse de sa bouche, qu'elle n'avait pas encore remarquée. Elle fut surprise par l'émotion que suscita en elle cette découverte pour le moins insignifiante.

— J'aime la nuit, répondit-il.

— Alors très bien. Soyez prudent, tout de même. Je manque d'effectifs pour monter une autre équipe de recherches !

— Je m'en souviendrai.

Il toucha le capot de sa voiture, une façon de mettre un terme à leur échange, puis se détourna et reprit le raidillon qu'ils venaient de descendre.

Eden accéléra et s'engagea sur la route. Quand elle regarda dans le rétroviseur intérieur, Jake Underwood avait déjà disparu.

5

Eden fut arrachée à un sommeil si profond qu'elle mit quelques secondes à reconnaître dans le bruit désagréable qui l'en avait tirée la sonnerie du téléphone. Elle tâtonna dans l'obscurité et décrocha.

— Allô ?

— Il faudrait que tu viennes tout de suite au poste.

La voix de Dean était grave. Eden se redressa d'un bond.

— On l'a retrouvée ?

— Non. Désolé.

— Alors que se passe-t-il ?

— Les gens sont nerveux à cause d'Underwood. Il vaudrait mieux que tu viennes.

A cause d'Underwood...

Les gens savaient donc qu'il avait *vu* Raine Nolan.

— Comment l'ont-ils su ? demanda-t-elle aussitôt.

— On est à Waverly, pas à New York. Qu'est-ce que tu crois, Eden ?

Dean était énervé : il l'avait appelée par son prénom. Ça ne lui était pas arrivé depuis le jour où son père avait épinglé le badge de policier sur sa chemise.

— Si l'un de nos hommes a parlé, il va m'entendre ! s'exclama Eden.

— On s'en occupera plus tard. Pour le moment, il faut gérer la crise.

— Attends, Dean... Tu veux dire que des gens ont investi le poste de police ?

Eden incrédule regarda son réveil. 20 heures passées de quelques minutes. Elle n'avait dormi qu'une heure. Elle comprenait mieux pourquoi elle était encore groggy : elle n'avait pas dormi tout son soûl.

— J'ai bien été obligé, sinon la situation aurait dégénéré.

— Bon sang ! Si jamais je mets la main sur celui qui…

— Plus tard. Viens !

— Essaie de les ramener à la raison. Ils t'écouteront, toi.

Un silence accueillit ses derniers mots. Eden perplexe se demanda si Dean s'étonnait de l'autorité dont elle l'investissait. A moins qu'il ne donne raison à ceux qui avaient envahi le poste de police ?

— Dean ? Tu es toujours là ?

— Oui. Je vais leur répéter ce que le FBI nous a dit, mais ils veulent parler au chef de police. A toi.

— J'arrive dans dix minutes. Essaie de les calmer en attendant.

— Ils sont vraiment en colère.

— Alors essaie de maîtriser la situation jusqu'à mon arrivée.

Dean n'avait pas exagéré la gravité de ce qui se passait au poste de police. Une douzaine d'hommes, tous de Waverly, avaient envahi le hall qui se trouvait devant la salle de réunion. Dean s'efforçait de calmer les esprits, mais la tension était à son comble.

— Que se passe-t-il au juste ? demanda Eden d'une voix forte.

Un bref silence tomba.

— Vous protégez Underwood ! Voilà ce qui se passe ! cria subitement une voix qu'elle ne réussit pas à identifier.

Les autres firent chorus.

— Selon le FBI…, commença Eden.

— Underwood n'a plus toute sa tête ! Il a pu abuser

le FBI et le détecteur de mensonges ! Ça s'est déjà vu ! reprit la même voix obstinément.

Eden soupira.

— Underwood a dit qu'il avait *vu* Raine Nolan, martela Lincoln Greene, le quincaillier, qui se trouvait au premier rang. Il sait donc où elle se trouve, et il est en liberté ? C'est tout de même étrange !

Lincoln Greene n'avait pas la réputation d'être une tête brûlée, or il semblait hors de lui.

— Le major Underwood a été blessé, répondit posément Eden, et il souffre d'un état de stress post-traumatique. Il a des flash-backs, et nous croyons qu'il a…

— Ouais, il a revu le moment où il a perdu la tête et enlevé la petite Raine ! Vous lui avez demandé où se trouvait cet endroit, chef Reddick ?

— Ecoutez-moi ! Pour commencer, je me suis entretenue avec le major Underwood, en fin d'après-midi.

Cette fois, Eden avait haussé la voix pour dominer les murmures.

— La police et le FBI sont convaincus qu'il n'est pas lié à la disparition de Raine Nolan.

— Alors pourquoi avez-vous eu besoin de vous entretenir avec lui ? lança Greene.

Des murmures d'approbation parcoururent le groupe des hommes en colère.

Eden leva la main pour leur intimer le silence.

— Nous nous sommes rencontrés par hasard, sur un lieu où Raine aurait pu être détenue. Je peux vous garantir que le sort de Raine Nolan inquiète le major Underwood autant que vous. Il la cherche inlassablement. Comme vous. Comme moi. Comme nous tous à Waverly.

Un long silence s'ensuivit. Eden se disait qu'elle avait peut-être réussi à les ramener à la raison lorsque Reilly Dawson, le pharmacien, prit la parole.

— Vous êtes certaine qu'il ne voulait pas plutôt revenir

sur le lieu de son crime ? Pour effacer des traces ? Vous avez cherché des traces de sang, chef Reddick ? Des indices ?

— Nous n'avons pour l'instant aucune raison de penser que Raine Nolan est morte, répliqua Eden. Je ne cherche pas un corps sans vie, je cherche une petite fille terrorisée. Comme le major Underwood. Comme nous tous ! répéta-t-elle.

— En tous les cas, ce n'est pas ce qu'on entend à la télé ! intervint Dave Porter, le mécanicien qui assurait la maintenance des véhicules de service et du camion de pompiers. D'après les journalistes, les premières quarante-huit heures passées, il y a des chances pour que la victime soit morte !

— Nous continuons de chercher Raine, dit Eden en appuyant sur ses mots. Et c'est exactement ce à quoi vous devriez consacrer votre énergie, au lieu d'accuser un homme que le FBI a innocenté !

— Alors comment vous expliquez que le major a vu ce qu'il a vu ? Cette vision, ou je ne sais quoi ?

— Justement, je ne l'explique pas. Je ne le peux pas. Je suis seulement convaincue qu'il n'est pas lié à l'enlèvement de Raine.

— Vous croyez vraiment qu'il a *vu* où se trouvait Raine Nolan ?

Eden hésita. Et cette seconde d'incertitude lui était préjudiciable, comme elle l'était à Jake. A la vérité, elle ne savait plus quoi penser.

— C'est pour cette raison vous vous êtes entretenue avec lui, aujourd'hui ? enchaîna Paul Springfield, le directeur de la poste, d'un ton sarcastique. Vous cherchiez l'endroit qu'il a vu, et vous êtes tombée sur lui, comme par hasard, dans ce lieu-là ?

Un grondement parcourut la foule.

— La coïncidence ne vous étonne pas, chef Reddick ? insista Paul.

— Ce qui m'étonne, c'est que vous perdiez autant de temps et d'énergie avec un homme blanchi de tout soupçon ! riposta Eden à bout de patience. Je vous ai dit tout ce que nous savons. Maintenant, je vous conseille de rentrer chez vous, et de vous reposer, afin de reprendre les recherches dès demain matin. Rendez-vous à 8 heures devant le poste de police, encore une fois. Si vous continuez à me harceler avec Jake Underwood, je vais penser qu'il vous intéresse plus que Raine Nolan.

— Rentrez chez vous ! renchérit Dean. Vous nous faites perdre notre temps !

Les hommes sortirent, tête basse, toute colère envolée. Seul Lincoln Greene ne bougea pas. Droit comme un I, il riva son regard à celui d'Eden.

— On n'en a pas fini avec Underwood, chef Reddick, c'est moi qui vous le dis. Je ne sais pas pourquoi vous le protégez, mais quand on l'aura confondu, quand on aura retrouvé la petite, vous ne pourrez plus rien faire pour lui.

— Rentre chez toi, Linc, et cesse de proférer des menaces, intervint Dean en posant sa main sur son épaule. Ça suffit, à la fin.

Greene se dégagea de la poigne de Dean avec exaspération, et sortit à son tour. Lorsque tout le monde fut parti, Eden eut un long, long soupir. Tout cet échange l'avait remplie d'une extrême tension.

— Linc a raison sur un fait, reprit Dean.

— Lequel ?

— Les hommes de Waverly n'en ont pas fini avec Underwood. Tant qu'on n'aura pas retrouvé Raine Nolan, ils reporteront leur frustration sur quelqu'un. Et pour l'instant, le bouc émissaire idéal, c'est le major.

Jake se réveilla tout à coup, sans savoir pourquoi. Son sommeil, qu'il avait eu du mal à trouver, était certes tourmenté, mais aucun événement inhabituel ne l'en avait tiré. Pourtant, son instinct, développé par les années passées dans l'armée américaine, et surtout au combat, sur le terrain, lui avait enjoint de se réveiller.

Il se leva, s'approcha de la fenêtre et parcourut du regard le paysage champêtre éclairé par la lune. Il ne repéra rien d'inquiétant et n'entendit que les bruits nocturnes habituels.

Il était cependant certain qu'il se passait quelque chose d'anormal. Son intuition l'avertissait de l'imminence d'un danger.

S'emparant de la carabine de son grand-père, il sortit sous la véranda. Les sens en alerte, il fureta autour de lui et remarqua soudain une silhouette qui s'avançait vers la maison à pas de loup. Jake descendit l'escalier de la véranda et gagna la remise, derrière laquelle il se cacha afin de surveiller la progression de l'intrus.

Un nuage passa alors devant la lune, et l'obscurité devint complète. L'individu en profiterait certainement pour rallier le bosquet à proximité de la véranda, se dit Jake. Que faire ? Deux possibilités s'offraient à lui : attendre de voir ce que l'inconnu allait faire ou intervenir.

Après sa confrontation avec les hommes de Waverly, Eden passa une bonne heure au poste, puis elle décida de rentrer en faisant un crochet par chez Jake Underwood. Elle avait cherché, en vain malheureusement, à le contacter par le biais du numéro qu'il avait fourni à la police, et elle savait qu'elle ne trouverait pas le sommeil si elle ne l'informait pas de ce qui venait de se dérouler au poste.

Sur une dernière tentative pour le joindre, elle referma son portable avec un soupir de frustration et se pencha pour regarder par son pare-brise. Il y avait bien longtemps qu'elle n'était pas venue par ici, mais elle reconnut la piste qui conduisait jusqu'à la ferme de Jake, et prit le virage à temps. A peine s'y était-elle engagée qu'elle faillit rentrer dans un pick-up. Tandis qu'elle freinait et se garait derrière, éteignant ses phares, elle s'interrogea. Pourquoi Jake Underwood avait-il garé son pick-up à plus de cinq cents mètres de chez lui, et non dans son garage ?

Elle resta immobile dans sa voiture, le temps que ses yeux s'habituent à la nuit. Dans le silence où ne s'élevait que le coassement des grenouilles arboricoles, et qui semblait d'autant plus sépulcral qu'une lune blafarde baignait les environs, elle essaya de répondre à cette question.

Finalement incapable de trouver une explication plausible, elle se décida à ouvrir sa portière. Les mille petits bruits de la nuit la submergèrent aussitôt. Elle referma tout doucement sa portière, et regarda autour d'elle. Le calme était total. L'endroit était paisible et bucolique. Comme l'était Waverly, trois jours plus tôt…

Eden s'approcha du pick-up et regarda par la vitre, côté passager. Rien ne lui permit d'en identifier le propriétaire. Le véhicule était certes immatriculé dans la région, mais elle ne le reconnaissait pas.

Elle prit sa radio.

— Ici le chef Eden Reddick, annonça-t-elle au dispatcher. J'ai besoin que vous effectuiez une recherche à partir d'une plaque d'immatriculation.

Elle orienta sa lampe de poche dessus.

— FRD 846. Ford F-150 bleu foncé. Un ancien modèle, mais je ne connais pas l'année. Je vous recontacte dès que possible.

Après avoir reçu la confirmation que sa requête était enregistrée, Eden sortit son arme de son holster et la leva. L'adrénaline jaillit dans ses veines. Elle inspira profondément à deux reprises, puis s'approcha d'un bosquet proche de la maison. Arrivée là, elle scruta les environs. Tout semblait normal. Il n'y avait…

Soudain, un bras se noua autour de sa taille. Elle se

sentit soulevée et projetée contre un torse musclé, aussi solide qu'un tronc de chêne. On lui arracha son arme.

Furieuse de s'être laissé piéger comme une débutante, elle se débattit et donna des coups de pied.

— Arrêtez, fit à voix basse l'homme qui la maintenait. C'est moi. Jake Underwood.

Concentrée sur sa lutte, Eden mit un temps à assimiler l'information et à obtempérer. Plus par stupéfaction que par docilité, d'ailleurs.

— Arrêtez ! répéta le major. Sinon, on va se faire repérer.

Cette fois, le souffle tiède de Jake effleura sa joue, et Eden se figea. Sa barbe de deux jours écorchait sa nuque, mais ça n'était pas du tout désagréable. Un trouble inattendu, étrange mais délicieux montait en elle.

— C'est bon… Lâchez-moi. J'ai compris, souffla-t-elle.

Il ne la libéra que lorsqu'elle eut cessé de bouger. Alors Eden se détourna, mais si vite qu'elle trébucha. Il la rattrapa par le coude. Eden se dégagea avec vivacité, puis le dévisagea, malgré la pénombre qui mangeait ses traits.

— Qu'est-ce que vous faites là ?

— Vous oubliez que je suis ici chez moi.

Il ne lui demanda pas la raison de sa présence, de surcroît armée, chez lui, mais elle la lui fournit d'emblée.

— Les habitants de Waverly ont découvert que vous aviez vu Raine Nolan, j'ignore comment. Certains pensent désormais que vous êtes lié à l'enlèvement.

Jake la reprit par le coude et l'entraîna à sa suite.

— Mais… Qu'est-ce que vous faites ? se récria-t-elle, surprise.

— Chut.

Intriguée, elle n'eut pas d'autre choix que de se taire, et de le suivre.

6

Jake s'arrêta à la lisière du petit bois, s'adossa au tronc d'un arbre, puis regarda dans la direction de sa maison et autour de lui.

— Qu'est-ce qui se passe ? Qu'est-ce que vous faites ? s'enquit Eden, de plus en plus intriguée.

— A votre avis ? Après ce que vous venez de me raconter, je comprends mieux les motivations de l'individu qui rôde autour de chez moi, et qui s'est peut-être introduit sous mon toit pendant que nous palabrons. Je vous jure qu'il va regretter son incursion dans ma propriété !

Il arma sa carabine. Eden fronça les sourcils. Elle connaissait les hommes qui étaient venus exprimer leur fureur au poste de police, ce soir. A fleur de peau depuis l'enlèvement de Raine, ils avaient perdu le sens commun sous le coup de la colère ; pour autant, elle ne pouvait pas laisser Jake leur tirer dessus.

— Je vous déconseille de faire feu ! De victime, vous deviendriez agresseur : vous risquez gros.

— Par pitié, épargnez-moi vos leçons de morale ! Un individu s'est introduit dans ma propriété en pleine nuit, et vous voulez que je reste sans rien faire ?

— Non ! Seulement, je ne veux pas que vous compliquiez votre situation en tirant sur un habitant de Waverly. Vous ne ferez qu'amplifier l'animosité que nos concitoyens entretiennent désormais à votre égard.

— Très bien. Alors que me proposez-vous ? De

demander à cet individu de sortir de chez moi gentiment, mains en l'air ?

— Plus ou moins. C'est ma fonction, je crois ?

Tantôt, avec l'aide de Dean, elle avait réussi à calmer une douzaine d'hommes en colère. Venir à bout d'un seul semblait moins difficile, même s'il n'avançait pas à visage découvert.

— J'espère qu'on vous paye assez pour avoir autant de courage, ironisa Jake.

— On me paie surtout pour faire respecter la loi ! riposta-t-elle. Restez là.

Elle n'avait pas l'intention de parlementer plus longtemps et, brandissant son arme, elle s'approcha de la maison. Elle n'avait pas peur ; les hommes de Waverly étaient pour la plupart de bons pères de famille qui, chaque dimanche, se rendaient à l'église ; ils respectaient leur prochain et la loi. Jamais ils ne prendraient des risques inutiles en mettant en péril la vie du chef de police.

— C'est le chef Reddick ! cria-t-elle d'une voix qui ne tremblait pas, en dépit du manque d'assurance qui tout à coup la gagnait.

Un immense silence accueillit son annonce. Perplexe, elle regarda derrière elle. Dans la nuit, Jake était invisible. Elle reporta rapidement son attention sur la ferme.

— Je ne sais pas quelles sont vos intentions, reprit-elle d'une voix forte, mais avant d'aller plus loin, pensez aux conséquences de vos actes ! Sortez, nous parlerons ! Comme je l'ai fait tout à l'heure au poste de police.

Toujours aucune réaction. En son for intérieur, Eden espérait que, au mieux, l'intrus sortirait en catimini de la ferme pour prendre la fuite à bord de son véhicule, autrement dit, le pick-up dont la présence l'avait étonnée en arrivant. Elle aurait ensuite la nuit pour réfléchir à la suite à donner à ces événements, d'autant qu'elle n'allait pas tarder à connaître le nom de son propriétaire. Elle trouverait aussi un moyen de résoudre ce problème sans que Jake Underwood porte plainte pour violation de propriété. L'en dissuaderait-elle ? Le major était pugnace, et pour le moment vraiment furieux.

Elle soupira et reprit la parole.

— Personne n'a été blessé ! Tant qu'il en restera ainsi…

Elle sentit la balle frôler sa joue avant d'entendre le coup de feu éclater. Presque simultanément, elle fut plaquée au sol tandis qu'un second tir éclatait dans le silence.

Etourdie par le choc, Eden releva la tête comme Jake Underwood roulait à côté d'elle, puis se redressait. Mais il resta à croupetons, sa carabine braquée vers sa maison.

— Si vous voulez mon avis, ce type n'est pas prêt au dialogue ! lâcha-t-il, sarcastique.

Concentré sur sa cible, il avait parlé sans la regarder. Et il avait raison. Pour tirer sur le chef de police, il fallait être désespéré, et prêt à tout. Cette histoire allait trop loin.

— Vous venez avec moi, ou vous restez ? dit-il par-dessus son épaule.

— Mais vous ne pouvez pas…

— Et si cet individu a l'intention de mettre le feu à la maison ? la coupa-t-il, exaspéré. C'est la ferme de ma grand-mère, de mes ancêtres. J'y tiens comme à la prunelle de mes yeux.

— D'accord, je vous suis, dit-elle en se relevant.

— Restez près de moi, surtout. Ne prenez aucune initiative.

Eden venait de frôler la mort, et elle n'avait pas l'intention de jouer les héroïnes. C'était la première fois qu'on lui tirait dessus, et elle se sentait sérieusement éprouvée. Quand Jake se mit en marche, elle lui emboîta le pas, mal assurée.

Le major traversa son jardin en restant dans l'ombre des arbres. Lorsqu'il s'arrêta, elle s'arrêta aussi.

— La fenêtre derrière la maison est ouverte, lui dit-il à voix basse. C'est par là que nous allons rentrer.

Elle acquiesça sans grande conviction, en contenant un soupir.

Mais après tout, l'intrus était fautif, et en tirant sur elle à deux reprises, il avait initié une situation inextricable.

Aussi, quand Jake s'ébranla, elle le suivit sans plus tergiverser.

Tandis qu'il s'approchait de sa maison à pas de loup, Jake songeait en pestant à ce que venait de lui dire Eden Reddick. Il aurait dû se douter que son témoignage allait s'ébruiter et que, aux yeux des gens, il deviendrait le principal suspect dans l'affaire de la disparition de Raine Nolan.

Depuis trois jours, les gens étaient sur les nerfs, mais ça n'était pas non plus une raison pour s'introduire chez lui, à son insu, au beau milieu de la nuit, puis pour tirer sur une femme, de surcroît représentante de l'ordre. Le tour que prenaient les événements le surprenait et surtout l'inquiétait.

Quoi qu'il en soit, Eden Reddick avait beau être le chef de la police, elle était avant tout une femme et il entendait la protéger.

Jake se figea lorsqu'il eut atteint le coin de la maison. Il observa le jardin calme et baigné par le clair de lune qui s'étendait derrière, puis il tourna les yeux vers la fenêtre de sa chambre, dont une brise légère agitait le rideau. Enfin, il jeta un coup d'œil derrière son épaule. Eden s'était pressée contre le mur, mains toujours nouées autour de son arme. D'un geste, il lui fit comprendre qu'il ne voyait rien. Elle opina pour seule réponse.

S'il avait été certain que l'intrus était à l'intérieur, il aurait intimé à la jeune femme de rester là pendant qu'il partait en reconnaissance. Mais la situation lui échappait, il n'arrivait pas à comprendre que le rôdeur ait tiré à deux reprises sur le chef de la police au lieu de s'enfuir. L'individu était soit un amateur, soit un inconscient. Ou les deux…

— Je vais rentrer, annonça-t-il, se retournant pour jauger la réaction d'Eden.

Elle allait prendre la parole, mais elle se ravisa et fronça les sourcils. Jake attacha malgré lui son regard sur ses lèvres entrouvertes, qui semblaient mendier un baiser. Au même instant, les effluves de son parfum lui parvinrent. Un trouble profond l'envahit, plutôt inattendu, voire déplacé, dans ces circonstances.

Pour le conjurer, il songea qu'il vivait seul depuis trop longtemps, et que c'était l'unique raison de son trouble. Tandis qu'il se faisait ces réflexions, il croisa le regard de la jeune femme et perçut, plus qu'il ne vit, sa peur.

— Restez derrière moi, surtout, chuchota-t-il.

Elle acquiesça, trop rapidement à son avis, ce qui renforça sa certitude qu'elle avait peur.

Il résista au désir de la rassurer et se détourna pour regarder une dernière fois autour de lui avant de se remettre en marche. Une fois qu'il eut tourné le coin du mur, il vit une silhouette se détacher, à la lisière des arbres.

Il leva sa carabine, continuant à s'approcher, mais Eden Reddick posa la main dessus, le forçant à la baisser.

— Laissez. Il s'en va…

— Qu'est-ce que vous en savez ? demanda-t-il, furieux.

— Peu importe. Il n'est plus dans votre maison.

— Et s'il a un complice ? Je ne sais pas combien ils étaient !

Jake longea la maison et arriva près la fenêtre de sa chambre, devant laquelle flottait toujours le rideau. Malgré son ondoiement, il réussit à voir à l'intérieur. A priori, la chambre était vide. Il posa son pied sur l'assise et la franchit. Eden Reddick le suivit sans marquer la moindre hésitation.

Il traversa sa chambre et prit dans le couloir, se sachant toujours talonné par Eden. Cette dernière allait même le dépasser, mais il tendit le bras à temps pour l'en empêcher. Ce faisant, il effleura ses seins par inadvertance. Le trouble qui s'était élevé en lui tantôt revint avec force.

— Ne bougez pas, murmura-t-il quand il se fut ressaisi.

Eden se contenta d'acquiescer. Jake prit le couloir, et tâcha de ne pas faire craquer le vieux plancher. Le salon était désert, ainsi que la salle à manger adjacente. Dans la cuisine, un rayon de lune tombait sur le réfrigérateur blanc.

Sa maison était déserte.

— Je doute que…

Jake surpris par le son de la voix d'Eden fit brusquement volte-face en braquant sa carabine. La jeune femme étonnée par sa volte-face leva son arme.

— Je ne m'attendais pas à vous voir derrière moi ! s'exclama Jake en baissant sa carabine. Je vous avais dit de ne pas bouger ! Baissez votre arme, vous ne risquez rien !

Eden obtempéra.

— Désolée, mais votre réaction m'a surprise. Il n'y a personne chez vous.

— Il y avait quelqu'un, mais il n'y est plus.

— Nous n'allons pas tarder à connaître son identité. En arrivant, j'ai vu son pick-up : c'est une Ford F-150 bleu foncé. Je doutais que ce soit la vôtre ; vous n'aviez en effet aucune raison de garer votre véhicule si loin de chez vous. J'ai donc contacté le poste de police pour obtenir le nom de son propriétaire.

C'était sans doute le bruit du moteur qui l'avait réveillé, se dit-il soudain.

— Vous avez bien fait. Mon pick-up est dans le garage. C'est un Chevrolet Silverado gris métallisé.

Jake était perplexe. Venir chez lui en voiture et se garer

à proximité ? Son visiteur était vraiment un amateur, et cela l'amusait presque.

— A l'heure qu'il est, mes collègues ont sans doute réussi à l'identifier…

Ayant dit, Eden sortit sa radio, s'annonça et demanda les résultats de l'enquête.

Jake comprit, à l'expression de son visage, qu'elle n'aimait pas la réponse qu'on lui faisait.

— Tu en es certain ? demanda-t-elle à son interlocuteur.

Puis, après un silence :

— Bon, d'accord. Merci, Dean. Oui, bien sûr. Je te tiens au courant.

Eden éteignit sa radio et leva les yeux vers lui.

— Le propriétaire de la Ford est l'un de nos citoyens les plus respectés.

— Formidable, ironisa Jake. Nous aurions pu tomber plus mal.

Eden haussa les épaules.

— Il aura pris peur. Il aura pensé que c'était trop tard.

La jeune femme lui semblait calme, et pourtant, l'un de ses concitoyens, un homme qu'elle connaissait et peut-être, qu'elle estimait, venait de lui tirer dessus…

— Ça va ? lui demanda-t-il.

Il regretta aussitôt sa question, la jugeant ridicule : vu ses responsabilités, Eden Reddick avait l'habitude de se trouver mêlée à des embuscades et d'intervenir dans des situations critiques.

— Vous pouvez allumer les lumières ? s'enquit-elle.

Il obtempéra, et vit un filet de sang qui coulait de son front sur sa tempe et sa joue. Elle avait dû se blesser quand il l'avait plaquée à terre, tout à l'heure.

Il s'approcha et prit son menton, puis il inclina sa tête vers la lumière pour mieux examiner la blessure.

— Il va vous falloir quelques points de suture. En attendant, suivez-moi dans la salle de bains.

Elle se dégagea et le suivit sans mot dire dans la salle de bains plutôt vieillotte de sa grand-mère, où elle se regarda dans la glace de l'armoire à pharmacie.

— Je pense qu'un pansement suffira.

— J'en doute. Ça saigne beaucoup.

Elle recula.

— Je vais parer au plus pressé. Il faut que j'aille tout de suite rejoindre Dean.

— Dean ?

— Dean Partlow. C'est mon adjoint. Il doit se rendre chez Lincoln Greene.

— Lincoln Greene ?

— C'est son pick-up qui est garé devant chez vous.

— Lincoln Greene serait tranquillement rentré, à pied, chez lui, en laissant son pick-up, une pièce à conviction tout de même, sur les lieux ? C'est une attitude pour le moins étrange.

— Peut-être pas à Waverly, repartit Eden avec un soupir. Bon, vous avez de la Bétadine et des compresses ?

Jake ouvrit l'armoire à pharmacie ; la salle de bains étant exiguë, il fut obligé de se pencher ; de nouveau, il frôla accidentellement Eden. Il prit cette fois pleinement conscience de sa présence, de son odeur et des courbes de son corps.

De sa féminité.

L'envie irrépressible de la tenir dans ses bras le submergea. Pour conjurer son désir, il déchira l'emballage d'une compresse, mais il hésita à s'approcher.

— Laissez, je vais me débrouiller, dit-elle en lui prenant la compresse des mains.

Elle se regarda dans la glace, et la positionna.

— Vous avez du sparadrap ?

— Il faut d'abord désinfecter.

Elle se figea.

— Ah… vous avez raison.

Elle ne paraissait pas à son aise. Se méfiait-elle ?

Troublé lui aussi, mais par l'intimité de la situation, Jake saisit le flacon de Bétadine d'une main tremblante, et prit une autre compresse. Mon Dieu, qu'est-ce qui lui prenait ? Jamais une femme ne l'avait autant déstabilisé. Et dire qu'autrefois, il avait de l'assurance à revendre… Mais c'était avant qu'il ne soit blessé au combat.

Il versa un peu de Bétadine sur sa compresse.

— Ne bougez pas, surtout.

Eden obtempéra et le laissa désinfecter sa blessure, mais au moment où il entreprit de nettoyer le filet de sang sur sa joue, elle arrêta son geste.

— J'y arriverai seule.

Jake recula. Un silence tomba.

— C'est ma faute, désolé.

Elle rencontra son regard dans la glace.

— Votre faute ? Désolé ? Pourquoi ?

— De vous avoir plaquée à terre, tout à l'heure. C'est à cause de moi si vous êtes blessée.

— Mieux vaut une écorchure qu'une blessure par balle ! rétorqua-t-elle.

Elle avait raison. Il ne s'en sentait pas moins coupable.

— D'ailleurs, je ne vous ai pas remercié de m'avoir sauvé la vie !

Elle appliqua le sparadrap sur sa blessure.

— J'ai du mal à croire qu'un habitant de Waverly m'ait tiré dessus. Je suis encore sous le choc.

— A mon avis, il a paniqué, dit Jake pour lui remonter le moral.

Il ne supportait pas son regard à présent empli de détresse.

— Je n'aurais jamais cru que ça arriverait un jour à Waverly, dit-elle tout à trac.

— Vous voulez parler de l'enlèvement de Raine Nolan ?

— Oui. Et de la colère de ses habitants. De la scène

qui s'est déroulée au poste, ce soir. De ce qui vient de se passer, chez vous.

Eden secoua la tête.

— Ça ne nous ressemble pas. On n'est pas comme ça, par ici. Les gens sont tranquilles et sans histoires.

— Vous n'êtes pas responsable de leurs actes.

— J'en conviens.

Elle poussa un gros soupir.

— Bon. Je dois me rendre chez Greene, comme je l'ai promis à Dean.

— Vous voulez que je vienne avec vous ?

Un petit rire échappa à la jeune femme.

— J'ai été en dessous de tout, tantôt, mais je réussirai à mener cette mission à son terme.

Jake résista à l'envie d'insister. Il était conscient que la fierté de la jeune femme souffrait. S'il s'obstinait, elle aurait l'impression qu'il doutait de ses compétences.

— Je peux au moins vous accompagner jusqu'à votre voiture ?

— Pourquoi ? Vous avez peur pour ma sécurité ? fit-elle, l'air surpris.

— Tout est possible, désormais. Et vous le savez aussi bien que moi, Eden.

7

— Je vous ai dit tout ce que je savais ! s'exclama Greene, vouvoyant Dean pour l'occasion. J'ai garé ma Ford dans l'abri en rentrant du poste de police ! Laurie confirmera mes dires, ça, je vous le garantis.

— Vous avez entendu quelque chose, après l'avoir garée ? s'enquit Dean, le vouvoyant aussi.

Lincoln Greene passa la main dans sa chevelure clairsemée.

— Bon sang, je vous ai déjà dit que je n'avais rien entendu, Dean ! De plus, l'abri se trouve de l'autre côté de la maison. On n'entendrait pas une bombe exploser, quand nous sommes dans notre chambre.

— De toute façon, Linc n'entendrait pas une explosion, même si elle avait lieu *dans* notre chambre ! renchérit Laurie. Il a un sommeil de plomb !

Lincoln Greene avait été l'un des plus virulents, tout à l'heure, au poste de police, mais c'était un homme intelligent et raisonnable. Eden le jugeait incapable de s'introduire chez Jake, puis de tirer, à deux reprises, sur elle. Surtout, Laurie n'aurait jamais couvert des actes aussi répréhensibles. Laurie Greene était en effet très active, au sein de la paroisse. C'était même, aux dires de certains, une vraie grenouille de bénitier. Lincoln et Laurie Greene étaient exemplaires, et à ce titre respectés au sein de la petite communauté.

— Linc a ronflé dès qu'il a posé la tête sur l'oreiller,

poursuivit Laurie Greene avec conviction. Je l'ai entendu, croyez-moi ! J'ai même eu du mal à m'endormir. Je vous jure qu'il n'est allé nulle part ! Si son pick-up a été retrouvé chez les Wells, c'est que quelqu'un l'a emprunté à son insu.

— C'est ce que je me tue à vous répéter ! reprit Lincoln Greene. Vous me connaissez, Dean, tout de même ! Je ne me serais jamais rendu chez Underwood en pleine nuit, animé d'intentions aussi malveillantes ! Criminelles ! Ce soir au poste, c'est vrai, j'ai dit ma façon de penser, mais de là à me rendre coupable de tentative d'homicide volontaire ! Je suis incapable de faire ce genre de chose.

— Justement, vous étiez très remonté, au poste, fit observer Dean avec calme.

— Nous le sommes tous. Ça se comprend ! Penser qu'un criminel ait enlevé et peut-être tué cette petite fille...

Greene se tut. Un silence tomba. Eden en profita pour revenir à la raison de leur venue chez les Greene.

— Les portières de votre pick-up étaient-elles verrouillées ?

Greene se mit à rire.

— Quand il est dans mon abri ? Mais bien sûr que non, voyons ! Je n'en ai jamais ressenti la nécessité ! Jamais personne ne rôde, autour de chez moi !

— A partir de maintenant, je vous conseille de le verrouiller, déclara Dean.

— En attendant, vous pouvez me conduire chez Underwood, afin que je puisse récupérer ma Ford ?

— Je vous déconseille formellement de vous approcher de l'habitation du major Underwood, repartit Eden. Je pense qu'il n'a pas la moindre envie de voir un habitant de Waverly, ce soir ! En outre, nous allons devoir garder votre véhicule. C'est une pièce à conviction.

— Et comment vais-je me rendre au magasin, demain matin ? se lamenta Lincoln.

— Demandez à Laurie de vous y conduire, suggéra Dean.

— Ça ne me dit pas quand je vais le récupérer…

— Je ne peux pas vous le dire. Nous vous le rendrons dès que nous y aurons cherché, et éventuellement trouvé, des empreintes, ou tout autre indice nous permettant de découvrir l'identité de l'individu qui vous l'a « emprunté ».

— Cela va prendre longtemps ? fit Lincoln Greene, qui commençait à s'énerver.

— Cela dépend de ce qu'on y trouvera. Cela dépend aussi du chef Reddick, dit Dean avec une sécheresse qui avait valeur d'avertissement.

Lincoln Greene se le tint pour dit et tourna les yeux vers sa femme, qui haussa les épaules avec indifférence.

— Vous ne trouverez que mes empreintes, lâcha-t-il sur un ton las. Laurie ne conduit jamais mon pick-up : trop difficile pour elle.

— Passez au poste, demain, en vous rendant à la quincaillerie. Nous prendrons vos empreintes.

— C'est nécessaire ?

— Bien sûr que oui, répondit Dean, si nous voulons identifier les empreintes que nous y trouverons.

— Et si vous ne trouvez que les miennes ? Et si le type qui s'est servi de mon pick-up a conduit avec des gants ? Je resterai suspect ?

— Nous allons passer votre pick-up au peigne fin, nous trouverons forcément quelque chose, dit Eden, conciliante. Quand nous aurons terminé, nous vous le rendrons.

Puis elle ajouta à l'adresse de Laurie Greene :

— Retournez vous coucher. A demain.

— Tu veux que j'envoie l'un de nos hommes chez Underwood dès maintenant pour récupérer le pick-up de Lincoln ? demanda Dean dès qu'ils eurent quitté la maison des Greene.

— Vu l'état de colère où il se trouve, je préfère l'avertir

au préalable de l'enlèvement du véhicule, répondit Eden. Il était hors de lui, et armé, quand je suis arrivée chez lui.

Dean monta dans la voiture de patrouille.

— C'est lui qui t'a blessée à la tempe ?

Eden s'installa sur le siège passager et leva la main à son front pour effleurer sa blessure, qu'elle avait complètement oubliée. Une vive mais brève douleur la fit ciller.

— J'ai été assez naïve pour penser que personne parmi les gens de Waverly n'oserait me tirer dessus.

— Que s'est-il passé, au juste ?

Eden fut consciente, malgré la pénombre qui régnait dans l'habitacle, du regard plus attentif de Dean.

— Eh bien, j'ai demandé à l'intrus de sortir de la maison pour parler calmement.

— C'est à ce moment qu'il a tiré ?

— Oui. Deux fois. Underwood n'a eu que le temps de me plaquer à terre, après le premier coup de feu. Il m'a sauvé la vie. C'est en tombant que je me suis blessée.

Elle effleura de nouveau la blessure, pensive. Elle avait senti la balle la frôler. L'homme qui avait tiré n'avait pas seulement voulu lui faire peur, il voulait attenter à sa vie.

— Tu veux te faire examiner par le Dr Murphy ?

— Non. Ça ira.

— Je peux aussi me rendre seul chez Underwood.

— Je sais, mais ce sera mieux si je viens avec toi.

Ils n'échangèrent plus un mot durant le petit quart d'heure qui leur fut nécessaire pour revenir chez le major. Perdue dans ses pensées, Eden ne cessait de se répéter qu'il lui avait sauvé la vie et cela lui procurait une étrange émotion.

— Mets le gyrophare, dit-elle alors qu'ils approchaient de l'entrée de la propriété. Il vaut mieux annoncer notre arrivée.

Dean obtempéra. Des lueurs rouges et bleues balayèrent les arbres festonnés de mousse espagnole. Quand ils furent devant la ferme, Eden aperçut Jake Underwood qui sortait, armé de sa carabine.

Elle ouvrit aussitôt sa portière. Dean freina à temps.

— Je voulais vous prévenir que j'allais envoyer une équipe pour récu…

— Venez. Vous allez être intéressée par ce que j'ai découvert dans la remorque, la coupa Jake Underwood sans l'écouter.

Ces mots, à moins que ce ne soit le ton sur lequel il les avait prononcés, lui arrachèrent un violent frisson. De nombreux scénarios, tous plus dramatiques les uns que les autres, lui traversèrent l'esprit.

Non, pas Raine ! se dit-elle, rejetant le pire de tous.

Elle se ressaisit. S'il avait vu le corps de l'enfant, jamais Jake Underwood n'aurait employé ces mots. Elle commençait à le connaître. Sous ses apparences un peu brusques, il avait le sens de l'honneur et beaucoup de cœur. Tout de même prise d'un mauvais pressentiment, elle se dirigea vers le pick-up de Lincoln Greene à contrecœur.

— Regardez ! fit Jake, qui orienta le faisceau de sa lampe de poche vers la remorque.

Eden vit une couverture en patchwork pour enfant dont les carrés rose et blanc évoquaient une robe de petite fille. Aussitôt, une couverture identique surgit de ses souvenirs et se superposa à celle qu'elle avait sous les yeux.

— Les journaux ne l'ont pas mentionnée, reprit Jake. Je suppose que la police a caché ce détail aux médias par précaution…

Eden recula, en retenant son souffle. Malgré son malaise, elle se rendit compte que Dean l'avait rejointe.

— Qu'est-ce que c'est ? demanda-t-il.

Jake lui jeta un regard étonné.

— Ah… Mais… je pensais… cette couverture n'appartient pas à Raine Nolan ?

— Si c'est le cas, nous ne le savions pas. Margo a-t-elle

fait allusion à une couverture ? ajouta Dean en se tournant vers Eden.

Muette de stupeur, Eden secoua la tête. Puis, contenant son tremblement, elle saisit la couverture, que la chaleur moite du golfe avait rendue humide.

— Une couverture en patchwork, murmura-t-elle. Des carrés rose et blanc.

— Oui, je vois bien, dit Dean. Eden ? Les Nolan ont-ils mentionné qu'une couverture avait disparu ?

Cette fois, Eden garda volontairement le silence. Elle n'arrivait pas à formuler une réponse sensée. Cette découverte n'avait pas de sens.

Tu es ridicule, s'admonesta-t-elle. *Arrache-toi à ton silence et à ton immobilité. Agis en policier digne de ce nom. Concentre-toi sur la recherche d'une enfant disparue depuis déjà trois jours.*

— On ne nous a rien signalé de tel, dit-elle avec effort.

Elle leva les yeux. Dean regardait la couverture, sourcils froncés, mais Jake l'observait avec la plus grande attention. Elle tâcha de se ressaisir et de maîtriser sa respiration.

— Nous la montrerons à Margo dès demain matin, reprit Dean d'autorité. Dans la confusion, elle ne s'est peut-être pas aperçue qu'elle avait disparu ?

Eden acquiesça, toujours consciente de l'intensité du regard de Jake sur elle. C'était comme s'il tentait de lui insuffler de l'énergie, ou de deviner ses pensées.

— Eden ? fit Dean en portant enfin son attention sur elle. Que se passe-t-il ? On dirait que tu as vu un fantôme ?

Oui, un fantôme.

Celui d'une autre petite fille qui avait disparu, environ vingt ans plus tôt, après avoir été enlevée dans son lit, en pleine nuit, sans que sa sœur, qui dormait dans la même chambre, ait remarqué quoi que ce soit.

Le ravisseur de cette petite fille-là avait également emporté la couverture à carreaux rose et blanc que sa grand-mère avait cousue, et que plus personne n'avait jamais revue.

Une couverture identique en tout point à celle qui se trouvait dans la remorque du pick-up de Lincoln Greene.

8

— Vous en êtes certaine, Margo ? Les enfants accumulent tellement de choses. Peut-être a-t-on donné cette couverture à votre fille ?

— La couleur préférée de Raine, c'est le violet, répondit Margo sans l'ombre d'une hésitation. Tout ce que je lui ai acheté l'an dernier l'était. Vous voulez que je demande à Storm ? C'est elle qui aime le rose.

Eden hésita. Dès le début de l'enquête, elle avait essayé de protéger et d'épargner la sœur jumelle de Raine, que seul le FBI avait interrogée. Storm avait affirmé aux agents qu'elle dormait, lorsque sa sœur avait été enlevée.

— Je ne veux pas la perturber…

— Soit elle reconnaîtra la couverture, soit elle ne la reconnaîtra pas, dit Margo dont la voix se brisa, à la fin. Il faut que nous ayons le cœur net, reprit-elle courageusement. Et si elle ne la reconnaît pas, cela ne la perturbera pas, vous êtes bien d'accord avec moi ?

Malgré ses propos plein de bons sens, Eden hésitait toujours. Elle se souvenait des longs interrogatoires auxquels la police de l'Ohio l'avait soumise, autrefois, lui posant inlassablement les mêmes questions. Les policiers semblaient avoir la certitude que, si elle se concentrait, elle finirait par se souvenir de détails, même infimes, qui permettraient de retrouver sa sœur.

Quoi qu'il en soit, Margo Nolan avait raison : il fallait en avoir le cœur net. Et seule Storm pouvait les aider.

— D'accord, dit-elle, sortant enfin de son indécision.

— Je vais la chercher.

Margo lui rendit la couverture sous scellés, et monta à l'étage.

Eden considéra les carreaux rose et blanc de la couverture. Ils avaient la même taille que ceux cousus à la main par sa grand-mère, une excellente couturière. Mais la régularité des points de cette couverture-là prouvait qu'elle avait été produite en série. Le technicien du laboratoire avait confirmé qu'il s'agissait d'une couverture de fabrication industrielle, sortie d'usine il y avait peu ; et que, bien que maculée par la poussière et la terre de la remorque de Lincoln Greene, elle avait été récemment lavée, ce qui laissait peu d'espoir d'y trouver des empreintes. Sa ressemblance avec la couverture de sa grand-mère était-elle une coïncidence ? Eden ne cessait de se poser la question. Elle voulait croire à un lien entre les deux affaires en même temps qu'elle le redoutait.

Margo revenait avec Storm. Elle s'agenouilla devant sa fille et posa les mains sur ses épaules.

— Le chef de la police veut savoir si tu reconnais ce qui se trouve dans ce sac en plastique.

La petite fille s'approcha. Elle sentait le soleil et le shampoing aux agrumes.

— Qu'est-ce que c'est ? demanda-t-elle avec curiosité.

— Une couverture, répondit Eden. Je me demandais si elle t'appartenait, ou si elle appartenait à Raine ?

Storm hocha sa tête blonde, sans quitter les yeux la couverture.

— Tu penses que Raine avait une couverture comme celle-là ? insista Eden.

— Non ! Raine, elle n'aime pas le rose. Tout le monde le sait bien.

— Moi je ne le savais pas. Une autre personne ne le

savait peut-être pas non plus, mais elle lui a tout de même donné cette couverture.

La petite fille leva les yeux vers elle, l'air surpris.

— Ça m'étonnerait. Raine n'aime que le violet. Elle dit que c'est la couleur du lilas. Mais cette couverture n'a pas de violet.

— Donc tu ne l'as jamais vue.

— Je suis sûre que non.

— Regarde bien, ma chérie, intervint Margo. C'est très important. Tu es certaine de ne l'avoir jamais vue ?

— Oui, maman.

Margo interrogea du regard Eden, qui opina.

— Tu peux retourner jouer, ma puce, je monte tout de suite te rejoindre.

— Peut-être qu'il lui a donnée ? dit soudain la petite fille à Eden.

— Il ?

— Celui qui l'a enlevée. Il lui a peut-être donné une couverture pour qu'elle n'ait pas peur ?

— Peur de quoi, Storm ?

— Peur de ne plus être à la maison avec maman et papa ?

Quand Eden revint au poste de police, Dean s'y trouvait déjà. Elle posa le sachet en plastique contenant la couverture sur son bureau et se versa une tasse de café.

— Alors ? Les Nolan l'ont-ils reconnue ?

— Margo affirme que cette couverture ne leur appartient pas. Elle a voulu que Storm la regarde, mais Storm a dit tout net ne l'avoir jamais vue. Storm a aussi dit que…

Eden se tut, elle avait la gorge serrée.

— Elle a dit que le ravisseur l'avait peut-être donnée à Raine pour qu'elle n'ait plus peur.

Elle leva les yeux pour voir l'effet que ces mots produisaient sur son adjoint.

— Quelle drôle d'idée.

— Peut-être est-ce une façon de se rassurer ? Quoi qu'il en soit, nous devons informer le FBI de notre découverte. Du côté des Greene, quoi de neuf ?

— Ils sont catégoriques : il n'y avait pas de couverture dans le pick-up. Il n'y en a jamais eu. Lincoln est certain qu'elle ne s'y trouvait pas, quand il s'est garé dans son abri, hier soir. Il revenait du Winn Dixie et il avait déposé ses courses dans la remorque. Il l'aurait donc remarquée.

Eden opina, les yeux fixés sur le sachet sous scellés.

— Qu'est-ce que tu en penses ?

— Cette couverture n'a peut-être aucun rapport avec le kidnapping ? Peut-être appartient-elle à l'individu qui a emprunté le pick-up ?

— Mais pourquoi aurait-il déposé une couverture pour enfant dans la remorque de la Ford de Lincoln Greene ?

— Mon Dieu, Eden, je n'en sais rien ! Et puis, pourquoi cet individu s'est-il rendu chez Underwood ? Pourquoi a-t-il ouvert le feu sur toi ? C'est à n'y rien comprendre.

— On a trouvé des empreintes dans la Ford ?

— Non, rien. Pas la moindre…

A cet instant, Winton passa la tête par la porte entrebâillée.

— Le major Underwood est là. Il voudrait vous parler de toute urgence, chef Reddick.

Eden croisa les yeux de Dean. Ce dernier haussa les épaules et se leva de la chaise où il s'était laissé tomber, à son arrivée.

— Restez, Dean ! lui intima-t-elle.

Puis elle ajouta à l'adresse de Winton :

— De quoi le major veut-il me parler ?

— Vous voulez que je le lui demande ?

— Faites-le plutôt entrer.

— Il veut peut-être porter plainte contre l'individu qui a fait intrusion chez lui cette nuit ? hasarda Dean.

C'était logique, et Eden ne savait si elle devait s'en réjouir ou non.

Au fil des jours, tandis que l'espoir de retrouver la petite fille vivante s'amenuisait et que la tension montait, elle se raccrochait malgré elle aux flashes de Jake Underwood. Pourtant, elle s'efforçait d'être rationnelle et de faire la part des choses. Les visions du major n'étaient-elles pas influencées par le battage médiatique autour de la disparition de Raine Nolan ? D'un autre côté, Eden redoutait que Jake n'ait plus de flashes — autant qu'elle redoutait un appel téléphonique l'informant que le corps sans vie de la fillette avait été retrouvé.

— Il l'a déplacée ! annonça Jake d'emblée.

Eden leva les yeux vers le militaire, qui entrait.

— Pardon ? Déplacée ?

— Elle n'est plus dans la fosse.

Il secoua la tête, l'air troublé.

— Je ne sais comment décrire l'endroit où elle se trouve à présent. C'est toujours aussi sombre. Humide. Chaud.

— Vous avez eu un autre flash ?

Jake jaugea brièvement Dean, impassible, et reporta son regard sur Eden.

— Elle se trouverait dans un sous-sol. Une cave ? Les parois de cet endroit étaient lisses.

Consciente que Dean n'accordait aucun crédit aux visions de Jake, Eden se composa une attitude froide et presque hostile.

— Eh bien, merci d'être venu nous informer.

Son ton condescendant parut déconcerter Jake.

— Ne m'aviez-vous pas demandé de vous prévenir si j'avais un nouveau flash ?

Certes, mais Eden ne voulait pas le reconnaître devant Dean.

— Justement, ce… flash ? biaisa-t-elle, choisissant ses mots avec prudence, vous l'avez eu cette nuit, ou ce matin ?

— A l'aube, répondit-il, l'air étonné par sa question qui en réalité n'avait pas d'intérêt.

— Vous êtes certain que vous ne rêviez pas ? lança Dean.

— Je n'ai pas beaucoup dormi, cette nuit, répondit-il d'un ton bref.

Eden revit Jake surgissant de l'ombre, armé de sa carabine. Sans doute avait-il monté la garde devant chez lui jusqu'au petit jour.

Comme quand il était dans l'armée, avant qu'il ne soit blessé à la tête.

Cette pensée lui rendit sa lucidité. Elle se fiait à un homme qui souffrait de séquelles d'une blessure au combat !

Les gens avaient sans doute raison… Jake divaguait. S'il avait passé l'épreuve du détecteur de mensonges avec succès, c'est parce qu'il n'était plus capable de faire la différence entre ses hallucinations et la réalité.

Elle était officier de police, et à ce titre elle devait s'en tenir à des faits, et non à des élucubrations basées sur les fantômes du passé de Jake Underwood.

Ou pire, sur ses propres fantômes.

— Nos équipes de recherches ne laissent aucune piste au hasard. Nous allons leur demander de fouiller de nouveau des zones qui l'ont déjà été, au cours des premières vingt-quatre heures après la disparition, dit-elle, conciliante, dans l'espoir d'apaiser la tension qui avait investi son bureau.

— J'aimerais vraiment vous aider ! insista Jake.

— Vu ce qui s'est passé l'autre nuit, intervint Dean, je doute que ça soit une bonne idée. Les gens se sont emportés quand ils ont appris que vous aviez des hallucinations.

— Des *hallucinations* ? Pardon ?

— Des délires, si vous voulez.

— Dean ! s'exclama Eden sur un ton de reproche.

— Il vaudrait mieux que vous restiez discret et que vous vous occupiez de vos affaires, poursuivit Dean sur sa lancée. Les gens sont remontés contre vous ! Vous en avez eu la preuve, cette nuit.

Jake se raidit.

— Cela ne m'empêche pas de vouloir vous aider dans vos recherches. Chef Reddick ? Qu'est-ce que vous en pensez ?

— Je sais que vous voulez nous aider, et je vous en félicite, répondit-elle posément. Cela étant, je me rallie à l'avis de mon adjoint, d'autant que je n'ai pas assez de policiers pour continuer les recherches et, en même temps, assurer votre protection. J'ai besoin de tous mes hommes.

— Mais je ne demande pas la protection de la police ! se récria Jake, qui semblait amusé par cette idée.

— J'entends bien, mais si vous êtes de nouveau la cible de la colère des gens, il sera de mon devoir de vous la fournir. J'ai déjà réussi à calmer nos concitoyens une fois, mais je crains de ne plus pouvoir contrôler l'hystérie collective.

Un silence tomba, qui devint rapidement insupportable. Jake le rompit, calme mais froid.

— Je ne veux pas vous compliquer la tâche. Je vous souhaite donc bonne chance pour la suite.

Il adressa un bref signe de tête à Dean et sortit. Quand on n'entendit plus son pas résonner dans le couloir, Dean se mit à rire.

— Tu m'as bluffée.

— Comment cela ?

— Quand il est arrivé, et que tu lui as demandé s'il avait eu d'autres hallucinations !

— Pas des hallucinations, Dean, des flashes.

— Quelle différence ?

Eden réprima une grimace. Elle commençait à avoir mal à la tête.

Trop peu de sommeil, trop de stress.

Elle allait finir par manquer de vigilance.

La moindre distraction pouvait lui être fatale, et de là, être fatale à Raine Nolan.

En admettant qu'elle soit toujours en vie.

Or rien n'était moins sûr…

9

Si l'attitude d'Eden à son égard avait changé, Jake était à peu près persuadé que son adjoint, cet individu condescendant et méprisant, y était pour quelque chose. Ça n'était certes pas la première fois qu'il se tournait en ridicule en accordant sa confiance à une femme, mais il se jura de ne plus informer la police de ses flashes.

Sans cesser de fulminer contre lui-même, Jake regagna son pick-up. Il n'en était qu'à quelques mètres lorsqu'il s'avisa qu'un pas précipité résonnait dans son dos. Du temps où il était au Moyen-Orient, il ne se serait jamais laissé surprendre par l'ennemi : une pareille négligence lui aurait fait perdre la vie. Dans le contexte actuel, tout de même moins dramatique, son inattention, même si elle n'avait duré que quelques minutes, le mettait en position d'outsider. Car, à l'évidence, l'individu à ses trousses n'était pas animé des meilleures intentions, et désirait le provoquer.

Pour éviter l'affrontement, Jake n'avait qu'une solution : quitter les lieux au plus vite. Il ouvrit donc la portière de son pick-up, conscient que son poursuivant devait chercher un prétexte pour déverser sa colère sur lui. Au même instant, sa voix hostile le rattrapa et ses propos lui donnèrent raison.

— Alors comme ça, major, on a des hallucinations ?

L'homme parlait avec un accent louisianais prononcé, fort éloigné du parler du chef de la police et de son adjoint. Jake l'ignora et se hissa sur le marchepied. C'est alors que deux mains l'agrippèrent par les épaules pour le tirer en arrière.

Jake perdit l'équilibre et retomba sur son agresseur, qui, mieux préparé que lui, se redressa rapidement. Jake se relevait à son tour quand il vit son agresseur tendre le pied pour le frapper au visage.

Jake ayant de bons réflexes, il eut le temps de se baisser et de donner un coup de tête dans le ventre de l'homme. Mais si ce mouvement défensif lui évita d'être touché, il perdit de nouveau l'équilibre et retomba à la renverse. Son agresseur fit de même. Jake ne lui laissa pas le temps de se relever et lui décocha un crochet du droit. L'homme retomba sur le dos.

Jake aurait continué de frapper si plusieurs personnes ne l'avaient soudain saisi pour le neutraliser et ainsi l'offrir en sacrifice. Il se débattit, joua des coudes et des mains, même de la tête, contre ceux qui l'entravaient. Rien n'y fit. Impuissant, il fixa l'homme qui venait de le défier et se préparait à un nouvel assaut.

Ce dernier s'essuya la bouche du revers de la main, regarda le sang qui maculait ses doigts, puis lui envoya son poing dans la mâchoire. Malgré la violence du choc, Jake ne perdit pas conscience. S'il s'évanouissait, ces fous furieux s'en donneraient à cœur joie.

Tandis que son assaillant revenait à la charge pour le frapper dans le plexus solaire, Jake se laissa aller de toutes ses forces en arrière. Cette initiative lui permit non seulement d'amortir le coup, mais aussi de déséquilibrer les hommes qui le maintenaient.

Jake en profita pour frapper son assaillant à l'entre-jambe. Ce dernier poussa un hurlement de bête et se plia en deux. Ses complices se figèrent, Jake put ainsi se libérer.

Il fit ensuite volte-face, prêt à en découdre.

Mais aucun de ceux qui l'avaient si bien tenu ne paraissait vouloir l'attaquer. Quant à son agresseur, il ahanait toujours, tout à sa douleur. Voyant ses complices reculer, Jake se détourna et revint vers son pick-up.

La voix d'Eden le fit se figer.

— Ça suffit ! Mais qu'est-ce qui vous prend ?

Jake crut un instant que cette question lui était adressée, mais lorsqu'il se retourna, il constata qu'Eden s'adressait à ses agresseurs.

— Vous êtes devenus complètement fous ? reprit-elle d'une voix furieuse. Vous avez perdu la tête ?

Sur ces entrefaites, elle s'approcha de lui et leva vers lui ses yeux couleur de bleuet, qu'elle ouvrit tout grand. Sans doute était-elle impressionnée par l'état de son visage, se dit Jake. Eden pinça les lèvres et, se retournant, regarda la troupe silencieuse.

— Filez, tous autant que vous êtes ! Je ne veux plus voir ! Quant au meneur, j'en fais mon affaire !

Ce dernier continuait à geindre, et il se laissa emmener par deux policiers sans résister.

— J'ai honte de vous tous ! reprit Eden avec force. C'est une attitude indigne ! Les citoyens de Waverly ne jouent pas les justiciers. Ils ne s'attaquent pas à un homme seul !

— Underwood en sait plus qu'il ne veut le dire, cria une voix hostile.

— Le major Underwood est un homme intègre à qui ses états de service dans l'armée font honneur !

Des grommellements et des ricanements parcoururent le groupe, mais Eden ne se laissa pas démonter et poursuivit avec passion.

— Le major Underwood est passé au détecteur de mensonges du FBI. Nous n'avons aucune raison de penser qu'il est lié à la disparition de Raine Nolan. Laissez-le tranquille !

— Cela ne l'empêche pas de proclamer qu'il sait où se

trouve la petite Nolan ! hurla une autre voix haineuse. Il l'a *vue* ! Il y a tout de même quelque chose qui ne colle pas !

Les autres firent aussitôt chorus.

— Le major Underwood a été grièvement blessé, et il garde des séquelles de son traumatisme crânien, expliqua Eden.

Elle fut de nouveau interrompue par la désapprobation générale. Quand un silence relatif tomba, elle reprit la parole, cette fois, d'une voix vibrante d'émotion.

— La disparition de Raine nous obsède depuis quatre jours… Chaque soir nous rentrons fourbus et nous nous couchons, obsédés par ce drame. Toute la journée, nous en entendons parler dans les médias. Et je suis certaine que je ne suis pas la seule à en rêver chaque nuit… Raine est dans nos cœurs. Dans nos esprits. Sans cesse… Si vous ne parvenez pas à comprendre que, à la suite de ce battage médiatique nécessaire, quelqu'un puisse avoir des…

Elle se tut, comme si elle se rendait compte que son discours l'entraînait trop loin. Le groupe d'hommes en colère était désormais calmé. Elle reporta son attention sur Jake.

Mais il l'ignora et se propulsa sur le siège conducteur, claqua sa portière et démarra dans le silence général.

On allait maintenant le prendre en pitié ! songea-t-il, énervé. Le chef de la police avait bien résumé la situation, n'est-ce pas ? Un soldat à moitié cinglé et complètement conditionné par les médias était sujet à des hallucinations et croyait voir une petite fille.

Laissez-le tranquille ! leur avait-elle dit.

Traduction : *Ayez pitié d'un pauvre fou.*

Or il se serait volontiers passé de la pitié d'Eden.

*
* *

Une fois chez lui, Jake se rendit compte que ses blessures étaient moins graves qu'il ne l'avait pensé. Il prit une douche brûlante, avala les analgésiques que les médecins de l'armée lui avaient prescrits, et se sentit vite mieux.

A la vérité, il n'était pas mécontent de la façon dont il avait riposté à l'assaut. Il ne put s'empêcher de sourire en revoyant son agresseur se plier en deux avec un hurlement de douleur. Si cette image ne calma pas la douleur des coups que ce dernier lui avait infligés, elle fut un baume sur sa fierté blessée.

Il décida de couper du bois pour calmer sa colère et sa frustration. Il aimait cet exercice répétitif, ainsi que l'odeur du bois qu'il débitait. De plus, il venait d'acheter une hache pour remplacer la hache antédiluvienne de son grand-père, et il en aimait le contact.

Concentré sur sa tâche, il n'entendit pas la voiture de patrouille se garer devant chez lui. C'est seulement quand il se redressa pour essuyer son front en sueur qu'il s'avisa de la présence d'Eden.

— Qu'est-ce que vous voulez encore ? lança-t-il avant de placer une nouvelle bûche sur le billot.

— Je reviens de chez le vieux McCoy, commença-t-elle. L'une de nos équipes de recherches a trouvé un cadavre dans un trou au fond de son champ.

Jake se figea, et il crut que son cœur s'arrêtait de battre. Raine Nolan ne pouvait être morte. Il l'aurait *su*, à cause de ce lien étrange et inexplicable qu'il avait avec la petite fille.

— C'est le cadavre d'un jeune veau, reprit Eden d'une voix neutre. Ou d'un grand chien. Pendant un moment, l'équipe a complètement paniqué… Mais ce n'est pas de cela que je voulais… Ecoutez, Jake… On peut parler ?

— N'est-ce pas ce que nous faisons ?

— J'aimerais que vous cessiez un instant de couper votre bois.

Il leva sa hache.

— Jake… Ecoutez… Pour tout à l'heure, je suis désolée.

Jake assena la hache sur sa bûche, qu'il fendit.

— Ma priorité, c'était d'apaiser la foule, reprit Eden sans se démonter. Je ne pensais pas… Plutôt, j'ai pensé que je devais fournir une explication qui les contenterait.

— En leur disant que j'étais cinglé ? Merci bien !

— Je n'ai jamais rien dit de tel ! protesta-t-elle.

— C'est ce qu'ils ont entendu. Et moi aussi.

— Mais ce n'est pas ce que je voulais dire !

Il baissa enfin sa hache pour la regarder. Les grands cernes violets qui soulignaient ses yeux évoquaient deux hématomes. Son visage était creusé par la fatigue, ses cheveux châtain clair noués en une queue-de-cheval qui se défaisait. Elle lui parut tout à coup plus vulnérable et plus jeune, en dépit de la tension et de l'inquiétude qui marquaient ses traits et auraient plutôt dû la vieillir.

— Alors que vouliez-vous dire ?

— Ecoutez, cela fait quatre jours que je pense nuit et jour à Raine Nolan. C'est éprouvant. Epuisant. Ce matin, tout ce que je voulais dire, c'est qu'à force d'entendre parler de l'enlèvement, et d'en parler, nous sommes tous à cran et…

Elle se tut et secoua la tête.

— Je ne savais même pas qui était Raine Nolan avant d'avoir ce flash, lâcha Jake.

Eden prit une inspiration si forte que ses seins se soulevèrent sous la chemisette de son uniforme. Jake se força à baisser les yeux.

— Il fallait bien que je dise quelque chose pour les ramener à la raison, reprit-elle.

— Ah oui ? J'aimerais vous poser une question, Eden. Vous êtes-vous moquée de moi depuis le début ? Avez-vous feint de croire à mes flashes pour mieux m'écarter ?

Le souvenir du dédain de son adjoint raviva sa première humiliation de la matinée.

— Au début, c'est vrai, je n'y croyais pas, avoua-t-elle. Mais souvenez-vous, ensuite, je suis allée dans les grottes. Tout à l'heure, j'ai dit aux responsables des équipes de recherches de cibler les caves, tout ce qui était souterrain.

— Mais, au fond, vous ne croyez pas vraiment que j'ai vu cette petite fille ?

Eden hésita, parut réfléchir. Sans doute voulait-elle être le plus sincère possible.

— Je n'en sais rien, reconnut-elle enfin.

— Vous en avez parlé ?

— De vos flashes ?

Elle secoua la tête.

— Alors comment cela s'est su ?

— Vous n'avez vraiment rien dit, de votre côté ?

— Vous me croyez assez stupide pour répandre le bruit que je *voyais* l'endroit où était détenue Raine Nolan ?

— Non, bien sûr que non… enfin, peu importe. Je sais que vous allez vous y opposer, mais j'aimerais qu'un policier assure votre protection à domicile, dorénavant. Au moins la nuit.

— Je croyais que vous aviez besoin de tous vos hommes pour retrouver Raine Nolan ?

— C'est vrai, mais après ce qui s'est passé aujourd'hui…

— Non. Je ne veux pas de protection, de nuit comme de jour. Vous avez besoin de vos hommes pour les battues.

Sur ces mots, il brandit de nouveau sa hache et l'abattit sur la bûche ; puis il en jeta les deux morceaux sur sa pile.

— Vous pensez qu'elle est toujours vivante ? reprit Eden à brûle-pourpoint.

Il se composa un visage avant de reporter les yeux sur la jeune femme. En dépit de ses efforts pour rester calme, il sentit la colère se ranimer en lui. Ce matin, elle l'avait méprisé lorsqu'elle l'avait reçu dans son bureau, puis elle l'avait ridiculisé devant les habitants de Waverly, et maintenant, elle voulait qu'il la rassure, lui dise que la fillette était toujours vivante et entretienne ainsi son espoir de plus en plus mince de la retrouver… D'un autre côté, il comprenait sa position, plus que délicate, et sa solitude.

— Si mon avis vous intéresse… eh bien oui, je pense qu'elle est vivante, répondit-il plutôt sèchement.

Elle eut un autre gros soupir qui, de nouveau, souleva ses seins. Cette fois, il ne se gêna pas pour admirer le spectacle. Quand son regard revint sur son visage, il constata qu'elle s'était empourprée.

— Merci.

Elle semblait sincère, mais il était encore trop énervé pour lui en être reconnaissant.

— Ne me remerciez pas. Retrouvez plutôt la petite et tout le monde sera content. C'est votre boulot.

Eden acquiesça et fit demi-tour pour revenir, tête baissée, vers son véhicule.

Jake la suivit un instant des yeux puis se remit à couper son bois, mais il n'était plus aussi concentré. Il lui avait dit ce qu'elle souhaitait ardemment entendre, à savoir que Raine Nolan était vivante, et c'était la pure vérité. Le problème c'était de savoir comment elle allait exploiter cette information ! La révélerait-elle à ses collègues et en plaisanterait-elle avec eux ? La répandrait-elle en ville, auprès de ses détracteurs ? Des journalistes ?

Ça lui était égal. L'important, c'était ce qu'il avait *vu* ce matin dans son flash.

Sans doute était-il le seul à pouvoir localiser l'endroit où était détenue la petite fille, grâce à l'étrange connexion qu'il avait avec elle.

10

Eden renonça finalement à repasser au poste de police pour rédiger son rapport sur la découverte d'un cadavre animal, et contacta Dean en arrivant chez elle. Après la réunion de cet après-midi, au cours de laquelle les agents du FBI avaient fait part de leur décision de quitter Waverly parce que, selon eux, tout espoir de retrouver Raine Nolan était perdu, elle redoutait d'entendre des mauvaises nouvelles en cascade.

— Quoi de neuf ? demanda-t-elle quand son adjoint eut décroché.

Depuis qu'une fuite avait révélé aux habitants de Waverly que Jake Underwood avait eu un flash au sujet de la petite Nolan, Eden et Dean communiquaient par le truchement de leurs portables personnels. Ainsi pouvaient-ils échanger, en toute liberté, les informations les plus confidentielles, sans courir le risque que celles-ci soient piratées puis déformées et propagées à mauvais escient.

— Rien, répondit Dean. Tu es où ?

Dean paraissait distrait, mais à sa décharge, il avait passé presque toute la journée à s'entretenir avec les journalistes. Ces derniers l'avaient interrogé sur le déroulement de l'enquête ainsi que sur la rixe de ce matin, qui avait d'ailleurs eu les honneurs du journal télévisé de 17 heures.

— Chez moi. Si je ne vais pas tout de suite me coucher, je vais m'effondrer !

— Dors une heure de plus, demain. Oublie le réveil.

Eden se mit à rire.

— Depuis le début de cette affaire, je n'ai pas besoin de mettre le réveil ! Les coups de fil incessants des journalistes et même des gens de Waverly, qui se confient à moi comme si j'étais leur psychiatre — c'est à croire qu'un chef de la police cumule tous les rôles — se chargent de me réveiller !

— Ça va ? fit Dean d'une voix inquiète. Tu me sembles…

Il se tut. Eden énuméra les adjectifs qui lui venaient à l'esprit.

Fatiguée. Découragée. Déprimée comme elle se souvenait l'avoir été, à la mort de sa mère. Une immense tristesse la submergea.

— Ça va ! mentit-elle avec assurance. A propos, je suis passée chez Underwood pour lui présenter mes excuses.

Dean ne répondit qu'après un long silence — qu'elle ne sut interpréter.

— Tu penses que c'était nécessaire ?

— Ça l'était pour moi, en tout cas. Quel que soit notre avis sur la question, Underwood est venu au poste dans l'intention sincère de nous aider. L'un de nos hommes a répété délibérément ce qu'il nous a confié, ce qui le met désormais en danger. Enfin, je l'ai publiquement humilié, ce matin.

— Underwood est un grand garçon ! Il savait qu'il aurait des problèmes, en nous rapportant ses visions. Tu l'as incité à porter plainte contre Dave Porter ?

— Oups. Désolée, je n'y ai même pas pensé. J'étais encore bouleversée par la découverte de ce cadavre…

— Je comprends. Bon, en ce qui concerne Underwood, il doit savoir que nous ne pouvons pas garder Dave Porter plus de quarante-huit heures au poste, s'il ne porte pas plainte.

Seul Dave Porter, le principal agresseur de Jake ce matin, avait été arrêté pour incitation à la violence et trouble de l'ordre public. Eden espérait que cette arrestation dissuaderait le reste de la population de s'en prendre encore au major.

Mais dans le cas où Jake portait plainte contre Dave Porter, de nouveaux conflits éclateraient — ce dont la police de Waverly se passerait volontiers, dans le contexte actuel.

— Tu veux que je l'appelle ? reprit Dean. Que je passe chez lui ?

— Je crois que ce serait mieux. J'ai beau lui avoir présenté mes excuses, j'ai toujours un contentieux avec lui. Il refusera de venir au poste si c'est moi qui le lui demande. Tu restes encore longtemps au bureau ?

— Oui. Tu peux aller te coucher et dormir sur tes deux oreilles.

Eden soupira.

— L'agent spécial Franklin est convaincu que Raine est morte. Les agents du FBI repartent demain à Jackson. Mais cette information doit rester confidentielle.

— Bien entendu. Tu vas tout de même la communiquer aux Nolan ?

— Oui.

Mais pas ce soir.

— Tu veux que je m'en occupe ?

— Non, merci, Dean. C'est mon travail.

Nouveau silence qu'Eden sentit réprobateur. Dean mettait-il ses compétences en doute ? Il n'aurait pas tort. Elle n'avait toujours pas retrouvé Raine et elle était débordée par la situation.

— A demain, conclut Dean sobrement.

— Ne reste pas trop tard, surtout. Nous sommes tous épuisés. De plus, je doute qu'il y ait du nouveau, ce soir. Du moins, rien qui ne puisse attendre demain matin.

Eden raccrocha et descendit de voiture. Elle avait mal partout. Elle dormait trop peu, mangeait à peine et avait l'impression de tourner en rond.

Quand elle eut ouvert la porte d'entrée, la fraîcheur de l'air climatisé et la tranquillité de sa demeure l'enveloppèrent. Cela lui fit du bien. Ne ressentant pas la nécessité d'allumer la lumière, elle retira son holster, le déposa sur le canapé, puis enfila le couloir qui conduisait à la salle de bains en déboutonnant son chemisier. Elle en sortit les pans de son pantalon et le passa par la tête avant de tourner le robinet de la baignoire.

A la vérité, elle craignait de s'endormir dans son bain, mais elle avait tout de même envie de se laver des déboires de cette journée. Cela fait, elle grignoterait quelque chose et se coucherait.

Bain. Nourriture. Dodo. C'était un bon programme.

En soutien-gorge et en slip, elle se rendit dans sa chambre à coucher plongée dans la nuit, et surtout dans une fraîcheur bienfaisante. Elle sortit un pyjama propre de la commode en évitant de regarder vers son lit, afin de ne pas succomber à la tentation de s'y laisser tomber. Il ne manquerait plus qu'elle s'endorme en laissant l'eau couler dans la baignoire.

Elle sortait quand, mue par une étrange intuition, elle se détourna d'un bloc pour survoler sa chambre du regard. Voyant son lit fait, elle se figea.

Depuis quatre jours, elle ne prenait pas le temps de rabattre sa couette, tant ses réveils étaient brutaux et grand son empressement à être debout sur le pont. Or ce soir, sa couette était soigneusement remontée. Les oreillers, doucement bombés, reposaient contre le montant ; ce matin, pourtant, l'un d'eux gisait à terre, et l'autre se trouvait aplati sur le matelas, car elle dormait à plat ventre dessus.

Eden se passa la main sur le front.

Aurait-elle tout de même fait son lit, machinalement, sans y penser ? Perplexe, elle s'approcha du lit et s'aperçut qu'il y avait une masse sombre entre les oreillers bien dressés.

Les mains tremblantes, elle alluma la lampe de chevet.

Le choc la pétrifia. Tout son sang lui parut se retirer de son corps. La tête d'une poupée aux yeux clos dépassait de sous les draps, spectacle morbide s'il en était.

Ainsi, aujourd'hui, pendant qu'elle se trouvait au poste de police, un individu mal intentionné avait couché cette poupée grandeur nature dans son lit, et l'avait couverte comme on borde un enfant après lui avoir souhaité bonne nuit ?

Son cœur battait avec une violence inouïe. Soulevée par un spasme, elle crut même qu'elle allait vomir, et pourtant elle avait l'estomac vide. Elle porta une main devant sa bouche, tandis que de grosses larmes brûlantes jaillissaient de ses yeux.

Elle avait envie de fuir cette chambre, son sanctuaire et son havre de paix, qu'un intrus avait envahie et salie, et cependant elle n'arrivait pas à bouger.

Enfin elle s'arracha à son immobilité, à reculons, avant de se précipiter dans la cuisine. La porte qui donnait sur le jardin était fermée à clé, comme elle l'était la veille au soir. Elle alla ensuite verrouiller la porte d'entrée, puis vérifia que les fenêtres du salon et de la salle à manger étaient bien fermées elles aussi.

Tout semblait normal. A sa place. Rien n'avait été vandalisé ou ne serait-ce que déplacé.

A l'exception de la poupée couchée au milieu de son lit, et positionnée comme une autre poupée l'avait autrefois été, dans un autre lit.

Désormais certaine qu'un bain ne parviendrait pas à la détendre, Eden revint dans la salle de bains et ferma résolument le robinet. Puis elle resta immobile devant la baignoire, indécise, à regarder sans les voir les volutes de vapeur à la surface de l'eau. Que faire maintenant ? Contacter Dean ? Faire venir ses collègues pour qu'ils relèvent d'éventuels indices dans sa chambre devenue une scène de crime ?

Elle ne s'était toujours pas décidée lorsqu'on sonna à sa porte.

Elle tressaillit. Qui pouvait bien venir à cette heure ? A moins que… venait-on lui annoncer que Raine avait été retrouvée… morte ?

Elle prit une longue inspiration et tâcha de se préparer au pire, à ce qu'elle redoutait depuis le matin où la disparition de Raine avait été signalée, tout en sachant que jamais elle ne serait prête à affronter une pareille nouvelle.

Elle enfila sa veste de pyjama, heureusement assez longue, et traversa le salon. Avisant son holster sur le canapé, elle s'en empara et le mit par-dessus sa veste.

— Qui est-ce ? demanda-t-elle en allumant la lumière de la véranda.

— Jake Underwood.

C'était bien la dernière personne dont elle attendait la visite, si elle en croyait l'accueil qu'il lui avait réservé dans l'après-midi. Pourquoi se présentait-il chez elle maintenant ?

La méfiance qu'elle avait nourrie à son égard, au début, et qui s'était atténuée au fur et à mesure qu'elle découvrait sa personnalité complexe mais si attachante, revint la tarauder. S'était-elle trompée sur Jake Underwood ? Et si c'était lui qui s'était introduit chez elle ?

Allons, ça n'avait pas de sens !

Comment Jake aurait-il pu savoir, pour la poupée ? Personne ne savait.

Personne.

— Que voulez-vous ?

— M'excuser.

Voilà qui était inattendu. Eden hésitait à le croire quand il reprit la parole.

— Je peux m'excuser devant votre porte fermée, si vous préférez.

Avait-il deviné qu'elle se méfiait de lui ? Eden hésitait toujours à le laisser entrer chez elle. Puis elle soupira. Elle s'était bien rendue chez lui, tout à l'heure, pour s'excuser. Qui l'empêchait de lui rendre la politesse ? Et puis, au fond, elle savait qu'elle n'avait aucune raison d'avoir peur.

Eden déverrouilla et ouvrit.

Jake Underwood portait un polo bleu et un pantalon kaki au lieu de son jean délavé et de son T-shirt habituel. Cela en faisait un autre homme ; mais si Eden découvrait, ainsi accoutré, un officier de l'armée américaine aux manières de gentleman, la lumière jaune de la marquise révélait, mieux que la lumière du jour ne l'avait fait, l'hématome sur son visage. Surtout, pour la première fois depuis qu'elle le connaissait, elle perçut une expression d'incertitude sur ses traits.

— Entrez.

Sur ces mots, elle s'effaça.

— Vous voulez du café ? proposa-t-elle, s'étonnant de l'affabilité de son accueil.

Mais en son for intérieur, elle voulait conjurer l'angoisse qui l'avait envahie, depuis sa macabre découverte de la poupée. Elle ne voulait et ne pouvait rester seule.

— Ne vous sentez pas obligée de jouer les parfaites maîtresses de maison, Eden. Ecoutez, je regrette ce que je vous ai dit, cet après-midi. Vous faites tout ce qui est dans votre pouvoir pour retrouver Raine Nolan, alors que c'est surtout la mission du FBI. Si, avec toutes ses ressources, celui-ci n'y parvient pas, personne ne s'attend à ce que vous y réussissiez seule.

— Si : moi. Vous avez eu raison de me dire que c'était mon boulot. C'est ma ville et mes concitoyens. Je suis responsable d'eux.

— Je sais. Si je vous ai parlé sur ce ton, c'est parce que j'étais en colère, pas parce que je doutais de vos compétences.

— Merci. Ecoutez, si vous ne voulez pas de café, peut-être accepterez-vous une tasse de thé ? Glacé ou non ?

Il refusait d'un hochement de tête, mais elle décida d'insister, de peur qu'il ne prenne congé.

— Je n'ai rien avalé aujourd'hui. J'allais me faire un sandwich, et je déteste manger seule.

La soupçonnerait-il de flirter ? Qu'importe. Au point où elle en était, cela lui était bien égal.

Du moment qu'il restait.

Elle avait besoin de parler. Intelligent et rationnel, Jake Underwood serait l'interlocuteur idéal. De plus, il avait le recul qui lui manquait.

Intelligent et rationnel ? Un homme qui a des visions d'une petite fille qui vient d'être enlevée ?

Eden refoula ces pensées. Jake lui souriait.

— D'accord pour le thé glacé.

— Parfait.

Eden retira son holster et le posa sur le canapé.

— Vous ouvrez toujours armée à vos visiteurs ? s'enquit Jake au même instant.

— Je n'en ai jamais ressenti le besoin avant ce soir, répliqua-t-elle. Mais aujourd'hui, on s'est introduit chez moi, pendant mon absence. Je viens tout juste de le découvrir.

Jake ouvrit de grands yeux.

— Vous êtes certaine que cet individu n'est plus chez vous ?

— Oui. Je m'en suis assurée.

— Vous pensez que ce pourrait être l'un des hommes de Waverly ?

Sous-entendu, l'un de ceux qui avaient pris le parti de Dave Porter. Cette hypothèse ne lui avait pas encore traversé l'esprit… La colère de ces hommes se serait-elle retournée contre elle, parce qu'elle était incapable de retrouver Raine Nolan ? L'un d'entre eux aurait-il voulu lui jouer un mauvais tour ? Sauf que…

— Je ne crois pas, dit-elle d'une voix nette.

L'expression de Jake changea, la confusion cédant la place à la plus vive inquiétude.

— Alors qui est-ce, à votre avis ? Vous a-t-on volé quelque chose ?

Elle secoua lentement la tête.

— Non, je ne crois pas. De plus, rien n'a été dérangé. J'ai seulement besoin de parler… Pour comprendre de quoi il retourne.

— Il faudrait plutôt que vous appeliez vos collègues pour qu'ils relèvent les éventuelles empreintes laissées par votre intrus dans la maison et le jardin. Vérifier si la serrure de votre porte a été forcée. Vous connaissez la procédure, tout de même !

— Il n'y aura aucune empreinte, Jake. Comme dans le pick-up de Lincoln Green.

— Vous pensez donc que c'est la même personne qui s'est introduite chez vous ?

— J'en suis certaine. Je vais tout vous expliquer pendant que je nous préparerai une collation. Venez, lui dit-elle, lui indiquant la cuisine.

Il suivit son regard, puis la dévisagea.

— Je ne comprends pas. Si on ne vous a rien volé, si on n'a pas vandalisé votre maison, comment savez-vous qu'on est entré chez vous par effraction ?

Eden soupira. Le mieux était de le conduire dans sa chambre et de lui montrer l'insoutenable spectacle. Voilà qui lui épargnerait de mettre des mots dessus. Se sentant dans un état de faiblesse identique à celui qu'elle avait éprouvé le soir où elle avait vu la couverture en patchwork rose et blanc, elle lui fit signe de le suivre.

— Venez voir.

Un peu surpris, il la suivit dans le couloir sombre. Elle s'arrêta sur le seuil de sa chambre, et s'arma de courage pour y entrer. Jake parut deviner son appréhension, car il passa devant elle. A la lumière de la lampe de chevet qu'elle n'avait pas éteinte, il s'approcha du lit où gisait la poupée.

Il l'observa longtemps, puis se détourna.

— On vous harcèlerait parce que nous n'avons pas encore retrouvé Raine Nolan ?

Nous ?

Avait-il utilisé ce nous par délicatesse, ou se sentait-il lui aussi responsable de l'échec des recherches ?

— Non. Cette poupée n'a aucun rapport avec Raine Nolan.

— Excusez-moi, Eden, mais je n'y comprends rien. Que se passe-t-il au juste ?

— C'est ce dont je voulais vous parler. De cette poupée. De la couverture.

— Vous faites référence à la couverture qui a été retrouvée dans le pick-up de Greene ?

Eden acquiesça.

— Ni la couverture ni la poupée n'ont de rapport avec Raine, dit-elle doucement.

Quoique, à bien réfléchir, elle n'en avait pas la certitude absolue…

— Du moins… Ecoutez, Jake, c'est une histoire compliquée et très triste. C'est pourquoi j'ai besoin d'en parler avec quelqu'un comme vous. Quelqu'un qui a le recul… Qui est capable de m'écouter et, peut-être, de m'éclairer.

— Vous en êtes certaine ? demanda-t-il.

Ses prunelles grises s'étaient adoucies.

— Oui.

Tandis qu'elle se tenait dans sa salle de bains, avant qu'il n'arrive, elle s'était énuméré la liste des rares personnes auxquelles elle pouvait faire confiance. Dean se trouvait au sommet, mais elle connaissait sa réaction d'avance. Il serait incrédule.

Ensuite, il y avait le Dr Murphy, qui n'était pas seulement le coroner de la région, mais qui avait aussi été le médecin de son père. C'est parce qu'il l'avait trop bien connu qu'elle avait rejeté la possibilité de se confier à lui.

Elle avait même songé au pasteur, mais que pouvait-elle attendre de sa part, sinon quelques paroles de réconfort ?

Elle allait donc confier son secret à un homme qui avait toutes les raisons de lui refuser son aide, mais qui semblait prêt à recueillir ses confidences.

Des confidences qu'elle n'avait jamais faites à personne.

11

Eden leur avait servi du thé glacé, mais avait oublié de préparer la collation promise.

Jake l'observait tandis qu'elle caressait le rebord de sa tasse de la pointe de son index. Ce geste machinal l'aidait sans doute à organiser ses pensées avant de déployer son récit. Quand elle commença à parler, sa voix avait la tonalité et le rythme d'une berceuse.

— J'avais deux ans de plus que Christie, donc j'étais censée être la plus raisonnable. Je devais sans cesse la surveiller. J'entends encore ma mère. Elle me répétait tout le temps : « Fais bien attention à Christie, Didi, elle est encore si petite. » Ce jour-là, nous étions allées à la piscine. Maman nous accompagnait, pas papa. Il y avait un monde fou… C'était un samedi après-midi et il faisait vraiment très beau. Les enfants s'en donnaient à cœur joie. Christie m'en faisait voir de toutes les couleurs. Une vraie tornade ! Elle ne s'arrêtait pas une minute… Elle disparaissait, revenait et annonçait en riant qu'elle était allée aux toilettes. Partout où on allait, Christie voulait voir les toilettes. Papa en plaisantait. Il disait qu'elle voulait faire un état des lieux de tous les sanitaires de l'Ohio !

Eden sourit, puis soupira et reprit le cours de son histoire.

— A un moment donné, maman s'est inquiétée parce qu'elle tardait à revenir, et elle m'a envoyée à sa recherche. J'ai eu beau la chercher, je ne l'ai pas trouvée. Lorsque, après un bon quart d'heure, je suis revenue bredouille et moi aussi inquiète auprès de maman, j'ai vu Christie qui jouait dans la piscine. Je n'ai rien dit, mais j'étais vexée. Après, je me suis dit que j'aurais dû signaler à maman…

Elle s'interrompit et secoua la tête.

— Signaler quoi ? Je n'en sais rien… Ces événements se sont déroulés il y a si longtemps. Je n'en ai jamais parlé. J'essaie d'y penser le moins possible.

— Allez-y doucement, intervint Jake pour l'apaiser.

Il était intrigué. Comment un incident insignifiant qui remontait à plusieurs années pouvait avoir un rapport avec l'intrusion de ce soir, voire avec Raine Nolan ? Mais à l'évidence, il y avait un lien, et il était impatient de le connaître.

Eden prit une inspiration et se remit à passer le doigt sur le rebord de sa tasse.

— Quand nous sommes rentrées de la piscine, nous étions épuisées. Nous nous étions tellement dépensées et il avait fait si chaud ! Après le dîner, maman nous a donc envoyées tout de suite au lit. Je me souviens, il était tôt, la nuit tombait tout juste, mais je me suis immédiatement endormie. Christie aussi a dû fermer les yeux dès qu'elle a été couchée. Je ne pense pas qu'elle se soit levée, au cours de la nuit. Déjà, ses yeux se fermaient pendant le dîner.

Elle fit une pause, et déglutit.

— Quand je me suis réveillée, il était encore tôt. Un grand silence régnait dans la maison. Nos parents n'étaient pas encore levés. C'était dimanche, tout le monde paressait. Je me suis tournée vers le lit de Christie. Elle n'y était pas. J'ai pensé qu'elle était allée aux toilettes, ou qu'elle s'était rendue dans la chambre de nos parents. Je ne pensais pas…

Elle secoua de nouveau la tête.

— Je n'ai pas pensé qu'il était arrivé quelque chose. On n'imagine pas que le destin puisse vous frapper quand vous avez toujours été heureux. Oui… Je n'avais aucune raison de croire que, ce matin-là, le pire était arrivé et que notre vie allait basculer…

Elle leva les yeux vers lui. Ils brillaient de larmes.

— J'ai rêvassé une bonne heure dans mon lit, et je me suis levée… Je me souviens du malaise qui m'a subitement saisie, quand j'ai vu, à la place de Christie, sa poupée préférée. J'ai cru qu'elle s'était une fois de plus amusée à mes dépens, et qu'elle s'était cachée dans la maison, pour me faire peur ou m'impressionner… Elle adorait ça… Peut-être était-elle dans la cuisine et dévorait les cookies qui restaient du pique-nique de la veille. Je n'ai pas pensé une seconde que Christie avait disparu, qu'un individu s'était introduit chez nous au cours de la nuit pour l'enlever. Ce genre de chose ne pouvait pas arriver. Pas chez nous.

Eden se tut. Jake attendit dans le silence qui se prolongeait, mais maintenant, il avait une petite idée de la suite. Eden allait sûrement évoquer la couverture à carreaux rose et blanc.

La jeune femme reprit son récit, sur un rythme plus rapide, comme si elle voulait en finir au plus vite.

— Je n'ai pas averti mes parents tout de suite. Je ne voulais pas non plus chercher Christie, comme la veille à la piscine. J'étais encore vexée… Je suis descendue dans la cuisine, mais Christie n'y était pas. Quand mes parents se sont levés, elle n'avait toujours pas réapparu. Cela faisait près de deux heures que j'avais constaté qu'elle n'était plus dans son lit. Deux heures de perdues, peut-être… Son ravisseur avait dû l'envelopper dans la couverture à carreaux rose et blanc que ma grand-mère lui avait offerte pour son baptême, et qu'on n'a jamais retrouvée. Il avait mis la poupée à sa place. Mes parents n'ont rien entendu. Moi non plus, et pourtant, je dormais dans la même chambre. Nous n'avons jamais revu Christie.

Le récit était terminé. Jake resta silencieux. Il ne savait

pas quoi dire. Aucune question ne lui venait à l'esprit. Le mode opératoire de l'enlèvement de sa sœur ressemblait étonnamment à celui de Raine. Eden était bien placée pour le savoir, aussi préféra-t-il se taire plutôt que de souligner des évidences…

— C'est la couverture de votre sœur qui se trouvait dans le pick-up, hier soir ? demanda-t-il tout à coup.

— Non, mais elle est identique, du moins au premier regard. Celle de ma sœur avait été confectionnée par ma grand-mère. L'autre a été achetée en grande surface, et est produite en série. Quoi qu'il en soit, je ne comprends pas comment on a pu être au courant de la disparition de ma sœur…

— Que voulez-vous dire ?

— Nous avons quitté l'Ohio pour nous installer dans le Mississippi, à Waverly, afin d'échapper à ce passé et à nos souvenirs. Papa y a tu notre drame familial. Moi aussi.

— En êtes-vous absolument certaine ?

Eden était encore bien jeune à l'époque. Elle n'avait peut-être pu s'empêcher d'en parler.

— Sûre et certaine. J'étais traumatisée.

— Mais votre mère ? Elle s'est sans doute confiée ? Les femmes trouvent souvent un apaisement à traduire ce qu'elles vivent en mots, et à en décharger le fardeau.

Elle ne put s'empêcher de sourire. Il parlait comme un psychologue.

— Au début, oui, maman a beaucoup parlé. Pour autant, elle n'a jamais surmonté le drame… Elle restait convaincue que Christie reviendrait. « On a sans doute pris sa couverture de baptême pour la couvrir, afin qu'elle n'ait pas froid ! » ne cessait-elle de répéter à la police. A ses yeux, cela signifiait que son ravisseur prendrait soin d'elle. Là où on habitait, dans l'Ohio, les gens disaient que maman était bien courageuse, parce qu'elle ne perdait pas espoir. Mais un soir, elle s'est tiré une balle dans la tête avec l'arme de service de mon père. C'est à ce moment-là que nous avons quitté le Mississippi.

Jake fut d'autant plus impressionné par ce dernier aveu qu'Eden l'avait fait sans exprimer d'émotion. La jeune femme avait perdu sa sœur, puis sa mère... Il admira sa vaillance.

— Mon père s'est reproché la mort de maman, la disparition de Christie...

— Pourquoi ?

— Selon lui, il n'avait pas su les protéger. J'ai tout de suite compris ce que Ray Nolan ressentait, lorsque je l'ai interrogé. Je l'ai lu dans ses yeux. Mon père avait le même regard, et il l'a gardé jusqu'à sa mort.

Un silence lourd tomba. Jake finit par le rompre.

— C'est pour cette raison que vous êtes entrée dans la police ?

Eden leva les yeux de sa tasse.

— Comme vous le constatez, je ne suis pas à la hauteur de ma mission, biaisa-t-elle.

— Vous faites tout votre possible, pourtant.

— C'est une maigre consolation.

— A votre avis, la disparition de Raine est liée à celle de Christie ?

— A presque vingt ans d'intervalle ? J'en doute...

— Le ravisseur a peut-être enlevé d'autres enfants, depuis votre sœur. Et pas seulement dans l'Ohio.

Eden soupira.

— Vous m'avez demandé si c'était à cause de la disparition de ma sœur si j'étais entrée dans la police. La réponse est non. Mais telle fut la motivation de mon père, dès que l'enquête de police a commencé, dans l'Ohio : c'était le meilleur moyen d'avoir accès à des données confidentielles et de s'informer sur des affaires d'enlèvement similaires. Mon père a effectué des recherches dès son entrée dans la police, fouillant les bases de données et les fichiers nationaux informatisés, sans parler d'internet. Il a exploré toutes les pistes possibles et imaginables.

— Il n'a trouvé aucune autre affaire similaire à celle de votre sœur ? s'étonna Jake.

— Certaines lui ont semblé l'être assez pour l'inciter à contacter les policiers chargés de l'enquête, mais il y avait toujours un détail qui lui faisait conclure qu'il ne pouvait s'agir du même ravisseur. Dans le cas où un suspect se trouvait en détention, il obtenait un passe-droit pour l'interroger. Ses collègues se montraient volontiers accommodants, sachant que sa propre fille avait disparu. Hélas, les espoirs de papa, à peine nés, s'écroulaient. Chaque fois qu'il rentrait bredouille, il me disait : « Ça ne sera pas pour cette fois, Didi, mais je sais que je réussirai. »

— Il en était vraiment convaincu ?

— De retrouver Christie vivante ? Ou son ravisseur ?

— Non, que les criminels qu'il interrogeait n'étaient pas coupables de l'enlèvement de Christie.

Eden se remit à passer le doigt sur le rebord de sa tasse.

— Je m'explique : mon père n'a jamais perdu espoir, et dans la plupart de ces affaires de disparition…

Sa voix se suspendit.

— Les petites filles n'avaient pas survécu, acheva-t-elle dans un souffle.

Elle leva la tête, croisa son regard.

— Mon père en concluait donc que les auteurs de ces crimes ne pouvaient avoir enlevé Christie, parce que cela aurait signifié que ma sœur était morte. Et selon mon père, Christie était vivante. Il ne pouvait en être autrement.

— Mais si le ravisseur de Raine n'est pas celui de Christie, comment expliquez-vous la présence de la couverture, puis la poupée ?

— Je pense que l'on veut me faire passer un message. Ou c'est un jeu sadique destiné à raviver des souvenirs pénibles ? A moins qu'on ne veuille me distraire de mon enquête ? En vérité, je n'en sais rien, Jake.

— Il y a quelque chose que je ne comprends pas. Comment celui qui vous harcèle a-t-il pu savoir que votre sœur avait été enlevée, et connaître les détails relatifs à sa disparition, si votre père n'en a jamais parlé à Waverly ?

— Il n'en a jamais parlé à nos voisins et amis de Waverly. A ses habitants. Mais le FBI était bien entendu au courant. Ainsi que les services des Affaires classées de la police criminelle et les policiers qui enquêtaient sur des affaires ayant des points communs avec l'enlèvement de Christie.

— Certes. Mais pourquoi ces individus, vos collègues qui ont tout de même voué leur existence à la justice, vous auraient-ils fait une si mauvaise plaisanterie ?

Elle soupira.

— Une plaisanterie… C'est pire que ça.

— On cherche à vous démobiliser. Qui se cache derrière ces agissements, selon vous ? Le ravisseur de Christie ? Celui de Raine ? Un individu lié à l'une ou à l'autre de ces affaires ? Aux deux ? Quoi qu'il en soit, il y a une ou plusieurs personnes qui utilisent la disparition de votre sœur pour entraver votre enquête : on veut peut-être même vous faire croire, à tort, qu'il existe un rapport entre ces deux disparitions.

— Mais pourquoi ?

— Je viens de vous le dire : pour entraver votre enquête.

— Dans quel but ? J'essaie seulement de retrouver une petite fille innocente, dit-elle doucement. Si je suis bien votre raisonnement, la seule personne qui pourrait désirer parasiter mes efforts, c'est…

— Le ravisseur de Raine, conclut Jake.

12

— Je suis désolée, Jake, je vous avais promis une collation, mais dans le feu de notre discussion, je l'ai oubliée.

Si Eden tenait la porte d'entrée grande ouverte, elle ne paraissait pas pressée de le voir prendre congé. Et s'il restait ? Cette pensée l'avait effleuré à plusieurs reprises, au cours de l'heure qu'ils venaient de passer ensemble.

— Vous voulez que je regarde partout dans votre maison, avant de partir ? proposa-t-il.

— C'est inutile. L'individu qui s'est introduit chez moi est parti depuis belle lurette. Merci quand même.

Il eut envie de lui proposer de lui téléphoner, pour s'assurer que tout allait bien, une fois qu'il serait rentré chez lui, mais il se ravisa. Il redoutait en fait de trahir son attirance pour elle. En dépit de la colère qu'il avait éprouvée à son égard, cet après-midi, Eden Reddick était la première femme qui le troublait depuis longtemps. D'où les sentiments tumultueux qu'elle lui inspirait ? C'était peut-être normal, car il vivait seul depuis des mois.

Sa vulnérabilité, qu'il venait de découvrir, ajoutait à son charme, et son courage forçait l'admiration.

— Bon, dit-il à contrecœur. Je vous conseille tout de même de bien fermer à clé, après mon départ.

— A la différence des habitants de Waverly, c'est toujours ce que je fais !

Au même instant, une voiture s'engagea devant chez elle, et ses phares éclairèrent son Chevrolet Silverado.

L'adjoint d'Eden descendit de la voiture de patrouille et, en lui lançant un regard oblique, s'approcha.

— Dean ! Que se passe-t-il ? Il y a du nouveau ? s'enquit Eden à la hâte.

Sa tension était perceptible, songea Jack, inquiet. Il y avait de quoi. Pour que son adjoint se rende en personne chez son chef de la police, il devait se passer quelque chose de grave.

— L'une de nos équipes a fait une découverte qui devrait t'intéresser, annonça Dean Partlow en montant les marches de la véranda.

Là-dessus, il le salua d'un bref hochement de tête, l'air étonné, avant de reprendre à l'adresse d'Eden :

— Tout va bien ?

— Il s'agit de Raine ? s'enquit Eden sans lui répondre. Elle est morte ?

— Non. Sinon je te l'aurais déjà dit.

Dean Partlow regarda brièvement Jake et ajouta :

— Nous pensons que Raine Nolan a pu se trouver dans un endroit conforme à ce qu'il nous a décrit.

— Dans une fosse, précisa Jake, conscient que Partlow répugnait à admettre qu'il avait eu raison.

Sa réaction, en effet, ne se fit pas attendre.

— Si j'étais à votre place, je ne pavoiserais pas. Les gens d'ici restent convaincus de votre implication dans la disparition de la petite.

— Où se trouve cet endroit ? s'empressa de demander Eden, plus par curiosité que pour mettre fin à un échange pour le moins inutile.

— Sur Diggeston Road. Il s'agit d'un terrain qui s'étend aux abords du golfe du Mexique. Son propriétaire est l'une des nombreuses papeteries du Mississippi. Une fosse y a été creusée récemment, et de plus, elle a été occupée. L'accès de ce terrain est certes interdit au public, mais tu te doutes bien que certains individus n'hésitent pas à s'y aventurer, d'autant qu'il n'est ni gardé, ni délimité par une grille ou une clôture. Cela dit, un panneau indique que c'est une propriété privée. En gros, tout le monde y a accès, mais tout le monde n'y pénètre pas forcément : une cachette idéale, en somme.

— J'aimerais m e rendre sur place, déclara Jake à l'intention d'Eden.

Il voulait se rendre compte par lui-même si c'était le lieu qu'il avait vu dans son dernier flash.

— Il n'en est pas question, objecta froidement Partlow. C'est une scène de crime. Les civils ne doivent pas s'en approcher. Ils risquent de la polluer.

Jake ignora sa remarque.

— Je pourrais vous confirmer si c'est l'endroit que j'ai vu, Eden. Cette information pourrait s'avérer utile.

— Ecoutez, chef, on n'a pas le temps de vérifier ou non les dires du major Underwood, reprit Partlow, vraiment irrité.

— J'aimerais pourtant que le major nous accompagne sur les lieux, repartit Eden d'un ton sans réplique.

Même si elle portait sa veste de pyjama et était pieds nus, il émanait de sa personne une telle autorité que Dean Partlow fut réduit au silence.

— Laissez-moi une minute, le temps d'enfiler des vêtements décents. Jake ? Nous prendrons ma voiture. Nous suivrons Dean.

Eden ignora le mécontentement grandissant de Dean Partlow qui, muet et réprobateur, regagnait déjà sa voiture de patrouille.

— Merci, dit Jake quand il fut hors de portée de voix. Mais votre adjoint est furieux.

— Je me demande pourquoi il réprouve autant votre présence sur les lieux. Une fois que les prélèvements nécessaires auront été effectués, tout le monde va accourir.

D'ici peu, des nuées de journalistes piétineront les abords de cette fosse.

Jake n'avait guère parlé depuis leur arrivée sur la scène de crime. Occupée quant à elle à examiner la fosse creusée dans l'argile du Mississippi, Eden ne l'avait pas vu en sortir par l'échelle de bois qui permettait d'y accéder. Quand elle se rendit compte qu'il n'était plus là, elle demanda à Dean s'il était remonté depuis longtemps. Dean haussa les épaules.

Une fois qu'elle fut à son tour remontée, Eden chercha Jake des yeux et le vit à l'écart des autres policiers. Sans prêter attention aux questions et commentaires dont on l'assaillait, elle s'approcha de lui, consciente qu'on observait leur échange avec le plus vif intérêt.

— Alors ? Qu'en pensez-vous, Jake ?

— Elle était là.

— Vous en êtes certain ?

Il opina. Son regard gris était très sombre.

— C'est bien là qu'il a séquestré Raine, au début ?

Ce trou correspondait exactement à la description que Jake avait donnée, avec ses parois terreuses veinées de racines, et l'eau qui gouttait.

Le grand calme de Jake la troublait. Percevait-il quelque chose qu'il ne pouvait traduire en mots ?

— Que se passe-t-il ? le pressa-t-elle, en baissant la voix pour ne pas alerter les autres policiers.

— Il a dû passer beaucoup de temps ici, pour tout préparer, marmonna-t-il. Pourquoi ne l'ai-je vu dans aucun de mes flashes ?

— Dès le début, vous avez pensé que vous aviez une connexion seulement avec Raine.

— Oui. Mais pourquoi a-t-il changé le lieu de séquestration ? C'était risqué, tout de même…

Eden resta silencieuse. L'instant suivant, elle aperçut, du coin de l'œil, un homme qui sortait de la foule déjà amassée non loin de la fosse d'argile et s'approchait de Dean.

Elle reconnut Ray Nolan. Même si elle était trop loin pour entendre leur échange, elle comprit vite, à ses gesticulations, que le père de Raine accablait Dean de questions et lui demandait, entre autres, la permission de descendre dans la fosse. Son adjoint lui en refusa manifestement l'accès, mais Ray parvint à faire valoir son point de vue et descendit finalement dans le trou où sa fille aurait été détenue au début de son enlèvement.

— Il va sans doute vouloir me poser des questions, quand il remontera, dit Eden.

Jake acquiesça sans mot dire.

Peu après, Ray Nolan réapparut et se dirigea vers eux. Eden marcha à sa rencontre, inquiète de sa réaction envers Jake Underwood.

— C'est ce que vous aviez vu ? persifla Ray.

Etait-il en colère parce que Jake avait vraiment *vu* l'endroit où sa fille avait été séquestrée ? Ou parce que la police avait autorisé sa présence sur les lieux ? Par prudence, elle s'interposa entre les deux hommes, mais Nolan l'écarta d'un geste.

— S'il y a des gens assez stupides pour croire que vous avez des visions, ce n'est pas mon cas ! Où est ma fille, espèce d'ordure ? A quel jeu jouez-vous ?

Ray fit un pas en avant. Eden essaya de nouveau de s'interposer, mais le père de Raine la repoussa rudement. Eden chancela et se cogna contre un pin.

Ignorant la douleur, elle revint à la charge. Jake fut plus rapide. Il saisit le poignet de Nolan, le lui tordit derrière le dos, puis il noua son bras autour de son cou et bloqua sa tête contre son épaule. Nolan se débattit, mais Jake le maîtrisa sans mal.

— Ne frappez plus jamais une femme, ou vous aurez affaire à moi. C'est compris ?

Nolan ne répondant pas, Jake, d'une saccade, resserra son emprise jusqu'à ce qu'il pousse un cri.

— Compris ? répéta Jake.

Ray acquiesça avec un gémissement de douleur. Là-dessus, Jake le relâcha si brusquement que Nolan trébucha.

— Que vous me croyiez ou non, je m'en fiche. J'ai vu une petite fille dans deux flashes, et elle se trouvait dans un endroit identique à celui-ci. C'est ce que j'ai dit à la police. C'est tout ce que je sais sur votre fille.

— Si jamais vous avez..., commença Nolan sourdement.

— Le major Underwood n'a rien à voir avec la disparition de Raine, le coupa Eden. Sinon, pensez-vous qu'il serait venu témoigner, et de surcroît avec une histoire pareille ? Pourquoi nous conduire sur les lieux où elle a été séquestrée si c'est lui le criminel ? Cela n'a pas de sens ! Vous le savez, Nolan !

— Alors elle est où ? demanda Nolan à Jake, d'une voix ardente.

— Ça suffit maintenant, Ray ! s'exclama Eden.

— Il ne vous dira pas ce qu'il sait, mais il y a des gens en ville qui y arriveront, c'est moi qui vous le dis ! s'écria Ray Nolan, hors de lui.

Eden ignora les murmures d'approbation qui s'élevaient de la foule amassée derrière le cordon de police.

— Ecoutez-moi bien, Ray : vous et les autres détracteurs de Jake, vous feriez mieux de laisser la police faire son travail.

— Je ne demande que ça ! Faites votre boulot, bon sang ! Retrouvez ma fille !

Ray ramassa sa casquette de base-ball, qui était tombée pendant son altercation avec Jake, puis repassa sous le ruban jaune qui entourait la scène de crime. Les autres policiers le suivirent des yeux.

Eden reporta son attention sur Jake, qui lui aussi regardait Ray Nolan.

— Vu la façon dont vous l'avez neutralisé, je comprends pourquoi vous ne vouliez pas de protection.

Le regard de Jake revint sur elle.

— Je ne lui en veux pas. Je ne comprends pas moi-même pourquoi j'ai cette connexion avec sa fille.

Eden soupira.

— Il n'empêche que vous aviez raison.

— Merci, mais ça n'est pas l'opinion générale.

Il considéra les badauds assemblés près de la fosse qu'il avait décrite avec tant d'exactitude.

— On continue de se méfier de moi.

— Quoi qu'il en soit, nous devons maintenant chercher le second endroit que vous avez vu. J'aimerais que vous nous le dessiniez. Nous l'imprimerons, et nous le distribuerons à nos équipes de recherches.

— Vous croyez vraiment qu'un simple dessin vous aidera ?

— N'oubliez pas que nous avions indiqué à nos équipes de chercher un lieu qui ressemble à ce que vous aviez vu dans votre premier flash. Malgré l'incrédulité générale et le manque de précision, regardez le résultat !

Jake se rembrunit.

— Cela fait presque vingt-quatre heures que j'ai eu mon deuxième flash, Eden.

Autant dire une éternité.

Rappelée aux faits, Eden s'assombrit elle aussi. Elle savait ce qu'il redoutait. Elle nourrissait la même angoisse. Si Jake n'avait pas eu d'autres flashes depuis vingt-quatre heures, cela signifiait que sa connexion avec Raine Nolan était peut-être rompue.

Concrètement, cela équivalait à dire que…

Elle repoussa cette pensée, comme elle la repoussait

depuis bientôt cinq jours. L'heure n'était pas au découragement.

— Je sais, lui dit-elle, mais au moins, nous avons notre première piste. Jusqu'à preuve du contraire, il ne faut pas désespérer.

13

Il était plus de minuit quand les techniciens eurent terminé de passer au peigne fin la fosse où le ravisseur avait détenu Raine pendant au moins vingt-quatre heures. En dépit de cette nouvelle piste, les agents du FBI envisageaient de rentrer à Jackson dans la matinée.

Même si sa présence sur les lieux n'était plus nécessaire, Eden avait tenu à rester, dans l'espoir qu'ils découvrent un indice important sur l'identité de l'individu qui avait creusé ce trou — un trou dont l'aspect correspondait, dans ses moindres détails, à la description que Jake en avait donnée dès le premier jour.

Quand elle remonta de la fosse, elle chercha Jake du regard, en vain. Etait-il retourné en ville ? Vu l'animosité que sa présence provoquait, tant parmi ses hommes que parmi ses concitoyens, c'était plausible.

Tout en se dirigeant vers sa voiture de patrouille, Eden continuait à fureter autour d'elle, écoutant à peine la question, toujours la même, que lui lançaient les badauds : les indices qui avaient été retrouvés permettraient-ils à la police de mettre la main sur le criminel ?

Au passage, elle croisa Ray Nolan, qui l'ignora. Il semblait toujours furieux qu'elle se soit interposée entre lui et Jake, et qu'elle accorde du crédit aux flashes de ce dernier.

Trop fatiguée pour dispenser quelques paroles de réconfort au père de Raine ou s'adresser aux détracteurs de

Jake, lesquels avaient l'arrogance de se considérer comme plus compétents que la police, Eden ouvrit sa portière. La lumière du plafonnier s'alluma, éclairant Jake installé sur le siège passager, qu'il avait incliné au maximum. A sa vue, il le redressa aussitôt.

— Je me demandais où vous étiez passé, dit-elle en s'asseyant derrière le volant.

— Les bonnes gens de Waverly semblaient prêts à me sauter à la gorge. J'ai préféré venir me réfugier ici.

— Je vous comprends.

L'animosité des gens envers Jake n'avait jamais été aussi intense que lorsque Ray l'avait accusé.

Dans le silence qui retombait, il lui tendit le bloc qu'elle laissait toujours dans sa voiture de patrouille. Il y avait dessiné ce qu'il avait vu dans son tout dernier flash, avec une grande précision.

— C'est bien ce que vous vouliez ? lui demanda-t-il.

— C'est au-delà de mes espérances ! Vous voyant aussi perplexe, je doutais que vous soyez à même de le dessiner.

En vérité, le réalisme du croquis la troublait. Les descriptions que Jake faisait de ses flashes restaient vagues, mais ce dessin prouvait qu'il en avait gardé bonne mémoire.

— Au moment où j'ai commencé à l'esquisser, mon flash m'est revenu à l'esprit dans ses moindres détails, expliqua-t-il comme s'il avait senti son étonnement. Et cependant, je ne pensais pas en avoir le souvenir.

— Tant mieux.

Elle sourit, apaisée.

— Vos hommes ont-ils trouvé des indices ?

— Pardon ? fit Eden, qui continuait à observer le dessin.

— Vos techniciens en savent-ils déjà davantage sur l'individu qui a creusé la fosse ?

— Ils ont bien relevé des indices qui indiquent une présence récente, mais…

Elle se tut et soupira.

— Je ne sais plus…

— Vous tombez de sommeil. Vous avez besoin de repos.

Un petit rire triste échappa à Eden.

— Si je n'avais besoin que de cela !

— Quoi que la police ait trouvé ce soir, il va falloir l'analyser. Il ne vous reste plus qu'à attendre.

— Ce n'est pas l'opinion de Ray.

— Sa fille a disparu. Il est incapable de penser logiquement.

— Je sais. A sa place, je serais malade d'angoisse. Mon père l'était, et l'est resté jusqu'à la fin de sa vie.

Sur ces mots, elle posa le bloc entre eux, démarra et manœuvra entre les véhicules de police. Quand ils eurent pris la route, un détail lui revint à l'esprit.

— A propos, merci d'avoir pris ma défense, tout à l'heure.

— Moi, j'ai pris votre défense ?

— Oui, au moment où Ray m'a poussée. Ça n'était pas nécessaire, mais… j'ai apprécié votre geste. Sincèrement.

Les hommes du Sud se vantaient de leur galanterie, mais on avait rarement pris sa défense. Sans doute parce qu'un chef de la police était censé pouvoir l'assurer seul.

— Si je ne m'étais pas contenu, je l'aurais étranglé !

— Heureusement que vous n'en avez rien fait ! Je n'ai pas envie que Ray Nolan porte plainte contre vous pour voie de fait, lui dit-elle en souriant.

— A propos, votre adjoint m'a dit que je devais porter plainte pour l'agression de ce matin.

— Ah oui. Contre Dave Porter.

Zut. Encore une fois, elle avait oublié de le lui rappeler.

— Vous n'êtes pas obligé, Jake, mais vous devez savoir que nous ne pouvons pas le garder au-delà de quarante-huit heures. Dean l'a arrêté pour trouble à l'ordre public ; mais concernant le préjudice subi, c'est à vous de porter plainte.

— Le désirez-vous ?

— Dave Porter était le meneur de ce guet-apens. Si vous

portez plainte, cela le calmera et calmera les autres. D'un autre côté, ces rixes occasionnent beaucoup de paperasserie, et en ce moment, nous avons d'autres chats à fouetter !

— Je m'en occuperai demain. Vous serez au poste ?

— A la première heure ! Après la découverte de la fosse et des premiers indices, les médias de la région vont occuper le terrain. Il va falloir organiser un point presse. C'est dommage que le poste de police n'ait pas un porte-parole, cela m'arrangerait bien…

— C'est sans doute parce que personne ne peut tenir ce rôle aussi bien que vous.

— Si c'est un compliment, je vous en remercie. Et si c'est une façon diplomatique de me suggérer d'en avoir un, je vous donne raison !

— Vous faites du bon travail, Eden. Gérer ce genre d'affaire n'est jamais facile.

— Comme vous le dites ! Dean s'occupe des demandes d'informations ou des interviews, mais il préfère nettement travailler en arrière-plan et collaborer avec le FBI. Non que je m'en plaigne ! Les gars du FBI sont beaucoup plus à leur aise avec lui.

— Vous voulez dire, parce que Dean est un homme ?

— Avec moi, les gars du FBI prennent des gants. Souvent, ils hésitent et cherchent leurs mots, quand je suis présente.

Elle tourna les yeux vers lui. Son cœur manqua un battement. Le regard de Jake brillait avec une telle intensité, dans la pénombre… Troublée, elle reporta vivement son attention sur la route. Quelque chose, une étincelle, venait de jaillir entre eux.

Leurs relations étaient devenues plus intimes, et voilà qui compliquait singulièrement la situation. Tout le monde en ville pensait que Jake, un original, était impliqué dans l'enlèvement de Raine. Elle n'en croyait rien, mais au fait que savait-elle vraiment de Jake Underwood ?

C'était un vétéran de guerre, un gradé décoré. Un homme intelligent. Issu d'une bonne famille, respectée dans la région. C'était un détail qui avait son importance par ici.

— Ça va ?

La question de Jake l'arracha à des pensées qui s'engageaient sur une pente dangereuse. Ce qu'elle pensait de lui ou ce qu'elle ressentait à son égard n'avait pour l'instant aucune importance. Ce n'était pas le moment de tomber amoureuse d'un homme que tout le monde soupçonnait.

Amoureuse.

— Si je ne vais pas très vite me coucher, je vais commettre une erreur que je regretterai toute ma vie, lui avoua-t-elle.

Embrasser un homme dont je ne sais rien. Ou si peu...

— Heureusement, ajouta-t-elle, nous sommes presque arrivés.

Quand enfin elle tourna dans sa rue, ses phares éclairèrent le pick-up de Jake resté devant chez elle. Eden se gara à côté et coupa le moteur. Il lui semblait que leur conversation n'était pas terminée, mais elle était trop fatiguée pour savoir comment l'achever. Tout ce qu'elle voulait, c'était dormir.

Dans son lit où se trouvait cette maudite poupée.

— Je ne sais pas si je vais y arriver, lâcha-t-elle dans un murmure.

— Vous voulez parler de l'enquête ?

Elle ne le regarda pas.

— Non, rentrer chez moi. Dans ma chambre.

Il ne répondit pas, mais après quelques secondes, elle l'entendit ouvrir la portière et la refermer, si vite que la lumière du plafonnier ne se déclencha même pas.

Puis sa portière s'ouvrit. Jake lui tendit la main.

— Venez.

— Je ne peux pas.

— Je m'occupe de tout. Venez.

— Je peux compter sur vous ? demanda-t-elle, s'en voulant d'avoir une petite voix plaintive.

— Vous pouvez compter sur moi.

Jake avait parlé avec fermeté. Il comprenait son état d'esprit actuel. Il avait souvent vu les effets d'un trop grand stress, de l'épuisement et du manque de sommeil chez ses hommes, avant le combat. Ils allaient jusqu'au bout de leur force physique et mentale, et s'entêtaient au risque de craquer.

Il renonça à lui faire prendre une douche ; elle l'aurait certes délassée mais aurait suscité une intimité malvenue et rendu la situation, voire ses intentions, ambiguës.

Il fit donc attendre Eden dans le couloir, pendant qu'il allait chercher son pyjama, qu'elle avait laissé au pied de son lit. Il le lui remit et la conduisit dans la salle de bains.

Pendant qu'elle se dévêtait et se livrait à ses ablutions, il revint dans la chambre et résista au désir d'arracher la poupée du lit. Pensif, il se demanda qui lui avait joué ce méchant tour, et pourquoi.

Le bruit de l'eau qui coulait l'arracha à sa contemplation et lui rappela qu'il n'avait que quelques minutes pour effacer les traces de l'intrusion. Retirant la housse d'un des oreillers, il s'en servit pour saisir la poupée. Il déposa ensuite son ballot sur la coiffeuse.

Il retira alors la housse de la couette et, ayant trouvé des draps propres sur l'étagère supérieure de l'armoire, refit rapidement le lit.

Certain qu'Eden n'allait plus tarder, maintenant, il cacha les draps et la housse avec la poupée dans l'armoire. Il en refermait le battant lorsqu'il entendit la porte de la salle de bains s'ouvrir.

Quand il se retourna, Eden se tenait immobile sur le seuil de sa chambre.

— Vous avez eu le temps de changer les draps. Quelle rapidité !

— Acquise lors de mes années passées dans l'armée. Couchez-vous, je reviendrai éteindre.

Il n'attendit pas qu'elle obtempère, et profita de ce qu'elle avait le dos tourné pour sortir draps, housse et poupée de l'armoire ; puis il gagna la salle de bains et déposa son fardeau dans le panier à linge. Enfin, il ouvrit l'armoire à pharmacie et en tira un flacon d'analgésiques et de relaxant musculaire, en prit deux comprimés au creux de sa paume. Quand il revint dans la chambre à coucher avec ses comprimés et un verre d'eau, Eden n'avait pas encore éteint sa lampe de chevet.

La jeune femme s'étonna quand il tendit sa main ouverte.

— Qu'est-ce que c'est ?

— Quelque chose qui va vous aider à dormir.

Elle rit.

— Je doute en avoir besoin !

— Oui, mais avec ces comprimés, vous éviterez de faire des cauchemars.

— Mm… Vous savez que je dois me lever tôt. A 7 heures.

— Je sais. Ne vous inquiétez pas, je vous réveillerai.

Après une brève hésitation, elle prit les comprimés et les avala avec une gorgée d'eau. Elle se rendit compte, en même temps, qu'elle mourait de soif.

— J'en déduis que vous ne partez pas ?

— Non, dit-il en lui reprenant le verre d'eau. Dormez, maintenant. Vous devez être reposée pour affronter la journée de demain.

Elle opina, et le suivit des yeux quand il contourna le lit pour éteindre la lampe de chevet.

— Vous avez gardé les documents que votre père a rassemblés sur la disparition de votre sœur ? demanda-t-il soudain.

— Evidemment !

— Vous les conservez chez vous ?

Elle opina, sourcils froncés. A l'évidence, elle cherchait à comprendre où il voulait en venir.

Il s'expliqua.

— J'aimerais y jeter un coup d'œil. Du moins, si cela ne vous dérange pas.

— Non… Vous pensez trouver un lien entre l'enlèvement de Raine et la disparition de ma sœur ?

— Je pense surtout que ça vaut la peine d'y jeter un coup d'œil. Et comme je suis chez vous, et que j'ai la nuit devant moi…

Elle soupira.

— Vous avez peut-être raison. Les dossiers de mon père se trouvent dans l'armoire de sa chambre. Si vous voulez, je vais vous les chercher, dit-elle, rejetant déjà la couette.

— Laissez, je trouverai bien. Bonne nuit. Si je trouve des informations pertinentes, vous serez la première à le savoir, je vous le promets.

Là-dessus, il éteignit la lampe de chevet et sortit à regret. L'idée de la laisser seule l'incommodait, et l'attirance qu'il éprouvait pour elle l'aurait volontiers fait rester, ne serait-ce que pour l'étreindre et la rassurer jusqu'au petit matin.

Mais à quoi bon ? L'attirance n'était pas réciproque. Eden ne pouvait s'intéresser à un homme comme lui, nanti d'un passé si lourd.

Il devait garder ses distances. Officier de l'armée américaine, il se considérait comme un gentleman. Il avait toujours essayé de vivre selon ses principes.

Jamais il n'y dérogerait.

14

Quand Eden ouvrit les yeux, le soleil passait déjà à travers les rideaux ; son réveil lui apprit qu'il n'était pas encore 7 heures. Elle avait largement le temps de prendre une douche et de boire un café avant de se rendre au poste.

Jake avait-il consulté les dossiers de son père pendant qu'elle dormait ? Etait-il déjà parti ? Mais non, puisqu'il avait promis de la réveiller.

Pour la première fois depuis la disparition de Raine, elle avait les idées un peu claires ; elle avait enfin pu se reposer. L'espoir lui revenait, malgré la nouvelle journée difficile qui l'attendait, à commencer par la conférence de presse qu'il lui faudrait mettre sur pied.

A moins que Dean ne s'en soit déjà occupé ? Elle en doutait. Dean ne prenait jamais d'initiative sans la consulter au préalable. Rejetant sa couette, elle alla prendre des vêtements propres dans son armoire et se rendit dans la salle de bains.

Un grand silence baignait sa maison. Une bonne odeur de café flottait dans le couloir. Elle sourit. Jake avait tenu sa promesse de passer la nuit chez elle et de veiller sur son sommeil. Elle lui en était infiniment reconnaissante.

Un bon quart d'heure plus tard, Eden, ragaillardie par la douche qu'elle venait de prendre, émergea de la salle de bains, habillée de pied en cap et même maquillée, soin qu'elle prenait rarement. Pour autant, elle ne chercha pas à s'expliquer les motifs de cette coquetterie autrement que par l'impérieuse nécessité de se montrer sous son meilleur jour devant les journalistes, et surtout, devant les caméras de la télévision.

Dans la cuisine, Jake était plongé dans la lecture d'un document, face à une impressionnante pile de dossiers. Elle eut aussitôt l'intuition qu'il n'avait rien découvert au cours de la nuit, et en fut terriblement déçue, même si elle s'y était attendue.

— Bonjour, dit-il sans lever les yeux vers elle.

— Bonjour. Et merci d'être resté. Merci aussi d'avoir préparé du café.

— Vous avez bien dormi ?

Cette fois, il leva les yeux et cilla face au soleil qui passait par la fenêtre au-dessus de l'évier.

A la vue de son visage magnifié par la douceur du soleil matinal, Eden sentit son cœur manquer un battement. Et elle comprit avec une étrange acuité que sa vie banale, sans tristesse mais aussi sans joie, venait de prendre un tournant.

Galvanisée, elle continua à le dévisager. Les yeux de Jake lui paraissaient bleus, et non gris comme d'habitude. Etait-ce un jeu de la lumière ? Quoi qu'il en soit, leur éclat dans son visage bronzé, sous ses cheveux noirs, était étonnant.

Détonant…

Il était séduisant, plus qu'elle n'avait jamais trouvé un homme séduisant. Pourquoi le découvrait-elle précisément à l'instant ? Parce que, jusque-là, elle le considérait comme un suspect et se méfiait vaguement de lui ? Tout à coup, elle voyait en lui un allié.

Bien sûr, elle savait que Jake Underwood avait du charisme. Elle l'avait tout de suite remarqué, le jour où il était venu au poste pour témoigner. Mais c'était seulement maintenant que son charme l'émouvait profondément.

— Eden ?

Elle tressaillit et revint à la réalité présente, non sans avoir reconnu à part elle, avec un mélange de surprise, de joie et d'inquiétude, qu'elle était amoureuse de Jake Underwood.

Il était si intelligent. Intègre. Digne.

Mais ça n'était pas le moment de s'énumérer ses qualités...

— Qu'avez-vous trouvé ? s'enquit-elle, s'efforçant de parler avec naturel.

— Rien de probant, mais il y a des petites choses que j'aimerais étudier de plus près.

— Vous voulez emporter ces dossiers chez vous ?

— Peut-être, oui. Je n'ai pas terminé de les passer en revue. Votre père était un homme vraiment très méticuleux.

— Obsédé, plutôt. Hanté. Il ne voulait rien laisser au hasard.

Combien de soirées n'avait-il pas passées, claquemuré dans son bureau !

— Excusez-moi, Jake, mais il faut que j'y aille. Si vous voulez prendre un bon petit déjeuner, vous trouverez des œufs et du bacon dans le réfrigérateur et des céréales dans le garde-manger. Faites comme chez vous.

Elle parlait trop. Trop vite. Trop fort. Elle trahissait son émotion.

— Merci.

Jake lui sourit.

— Je rangerai avant de partir. C'est aussi une habitude qui date de l'armée.

C'était la première fois qu'elle le voyait sourire si franchement. Son émotion fut cette fois à son comble. En connaissant désormais la raison, elle soupira.

— Ne vous inquiétez pas, Jake. Appelez-moi si vous faites une trouvaille, ajouta-t-elle en désignant les documents d'un mouvement de la tête.

— Promis.

Elle hésita, sur le seuil de la cuisine. Elle n'avait pas

envie de partir, mais de s'asseoir en face de lui. Parler de lui. Avec lui.

Elle contint un soupir.

— Bon… j'y vais.

— Bonne chance avec les hyènes.

Elle opina et, après trois pas hors de la cuisine, ne put résister au désir de se retourner.

Jake avait déjà reporté son attention sur les dossiers de son père. Le soleil jouait dans ses cheveux.

Qu'est-ce qui lui arrivait ? Elle béait comme une adolescente après un homme qui était…

Fou ? Diminué ?

Non ! Qui avait été blessé au combat !

Jake Underwood avait toute sa tête, et il était même plus sensé que la plupart des gens de Waverly. Peut-être plus qu'elle, en ce moment…

Elle ouvrit la porte d'entrée et sortit sous la véranda. Même si celle-ci dispensait son ombre et s'il n'était pas encore 8 heures, la chaleur s'abattit sur elle comme une chape de plomb jusqu'à l'étourdir. Elle respira à fond. Elle devait garder la tête froide pour affronter la horde de journalistes qui devait l'attendre de pied ferme.

Des hyènes.

Elle sourit. Excellente appréciation de la part d'un homme censé ne pas avoir toute sa tête.

Sans cesser de penser à Jake, Eden continua à sourire jusqu'à son arrivée en ville.

Si la conférence de presse se déroula sans encombre, elle fut tout de même éprouvante. La fosse découverte sur les terrains appartenant aux papeteries du Mississippi étant telle que Jake l'avait décrite, les journalistes s'intéressaient de près à son rôle dans l'enlèvement de Raine Nolan. Eden eut beau répéter que le major avait été innocenté, elle se sentait impuissante face à la nouvelle vague d'hystérie qui déferlait sur Waverly, et que l'attitude de Ray Nolan excitait. Plus tard dans la matinée, Ray ne se priva pas de critiquer la police et son enquête ; les journalistes s'emballèrent alors à leur tour et devinrent des hyènes, comme Jake le lui avait prédit.

Au cours des heures frénétiques qui suivirent, elle se demanda plus d'une fois si Jake avait découvert une information utile dans les archives de son père. Elle s'illusionnait et elle le savait, mais elle ne pouvait pas s'en empêcher.

Elle se sentait de nouveau écrasée par le poids de ses responsabilités. Malgré la découverte du premier lieu de détention de la fillette, les agents du FBI entendaient toujours rentrer à Jackson. Selon eux, la trace de l'enfant était perdue, et après cinq jours de fouilles incessantes, la retrouver, de surcroît vivante, tenait désormais de l'impossible.

Ils avaient cependant assuré à Eden qu'ils restaient à sa disposition et reviendraient à Waverly, quand la police aurait retrouvé le corps. Ce serait une étape importante, lui dirent-ils, car la famille pourrait commencer son deuil. Et, avec un peu chance, une nouvelle source déterminante d'indices, qui permettrait à la police scientifique et technique d'identifier le criminel. A ce moment-là, le FBI de Jackson détacherait une équipe.

Mais concrètement, à partir de maintenant, la police de Waverly était livrée à elle-même, et le désarroi d'Eden immense.

— Je rentre chez moi.

Eden sursauta, puis leva les yeux. Dean était adossé contre le chambranle de la porte.

Elle lui adressa un sourire vague.

— Va prendre un peu de repos, tu l'as bien mérité.

— Toi aussi.

Comme il partait, elle le rappela.

— Dean… Qu'allons-nous leur dire, demain ?

— Aux Nolan ?

— Aux équipes de recherches…

Le nombre de participants décroissait à chaque jour qui passait. Les volontaires restants recommençaient à fouiller les sites qui l'avaient été tout au début.

— Toujours la même chose : pour mettre toutes les chances de notre côté, nous devons être le plus nombreux possible et ne pas nous laisser décourager.

— Mais toi, Dean, qu'en penses-tu ? insista-t-elle.

Il haussa les épaules avec lassitude.

— Je ne pense plus rien.

Elle soupira.

— Nous ne saurons peut-être jamais ce qui lui est arrivé…

— Si, nous le savons. Raine a été enlevée. A partir de là, il y a plusieurs scénarios.

Elle opina, abattue et plus consciente que jamais du cruel parallèle avec le drame qui avait éprouvé sa famille.

Winton passa sa tête par l'embrasure de la porte.

— Excusez-moi de vous déranger…

— Vous ne nous dérangez pas, je partais, fit Dean.

— Le major Underwood aimerait vous voir, chef Reddick.

— Faites-le entrer, repartit Eden comme Dean fronçait les sourcils.

Winton obtempéra.

— Vu l'animosité que les gens entretiennent à son égard, cet homme est courageux d'oser venir en ville, lâcha Dean. Ou inconscient et fou.

— Je doute qu'il soit fou et inconscient.

— J'ai cru comprendre en effet que tu avais changé d'avis sur la question.

Eden ne pouvait ignorer l'insinuation.

— Explique-toi.

— On a vu son pick-up devant chez toi, cette nuit.

— Et alors ?

Elle s'était exprimée avec le plus grand calme, malgré son cœur qui battait fort.

— Ton intimité avec le major Underwood te décrédibilise.

— Mon intimité ? Qu'est-ce qui te fait penser que je suis intime avec le major ?

— Tu le sais mieux que moi, Eden, puisque le major a passé la nuit chez toi.

Elle aurait pu lui donner la véritable raison de sa présence, mais elle n'avait pas envie de parler de son propre drame ; en outre, dans la situation actuelle, elle ne voulait pas se montrer en position de faiblesse.

Elle cherchait une explication plausible lorsque Winton fit entrer Jake.

— Nous en reparlerons demain, dit-elle simplement.

— Comme tu veux, conclut Dean, l'air toujours ironique. Bonjour, major Underwood !

— Je ne dérange pas, j'espère ? demanda Jake à Eden.

— Ne vous inquiétez pas, lui répondit-elle, tandis que le feu lui montait aux joues. Nous mettions au point les derniers détails pour demain.

Elle baissa les yeux, certaine que Jake n'était pas dupe.

— Dure journée ? reprit-il.

— Plutôt. Les agents du FBI sont rentrés à Jackson.

— Déjà ?

— Oui. Ils disent qu'ils reviendront quand nous aurons trouvé le corps de Raine. Du moins, si nous le retrouvons un jour…

— Ils savent, depuis le premier jour, que c'est l'une des conclusions possibles de cette affaire.

— Certes, mais ils prennent purement et simplement la fuite ! Ils nous abandonnent ! Pour nous, c'est un coup dur. Psychologiquement, c'est désastreux.

— Gardez l'espoir. Raine est toujours vivante, jusqu'à preuve du contraire.

— Je ne suis pas certaine d'avoir assez de force pour continuer à espérer.

— Alors déchargez-vous de l'enquête.

— Pour la confier à qui ?

— Vous voyez, vous aussi vous baissez les bras, Eden ! Il ne faut pas !

— Alors donnez-moi un indice ! N'importe quoi !

Pour seule réponse, il posa un dossier sur son bureau.

Un dossier de son père.

Elle leva les yeux vers Jake, et le fixa sans ciller.

Il restait silencieux.

Elle comprit alors qu'il répondait à ses attentes.

Il lui donnait une piste.

15

— Deux affaires recensées par votre père ont d'étranges similitudes avec l'enlèvement de Raine Nolan, annonça Jake en ouvrant le dossier. Les victimes sont Shauna Terrell, disparue à Boothville, Lousiane, en 1999, et Madison Stewart, enlevée en 2005 à Bayou la Batre, Alabama. Leur ravisseur n'a jamais été retrouvé.

— Quel genre de similitudes ? s'enquit prudemment Eden.

A l'évidence, elle n'osait pas encore y croire.

— Dans les deux cas, le ravisseur a séquestré ses victimes dans un trou creusé de ses propres mains. Plus important, ces trous ou fosses, appelez-les comme vous voulez, ont été creusés sur des terrains désaffectés, interdits au public.

Eden resta sans réaction, contrairement à ce qu'il espérait. Elle semblait en réalité sidérée par la connexion qu'il venait d'établir, et qu'il trouvait si évidente, entre les trois affaires.

— Mais… n'est-ce pas logique ? dit-elle enfin. Il a creusé ces trous dans des endroits éloignés et isolés pour ne pas attirer l'attention sur lui.

— Mais un criminel n'agit pas selon une logique, du moins, pas selon notre logique. En général, le ravisseur veut garder sa victime le plus près possible de lui. Dans sa cave. Ou son grenier.

Il posa la main sur le dossier grand ouvert.

— Dans ces trois affaires, le lieu de détention est éloigné de tout. L'individu contrôle la situation autrement que ne le font les ravisseurs qui séquestrent leur victime sous leur toit.

— Les *trois* affaires ?

— J'inclus l'enlèvement de Raine Nolan.

— Vous pensez que cet individu qui a sévi en Alabama et en Louisiane se trouverait maintenant dans le Mississippi ?

Eden cherchait déjà un suspect parmi les habitants de Waverly, où tout le monde se connaissait.

— Ou qu'il y est de passage. Peut-être a-t-il de la famille à Waverly ? Peut-être y est-il né et y est-il revenu après avoir vécu en Alabama ou en Louisiane ? Les possibilités sont nombreuses.

— Certes.

— Je pense que ça vaut la peine d'explorer cette piste.

— Je vais relire le dossier sur l'enlèvement de ces fillettes. Si ce trou est leur seul point commun…

Elle se tut, comme si elle était gênée de douter de ses dires.

— Ça n'est pas la seule ressemblance. Regardez sur la carte. Les deux villes où ont eu lieu ces enlèvements sont côtières et de très petite taille, comme Waverly. De plus, elles sont entourées de nombreux sites non constructibles, donc déserts.

— Comment se sont déroulés les enlèvements des deux autres fillettes ?

Jake savait qu'il aurait du mal à la convaincre, mais il était sûr de ne pas se tromper. Il y avait trop de faits concordants entre les trois affaires. Il était donc prêt à déployer tout son talent de persuasion.

— Pour le premier, le ravisseur s'est introduit dans la maison en pleine nuit, comme ce fut le cas pour Raine. La petite fille a été arrachée de son lit pendant son sommeil. Le reste de la famille dormait.

— Et dans l'autre cas ?

— L'enfant a été enlevée dans le jardin, où elle jouait. La nuit tombait.

— Mis à part le trou, comment avez-vous pu établir le lien entre les trois enlèvements ?

— A cause de leur âge, identique. Et de leur ressemblance physique.

Il ouvrit l'une des chemises que contenait le dossier et en sortit les photos de la fillette qui avait disparu en Alabama.

— Regardez.

— Oh, mon Dieu ! Elle et Raine…

— Oui, elles pourraient être sœurs !

Jake regretta ces mots sitôt qu'il les eut prononcés, mais Eden ne semblait pas l'avoir entendu. Elle fixait la photo.

— Je connais mal la psychologie des ravisseurs, mais je sais que les victimes d'un tueur en série partagent souvent des particularités physiques, reprit-il.

— Nous devons transmettre ces informations au FBI !

— Vous voulez dire, à des individus qui ont décrété que Raine était morte ?

Elle leva les yeux vers lui.

— Même s'ils pensent qu'elle est morte, ils n'ont pas renoncé à chercher son meurtrier.

— Si vous leur fournissez ces informations, il va falloir patienter jusqu'à ce qu'ils aient épluché ces dossiers et effectué des vérifications. Nous n'avons pas le temps.

— Que voulez-vous que je fasse, Jake ?

— Resserrer la recherche sur les habitants de Waverly. Qui a habité dans ces deux villes de Louisiane ou d'Alabama ? Vous connaissez bien Waverly, vous trouverez !

Il posa sa main sur le dossier.

— Faites vite, avant que Raine ne connaisse le même destin que ces deux fillettes.

— Elles sont…

— Mortes, oui. Leur ravisseur les a tuées.

— Après combien de temps ?

De l'index, il montra la chemise qui contenait le rapport de l'affaire Shauna Terrell.

— Son corps était dans un tel état qu'il a été impossible de le dire.

— Et Madison Stewart ? dit Eden en montrant la photo de la petite victime d'Alabama.

Elle était blonde, et ressemblait étonnamment à Christie Reddick, dont il avait vu la photo à maintes reprises, en consultant les archives du père d'Eden.

— Les enquêteurs pensent qu'elle est morte au bout de quatre jours. Le coroner n'a pas pu être plus précis.

Quatre jours.

Eden ferma les yeux.

Jake comprenait son angoisse.

Cela faisait cinq jours que Raine avait été enlevée.

Jake lui avait laissé le dossier et ses notes. Plusieurs fois dérangée par les affaires courantes du poste de police, Eden réussit toutefois à les lire dans leur intégralité.

Elle restait sceptique, tout en reconnaissant les similitudes évidentes entre les trois affaires. Jake avait bien travaillé, d'autant mieux qu'il n'avait pas eu accès aux rapports d'enquête sur l'enlèvement de Raine.

Elle décrocha son téléphone, puis hésita en avisant l'heure que donnait l'horloge murale de son bureau.

Dean devait dormir. Et même s'il était son adjoint, elle répugnait à le réveiller pour lui demander des informations que la plupart des habitants de Waverly pouvaient aisément lui fournir. Cela dit, pour le moment, cette nouvelle piste devrait rester confidentielle…

Elle se leva et s'étira. Après être restée si longtemps dans la même position, elle était engourdie. Puis elle sortit de son bureau et prit le couloir, concentrée sur l'écho de ses pas.

Winton était à l'accueil. Il était jeune, mais il était né à Waverly. Sa famille, comme celle de Jake, était de celles qui avaient fondé la petite communauté.

— Vous rentrez, chef Reddick ? demanda-t-il en interrompant sa lecture.

— Pas encore. Il y a encore du monde au poste ?

— Je crois qu'il ne reste plus que vous et moi ; les autres étaient épuisés.

Tous ses hommes se dépensaient sans compter, depuis la disparition de Raine Nolan.

— Dites-moi, Winton, vous connaissez quelqu'un, en ville, qui aurait de la famille en Alabama ?

Elle resta volontairement évasive, ne désirant pas exciter les soupçons d'une population déjà chauffée à blanc. D'un autre côté, elle avait la quasi-certitude que Winton n'était pas responsable des fuites qui avaient tant nui au major. Dans le cas contraire, elle n'aurait même pas abordé le sujet avec lui.

— Les Carmichael, répondit Winton sans hésiter. Ils viennent de Montgomery. Mais ils sont arrivés à Waverly il y a longtemps.

Edna et Sam Carmichael avaient près de quatre-vingts ans.

— Sinon ?

— Miz Greene. Je crois qu'elle est originaire de Dothan, en Alabama.

Laurie Green. La femme de Lincoln Greene, dont le pick-up avait été retrouvé devant chez Jake, la nuit où on lui avait tiré dessus.

— Vous en êtes certain ?

— Pas vraiment. Ma mère pourrait vous le confirmer. Elle se souvient bien de ce genre de choses. Vous voulez que je lui téléphone ?

Eden hésita. Winton respecterait sans nul doute son désir de confidentialité, mais elle n'était pas certaine que sa mère resterait discrète.

— Merci. Ce n'est pas important… Oh ! et s'il vous plaît, n'en parlez à personne. Vous savez comment sont les gens en ce moment. A fleur de peau.

— Vous ne voulez pas que Mme Greene ait des ennuis. J'ai bien compris.

— Merci. C'est vous qui êtes d'astreinte, cette nuit ?

— Jusqu'à minuit. Carl prendra le relais.

— Je crois que je vais rentrer. N'hésitez pas à me réveiller s'il se passe quelque chose.

— Bien entendu. Vous voulez que je regarde dans les registres du comté ?

— Pourquoi ?

— Pour cette histoire… d'Alabama.

— Que voulez-vous vérifier au juste ?

— Les plaques d'immatriculation. Vous savez comme moi qu'il faut les changer et les remplacer, quand on s'installe dans un autre Etat. Ça me fera passer le temps.

— Bonne idée, Winton.

— Oui. Bonne soirée.

— A vous aussi. A demain.

— Je crois que je viendrai vers 9 heures. J'ai des heures de sommeil à rattraper… Comme tout le monde, dit-il, l'air de s'excuser.

Eden lui sourit. Ses hommes étaient fourbus, et après la frénésie des premiers jours, leur concentration baissait notablement, comme leur zèle. Ils ne croyaient plus à une issue heureuse.

Mais elle, elle y croyait encore, se dit Eden en montant dans sa voiture de patrouille. Allons, la vie d'une enfant était en jeu, et elle avait des scrupules à tirer son adjoint du sommeil ? Elle s'empara de son portable et composa le numéro de Dean. Tant pis si elle le réveillait : il se rendormirait sans doute très vite, vu son état d'épuisement.

— Allô ?

— Dean, il y a peut-être du nouveau !

— Mmm… Vas-y. Je t'écoute.

— Il y a eu deux enlèvements, l'un en 1999, à Boothville en Louisiane, et un autre en 2005, à Bayou la Batre en Alabama, qui ont des similitudes avec l'enlèvement de Raine. Tu connais quelqu'un, à Waverly, qui a habité dans l'une ou l'autre de ces villes ?

— Quel genre de similitudes ?

— Détention dans un trou creusé en un lieu désert et loin de toute habitation. Mêmes petites villes côtières. Pareil pour la victimologie. L'une des deux fillettes ressemble beaucoup à Raine, à tel point qu'elles pourraient être sœurs. Enfin, l'un des enlèvements a eu lieu en pleine nuit, pendant le sommeil de l'enfant.

— Tu penses que c'est le même ravisseur ?

— Je dis simplement que c'est une possibilité. Je ne sais pas si cette piste est pertinente, mais ça vaut la peine qu'on l'explore. Tu connais quelqu'un, à Waverly, qui aurait vécu dans l'une ou l'autre de ces villes ? répéta-t-elle.

Le silence à l'autre bout du fil se prolongea. Quand Dean le rompit, elle perçut son irritation.

— A brûle-pourpoint, je ne vois pas. Où es-tu ?

— Je quitte le poste. Je t'ai réveillé ?

— Oui. Je vais réfléchir quand j'aurai les idées plus claires.

— D'accord. Désolée de t'avoir réveillé, Dean, mais je crois que ça en valait la peine.

— C'est le FBI qui t'a communiqué cette information ?

Eden ne souhaitait ni attribuer cette piste à Jake, que Dean ne portait pas dans son cœur, ni évoquer la disparition de sa sœur.

— Non. C'est une… autre source. Ce n'est peut-être

rien, mais comme nous sommes de toute façon dans une impasse…

— C'est souvent le cas, dans ce genre d'affaires, Eden : il n'y a parfois plus rien à faire.

— Oui, je sais. Mais je n'en suis pas encore là. Je te laisse, Dean. Rendors-toi. Si quelque chose te revient à l'esprit, téléphone-moi.

— Ce soir ?

— Evidemment !

— Je doute d'avoir une illumination. Je suis exténué et en ce moment, je dors d'un sommeil de plomb.

Eden l'enviait. Mise à part l'accalmie de la nuit dernière, le sort de Raine ne lui laissait pas de repos.

— Appelle-moi, si par hasard tu en avais tout de même une.

— Entendu.

Dean raccrocha sans autre forme de procès.

Eden posa son cellulaire sur son siège. Elle était frustrée. Et si elle se trompait, après tout ? Même le FBI n'avait pas établi de lien entre l'enlèvement de Raine et d'autres affaires. Elle convenait que la piste de Jake était bien ténue, et elle s'y accrochait seulement parce qu'elle n'en avait pas d'autre.

Demain, se promit-elle, elle appellerait le Dr Murphy. Non seulement il connaissait tout le monde à Waverly, mais il avait une mémoire encyclopédique. Elle ferait aussi une petite enquête de fond sur Laurie Greene. Enfin, elle contacterait les agents du FBI, pour leur fournir ces nouvelles données et avoir leur avis.

Quand Eden rentra chez elle, sa maison lui parut tristement vide. Etait-ce parce que l'homme qui avait protégé son sommeil n'était plus là ?

Elle se rendit sans tarder dans la salle de bains, tout en déboutonnant sa chemisette.

Elle cherchait toujours, dans sa mémoire, le nom d'habitants de Waverly originaires de Louisiane, d'Alabama, ou qui y avaient des proches, quand, levant la tête, elle rencontra la glace au-dessus du lavabo. On y avait tracé une phrase, en lettres majuscules rouges comme le sang.

CHRISTIE VEUT QUE TU JOUES AVEC ELLE.

Eden recula, frappée en plein cœur. Le doute n'était plus permis : son tourmenteur connaissait son triste passé.

Quelles étaient les intentions de ce sinistre individu ? La convaincre qu'elle ne réussirait pas à retrouver Raine, pas plus que la police n'avait autrefois réussi à retrouver Christie ? Existait-il finalement un lien entre le récent enlèvement de Raine et celui de sa sœur, survenu vingt ans plus tôt ?

C'est alors qu'une porte claqua, derrière la maison. Ce bruit sourd, incongru, l'arracha à sa pétrification. Eden se rua dans la cuisine.

Par le carreau de la porte, la lune inondait le carrelage de sa cuisine. La chaîne de sécurité oscillait doucement.

L'individu qui avait rédigé ce message cruel était donc encore chez elle, à son arrivée. A l'évidence, il l'avait attendue, pour partir sans discrétion, afin d'amplifier sa peur.

Sans tarder, elle referma la porte de la cuisine, la verrouilla et mit la chaîne. Puis elle reprit son holster, qu'elle avait posé comme à son habitude sur le sofa du salon, et en sortit son Glock. Elle se sentit plus rassurée sitôt qu'elle l'eut en main. Elle s'approcha de la fenêtre à côté de la porte d'entrée pour observer sa rue. Un calme absolu y régnait.

Son instinct lui intimait de partir à la recherche de celui qui l'avait terrorisée, afin de mettre un terme à son harcèlement, mais le bon sens lui recommandait plutôt de contacter le poste de police et de rester cloîtrée jusqu'à l'arrivée de ses hommes. Malheureusement, le temps qu'ils arrivent sur les lieux, l'individu serait loin.

Il avait réussi à entrer, par deux fois, dans sa maison, dont les fenêtres et portes étaient pourtant fermées. Rien ne l'empêchait donc de revenir une troisième fois…

Saisie par un sentiment d'urgence, elle ouvrit la porte et s'avança parmi les ombres de sa véranda.

Qui que tu sois, je te jure que je t'aurai.

16

Jake était convaincu qu'Eden lui téléphonerait pour l'informer de ses conclusions sur le lien qu'il avait découvert entre la disparition de Raine Nolan et celui des deux autres fillettes. Ou pour lui annoncer qu'elle récusait ses déductions et ne ressentait pas la nécessité de s'attarder plus longtemps sur une piste qui n'en valait pas la peine, surtout avec des effectifs aussi limités. Ou enfin, pour lui parler, tout simplement… Mais son silence lui prouvait que non seulement elle doutait de cette nouvelle piste, mais qu'elle préférait l'ignorer. Cette attitude fuyante ne lui ressemblait pas ; il en était étonné et un peu déçu.

Il avait passé la nuit précédente à lire les dossiers de son père, mais le sommeil ne venait pas. Les pensées et les théories se succédaient dans son esprit. Agacé à la fin, il se leva.

Il se rendit dans la cuisine et contempla, par la fenêtre, le clair de lune qui s'insinuait à travers les branches des chênes enveloppées de mousse espagnole. Il se sentait tendu comme jamais. Pourtant, tout était tranquille. Calme. Rien n'expliquait la fébrilité dont il ne pouvait se départir.

Il serra le bord du vieil évier pour cesser de trembler. Puis il se pencha et respira lentement.

Il se passait quelque chose…

Il le pressentait.

Les ombres de la nuit lui parurent soudain se transformer. Très vite, elles se muèrent en images familières.

En silhouettes qui se dissolvaient dans un nuage de fumée et de flammes, parmi des odeurs de brûlé, de sang, de métal et d'essence. L'odeur de la mort.

Enfin, ce furent des bruits qui s'élevèrent.

Déchirants.

Puis le désert du Moyen-Orient s'évanouit et céda la place à l'épaisse pénombre que par deux fois il avait vue, au cours de ces derniers jours. Dans le silence qui tomba, il entendit des sanglots de désespoir.

Ils se turent brusquement.

Le clair de lune qui éclairait le jardin de sa lumière sépulcrale mais infiniment romantique dissipa les ténèbres où il avait été plongé.

Il était revenu à sa réalité.

Jake soupira. Il avait gardé les mains crispées sur le rebord de l'évier. Il le lâcha, et prit de profondes inspirations.

Il n'avait aucun doute sur ce qu'il avait entendu, à la fin.

Des pleurs d'enfant, et non les hurlements de Martinez qui agonisait dans les plus atroces souffrances.

Même s'il n'avait vu que la nuit, il savait qui y pleurait. Il savait aussi que, cette fois, Raine Nolan n'était pas seulement terrifiée mais aussi désespérée.

Le clair de lune modifiait le paysage qu'elle connaissait si bien. Eden regardait partout autour d'elle en cherchant à savoir quelle direction l'individu avait prise.

Elle contourna le rocking-chair en osier de la véranda, descendit l'escalier et longea sa maison, son Glock bien serré entre ses mains tendues devant elle. Lorsqu'elle atteignit le coin de la maison, elle s'adossa au mur. Puis elle scruta le jardin. La portion de pelouse qui s'étendait jusqu'à la haie qui bordait l'extrémité de sa propriété était parfaitement vide.

Trois minutes environ avaient dû s'écouler depuis qu'elle

avait entendu la porte de sa cuisine claquer. C'était peu et, en même temps, beaucoup. Assez en tout cas pour donner de l'avance à l'individu.

Toujours vigilante, elle tourna le coin de la maison et s'avança, sans cesser de fureter autour d'elle.

Sa vision s'était maintenant accommodée à l'obscurité, mais elle avait du mal à percer les ombres sous les grands arbres. Pour finir, elle dirigea son regard vers la crique.

L'individu avait-il utilisé une barque, pour se rendre chez elle ? C'était possible. Tout le monde à Waverly était capable de se déplacer de nuit dans ces marais, surtout par une nuit aussi claire.

A cet instant, un rayon de lune effleura les eaux sombres, les rendant argentées, et enveloppa de sa lueur blafarde les cyprès et les souches de tupélo noir. Eden crut voir un sillon marquer la surface de l'eau. L'homme serait donc bel et bien venu en barque ? Ses trois minutes d'indécision avant de se lancer à sa poursuite lui avaient-elles donné le temps de prendre la fuite en toute impunité ?

Eden courut sur le ponton que son père avait construit et fouilla des yeux les marais.

Elle ne vit pas de barque. Elle ne vit rien ni personne, n'entendit que le doux clapotis de l'eau contre le ponton et les menus bruits des bêtes nocturnes. Elle allait revenir sur ses pas quand un mouvement attira son regard. Faisant volte-face, elle braqua son arme.

Un héron bleu émergeait des ombres. Il déploya majestueusement ses ailes pour s'élever dans le ciel où se découpait une lune immense et ronde. Eden suivit sa trajectoire avec son Glock jusqu'à ce qu'elle prenne conscience de son geste. Elle baissa aussitôt son arme et relâcha son souffle, qu'elle avait jusque-là retenu.

Alors elle poussa un gros soupir qui ressemblait à un sanglot. Elle avait accumulé trop de frustrations et de déceptions, au cours de ces derniers jours. Or elle ne voulait pas lâcher prise maintenant. Si l'individu, caché, l'épiait, elle ne voulait pas lui donner le plaisir de la voir pleurer !

Elle se redressa, renifla, puis regagna sa maison.

En se jurant que son tourmenteur ne reviendrait pas une troisième fois chez elle.

Jake reposa son portable sur la console de son pick-up et accéléra.

Eden dormait-elle si profondément que le téléphone ne la réveillait pas ? Impossible. Il la savait sur le qui-vive. Que se passait-il ? Où était-elle ?

Il était vraiment inquiet.

Il avait failli appeler le poste de police, mais il y avait renoncé. Son instinct lui soufflait de se rendre chez la jeune femme.

Quand il arriva dans son quartier, un calme profond l'accueillit. Les petites maisons coquettes qui dataient pour la plupart des années cinquante étaient noires. Les gens sommeillaient à l'abri, enveloppés par la fraîcheur de l'air climatisé.

Jake se gara le plus près possible la maison d'Eden, éteignit ses phares et, les sens en alerte, regarda autour de lui.

Tout semblait vraiment tranquille. Aucun chien n'aboyait dans le voisinage, aucune fenêtre n'était allumée.

Il remontait le trottoir bordé de chênes festonnés de mousse espagnole, d'hortensias sauvages et de buissons d'azalées, en direction de la maison où il avait passé la nuit précédente, quand il se rendit soudain compte qu'il avait oublié son cellulaire dans son pick-up. Sur le point de revenir sur ses pas, il remarqua alors de la lumière chez Eden.

Il eut l'intuition fulgurante qu'il se passait quelque chose d'anormal. Une étrange connexion, identique à celle qui le liait à Raine Nolan, semblait aussi le lier à Eden Reddick.

Il hâta le pas et, par prudence, entra dans le jardin de la maison voisine, en espérant qu'un chien n'y montait pas la garde. Comme il franchissait la haie qui donnait accès au jardin d'Eden, la jeune femme surgit de la nuit, en position de tir : jambes écartées, genoux fléchis et les deux mains nouées autour de son arme pointée sur lui.

— Eden, dit-il doucement. C'est moi. C'est Jake.

— Que faisiez-vous chez moi ?

L'imparfait lui mit la puce à l'oreille.

— Il y avait donc quelqu'un chez vous ?

Celui qui avait couché la poupée dans son lit était-il revenu ?

— Répondez-moi, Jake ! C'est vous qui étiez chez moi, tout à l'heure ?

— Je n'aurais jamais fait une chose pareille ! Vous le savez !

— Alors que faites-vous dans mon jardin à cette heure de la nuit ?

— Je pense qu'elle est vivante, répondit-il sans l'écouter.

— Raine ? Vous avez vu Raine ? s'enquit Eden après un silence.

— Pas exactement. Je l'ai entendue.

— Entendue ?

— Oui. Elle pleurait.

— Mais vous ne l'avez pas vue ?

— Non.

Au bout de quelques secondes, Eden baissa son Glock.

— Comment pouvez-vous être certain qu'il s'agissait de Raine Nolan ?

— Je n'en sais rien. J'en suis convaincu, c'est tout.

— Vous l'avez entendue pleurer, répéta-t-elle, l'air incrédule.

— Je suis persuadé qu'elle est vivante.

— Toujours dans le même endroit ?

— Je l'ignore. Ce que je sais, ou plutôt ce que j'ai senti, c'est qu'elle est seule. Abandonnée.

Face à son air sceptique, il regrettait de rester aussi vague. Mais aurait-il été à sa place qu'il aurait eu la même attitude.

— Comment est-ce arrivé ?

— Toujours de la même façon. Il y a eu comme un glissement dans une nuit profonde et moite. Puis j'ai entendu sangloter. Cela n'a rien à voir avec les flash-backs dont j'ai l'habitude, qui me ramènent au moment où j'ai été blessé et avec les hommes qui m'entouraient, ce jour-là. Ce sont alors leurs hurlements que j'entends, mais je vous jure que là, c'était des sanglots. Impossibles à confondre avec ces cris d'agonie que je n'oublierai jamais.

Et qui hantaient jusqu'à ses cauchemars.

— C'était Raine.

— D'accord. Alors elle serait vivante.

Elle semblait avoir de la peine à respirer. De nouveau il fut inquiet. L'individu qui était revenu chez elle l'avait-il molestée ? Dans sa hâte à évoquer son dernier flash, il ne s'était pas enquis de ce qui venait de se passer.

— Vous allez bien, Eden ? Vous êtes blessée ?

Elle leva les yeux vers lui. Son regard était sombre, et ses lèvres entrouvertes comme si elle allait parler. Cependant elle garda le silence, se bornant à secouer la tête. Puis, dans un mouvement inattendu, elle se rapprocha de lui et inclina sa tête contre sa poitrine.

Jake resta d'abord immobile, ne sachant comment réagir. Mais comme il n'avait pas envie de lutter contre son désir de l'enlacer et de la serrer dans ses bras, il y céda. Alors Eden tourna la tête sur le côté, posa sa joue sur son cœur et noua les mains derrière son dos avec un soupir. Il sentit son Glock, qu'elle n'avait pas lâché.

— Ça va aller, lui murmura-t-il dans les cheveux. Il est parti. C'est fini.

— J'aurais tant aimé pouvoir lui tordre le cou !

— Une réaction saine.

Le son de son rire lui parvint, étouffé.

— Tu es sans doute le seul à pouvoir dire une chose pareille ! lança-t-elle, le tutoyant pour la première fois.

— Normal : il paraît que j'ai perdu le sens de la mesure.

Elle recula légèrement, et leva les yeux vers lui.

— A cause de ta blessure ?

Un rire bref et amer lui échappa.

— De mon traumatisme crânien et de ses séquelles. Quoi qu'il en soit, je te jure que j'ai toute ma tête, Eden, ajouta-t-il en la tutoyant à son tour. Les médecins m'ont assuré que j'étais rétabli et en possession de tous mes moyens. Mis à part les flash-backs, et ces flashes, tout va pour le mieux.

— Nous formons une drôle de paire, toi et moi !

Il sourit sans comprendre.

— Que veux-tu dire ?

— J'ai mon fantôme. Il vient chez moi à son gré. Malgré les portes et les fenêtres fermées.

— Tu sais bien que ça n'est pas un fantôme, Eden. Un criminel, un salopard, oui, mais pas un fantôme.

— Je sais. Comment cet individu a-t-il appris que ma sœur avait disparu ? Personne à Waverly n'est au courant. Mon père n'en a jamais parlé, il ne pouvait pas le supporter. Nous n'en parlions même pas entre nous. Alors comment a-t-il su ?

— De la même façon que ton père a pris connaissance des affaires sur lesquelles il a enquêté. Il n'y a pas que les policiers qui ont accès à l'information, de nos jours. Il suffit d'avoir internet et de savoir où chercher.

— Si cet individu a enlevé Raine, pourquoi me harcèle-t-il ? Figure-toi qu'il était encore chez moi, quand je suis rentrée ! Si j'avais été plus rapide, j'aurais pu le voir. Pourquoi s'expose-t-il ainsi ?

— Pour te tourmenter. Te distraire.

— Me distraire ? Au contraire, cela ne fait que renforcer ma volonté de retrouver Raine Nolan ! C'est ma seule priorité !

Elle se tut. Quand elle reprit la parole, sa voix n'était plus qu'un souffle.

— Je n'ai jamais perdu le fil de mon enquête, Jake.

Il caressa sa joue.

— Je sais. Nous savons toi et moi que Raine est vivante, et nous allons la retrouver. Je te le jure, Eden.

17

— Merci encore, docteur Murphy. Désolée de vous avoir réveillé.

— Ça n'est pas la première fois que je reçois un coup de fil à une heure si tardive. Je te promets de te rappeler si quelque chose me revient à l'esprit, Eden.

— Je vous le revaudrai, docteur. Une fois de plus !

Le médecin rit et raccrocha.

Quand Eden eut à son tour raccroché, elle leva les yeux vers Jake, resté debout devant son bureau, et secoua la tête. Elle vit la déception se peindre sur son visage.

— Qui vas-tu appeler, maintenant ?

— Winton m'a dit que sa mère connaissait les histoires de tout le monde à Waverly.

— Winton ? Qui est-ce ?

— Le jeune policier qui est à l'accueil.

— Le type qui partait quand nous sommes arrivés ?

— Oui. Winton était d'astreinte jusqu'à minuit.

Eden consulta sa montre.

— Il devrait être chez lui, maintenant.

Sur ces mots, elle pressa le bouton de l'Interphone, et attendit que le policier qui remplaçait Winton décroche.

— Carl ? Il me faudrait le numéro de cellulaire et de fixe de Winton.

— Tout de suite.

— J'attends.

Elle relâcha le bouton et leva de nouveau les yeux vers Jake.

— Winton voulait vérifier les demandes de plaque d'immatriculation, au cas où un habitant de la Louisiane ou de l'Alabama se serait récemment installé à Waverly. Cela dit, il ne m'a pas rappelée…

— Peut-être a-t-il essayé de te joindre au moment où tu chassais ton fantôme. Moi non plus, je n'ai pas réussi à te joindre.

La voix de Carl s'éleva de l'Interphone. Eden nota les numéros qu'elle lui avait demandés.

— Merci, Carl.

— Au fait, chef Reddick…

— Oui ?

— Winton et moi, on a un peu parlé avant son départ. Si le major Underwood est venu porter plainte, comme le suggérait Dean, je suis désolé. Nous avons seulement suivi la procédure…

— Pardon ? Je ne comprends pas un mot de ce que vous dites, Carl.

— Eh bien… Dave Porter a été relâché au terme de sa garde à vue. Nous y avons été obligés. C'est la loi.

— Tout va bien, Carl. De toute façon, le major n'avait pas l'intention de porter plainte. Il n'est pas venu au poste avec moi pour cette raison.

— Vous me soulagez. C'est ce que j'avais cru.

— Très bien, Carl. Merci pour les deux numéros.

Elle relâcha le bouton.

— Voilà Dave Porter rendu à son garage…, annonça-t-elle à Jake.

— Son garage ?

— Il est mécanicien. Il s'occupe de l'entretien de nos véhicules. Nous ne pouvons pas nous offrir le luxe de nous passer de ses services…

Tout en parlant, Eden formait le numéro de Winton. Elle attendit longtemps avant qu'il décroche.

Enfin, sa voix ensommeillée lui parvint.

— Allô ?

— Désolée de vous réveiller, Winton. Je vous appelle au sujet de ce que nous avons évoqué, tout à l'heure.

— C'est vous, chef Reddick ? Concernant les plaques d'immatriculation, je dois encore chercher.

— J'aimerais surtout que vous interrogiez votre mère, maintenant.

— Elle dort. Vous voulez que je la réveille ?

— Oui. Je suis désolée, mais c'est extrêmement important.

— D'accord. Je vous rappelle.

— Aussi vite que possible, Winton ! Merci.

Dès qu'elle eut raccroché, elle entendit frapper.

— Entrez.

Carl ouvrit la porte de la pointe du coude et passa la tête dans l'entrebâillement.

— Je vous ai apporté du café. Je viens d'en faire une nouvelle tournée.

Eden regarda Jake qui acquiesça avec un sourire.

— Merci, Carl.

Jake prit les deux mugs que le jeune homme lui tendait, posa celui d'Eden sur le bureau et but une gorgée du sien.

— Excellent. Merci.

— Je vous en prie.

Carl hésita avant d'ajouter :

— Merci de ne pas avoir porté plainte contre Dave. Je sais qu'il est arrogant, parfois, mais c'est un brave type. Il m'a enseigné pas mal de bricoles sur les voitures et les moteurs, vous savez.

Jake se contenta de hocher la tête.

— On m'a raconté que vous aviez eu le dessus sur lui, reprit le jeune homme avec admiration. Comme il le dit lui-même, il n'est pas un bougue choquatif et il aime laisser les bons temps rouler ; mais vous l'avez ébranlé !

— Qu'est-ce que vous venez de dire, Carl ?

Interloqué, Carl tourna un regard interrogateur vers Eden.

— Vous avez dit que Porter ne se considérait pas comme un *bougue choquatif* ? *Qu'il aimait laisser les bons temps rouler ?*

— Ça n'est pas vraiment méchant, vous savez, répondit-il vivement. C'est du cajun de Louisiane. Dave Porter est louisianais mais il a aussi roulé sa bosse un peu partout dans le Sud.

L'esprit d'Eden fonctionnait à toute vitesse. Elle tira les conclusions qui s'imposaient.

— Voilà pourquoi elle est seule, Jake ! s'exclama-t-elle, horrifiée. Parce que Dave Porter est resté en garde à vue pendant deux jours ! Et nous l'avons laissé filer… Oh, mon Dieu, Jake !

Eden regrettait d'avoir pris la décision d'agir conformément à la procédure, car cela lui faisait perdre un temps précieux. Dave Porter aurait peut-être le temps de prendre la fuite, avec la fillette ou seul, et de s'évanouir dans la nature. De plus, s'il se sentait menacé, il pouvait supprimer Raine, comme il avait supprimé ses deux autres précédentes victimes.

D'un autre côté, en agissant seule, elle pouvait tout aussi bien mettre la vie de Raine en péril et être seule responsable d'un véritable fiasco.

Elle avait averti Dean parce qu'il habitait non loin du poste de police et était susceptible d'arriver sur les lieux au plus vite, mais surtout, parce qu'il était son adjoint. Hélas, une fois qu'il fut arrivé au poste et qu'elle lui eut exposé la situation, il ne parut pas du tout convaincu par la culpabilité de Porter.

— Tu as perdu l'esprit ! s'écria-t-il même sans ambages. Tu ne peux pas débarquer chez Porter et l'arrêter sans preuves !

Eden leva les yeux de son arme qu'elle chargeait.

— Le major Underwood a décidé de porter plainte contre lui : c'est un motif suffisant.

— Non, Eden ! Tu te rends chez Dave Porter parce que tu es convaincue qu'il est le ravisseur de Raine Nolan !

— C'est exact.

— Ce sont des inepties ! Il raconte n'importe quoi ! reprit Dean en pointant l'index sur Jake.

Le major ne broncha pas.

— Non, répondit froidement Eden. Je me base sur des similitudes entre l'enlèvement de Raine Nolan et ceux de Shauna Terrell et de Madison Stewart.

— Tu ne sais même pas si Porter se trouvait à Boothville ou à Bayou la Batre, à l'époque de leurs disparitions ! Ni de quelle région de Louisiane il est originaire ! Tout ce que tu sais, c'est qu'il parle le cajun de Louisiane. Moi aussi, j'en connais des mots ! Pourtant, je ne suis pas louisianais.

— Tu oublies les similitudes entre ces trois affaires, s'entêta Eden. J'ai lu le dossier. Pas toi.

— Ah oui : deux autres petites filles ont été enlevées, en 1999 et en 2005. L'une pendant son sommeil, et l'autre, pendant qu'elle jouait dans le jardin. Elles sont fameuses tes preuves concrètes !

— Les fillettes ont le même âge et se ressemblent étonnamment.

— Toutes les petites filles se ressemblent !

— Qu'importe, j'ai l'intention d'aller l'arrêter pour voie de fait !

Eden s'efforçait de parler avec calme, mais elle ne put s'empêcher de faire claquer le canon de son arme, lorsqu'elle la referma.

— Ensuite, nous aviserons ! acheva-t-elle d'un ton bref.

— Tu as complètement perdu l’esprit ! Tu vas arrêter un brave type que je connais depuis des années, sur la foi des élucubrations d’un homme qui, de notoriété publique, n’a plus toute sa tête !

Eden lorgna Jake pour jauger sa réaction, mais ce dernier semblait aussi détendu que s’il assistait à une conversation sur la pluie et le beau temps.

— Personne ne m’a convaincue de quoi que ce soit ! martela-t-elle en contenant sa colère à grand-peine. Je te répète que j’ai lu les dossiers relatifs aux deux affaires et que j’y vois assez de similitudes avec l’enlèvement de Raine Nolan pour vouloir interroger Porter, un point c’est tout.

— Tu te trompes, Eden.

— J’en déduis que tu ne viens pas avec nous ?

— Certainement pas.

Eden pressa sur le bouton de l’Interphone.

— Carl ? Vous voulez bien appeler Bill Gibbons et Marty Blake et leur dire que je les attends au croisement de Pugh Drive et de County Road 79, dans une petite vingtaine de minutes ?

— Tout de suite, chef Reddick, répondit le jeune homme d’une voix qui lui parut mal assurée.

— Et pas de sirènes ni de gyrophares, s’il vous plaît.

Eden n’attendit pas sa réponse. Tout en remettant son pistolet dans son holster, elle sortit de son bureau.

— Tu n’avertis pas le FBI ? la rappela Dean.

— Pour une arrestation pour voie de fait et trouble de l’ordre public ? Non. Je doute que le FBI soit intéressé.

— Tu veux la gloire en retrouvant Raine seule ?

Elle se figea et le regarda droit dans les yeux.

— Je croyais que tu doutais de la culpabilité de Porter ?

— J’en doute toujours. Mais tu pèches par orgueil, Eden ! Tu vas t’en mordre les doigts !

Elle se mit à rire.

— Non. Je sais ce que je fais. Je regrette seulement que tu remettes mon autorité en question, Dean.

Elle avait été nommée chef de la police de Waverly pour ses compétences, et non parce qu'elle était la fille d'un policier éminent et respecté. Elle le prouverait à Dean !

— Tu perds les pédales, grommela-t-il.

— Pense ce que tu veux. Rien ni personne ne m'empêchera d'aller arrêter Porter.

— On lui a redonné sa liberté au terme du délai légal. De plus, le major n'avait pas porté plainte…

— Je viens de te dire qu'il avait eu le bon sens de changer d'avis.

— Bon sens ! persifla Dean.

— Eden, je vous attends dehors, intervint Jake en sortant.

Quand il eut refermé la porte derrière lui, Eden revint à la charge.

— Qu'est-ce qui te prend, Dean ? Que sont devenus le respect et l'admiration que tu prétendais malgré tout éprouver à l'égard du major ?

— Certes, je respecte son courage et sa bravoure. Il a failli les payer de sa vie. Mais je ne vais pas mettre en jeu ma réputation et celle du poste de police en ajoutant foi à ses délires !

— Moi, je veux seulement sauver la vie d'une petite fille avant qu'il ne soit trop tard, Dean.

— Bon sang, Eden, elle est morte ! lâcha-t-il enfin. Cesse de te voiler la face !

Elle riva son regard au sien, y instillant tout son mépris.

Au bout d'un moment, elle se détourna et s'en fut rejoindre Jake, laissant Dean seul dans le bureau qu'il aurait aimé, elle le sentait bien, occuper à sa place.

Si la lueur de la lune nimbait d'une pâleur poétique les rosiers de sa grand-mère, elle révélait impitoyablement le dénuement du jardin laissé en friche qui s'étendait devant la maison, de surcroît décatie, de Dave Porter, et du petit garage qui lui était adjacent. L'herbe rase et brûlée était jonchée de canettes et de divers objets rouillés impossibles à identifier. Luisant parmi les ombres, des bidons d'huile vides et des tessons de bouteille paraient cet endroit sinistre d'éclats de lumière.

Les deux voitures de patrouille avaient été garées en bas du raidillon qui montait chez Porter, dont l'habitation s'élevait au bout d'une impasse isolée. C'est Eden qui ouvrait la voie. Les deux policiers la suivaient prudemment.

Jake restait quant à lui en retrait, mais les sens en alerte. Dave Porter n'avait pu être averti de leur arrivée, mais la guerre l'avait aguerri et lui avait donné l'habitude, désormais bien ancrée, de parer à toute éventualité.

La masure de Dave Porter et son garage, dominé par une enseigne branlante où l'on lisait *Porter's Auto Repair and Service*, étaient plongés dans une semi-obscurité. A la lisière du terrain où se trouvaient les deux bâtisses, se dressait une forêt de pins des marais où il était facile de se cacher.

Jake écouta les ordres qu'Eden donnait à ses deux hommes. Elle envisageait de frapper chez Porter, pas de le surprendre. La suite dépendrait évidemment de la réaction de Porter.

Avant de monter dans la voiture de patrouille de la jeune femme, Jake avait délogé son Kimber 1911 de la boîte à gants de son pick-up. Etonnés qu'il participe à l'opération, les deux policiers l'avaient suivi des yeux et s'étaient ensuite regardés, mais ni l'un ni l'autre n'avait émis le moindre commentaire. Sa présence semblait, curieusement, aller de soi.

— Si Dave dort, déclara le policier qui s'appelait Billy Gibbons, nous entrerons par la force.

— Hmm… Que feriez-vous, si on défonçait votre porte en pleine nuit, Billy ? repartit Eden.

— Je tirerais d'abord, et je poserais les questions ensuite, répondit Marty Blake à sa place. Comme tout le monde.

— Justement, je veux éviter un carnage ! Nous sommes venus arrêter un homme pour trouble à l'ordre public et voie de fait, pas pour déclencher une fusillade, c'est d'accord ?

— Moi, ça m'étonnerait qu'il soit chez lui, dit Billy Gibbons.

Eden lui adressa un regard interrogateur.

— Dave a « monté » sa voiture, du moteur à l'habitacle, pour participer à des rallyes, expliqua Gibbons. C'est une voiture noire, une espèce de monstre hybride. Je ne la vois pas.

Un bref silence accueillit cette constatation.

— Il peut donc se trouver n'importe où, marmonna Eden.

Jake perçut sa frustration. Comme eux tous, elle était impatiente de retrouver Porter et Raine.

— Peut-être est-il parti sur le lieu de détention ? hasarda-t-il.

— Mais où ? Billy et moi allons tout de même frapper chez lui. S'il n'est pas là, nous fouillerons la maison.

Jake regrettait fort, à présent, de ne pas avoir porté plainte contre Porter avant la fin des quarante-huit heures de la garde à vue.

— Pendant ce temps, ajouta Eden à l'adresse de Jake, Marty et toi visiterez le garage.

Marty Blake argua alors qu'ils n'avaient pas de mandat de perquisition ; il y aurait donc vice de procédure et les indices, s'ils en trouvaient, seraient sans valeur devant un tribunal. De nouveau Jake écouta cet échange en se gardant bien d'y participer.

L'éclat de la lune faiblissait, lorsque Marty Blake et lui s'approchèrent du garage qui tenait aussi lieu de remise et de boutique. Même s'ils étaient tous armés, Jake était inquiet pour la sécurité d'Eden qui, en se rendant dans la maison de Porter, courait le plus grand risque. Il aurait volontiers contesté sa décision, lorsqu'elle avait formé les équipes, mais il s'était ravisé, afin de ne pas remettre son autorité en question devant ses hommes.

Ils étaient arrivés devant la porte. Blake chercha le regard de Jake.

— Prêt ? murmura-t-il.

Jake acquiesça. Blake entra en brandissant son arme. Jake lui emboîta le pas, puis ils attendirent que leurs yeux s'habituent à l'obscurité.

Des odeurs de gaz et d'essence planaient comme une sourde menace dans la boutique à l'avant du garage. Au travers d'une fenêtre crasseuse, un rayon de lune filtrait, tant bien que mal. Jake se rendit vite compte que la boutique était vide.

— Avançons, chuchota-t-il.

Blake acquiesça, et ils pénétrèrent dans le garage proprement dit, Jake surveillant leurs arrières.

— Jake ! lança tout à coup Blake dans un murmure.

Jake se retourna. Le policier levait les yeux sur une automobile installée sur une plate-forme hydraulique.

— Regardez, c'est la voiture dont Billy parlait ! Dave est chez lui.

Eden devançait Billy sur le pas de la porte. Par trois fois elle avait frappé, sans obtenir aucune réponse. La porte étant verrouillée, elle adressa un signe au policier. Ce dernier comprit son message muet. D'un coup d'épaule, il défonça la porte, puis entra. Eden lui emboîta le pas.

Lorsque sa vision se fut ajustée à la pénombre, elle distingua Billy qui, son arme braquée et prêt à tirer, regardait partout dans la salle à manger. Soudain, un coup de feu fusa de la cuisine, et le policier s'effondra sans un cri.

Eden recula pour se mettre à l'abri et sortit sa radio.

— Dean ? C'est Eden. Dave Porter vient de blesser Billy. Il nous faut du renfort et des secours de toute urgence.

Elle n'attendit pas sa réponse et s'avança prudemment dans la salle à manger, enveloppée par le silence épais qui avait suivi le coup de feu. Là, elle s'accroupit devant Gibbons, qui gisait, immobile, et prit conscience de son impuissance. Elle scruta la cuisine, et au-delà, le salon, en serrant bien son Glock. A l'évidence, Porter avait pris la fuite. Elle chercha le pouls carotidien de Billy, sans cesser de regarder autour d'elle. A sa droite se trouvait une porte, qui devait conduire au-dehors. Et sur sa gauche…

Un coup violent s'abattit sur sa nuque. Tombant à genoux à côté de Billy, elle lâcha son arme avec cette étrange indifférence qui précède la perte de conscience.

Elle sentit cependant une main se refermer comme une serre sur son bras : l'homme qui l'avait frappée la forçait maintenant à se relever. Groggy, Eden le laissa l'entraîner à l'extérieur, par la porte de droite qu'elle venait de remarquer.

Elle essaya de se retenir au chambranle, mais il la frappa de nouveau — cette fois, sur la tempe. Eden s'évanouit.

Lorsque Jake eut compris que Dave Porter se trouvait chez lui, ou tout au moins, tout proche, il sortit du garage en courant. Il arrivait devant la maison quand un coup de feu y éclata, déchirant le silence de la nuit. Déjà Blake le rejoignait.

La porte d'entrée était défoncée. Face au silence de Dave Porter, Eden et Billy avaient donc choisi d'entrer en force. Jake franchit le seuil, brandissant son arme, puis se détourna brièvement pour s'assurer que Marty Blake le suivait. Comme le garage, mais plus âprement car il n'y avait pas d'odeur d'essence pour le masquer, l'endroit sentait le moisi et le renfermé. L'antre de Dave Porter sentait la mort, pensa-t-il avec dégoût.

Toujours suivi par Blake, il enjamba des tas de vêtements, des détritus divers et des amoncellements de vaisselle sale. Le clair de la lune baignait la scène au travers des vieilles persiennes, auxquelles il manquait d'ailleurs plusieurs lames.

Jake fit signe au policier de le suivre. Sans discuter ses ordres, bien qu'il ne soit ni son supérieur ni l'un de ses collègues, Blake obtempéra. Le couloir obscur distribuait trois portes.

Bon sang, où était Eden ?

Après le coup de feu, le silence était retombé. Et depuis qu'ils étaient entrés dans la maison, eux seuls l'avaient troublé.

De plus en plus anxieux, Jake ouvrit la première porte. Elle donnait sur une chambre à coucher qui puait la sueur. Il se dirigeait vers le lit quand Marty l'appela.

— Major ? Venez vite !

Blake avait proféré ces mots à voix basse, sur un ton de panique que Jake connaissait bien. Il l'avait trop souvent entendu dans la voix de ses hommes au combat. Le policier se trouvait d'évidence face à une situation qu'il ne savait comment gérer.

Jake regarda une dernière fois dans la chambre à coucher, et rejoignit Blake au bout du couloir. L'homme était sous le choc.

— Que se passe-t-il ?

— C'est Billy… je crois… qu'il est mort. Il y a du sang partout.

— Où est le chef Reddick ?

— Je ne sais pas.

Jake passa devant lui, mortellement inquiet, et sans plus se soucier de signaler leur présence à Dave Porter.

Eden était-elle blessée ? Etait-elle partie, seule, à la poursuite de Porter ? Ce dernier l'avait-il neutralisée et prise en otage ?

Jake se pencha sur Gibbons. En effet, il avait rendu l'âme.

18

Quand elle revint à elle, Eden se découvrit traînée sur le sol, à reculons, par Porter qui avait noué ses bras autour de sa poitrine. Ses talons labouraient les aiguilles de pin des marais qui tapissaient la piste. Soudain prise de nausée, elle tourna la tête pour vomir, mais Porter ne cessa pas sa progression, pourtant difficile : il ahanait.

Eden essaya de déglutir. Sa bouche était complètement sèche. Elle voulut appeler à l'aide mais, en dépit de ses efforts, elle ne réussit qu'à émettre un son qui tenait plus du couinement que du cri.

— La ferme ou vous allez le regretter ! s'énerva Porter.

Pour souligner sa menace, il resserra son emprise autour de sa poitrine, bloquant sa respiration. La douleur insoutenable qui martelait sa tête s'amplifia. Elle se mordit la lèvre, tandis que des larmes brûlantes coulaient sur ses joues.

Billy Gibbons était mort, elle était l'otage d'un psychopathe et elle ne savait toujours pas où se trouvait Raine Nolan. Elle avait échoué sur toute la ligne… Dean avait raison de douter de ses compétences.

Quelles étaient les intentions de Porter ? Pourquoi ne l'avait-il pas encore tuée ? Il n'avait certes pas besoin d'un second otage. A moins que l'enfant…

L'avait-il déjà supprimée ?

Une pensée forte comme un cri jaillit dans son esprit.

Jake.

Rien n'avait été dit entre eux. Aucune promesse n'avait

été échangée. Elle n'avait eu que la certitude, absolue et unique, d'être enfin comprise, lorsqu'il l'avait serrée dans ses bras, tout à l'heure. Le bonheur qu'elle avait senti à sa portée allait lui échapper si elle se résignait au sort que Porter lui réservait.

Elle savait qu'il la tuerait tôt ou tard. Comme il avait tué Billy et les deux autres petites filles.

Où était Raine ?

Penser que Dave Porter puisse s'en tirer impunément la désespérait.

Elle ne doutait pas que Jake et Marty Blake, qui avaient dû entendre le coup de feu, partiraient à sa recherche. Si elle voulait qu'ils la retrouvent, elle devait ralentir Porter.

Eden tourna donc de nouveau la tête, et fit mine de vomir.

— Je vous en prie, murmura-t-elle, laissez-moi une minute, juste une minute. S'il vous plaît…

Elle redoutait qu'il ne la frappe de nouveau pour lui intimer le silence, mais, Dieu merci, il la lâcha. Puis elle l'entendit reprendre son souffle. Le mécanicien était un homme fort et vigoureux, mais le climat lourd et humide du Mississippi rendait tout effort pénible.

Elle profita de son manque de vigilance pour rouler sur le côté, ignorant la douleur qui lui sciait le crâne, et tenta de se relever.

— Pas un geste ! lui intima aussitôt Porter, qui abattit son pied sur son dos.

Clouée au sol, Eden ne bougea plus. Elle était trop faible pour réagir et le frapper. Tout ce qu'elle pouvait faire, c'était essayer de donner à Jake et aux renforts le temps de les rejoindre.

— Où est Raine ?

— La ferme !

— Elle est morte ? Vous l'avez tuée, Dave ?

— Je vous ai dit de vous taire !

Il leva son pied. Eden se recroquevilla. Son instinct de

policier la poussait à riposter mais son instinct de survie ainsi que la douleur l'exhortaient plutôt au repli. Elle n'en supporterait pas davantage, et elle devait garder sa lucidité aussi longtemps que possible.

— Où me conduisez-vous ?

— Là où personne ne vous retrouvera !

Sur ces mots, Porter la força rudement à se relever. Elle accepta son aide, finalement bienvenue dans son état de faiblesse ; mais elle se rendit compte, une fois debout, qu'elle ne tenait guère en équilibre.

Même en état de choc, elle devait réfléchir et essayer de trouver une parade. La vie de Raine en dépendait !

— Avancez. Et attention, pas d'entourloupes, lança Porter.

Eden obtempéra. A chaque pas, elle gagnait en assurance. Son esprit semblait se dégager comme un ciel après l'orage. Elle reprit donc confiance. Quels que soient ses plans, elle l'empêcherait de les réaliser ! se répéta-t-elle pour se donner du courage.

Même au prix de sa vie ? lui souffla une petite voix.

Refoulant cette pensée, elle considéra discrètement les environs immédiats. Elle ne savait pas du tout où ils se trouvaient. Ils étaient environnés par une nuit profonde et une végétation luxuriante.

Se trouvaient-ils déjà loin de la masure de Porter ? Peut-être. Peut-être pas… Sans doute allaient-ils atteindre la petite crique attenante. Pour aller où ?

Si elle voulait agir, c'était maintenant. Ensuite, il serait peut-être trop tard.

Maintenant.

Eden fit brusquement volte-face et lui donna un coup de poing sans lui laisser le temps de réagir.

La tête de Porter partit en arrière, et il porta les mains à son visage. Eden en profita pour le frapper à l'entrejambe.

Dave Porter se plia en deux. La douleur le fit hurler

mais ne l'empêcha pas de tendre la main pour la rattraper. Il parvint à saisir un pan de sa chemisette.

Eden essaya de se dégager, mais Porter ne lâchait pas prise. Alors elle se débattit.

Sans la lâcher, Porter dégaina son arme, à la ceinture, de l'autre main, et tenta de la frapper au visage. Eden esquiva son coup en reculant, ce qui obligea Porter à avancer. Il perdit l'équilibre et, afin de le regagner, fut obligé de la lâcher.

Eden prit aussitôt la fuite, mais Porter se ressaisit vite, et tira sur elle à deux reprises. La première balle se ficha dans un tronc dans des éclats d'écorce. Une montée d'adrénaline donna des ailes à Eden qui enjamba, sans difficulté, le tronc épais d'un grand pin couché que la seconde balle de Porter atteignit.

Eden tourna sur sa droite, où la forêt lui paraissait la plus dense. Elle plongea dans sa pénombre inquiétante, sans se laisser impressionner, concentrée seulement sur sa fuite éperdue. A ses oreilles bourdonnaient le martèlement de ses pas et le froissement des feuillages.

A plusieurs reprises, elle dut contourner ou franchir de larges flaques d'eau croupie. Elle n'aurait su dire si elle courait dans la direction de la ville, ou au contraire, si elle s'enfonçait plus profondément dans la forêt ; dans son égarement, elle craignait de tourner en rond et de revenir vers Porter.

Bientôt, elle s'arrêta pour reprendre son souffle. Dans le calme ambiant, elle n'entendit plus que le son de sa respiration saccadée.

Elle était seule.

Elle s'adossa à un pin des marais dans un silence à peu près total, car sa course erratique avait effrayé et réduit au silence les créatures nocturnes.

A sa droite retentit soudain le bruit d'un plongeon. Un poisson ? Un animal sauvage qui prenait la fuite ? En tout cas, ça n'était pas Porter ! Elle soupira. Elle restait certes en danger, mais elle avait moins peur.

Lorsqu'elle eut repris son souffle, elle essaya de savoir où elle se trouvait. La lune, qui tout à l'heure nimbait le paysage d'une étrange lueur perlée, était désormais cachée par les arbres. Elle devait trouver une clairière, pour s'orienter.

Elle se remit en marche, à peu près certaine que Porter ne la suivait plus, à moins qu'il n'ait perdu sa trace. Pendant un instant, elle fut rassurée, jusqu'à ce qu'elle s'avise qu'il était peut-être parti rejoindre le lieu où il détenait Raine Nolan.

Si Porter avait une barque, comme elle l'avait subodoré, il pouvait disparaître dans les marais. On ne le retrouverait jamais. Surtout, jamais on ne retrouverait Raine, qu'il abandonnerait sûrement à son sort.

Dans tous les cas, la petite fille était en danger de mort.

Eden ralentit le pas pour ordonner ses pensées, puis, comme la végétation se faisait moins touffue et lui découvrait un grand pan de ciel, elle regarda autour d'elle et tenta de nouveau de s'orienter.

Grâce à la pleine lune qui flottait comme une grosse balle luminescente sur les nuages, elle vit, sur les aiguilles de pin tapissant la piste, la trace que ses talons y avaient laissés, tout à l'heure. Elle comprit qu'elle était revenue à l'endroit où elle avait échappé à Porter.

— Regardez, dit Blake, en pointant sa lampe de poche vers le sol. Il est passé par là. On voit des traces très nettes.

Porter traînait quelque chose.

Quelqu'un.

Eden sans doute, conclut Jake en examinant mieux la piste qui partait derrière la masure de Porter et dans laquelle il s'était engagé avec Marty. Il se raccrocha à la pensée que si Eden était morte, Porter ne se serait pas donné la peine de traîner son corps.

En revanche, il ne comprenait pas pourquoi il l'avait prise en otage.

Il reprit sa marche, mettant ses pas dans ceux de Marty, comme il le faisait lorsque, à l'armée, il devait éviter les mines.

Tout à coup, Blake se figea, et d'un geste, signifia à Jake de se baisser. Jake s'exécuta tandis qu'il entendait à son tour le bruit qui venait d'alerter Blake et leur indiquait qu'ils n'étaient pas seuls.

Il avisa une silhouette sombre, pas très loin devant eux.

Porter.

— Mains en l'air ! cria Blake.

Porter fit feu. Jake tira alors dans ses jambes. Il leur fallait Porter vivant, pour qu'il leur révèle où se trouvait Raine Nolan.

Touché au mollet, Porter tomba. Vif comme l'éclair, Jake vint presser le canon de son Kimber sur sa tempe.

— Lâchez votre arme !

Porter n'obtempérant pas, Jake abattit son arme sur son bras pour l'y obliger.

— Blake ? fit Jake. Ça va ? Vous êtes touché ?

— Ça va. Vous l'avez eu. C'est le principal.

— Oui, je l'ai eu, dit Jake d'une voix pleine de mépris pour le ravisseur de Raine.

Il pressa de nouveau le canon de son arme sur sa tête, le forçant ainsi à la baisser.

— Où sont-elles ?

— Je ne sais pas de quoi vous parlez, marmonna Porter.

— Je vous parle du chef Reddick. De Raine Nolan.

Porter ne pipa mot.

— Nous savons que vous avez traîné le chef Reddick sur une assez longue distance, dit Blake qui s'approchait.

— Pourquoi aurais-je fait quelque chose d'aussi stupide ? rétorqua Porter avec insolence.

— Parce que vous êtes stupide, riposta Blake.

Jake leva enfin les yeux vers lui. Le policier, grimaçant, se tenait l'épaule, tentant de comprimer ses saignements.

— Asseyez-vous, Blake, lui dit Jake, inquiet.

— Ça ira, mentit le policier.

Au loin s'éleva le hurlement des sirènes de police.

— C'est votre dernière chance, Porter ! s'exclama Jake en enfonçant le canon de son arme dans sa tempe.

— Pour quoi ?

— Pour me dire où sont Raine Nolan et Eden Reddick.

Porter tourna les yeux vers lui. Un sourire hideux déformait ses traits.

Jake arma son Kimber et le braqua sur son omoplate.

— Très bien. Vous préférez garder le silence ? Je vais tirer dans votre épaule. A bout portant. Je vous jure que ça fait un mal de chien, mais vous ne mourrez pas : on a trop besoin de vous.

L'affolement se peignit sur le visage de Dave Porter. Jake attendit, puis releva son arme et tira en l'air. Porter sous le choc défaillit.

— C'était un avertissement. Parlez, si vous ne voulez pas que je passe à l'acte.

— Je… ne sais pas… où… où est le chef Reddick, bredouilla Porter, qui claquait des dents. Elle a pris la fuite.

— Dans quelle direction ?

— Vers… la maison.

Jake arma de nouveau son Kimber.

— Vous êtes prévenu, cette fois, je tire. Vous n'imaginez même pas la douleur que vous allez ressentir.

Porter à bout de forces s'effondra sur le sol boueux.

— Arrêtez, major ! s'interposa Blake. Nous n'avons pas le droit de lui arracher des aveux sous la contrainte.

— Il doit parler maintenant, Blake ! Porter a déjà tué

deux fillettes innocentes. Son seul droit, c'est de nous révéler immédiatement où est Raine Nolan.

De nouveau, Jake tira en l'air.

— C'est mon second et dernier avertissement. Où est Raine ?

Plus mort que vif, Porter sanglotait et jurait en même temps.

— Dites-lui… d'arrêter, lança-t-il à Blake.

— J'arrêterai quand vous m'aurez dit où est Raine !

— Un conseil, répondez, dit Blake. Vous savez ce qu'on dit sur le major en ville. Il est un peu agité du bocal.

— De plus, ma patience a des limites.

Les sirènes au loin s'étaient tues, les renforts n'allaient pas tarder. Les autres policiers, Dean le premier, n'apprécieraient pas ses méthodes.

— Je.. je peux vous montrer, balbutia enfin Porter. Mais arrêtez…

— Raine est vivante ?

Jake retint son souffle.

— La dernière fois que je l'ai vue, oui.

C'est-à-dire, environ quarante-huit heures plus tôt.

— Plus vite vous nous y conduirez, mieux ce sera pour tout le monde, dit Jake en forçant Porter à se relever. Surtout pour vous. Vous savez maintenant que je n'en fais qu'à ma tête. Par deux fois je vous ai épargné ; la troisième, je vous jure que je vous massacre l'omoplate.

19

Eden regrettait de n'avoir pas retrouvé la trace de Dave Porter dans la forêt, tout en sachant qu'elle aurait été trop faible pour l'affronter et le neutraliser, et qu'elle y aurait peut-être perdu la vie. Une fois que ses hommes furent venus à sa rescousse, ils la conduisirent devant la masure de Porter, où Dean avait installé une cellule de crise. Son adjoint lui jeta un regard en biais tandis qu'elle se dirigeait vers l'équipe médicale arrivée sur les lieux.

Eden était toujours assise à l'arrière du véhicule médicalisé lorsque Dean s'approcha, un mince sourire aux lèvres. Elle comprit tout de suite que Porter avait été retrouvé.

— Blake et Underwood l'ont arrêté. Blake vient juste de nous transmettre l'information par radio. Porter les conduit jusqu'à Raine.

— Elle est… ?

— Ils ne le savent pas encore. Porter affirme qu'elle allait bien, la dernière fois qu'il l'a vue, il y a environ quarante-huit heures.

— Il faut que j'y aille aussi ! dit-elle en se redressant.

Mais à peine fut-elle debout qu'elle vacilla.

— Il n'en est pas question, fit Dean en lui prenant le coude.

Eden soupira. Il avait raison. En dépit de la couverture qu'un urgentiste avait jetée sur ses épaules, elle n'arrêtait pas de trembler. Le choc du coup que Porter lui avait assené ? L'épuisement ? L'adrénaline ?

— Je veux connaître leur localisation !

— Ecoute, Eden…

— Blake ? Underwood ? Ils vont bien ?

— Blake est blessé superficiellement. C'est Underwood qui aurait pris la direction des opérations.

Jake avait une autorité naturelle, se dit-elle en souriant malgré elle. C'était le partenaire rêvé.

— Marty doit tout de même avoir une idée de l'endroit où ils se dirigent ! Il connaît la région comme sa poche ! reprit-elle pour conjurer le trouble que cette pensée bien douce suscitait en elle.

— Selon lui, Porter prendrait la direction de Birdweell Creek.

Comme toutes les criques de la région, celle-ci conduisait à l'estuaire.

— Nous y serons plus vite si une équipe s'y rend avec une vedette !

— Si nous en avions une…, repartit Dean.

— Débrouille-toi pour en trouver une ! Nous ne savons pas dans quel état nous allons retrouver la petite. Elle aura certainement besoin de soins ! De plus, Marty est blessé. Bon sang, Dean !

Dean hésitait-il parce qu'il désapprouvait sa proposition, ou parce qu'il la trouvait trop mal en point pour prendre des décisions ?

Quoi qu'il en soit, elle n'admettait pas qu'il renâcle à exécuter ses ordres, surtout pendant une opération.

— Je m'occupe de tout, conclut Dean, qui avait dû lire sa détermination dans ses yeux.

Soulagée, Eden opina, geste qui raviva ses douleurs à la tête. Elle suivit des yeux Dean qui revenait vers les autres policiers.

— Il se fait beaucoup de souci pour vous, vous savez.

Eden leva les yeux vers l'urgentiste qui venait de parler, et lui sourit.

— Dean me connaît depuis des années, mais il pense que je suis encore une petite fille fragile.

— Heureusement, non ?

Eden souriait toujours. Elle regardait Dean, soulagée qu'il ait pris la situation en main, et finalement soulagée de se reposer sur lui et sur ses hommes.

— C'est là.

Dave Porter évita le regard de Jake, comme il le faisait depuis que ce dernier l'avait forcé à se relever pour les conduire manu militari jusqu'à Raine Nolan. Il indiqua, de la pointe du menton, la porte basse d'une bâtisse en béton désaffectée.

— La clé ! exigea Jake.

La porte était fermée par un gros cadenas, et les deux fenêtres qui l'encadraient avaient été murées.

— Dans ma poche, lâcha Porter sans faire un geste.

Jake leva son arme, menaçant.

Porter fouilla aussitôt dans son jean. Il en sortit la clé, et la lui tendit, mais Jake hésita avant de la prendre.

Même s'il avait souvent fait face à la mort, il avait la nausée à l'idée du spectacle qui l'attendait peut-être à l'intérieur. Seule l'éventualité que Raine soit toujours vivante lui donna le courage d'arracher la clé à Dave Porter.

Il l'introduisit dans le verrou, la tourna sans rencontrer la moindre résistance et ouvrit.

Une épaisse pénombre et un silence de tombe l'accueillirent.

La voix de Blake lui parvint, tremblante.

— Major Underwood ?

— Oui ?

Une odeur nauséabonde chatouilla ses narines, mais ce n'était pas l'odeur qu'il redoutait, à savoir l'odeur d'un corps en décomposition — un processus rapide, avec cette chaleur et cette humidité.

— Vous voulez une lampe de poche ? reprit Blake d'une voix presque sans timbre.

Jake tendit la main par-derrière, sentit Blake y glisser sa lampe de poche et tâtonna pour trouver l'interrupteur. Lorsqu'il l'eut allumée, il s'avança et projeta le mince pinceau de lumière à l'intérieur.

Ce qu'il avait sous les yeux était conforme à ce qu'il avait vu dans son dernier flash.

Dans un coin, tout contre le mur du fond, une petite forme se tenait recroquevillée. Dans cette immense pièce, la fillette ne semblait pas plus grande que la poupée qui avait été couchée dans le lit d'Eden. Elle avait la tête baissée sur la poitrine. Ses cheveux blonds retombaient devant son visage et sur sa chemise de nuit sale.

Bras croisés, elle était complètement figée. Jake l'observa bien, et il n'eut pas l'impression de voir sa poitrine se soulever.

— Major ?

La voix de Blake l'arracha à son immobilité. Il s'approcha de la petite fille, devant laquelle il s'accroupit.

— Raine ?

Il ne reçut aucune réponse.

Etait-elle encore vivante ?

Il devait s'en assurer. Mais il ne voulait pas non plus lui faire peur en la réveillant, si elle s'était assoupie. Il tendit la main et effleura sa joue.

La fillette sursauta, poussa un petit cri et recula. Puis elle releva la tête, cilla, et leva les mains devant ses yeux.

— Ça va aller, murmura Jake d'une voix apaisante. Nous sommes venus te chercher, Raine. Nous allons te ramener chez ta maman et ton papa. C'est fini.

Elle baissa les bras et riva ses grands yeux bleus sur lui.

Les sillons de ses larmes se dessinaient nettement dans son visage crasseux.

— Tu veux rentrer chez ton papa et ta maman, Raine ?

— Moi, je croyais que tu viendrais me chercher plus tôt.

Elle avait parlé si bas que Jake ne fut pas certain de l'avoir bien entendue.

— Tu savais que je viendrais ?

Raine opina lentement. De grosses larmes jaillirent de ses yeux.

— Je n'étais pas loin, dit-il en posant sa lampe de poche. Je n'ai pas cessé de te chercher. Et maintenant, comme tu le vois, je suis là, près de toi.

Elle acquiesça de nouveau et lui tendit les bras. Jake aurait voulu continuer à lui parler, pour la rassurer, mais une émotion subite lui noua la gorge et l'en empêcha.

— Elle est là ? s'enquit alors Blake. Elle est…

— Oui, elle est là et elle va bien, répondit Jake en soulevant Raine, qui noua les bras autour de son cou.

Elle enfouit son visage au creux de son épaule. Ses cheveux fins sentaient la framboise — une odeur presque imperceptible.

Il sortit, baissant la tête pour ne pas se cogner. Blake tenait toujours Porter en joue, mais son visage reflétait le soulagement et la joie.

— Je n'arrive pas à y croire ! s'exclama le policier avec émotion. Bon sang, elle est vivante ! Je n'en crois pas mes yeux !

— Partons vite d'ici !

— Les renforts arrivent avec une vedette. Ce sera plus rapide.

— Parfait.

Comme il passait devant Porter, Jake posa sa main sur la nuque de Raine pour qu'elle ne voie pas son ravisseur.

— Bon boulot, Underwood ! ajouta Blake d'une voix mouillée.

Jake acquiesça seulement. Il avait la gorge trop serrée pour parler.

Eden avait refusé de prendre place sur le brancard du véhicule d'intervention médicalisé. Elle n'avait accepté de se reposer sur le siège avant qu'à la condition d'être prévenue de l'arrivée de l'équipe de secours.

Au bout d'un long moment, l'urgentiste qui l'avait examinée et soignée se baissa devant sa vitre.

— Ils sont de retour. Vous allez pouvoir vous lever ?

Eden opina, engourdie et la bouche pâteuse, et ouvrit la portière. A peine eut-elle fait deux pas qu'elle chancela. L'urgentiste la prit par le coude.

— Raine ? balbutia-t-elle.

— Elle est en vie. Mes collègues vont l'examiner.

Soutenue par l'urgentiste, Eden se dirigea vers les projecteurs que la police avait installés autour de la masure et du garage de Porter.

— J'ai cru comprendre qu'elle allait bien, d'après ce que dit votre homme.

Votre homme.

Eden comprit, avec un temps de retard, qu'il faisait allusion à Marty Blake, et non à Jake. Puis elle sentit les larmes lui monter brusquement aux yeux.

— Ça va ? s'inquiéta l'urgentiste.

— Ça va. Juste le trop-plein d'émotions…

— Nous sommes tous émus.

— Oui. Tout est bien qui finit bien.

Un scénario à peine croyable, quelques heures plus tôt.

A cet instant, Eden vit Jake qui marchait dans leur direction, Raine Nolan dans ses bras. La petite fille avait passé les bras autour de son cou et niché la tête dans son épaule.

Eden cilla pour contenir de nouvelles larmes. La

confiance totale que la petite fille avait en Jake, un inconnu, la bouleversait.

Un inconnu qui dès le début avait voulu la retrouver et la ramener chez elle.

Quoi qu'il lui en coûte.

Soudain, Margo Nolan se détacha de la foule et courut à la rencontre de Jake. Celui-ci dit quelques mots à Raine, qui se redressa aussitôt et tourna la tête. Jake déposa la fillette à terre, qui courut se jeter dans les bras grands ouverts de sa mère. Tout le monde se tut pour observer cette scène émouvante.

Peu après, Ray les rejoignit. Il remercia Jake, qui se contenta de hocher la tête en pressant son épaule.

Puis Jake, laissant la famille Nolan à ses effusions, s'avança et scruta fébrilement la foule. Quand il vit Eden, il lui sourit, et elle se sentit comme soulevée de terre.

Elle marcha à sa rencontre, sans se soucier des regards qui se braquaient sur elle. Elle ne voyait que Jake, et Jake semblait ne voir qu'elle. Quand elle s'arrêta devant lui, il la dévisagea longuement avant de caresser délicatement sa tempe.

Eden avait oublié le coup que Porter y avait porté, et même la douleur. Dans la lumière des projecteurs, Jake devait voir son hématome.

Elle pressa son visage contre sa main, en goûtant la chaleur et la force qui en émanaient.

— Ça va ? fit-il.

— Et toi ?

— Maintenant, oui…

Parce qu'il avait retrouvé Porter, puis Raine.

Parce que tout était fini, et qu'elle était rassurée sur son sort.

Parce qu'ils avaient survécu à une situation critique.

Eden n'y tint plus. Elle se jeta dans ses bras, comme elle l'avait fait plus tôt dans la soirée. Il les referma sur elle, comme il l'avait fait aussi. Lorsqu'elle eut posé sa joue contre sa poitrine, elle sentit les battements paisibles de son cœur.

Au bout d'un moment, elle leva les yeux vers lui et entrouvrit les lèvres, trahissant ainsi son impatience de sentir sa bouche sur la sienne.

— Chef Reddick ?

Dean.

Retour à la réalité.

Eden se raidit. Jake ouvrit ses bras sans mot dire et s'écarta.

— Oui, Dean, que se passe-t-il ? demanda-t-elle plus sèchement qu'elle n'aurait voulu en se tournant vers son adjoint.

— WXZO est là. Les journalistes veulent interviewer les Nolan, et que tu leur fasses un bref récit de l'opération de sauvetage.

Eden se retourna vers Jake.

— C'est toi qui dois leur parler.

Le major secoua la tête.

— Je ne suis pas policier.

— Mais c'est toi qui as sauvé Raine.

— Pas plus que toi ou Marty Blake.

— Je ne sais même pas comment tu as trouvé la trace de Porter dans ces marais. Ou comment tu as réussi à le convaincre de te révéler sa cachette. Il n'y a que toi qui peux informer la presse.

Il arrima son regard au sien.

— Je ne parlerai certainement pas au nom de la police. C'est un policier qui doit affronter les médias.

— Je n'étais pas sur place. Comment relater ce qui s'est passé au moment de l'arrestation ?

— Il vaut mieux que tu ne connaisses pas les détails de l'opération.

— Euh… qu'est-ce que cela signifie ?

— Tu diras que Porter a tout de suite révélé l'endroit où il détenait la petite fille à Blake, biaisa Jake.

— Tu penses que Marty serait en mesure de répondre aux questions des médias ? s'enquit Eden d'une voix incertaine.

— C'est toi, le chef de la police, pas Marty.

Sur ces mots, Jake salua Dean, resté silencieux, d'un signe bref, et s'éloigna.

Eden attendit que Jake soit hors de portée de voix pour reprendre la parole.

— Je l'ai offensé ? Je sais qu'il est du genre discret, mais…

— Je doute que tu l'aies offensé, coupa Dean.

— Il se passe quelque chose que je ne comprends pas.

— Tu devrais suivre ses conseils : les journalistes attendent.

Eden tourna les yeux. La journaliste vedette du journal télévisé du soir interviewait Margo Nolan qui serrait Raine dans ses bras. Ray avait disparu.

Eden s'approcha des projecteurs installés pour les besoins de l'interview. Son uniforme déchiré et l'hématome sur son visage sans doute très pâle ne la mettaient certainement pas à son avantage, mais que pouvait-elle y faire ? Plutôt que de se refaire une beauté, mieux valait qu'elle s'efforce d'ordonner ses pensées.

A sa vue, Margo sourit. La journaliste comprit tout le profit qu'elle pourrait tirer des retrouvailles entre le chef de la police de Waverly et la mère de Raine. Elle tendit donc son micro à Eden.

— Chef Reddick, vous pouvez nous expliquer ce qui vous a mise sur la piste de Dave Porter ? Comment la police a-t-elle compris qu'il était le ravisseur de la petite Raine Nolan ?

— Nous avons découvert que Porter avait pu être responsable de l'enlèvement de deux petites filles dans deux Etats limitrophes du Mississippi. Quand nous sommes venus chez lui pour l'interroger, il a ouvert le feu sur l'un de mes hommes, qui est mort.

— David Porter vous a prise en otage, ai-je cru comprendre ?

— Oui. Je pense qu'il voulait m'utiliser comme monnaie d'échange, ou comme bouclier. Nous ne connaissons pas encore ses motivations. L'enquête nous les apprendra.

— Vous avez réussi à vous enfuir, puis vos hommes ont mis la main sur lui, c'est bien cela ?

— En effet. Une fois que Porter a été neutralisé, il a révélé sans se faire prier l'endroit où il détenait Raine Nolan à l'un de mes hommes.

Tout en répétant presque mot pour mot la version que venait de lui souffler Jake, Eden cherchait à comprendre ce qu'il voulait lui cacher. Que s'était-il passé en réalité ?

— Chef Reddick, reprit la journaliste, vous et vos hommes avez travaillé nuit et jour, sans relâche, pour retrouver Raine Nolan. Tout le monde, et les parents de la petite Raine au premier chef, bien entendu, se réjouissent de cette issue heureuse. Madame Nolan, aimeriez-vous adresser quelques mots au chef Reddick et à ses hommes ?

Margo pressa sa joue contre la tête de sa fille.

— Je veux remercier toutes les personnes qui ont participé aux recherches et qui nous ont aidés à retrouver Raine : les habitants de Waverly, le département de police, les agents du FBI, et surtout… surtout, le major Jacob Underwood. C'est lui qui a retrouvé Raine. C'est lui qui l'a délivrée.

Le journaliste reporta son attention sur Eden, sourcils froncés.

— Le major Jacob Underwood ? Quel revirement de situation ! Pouvez-vous nous en dire davantage sur le héros du jour, chef Reddick ?

— C'est l'un des nombreux volontaires qui a consacré son temps et son énergie à chercher Raine Nolan.

Eden caressa la main de Raine et ajouta :

— Nous sommes heureux que Raine ait été retrouvée saine et sauve. Nous sommes également heureux qu'elle soit de nouveau avec sa famille.

Sur ces mots, elle s'éloigna. Elle entendit la journaliste poser une question à Raine, qui y répondit d'une petite voix tremblante.

Eden se sentait apaisée et confiante. Raine serait entourée de l'amour de ses parents et, avec l'aide d'un pédopsychiatre, elle surmonterait l'épreuve qu'elle avait vécue au cours de ces derniers jours. Sa confiance envers Jake ainsi que sa bravoure donnaient le droit d'être optimiste.

Cela étant, Eden restait troublée. Que lui cachaient Jake, Marty Blake et Dean ? Elle les chercha du regard, mais elle ne vit que Marty, à l'arrière du véhicule médicalisé. Elle s'approcha et refoula ses inquiétudes pour s'enquérir de son état.

Le policier lui sourit.

— Dave Porter nous a dit que vous aviez pris la fuite. Je l'ai cru seulement en vous voyant vous entretenir avec la journaliste, chef Reddick !

Marty esquissa un signe vers la journaliste, Margo et Ray, qui avait rejoint son épouse.

— Vu ce que le ravisseur a fait subir à votre supérieure hiérarchique, c'est un miracle qu'elle ait réussi à répondre à ses questions, déclara l'urgentiste.

— Ah… mais qu'est-ce que Porter lui a fait ? s'exclama Blake sans cacher son inquiétude.

Ses hommes lui vouaient peut-être une plus grande admiration qu'elle ne le pensait, et l'appréciaient en tant que chef de la police, se dit Eden, touchée par cette marque de reconnaissance.

— Ne vous inquiétez pas, Marty, répondit-elle. On m'a souvent reproché d'avoir la tête dure, et j'en suis ravie ! Mais vous, ça va ?

— Si vous voulez mon avis, il a eu autant de chance que vous, repartit l'urgentiste.

Eden posa sa main sur le bras de Blake.

— Vous avez fait du bon travail, Marty. Merci.

Il baissa la tête, l'air embarrassé par le compliment.

— Tout le monde a fait du bon boulot, chef Reddick, mais bon sang, je suis désolé pour Billy. C'était un brave type.

La gorge serrée, Eden acquiesça. Elle regrettait de ne pas avoir su éviter la mort de Billy Gibbons.

— Au moins, Raine est saine et sauve… Tout de même, quelque chose m'intrigue, Marty : comment avez-vous réussi à convaincre Porter de vous révéler si vite le lieu de la détention de Raine ? Au début, j'ai pensé qu'il avait tenté de monnayer sa condamnation en faisant des aveux spontanés, mais je n'en suis plus si sûre. Lui auriez-vous fait certaines promesses ? Notez que je ne vous le reproche pas.

Blake coula un regard vers l'urgentiste, qui feignait de ne pas les écouter.

— Non, pas de promesses, répondit-il d'une voix brève. Vous n'avez aucun souci à vous faire là-dessus.

Il avait appuyé sur ses mots. A dessein pour mieux la rassurer ? Avait-elle sur-interprété l'attitude de Jake ? Quoi qu'il en soit, la journaliste n'avait pas remis en question sa version des faits. Personne ne le ferait.

Malgré tout, elle était certaine que l'opération ne s'était pas déroulée conformément à ce que Jake, ou Marty, affirmaient.

Et elle résolut de le découvrir avant la prochaine conférence de presse — ne serait-ce que pour avoir la conscience tranquille.

20

Installé dans la voiture de patrouille, Jake observait Eden tandis qu'elle s'entretenait avec ses hommes, les urgentistes et enfin, avec Dean.

Assurément, elle s'interrogeait sur la façon dont il avait extorqué ses aveux à Porter. Lorsqu'elle s'approcha de lui, il décida de lui dire la vérité, même si elle ne la lui demandait pas.

Eden ouvrit sa portière. A la lumière du plafonnier, elle le dévisagea en silence, l'air interrogateur et perplexe.

Jake ne lui déroba pas son regard. Il reconnaissait avoir été rude avec Porter et sa méthode avait été contestable à bien des égards ; mais, à situation extraordinaire, moyens extraordinaires. Il ne regrettait rien.

Il avait sauvé la vie d'une petite fille en danger, c'était le plus important.

— Vas-y, monte ! lui dit-il.

— L'urgentiste m'a interdit de conduire pendant au moins vingt-quatre heures.

— Monte quand même. On changera de place, et je te reconduirai chez toi.

Après une brève hésitation, elle s'installa à côté de lui, et referma la portière. Aussitôt, l'obscurité les enveloppa.

Puis elle se tourna vers lui. Dans la nuit, elle lui sembla plus pâle.

Eden ouvrit de grands yeux quand, mû par une impulsion, il se pencha sur elle. Et cependant, elle entrouvrit les lèvres pour accueillir son baiser.

Sa conscience lui intimait de lui parler de sa conduite pendant l'opération avant que leurs rapports ne deviennent plus intimes, mais il ignora la voix de la raison pour lui donner ce baiser dont il avait envie depuis si longtemps. Il s'enhardit, noua les mains derrière sa nuque et l'attira doucement à lui.

Leurs lèvres se rencontrèrent, les siennes avides, celles d'Eden très douces et frémissantes. Jake contint un soupir de plaisir, tandis que sa langue s'enroulait autour de la sienne. Il était heureux de la fougue avec laquelle elle répondait à son étreinte. Il l'embrassa passionnément, enivré par le goût de sa bouche.

Tiède. Brûlante.

Langoureuse Eden…

Sa main descendit sur ses épaules, pour mieux la presser contre lui. Elle l'imita.

Il ne voulait pas lâcher. Il ne voulait en réalité plus jamais la lâcher.

Ce fut Eden qui mit fin à leur baiser. Elle recula sans le quitter des yeux.

— Enfin ! souffla-t-elle. Cela faisait si longtemps que j'attendais…

— Moi aussi, mais je ne savais pas si tu accueillerais favorablement mon initiative.

Elle fronça les sourcils.

— Mon Dieu, quelle drôle d'idée !

— J'ai un passé douloureux, Eden, tu le sais.

— Comme moi. Comme tout le monde, Jake !

— Certes, mais…

Il se tut.

— Mais quoi ? insista-t-elle.

— Tu sais ce qu'on dit sur moi ?

— Oui. J'ai entendu parler de ton courage. De ta noblesse de cœur. De ton engagement.

Elle exhala un gros soupir.

— Et tu en as payé le prix fort.

— Tout le monde ne pense pas comme toi, Eden. La guerre n'est pas toujours honorable, et elle n'est jamais belle…

— Tu as fait des choses que tu regrettes ?

Il réfléchit.

— J'ai parfois désobéi aux ordres, mais dans un souci de justice.

— En clair ?

— L'unité à laquelle j'appartenais était réputée pour être composée de têtes brûlées, et nous avons effectué des missions secrètes, des opérations nécessaires dont personne ne reconnaîtra la responsabilité, tout au moins officiellement. La fin justifie parfois les moyens. Certains moyens, tout au moins. Le problème, c'est de se fixer une limite et de rester en accord avec ce que l'on est, ce que l'on croit.

Un silence tomba. Il ne le rompit pas. Il attendait qu'elle prenne la parole.

— Tu as eu recours à « certains moyens » pour extorquer des aveux à Porter, ce soir ?

— En effet. Je ne voulais pas discréditer le département de police en expliquant que j'avais fait pression sur Porter pour lui arracher des aveux…

— Blake était d'accord ?

— Marty a protesté, mais il m'a laissé faire. Après tout, comme tu l'as constaté, Porter n'est pas blessé. Enfin, sauf au mollet, mais c'était pour l'empêcher de prendre la fuite.

Eden eut un petit sourire.

— Je vois. Tenons-nous-en à la version officielle, cela suffira.

— Son avocat ne l'entendra sans doute pas de cette oreille.

— Alors nous aviserons le moment venu. Du moins, si son avocat nous soumet le problème. Mais honnêtement, je doute que cette partie de l'opération soit remise en question. C'est la parole de Marty, un policier, et de toi, le sauveteur de Raine, contre celle de Porter, criminel multi-récidiviste. La plupart des habitants de Waverly auraient pris moins de gants avec lui et l'auraient passé à tabac, tu en sais quelque chose ! Personnellement, nous sommes tous contents que tu aies trouvé… disons, le moyen de le faire parler. Raine est saine et sauve, et c'est l'essentiel.

Jake se mit à rire. Il était soulagé et amusé. Il effleura son hématome au front.

— Et en ce qui concerne l'intrusion dans ma maison, reprit-elle, pensive, le harcèlement dont j'ai été victime ?

Jake fronça les sourcils. Il était presque certain que Porter n'en était pas l'auteur.

— Tu soupçonnes Porter ?

Sa question la déconcerta.

— Mais oui ! Qui d'autre, sinon ?

— Porter aurait un rapport avec la disparition de ta sœur ? Mais enfin, quel âge avait-il à l'époque ?

— Je n'en sais rien… Je ne sais même pas quel âge il a. Mais je ne vois pas qui, si ce n'est lui…

— Quand on réfléchit bien, les événements qui se sont succédé depuis la disparition de Raine sont incohérents. Certes, je comprends maintenant pourquoi Porter m'a agressé, et avec cette violence. Il savait que j'avais vu l'endroit où il cachait Raine. Voilà pourquoi, d'ailleurs, il a changé son lieu de détention. Il devait me réduire au silence, retourner l'opinion contre moi. Il y a plus ou moins réussi. Mais quant au reste… Porter a la trentaine, et il devait avoir une dizaine d'années au moment de la disparition de Christie. A moins qu'il n'ait effectué des recherches sur… un secret que personne ne connaissait et qui a été bien gardé ! De plus, je ne vois pas dans quel but il aurait agi ainsi ?

— Mais si ce n'est pas Porter, alors qui ? Et surtout, pourquoi ?

— Je ne peux malheureusement pas te répondre. Nous ne le saurons peut-être jamais.

— Tu crois que je ne serai plus victime de harcèlement ?

— Maintenant que le criminel est arrêté, oui. A quoi bon continuer ?

— Pourquoi avoir commencé ?

— Cet individu a voulu te distraire de ton enquête.

— Il n'y a pas réussi !

— Peut-être voulait-il, de cette façon, soutenir Porter ? Et si Porter avait eu un complice ?

— Je ne sais pas.

Eden soupira.

— Je n'arrive pas à comprendre comment on a pu me faire une chose pareille.

— Cet individu n'a peut-être pas pris conscience de la gravité de ses actes ? Peut-être voulait-il s'amuser à tes dépens ? Peut-être que Porter l'a manipulé ? Quoi qu'il en soit, cela n'explique pas comment Porter a su que ta sœur avait disparu.

— Tu as dit toi-même que, grâce à internet, on pouvait tout retrouver.

— Certes, mais il faut un minimum d'informations, au départ.

— Pas si tu as accès aux bases de données de la police, qui contiennent toutes les données sur les affaires classées.

— Donc si tu as un complice qui travaille dans la police.

*
* *

Le poste de police était en effervescence ; pourtant l'heure était tardive, et en outre, la moitié de ses hommes était sur la scène de crime.

Sans un mot, Eden fit à Carl le geste de la suivre dans son bureau.

Après une brève hésitation, il obtempéra.

— Fermez la porte ! lui intima-t-elle.

Carl lança un regard interrogateur à Jake avant d'obéir. Dans le silence qui suivit, Eden sentit la tension monter. Carl devinait qu'elle l'avait convoqué parce qu'il connaissait bien Porter.

— Si j'avais su quel genre d'homme c'était..., commença-t-il.

— Vous êtes venu chez moi récemment ? l'interrompit Eden.

Sur le visage du jeune homme se peignit la plus vive confusion.

— Pardon ?

— Etes-vous entré chez moi ? Vous y êtes-vous introduit par effraction ?

Carl regarda de nouveau Jake comme pour lui demander s'il s'agissait d'une plaisanterie. Jake restant impassible, il reporta son attention sur Eden.

— Je ne suis jamais entré dans votre maison, chef Reddick, et encore moins par effraction. Que ce soit chez vous ou ailleurs ! ajouta-t-il, contenant mal son indignation.

— Vous avez peut-être un peu aidé votre ami Porter ? insista-t-elle. Afin de donner du piquant à l'enquête sur la disparition de Raine ?

— Je ne sais pas du tout de quoi vous parlez, chef Reddick. Dave a toujours été sympa avec moi. Je pense, enfin, je pensais, se corrigea-t-il, que c'était un ami. Mais je n'ai jamais été son complice. Je n'aurais jamais pu faire de mal à un enfant. J'ai tout de même choisi de devenir policier !

— Mais peut-être avez-vous eu envie de jouer un tour à votre supérieur hiérarchique ? Tout le monde en a un jour envie.

— Non, madame. Pas moi. Je vous apprécie et j'aime travailler avec vous. Pourquoi agirais-je de façon aussi stupide ?

— Je n'en sais rien. Tout ce que je sais, c'est que quelqu'un m'a harcelée. Peut-être vous, vu vos liens avec Porter.

— Je ne suis pas la seule personne en ville à avoir compté Dave au nombre de mes amis.

— C'est vrai, mais vous êtes aussi l'un des rares à avoir accès à ce bureau.

Carl fronça les sourcils.

— Vous me soupçonnez d'avoir révélé des informations confidentielles sur l'enquête ?

Il secoua la tête.

— Vous me connaissez bien, madame. Vous connaissez aussi mes parents. Vous pensez vraiment que j'aurais aidé un criminel ?

Sa question plana dans un lourd silence.

— Je veux que vous rentriez chez vous, déclara Eden au bout d'un moment. Vous y resterez jusqu'à nouvel ordre. Ne parlez à personne de notre échange. C'est un ordre, Carl, vous m'avez bien comprise ?

— Oui, madame.

Carl avait l'air outré, mais il s'efforçait de se contrôler.

— C'est tout ?

— Pour le moment, oui.

Il allait sortir quand Eden reprit la parole.

— Si je me trompe, Carl, je suis désolée, mais il y a…

Elle se tut, chercha ses mots.

— Certains faits sont arrivés, pour lesquels je n'ai encore aucune explication, et cela m'inquiète.

Carl opina, et riva son regard au sien.

— Je comprends, madame, mais vous me connaissez assez pour savoir que je suis incapable de harcèlement.

Il referma la porte derrière lui sans brusquerie, presque doucement.

— Qu'est-ce que tu en penses, Jake ?

— Il est innocent. Il n'a pas compris à quoi tu faisais allusion.

Eden soupira.

— Nous devons tout de même vérifier nos ordinateurs, essayer de savoir qui a consulté dernièrement les bases de données de la police. Je contacterai le FBI demain. Honnêtement, j'espère que Carl dit la vérité…

Jake acquiesça. Quelle que soit l'identité de celui qui l'avait harcelée, il n'avait plus aucune raison de continuer. Dans le cas contraire, se promit-il, il déjouerait ses plans, parce qu'il ne laisserait plus jamais Eden seule.

21

Epuisée et distraite par sa fatigue, Eden ne prêta attention à la direction que Jake prenait que lorsqu'il tourna devant sa maison. Or elle ne voulait pas rentrer à la maison ! découvrit-elle tout à coup. Pas avec ce qui s'y était passé récemment, et le doute planant toujours sur l'identité de son tourmenteur.

— Non ! jeta-t-elle donc avec force.

Jake lui jeta un regard interrogateur.

— Je ne peux pas dormir chez moi. Je ne le veux pas.

Sur ces mots, elle s'adossa à son siège et ferma les yeux. A la vérité, elle se moquait bien de savoir où elle passerait la nuit, du moment que Jake était avec elle.

Sans dire un mot, il reprit la route, et elle se redressa seulement lorsqu'il ralentit en arrivant devant chez lui. Il se gara et coupa le moteur.

Au bout d'un moment, il éteignit les phares. L'obscurité les enveloppa. Peu à peu, les créatures nocturnes reprirent leur sérénade un instant dérangée par leur intrusion bruyante.

— Si elle nous voyait, ta grand-mère serait scandalisée, lâcha-t-elle à voix basse.

— Tu peux dormir dans sa chambre, si tu as peur de l'offenser.

Jake sortit du véhicule, le contourna pour lui ouvrir la portière et lui tendit la main.

Elle la saisit.

— Et si je ne veux pas dormir dans la chambre de Miz Etta ?

Pour toute réponse, il serra sa main plus fort. Il ne la lâcha que lorsqu'ils furent devant sa porte.

Quand il eut ouvert, Jake l'invita à entrer en posant la main au creux de ses reins. Cette pression intime suscita en elle une délicieuse impatience qui accéléra les battements de son cœur et le rythme de sa respiration.

Mais Jake ne parut pas le remarquer. A moins qu'il ait l'habitude de produire cet effet sur les femmes ? A l'évidence, il avait plus d'expérience en la matière qu'elle n'en avait.

Son intérieur, en tout cas, était impeccable.

— Miz Etta aurait-elle une chemise de nuit à me prêter ?

Le regard que Jake posa sur elle avait l'éclat du vif-argent. Et cependant, son expression était mesurée et neutre.

— Ses affaires sont toujours dans sa chambre. Je suis certain que tu y trouveras quelque chose à ta convenance. C'est la deuxième porte sur la droite.

La porte de gauche donnait-elle sur la chambre de Jake ? Si c'était le cas, il avait l'intention qu'ils occupent deux chambres séparées, en dépit de l'insinuation qu'elle avait faite, et à laquelle Jake n'avait pas répondu, d'ailleurs.

Humiliée, elle passa devant lui, mais il la retint par le bras. Elle s'arrêta net.

— Tu ne sais pas tout de moi, Eden.

— Il y a encore quelque détail terrible de ton passé que tu devrais me dévoiler ? plaisanta-t-elle avec un sourire.

— Non. Cette fois, cela concerne mon présent.

Jake lui prit la main et la posa sur sa tête, juste au-dessus de sa tempe. Sa première impulsion fut de retirer sa main, mais elle se contint.

— Les effets de ma blessure ne sont pas près de se dissiper.

— Tu veux parler de tes flashes ?

— De mes flash-backs. De ces absences, rares, mais réelles.

— Ça n'a aucune importance, Jake.

— Peut-être que si.

— *Peut-être*... Nous ne pouvons pas augurer de l'avenir... Je ne pouvais prévoir l'enlèvement de ma sœur. Ni la réaction de ma mère. Ni celle de mon père. Les Nolan n'auraient jamais imaginé que leur vie allait basculer en une nuit. Qu'un inconnu aurait un flash qui révélerait où leur fille était cachée. La vie n'offre jamais de garantie, Jake. Alors si tu recherches une assurance sur l'avenir avec moi, tu fais fausse route.

Jake posa les mains sur ses épaules et l'attira à lui pour l'embrasser. Ce baiser ne ressembla pas à celui qu'il lui avait donné, tout à l'heure. Cette fois, sa bouche prit possession de la sienne avec vigueur. Et quand il cessa de l'embrasser, quand elle fut pantelante de désir, il lui releva la tête et la regarda droit dans les yeux.

— Tu as fini ? s'enquit-il.

— Fini de quoi ?

— De parler ?

Elle acquiesça, et il lui sourit.

Il passa alors son bras sous ses genoux et la souleva comme si elle avait été aussi légère que l'enfant dont il avait sauvé la vie.

Revoyant la scène, Eden noua les bras autour de son cou et posa la tête sur son épaule, lui donnant, comme Raine, toute sa confiance.

Eden se réveilla sans hâte, et le sourire aux lèvres. Le soleil matinal filtrait dans une pièce qu'elle ne reconnut pas.

Le souvenir des événements de la veille lui remonta à la mémoire. L'horreur dans la masure de Porter. Le retour de Raine. Jake.

Jake.

Elle tourna la tête et, sentant un bras derrière sa nuque qui accompagnait son mouvement, fit face à l'homme qui lui avait fait l'amour, quelques heures plus tôt, avec une ferveur inimaginable et bouleversante.

Le regard de Jake fouilla le sien avant de se poser sur sa bouche.

— Tu as la peau si douce, murmura-t-il.

Il caressa sa joue, puis sa main s'insinua dans son cou et enfin effleura sa poitrine avec complaisance et beaucoup de tendresse. Les pointes de ses seins durcirent aussitôt. Au souvenir, sans doute, des caresses que Jake leur avait prodiguées… C'était bien la réaction physique la plus puissante qu'elle ait jamais eue. Combien il l'avait caressée au cours de la nuit… Tour à tour taquin, doux et expert…

Justement, les mains de Jake continuèrent leur tendre exploration, et elle sut, avec une joie immense, qu'il n'en resterait pas là. Alors Eden soupira de plaisir, dans l'attente de cette nouvelle joute sensuelle, dont le seul but était l'accès à un plaisir sans bornes, un plaisir qui tenait de la magie. A cet instant, Jake sourit comme s'il avait deviné ses pensées et, retirant son bras toujours sous sa nuque, se mit sur le coude pour la contempler.

Le regard rivé au sien, il prit son sein en coupe et baissa la tête pour en taquiner paresseusement le mamelon érigé, qui durcit davantage. Jake le mordilla, avec la plus grande douceur. Sous la pression de ses lèvres, et celle tout aussi tendre de ses dents, Eden sentit comme un geyser exploser dans son corps. Jake répondit au cri qui lui échappa en délaissant son sein pour embrasser son ventre avec lenteur.

Eden désirait cet homme qu'elle aimait avec une intensité inexprimable et ne croyait pas à son bonheur. La bouche de Jake s'insinua plus bas encore. Eden agrippa ses cheveux tandis qu'il renouvelait le plus sensuel des assauts, celui auquel elle avait résisté au cours de la nuit mais qu'elle accueillait maintenant sans plus montrer de pudeur.

De tendre, Jake devint impérieux. Des sensations exacerbées se succédaient en elle, faisant vibrer la moindre de ses terminaisons nerveuses. Plus il la caressait et l'embrassait, plus ces sensations prenaient le contrôle de son corps et de son esprit, jusqu'à ce qu'elle ne songe plus qu'à la montée inéluctable du plaisir.

Arrivée au point de non-retour, Eden sentit le rythme de sa respiration s'accélérer. Et quand le plaisir la foudroya, il lui sembla que son âme s'envolait de ce corps qu'il avait si bien su conduire à la volupté.

Dès que Jake perçut son extase, il se redressa et posa sa bouche sur la sienne. Son torse s'abattit sur ses seins et leurs corps en sueur s'épousèrent parfaitement. D'instinct, Eden posa les mains sur ses hanches, lesquelles se cambrèrent pour mieux venir à sa rencontre.

Elle le désirait, elle le voulait tout à elle. La possédant. L'embrassant avec une folle passion. Elle le savait capable de lui donner un plaisir infini, mais elle voulait apprendre à lui en donner aussi.

Elle ouvrit ses jambes pour l'accueillir, et quand il s'introduisit en elle, dans son intimité qu'il avait rendue brûlante par la caresse de ses mains et sa bouche, elle se détendit. Bientôt, ils ne feraient plus qu'un…

Son plaisir la fit fondre lorsqu'il commença à aller et venir en elle. Eden haussa ses hanches, cherchant à épouser aussi intimement que possible ses mouvements. Unie par son corps et son âme à Jake, elle ne fut bientôt plus que l'esclave du plaisir qu'il lui dispensait. Son orgasme explosa, décuplé ; au même moment, Jake eut un râle rauque et puissant. Ils s'étaient enfin rejoints dans le plaisir ultime.

Ils restèrent immobiles, épuisés par la violence de ce qu'ils venaient de vivre, d'éprouver dans les bras l'un de l'autre.

Leur souffle s'apaisa et le calme revint.

Au bout d'un long moment, Jake roula sur le côté et se mit sur le dos. Malgré son corps en sueur, Eden frissonna. Cette séparation lui était insupportable.

— Tu as froid ? lui demanda-t-il, se méprenant sur sa réaction.

Il ramena la couette sur elle.

— Non, je suis seule.

Décontenancé, il l'interrogea du regard. Elle s'expliqua.

— Seule loin de toi…

— Je ne pourrais pas être plus proche.

— Je ne te parle pas de maintenant. J'ai été seule, je l'ai été presque toute ma vie.

Elle en prenait conscience en prononçant ces mots.

En l'espace d'un an, elle avait perdu sa sœur, sa mère et son enfance. Même si elle n'avait jamais douté de l'amour de son père, elle avait vite compris qu'il n'était plus que l'ombre de lui-même, et que sa vie était désormais dévolue à la recherche de sa sœur.

Jake lui sourit.

— Je suis là.

Elle lui sourit et caressa ses cheveux.

— Là avec ce que je suis, poursuivit-il, et ce que je ne suis plus. A cause des séquelles de mon traumatisme. De mes flash-backs. C'est une conséquence mineure de ma blessure, mais j'ai toujours été fier de pouvoir tout contrôler. De me contrôler. Quelle que soit la situation dans laquelle je me trouvais… Après mon traumatisme, je n'ai plus rien maîtrisé. Pas même mes souvenirs.

Eden garda le silence, consciente que cette confession lui était difficile.

Il soupira.

— En ce qui concerne les flashes… mes visions de Raine… Je n'ai pas d'explication logique. Je n'en aurai sans doute jamais. C'est la perte ultime de contrôle, j'imagine.

Mais pour la première fois, je ne le regrette pas, puisque cela a sauvé la vie d'une petite fille.

Eden sentit les larmes lui monter aux yeux et les contint pudiquement.

— La boucle est bouclée, dit-elle doucement.

— Que veux-tu dire ?

— Mon père n'a jamais retrouvé Christie, mais c'est grâce à ses dossiers que nous avons réussi à retrouver Raine. Grâce à lui.

Eden refoula de nouveau ses larmes en pensant à son père. A sa mère. Et à Christie.

L'affaire Raine Nolan lui permettrait peut-être de refermer le chapitre le plus douloureux de sa vie, et d'achever un deuil qui durait depuis près de vingt ans.

Épilogue

— Je voulais vous téléphoner, ce matin, et voilà que je tombe sur vous au supermarché. Quelle chance !

Eden leva les yeux des steaks qu'elle venait de saisir pour découvrir Laurie Greene. Ne pouvant plus éviter une confrontation qu'elle redoutait depuis bientôt six semaines, elle reposa machinalement les barquettes en polystyrène dans le rayon réfrigéré.

— Bonjour, Laurie, dit-elle avec une affabilité feinte. Vous vouliez me demander quelque chose ?

Elle et Jake avaient beau rester discrets sur leurs relations, elle remarquait les regards entendus des gens ; on jasait. Manifestement, Laurie Greene avait décidé de prendre les devants pour aborder le sujet.

— Je me posais juste la question… enfin, maintenant que le calme est revenu, bien entendu, commença-t-elle d'une voix hésitante. Je veux dire, l'enquête est bien terminée, n'est-ce pas ?

— Vous faites allusion à l'enquête sur l'enlèvement de Raine Nolan ?

Laurie acquiesça.

— En ce qui concerne la police de Waverly, oui, fit Eden, en se demandant où elle voulait en venir.

— Ecoutez, je ne voulais pas vous le demander parce que vous avez été si occupée… Lincoln me conseillait même de renoncer, mais… Moxie, c'est notre chien, vous savez, il apprécie sa petite couverture. Moi aussi, je l'aime bien parce qu'elle est aux dimensions de son panier, et surtout, elle est neuve. Dean avait promis de me la rendre, une fois que les techniciens de la police l'auraient examinée, et une fois Raine retrouvée. Il m'avait prévenue que cela prendrait du temps, mais si vous me dites que tout est fini… J'aimerais vraiment la récupérer.

— La couverture ? répéta Eden, qui avait du mal à assimiler ces informations où émergeait le nom de Dean.

— Oui, la couverture en patchwork rose et blanc ! Lincoln l'avait posée sur le siège du pick-up pour le protéger, quand il a conduit Moxie chez le vétérinaire, ce jour-là. En sortant de chez le vétérinaire, il l'a mise dans la remorque. C'est étonnant qu'elle ne se soit pas envolée !

— C'était donc votre couverture ?

Laurie fut consciente d'avoir commis une bévue, car elle se ravisa.

— Laissez tomber… ce n'est pas grave. Rapportez-la-moi quand vous l'aurez, d'accord ?

Puis elle sourit.

— Tiens, vous organisez un barbecue ce soir ? s'enquit-elle en regardant les barquettes de viande qu'Eden avait reprises.

— Oui, répondit Eden, toujours sous le choc de ces révélations.

— Alors amusez-vous bien ! Vous savez, le major Underwood est très sympathique.

Eden sourit distraitement.

— Oui. Merci.

— A bientôt.

Laurie Greene s'éloigna d'un pas vif en poussant son chariot.

Eden fixa le rayon réfrigéré sans le voir, pour éviter les regards curieux des autres clients.

La nuit où la couverture avait été retrouvée se rejouait dans sa mémoire comme un film.

Sa réaction. Le commentaire de Dean, lorsqu'il lui avait dit qu'elle avait eu l'air de voir un fantôme. S'il avait eu connaissance de l'enlèvement de Christie, il avait compris qu'elle faisait le rapprochement entre la couverture de sa sœur et celle qui se trouvait dans la remorque de la Ford. Et c'était lui qui lui avait assuré que les Greene ne savaient rien de cette couverture — ce qui, manifestement, était faux.

C'était donc son adjoint qui avait mené cette campagne de terreur à son endroit ? Qui l'avait harcelée ? Comment Dean, qu'elle considérait comme un collègue et un ami, avait-il pu lui faire une chose pareille ?

La réponse lui vint vite. Pendant l'enquête sur l'enlèvement de Raine Nolan, Dean avait sans cesse remis en question ses compétences. Il la jalousait parce que c'était elle, le chef de la police de Waverly, et non lui.

Eden posa les barquettes de steaks dans son caddie et s'en fut vers les caisses. Tandis qu'elle attendait dans la file, elle repensa à ces cinq longues journées pendant lesquelles la police et les habitants de Waverly avaient inlassablement recherché Raine Nolan.

Elle eut envie d'appeler Jake pour lui demander conseil. Il lui dirait quelle conduite adopter face à la trahison de Dean…

En fin de compte, elle décida d'affronter sans attendre l'homme qui était son adjoint depuis trois ans et qui avait été son mentor, son second et — du moins, c'est ce qu'elle pensait — son ami.

Au poste de police, Eden trouva Dean les pieds sur son bureau, les mains croisées derrière la nuque.

A sa vue, il se raidit.

— Je pensais que tu avais pris ta journée ?

— En effet. Mais je viens de croiser Laurie Greene au supermarché.

L'expression de son visage changea. Dean avait compris qu'elle savait la vérité.

Eden s'étonnait qu'il ait pris si peu de précautions. Tôt ou tard, les Greene lui auraient demandé de leur remettre la couverture.

A moins que Dean n'ait attendu cet instant où la vérité éclaterait ?

— Ah tiens ? Comment va-t-elle ?

— Laurie voulait récupérer la couverture de son chien. Tu aurais promis de la lui rendre à la fin de l'enquête.

Dean pinça les lèvres, mais resta silencieux.

— Comment as-tu appris que ma sœur avait disparu ?

— Ton père était un excellent officier de police, biaisa Dean. Je le sais, j'ai travaillé avec lui pendant quinze ans.

Il haussa les épaules.

— Comme je suis aussi un bon policier, je me suis interrogé sur le sens de ses nombreux déplacements. Une fois que je l'ai découvert, j'ai découvert le reste.

— Pourtant, tu ne m'as jamais parlé de la disparition de ma sœur.

— Je ne voulais pas…

— Réveiller des souvenirs douloureux ? acheva-t-elle, sarcastique.

— Je suis désolé, Eden. Je regrette.

Il regrettait ? Quoi donc ? D'avoir été son tourmenteur ?

— Je ne comprends pas, Dean. Pourquoi ?

— Tu avais perdu ton objectivité. Tu croyais aveuglément Underwood. Le reste affectait ton jugement.

— *Le reste ?* Tu fais allusion à la disparition de ma sœur ? Tu pensais que j'aurais du mal à faire la part des choses alors tu t'es livré à ces mises en scène macabres ? Tu espérais que je craquerais, pour me remplacer ?

— Je pensais, dit-il d'une voix égale, que vu la situation, j'étais mieux armé pour conduire l'enquête.

— Non ! Parce que tu pensais que Raine était *morte* ! Comment voulais-tu la retrouver, dans ces conditions ?

— Les agents du FBI pensaient également qu'elle était morte.

— Ils se trompaient eux aussi ! Tu as démoralisé les équipes de recherches, composées en partie de volontaires !

— Moi aussi, je la cherchais, s'indigna-t-il. Moi aussi, j'ai travaillé sans cesse sur cette affaire. Tu ne peux pas m'accuser de laxisme.

— Mais tu as trouvé le temps et l'occasion de t'introduire chez moi pour me harceler. Comment es-tu entré, à propos ?

— J'ai fait un double de tes clés. Tu les laisses toujours dans ton bureau.

Elle avait en effet l'habitude de les poser sur l'étagère, près de la porte.

— Donne-les-moi, dit-elle en tendant la main.

En renâclant, Dean ouvrit son tiroir et en sortit une clé, qu'il posa au creux de sa main.

— Donne-moi aussi ton badge.

Dean se figea, soudain blême, à la grande satisfaction d'Eden. Il avait dû penser aux conséquences de ses actes, mais d'évidence, il n'avait pas envisagé qu'elle le licencierait.

— Tu plaisantes ?

Elle eut un rire sans joie.

— Non, Dean. Je ne suis pas comme toi. Je ne ferais jamais des plaisanteries de si mauvais goût. Je ne joue pas avec les émotions d'autrui.

— Je ne mérite pas d'être licencié. On me respecte, ici. Ta décision va susciter un tollé !

— Ah bon ? Quand on découvrira que tu me harcelais, pendant que tout le monde cherchait Raine, les gens applaudiront ma décision, au contraire. La décision d'un chef de la police !

— Un titre que tu n'as jamais mérité…, lâcha-t-il avec amertume.

Son animosité éclatait enfin au grand jour.

— J'ai un diplôme en droit criminel, et la municipalité m'a jugée assez qualifiée pour me confier cette responsabilité.

— C'est ton père qui a intrigué pour que tu obtiennes le poste.

— Je ne doute pas qu'il avait de l'influence, mais le maire et son conseil étaient souverains. Et c'est moi qu'ils ont tout de même choisie.

— Ils ont préféré ton diplôme à mon expérience.

— Visiblement, expérience ne rime pas avec intégrité. Donne-moi ton badge, Dean.

Elle crut qu'il allait refuser, mais il le dégrafa et le posa dans sa main tendue.

— Tu le regretteras, Eden.

Elle eut un sourire féroce en refermant les doigts sur le badge.

— Merci de m'avoir avertie, je serai doublement vigilante.

Il soutint son regard. Elle ne le lui déroba pas. Puis il prit son chapeau et se dirigea vers la porte.

— Je reviendrai demain chercher mes affaires.

— Je demanderai à l'un de mes hommes de s'en occuper. Au nom de Waverly, merci pour les services que tu as rendus. Et puis, si cela t'intéresse, tu avais raison. Tu *étais* un bon policier, Dean… jusqu'à ce que tu perdes de vue ce que c'était, d'être un bon policier.

Dean ne répondit pas. Le son de ses pas précipités dans le couloir la fit sourire, et elle étouffa son sentiment de culpabilité.

— Comment s'est passée ta journée ? s'enquit Jake.

Eden posait ses courses sur la table. Elle leva les yeux sur lui. Jake se tenait dans l'embrasure de la porte. Il venait de prendre une douche, ses cheveux étaient encore humides.

— Mm… intéressante.

Elle sortit ses provisions.

— Je te raconterai.

Elle posa une bouteille de vin rouge sur la table, puis les steaks préemballés destinés au barbecue du soir.

— Tu as des projets pour cet après-midi ? reprit-elle.

— Oui. Cultiver mon jardin. Un projet sur le long terme dont nous devons parler.

— Comme en fait de jardin, tu n'as qu'un carré de terrain où poussent déjà des roses, et que je n'ai pas la main verte, j'imagine que c'est une image ?

Il sourit, et elle s'approcha de lui. Quand il l'enlaça, elle huma son odeur désormais familière avec délice. Dans ses bras, elle se sentait en sécurité.

— Tu sens si bon, murmura-t-elle, les lèvres dans son cou.

— Tu vas très bien, on dirait, dit-il en lui caressant son dos.

Elle recula.

— Et même parfaitement bien !

— Tu me sembles surtout contente de toi ?

— Contente d'être avec toi, corrigea-t-elle avec un autre sourire.

— Tant mieux, parce que j'ai beaucoup réfléchi.

En dépit de l'harmonie croissante de leurs relations, elle eut un frisson d'anxiété.

— Tu as réfléchi à quoi ?

Pas de promesses, pas d'engagement.

Ainsi en avaient-ils décidé au tout début.

S'il avait changé d'avis…

— Je veux que les gens cessent de jaser, en ville. Je suis certain que là où elle se trouve, ma grand-mère est scandalisée. Je redoute que son fantôme ne vienne me hanter et me tourmenter jusqu'à ce que je régularise la situation !

Il souriait.

C'est bon signe, se dit Eden, qui reprenait confiance. Il n'avait pas l'intention de la quitter, s'il plaisantait.

— Pour le moment, Miz Etta est restée bien silencieuse, alors pourquoi te tourmenterait-elle maintenant ? fit-elle, entrant dans son jeu.

— En vérité, elle m'a transmis un message.

— Lequel ?

— Elle veut que je puisse laisser mon pick-up devant chez toi, le soir, sans que les gens jasent.

Eden était revenue vers son sac de courses et en sortait le fromage. Elle le posa sur le comptoir puis se retourna pour sourire à Jake.

— Les gens parleront quand même, crois-moi ! Et ne me dis pas que nous sommes au XXIe siècle ! Nous sommes à Waverly !

Jack se rapprocha d'elle. Assez pour qu'elle décide de ranger ses provisions plus tard.

— Pas si…, commença-t-il.

Il se tut, effleura sa joue, puis reprit :

— Quand je t'ai dit que je souhaitais « cultiver mon jardin »… En fait, j'ai pris une décision. Je veux faire de ma vie un jardin d'Eden…

Tout en la regardant droit dans les yeux, il posa les mains sur le comptoir, l'emprisonnant. Enfin, il se jeta à l'eau.

— J'aimerais que tu acceptes de devenir ma femme. Je pense que Miz Etta serait très honorée si tu y consentais.

— Ta femme ?

— Oui. Ma femme. Pour me donner des enfants. Et donner des petits-enfants à Miz Etta, bien entendu.

Jake semblait incertain, tout à coup. Elle s'empressa donc de le rassurer.

— Oui, dit-elle doucement. Rien ne me rendrait plus

heureuse que de devenir ta femme. Parce que je t'aime, Jake. Des pieds… à la tête.

Elle posa son doigt sur sa tempe, mais il tourna la tête et elle laissa retomber sa main. Quand son regard revint se plonger dans le sien, néanmoins, il souriait.

— Je t'aime aussi… Plus que je n'aurais cru possible d'aimer une femme.

— Toi, tu es mon héros.

— Ne l'oublie jamais, mon cœur.

— Juré, dit-elle en se penchant sur ses lèvres. Pour le reste de ma vie, je le promets.

CARLA CASSIDY

Mystère à Black Rock

Traduction française de
VALÉRIE MOULS

BLACK *ROSE*

HARLEQUIN

Titre original :
COWBOY DEPUTY

Ce roman a déjà été publié en 2011.

1

Ce n'est qu'en apercevant l'éclat d'un gyrophare dans son rétroviseur qu'Edie Burnett pensa à jeter un coup d'œil à son compteur de vitesse qui indiquait soixante kilomètres à l'heure.

Et ce n'est qu'après avoir ralenti pour se rabattre le long du trottoir qu'elle repéra le panneau rappelant que la vitesse était limitée à cinquante.

Elle s'arrêta en jurant tout bas. C'était la cerise sur le gâteau, ce qui manquait au désastre auquel se résumait son existence.

La voiture de patrouille se gara derrière elle et Edie vit dans le rétroviseur le policier en descendre.

Grand et mince, sa chemise kaki tendue sur ses épaules larges et une boucle rebelle de cheveux bruns retombant sur son front, il avançait d'un pas déterminé.

Mais, en cet instant précis, le physique du policier ne l'intéressait guère. Elle n'était pas certaine d'avoir assez d'argent sur elle pour se payer un repas, encore moins une amende pour excès de vitesse.

Il fallait absolument trouver le moyen de le dissuader de lui dresser une contravention.

Comment allait-elle s'y prendre ? Jouer de son charme en invoquant l'ignorance ou s'efforcer de l'apitoyer ?

Elle opta rapidement pour la première solution — en prévoyant d'avoir recours aux larmes si nécessaire. Ce stratagème avait déjà fait ses preuves par le passé.

— On est pressée ?

La voix agréable et profonde du policier résonna avec une intensité troublante. Edie leva la tête pour découvrir, rivés sur elle, des yeux couleur chocolat, ourlés de longs cils noirs.

— Oh, je suis désolée ! dit-elle. J'avais mis la radio et, comme un air que j'adore passait, je crois avoir oublié un petit instant de surveiller l'aiguille de mon compteur de vitesse.

Elle ponctua ses explications d'un sourire contrit, avant d'ajouter :

— Je n'ai remarqué le panneau de limitation de vitesse qu'après avoir aperçu votre gyrophare dans mon rétroviseur.

— Mais vous aviez sûrement remarqué que vous étiez dans une agglomération, répliqua le policier.

— Je suis vraiment confuse, s'excusa Edie avec un autre de ses plus affables sourires.

— Permis de conduire, s'il vous plaît, demanda-t-il, l'air sévère.

Le sourire d'Edie vacilla tandis qu'elle farfouillait dans son sac trop grand à la recherche de son portefeuille. Bon sang ! Il allait lui flanquer une contravention !

Elle lui tendit son permis et le suivit du regard dans son rétroviseur, pendant qu'il retournait à sa voiture. Malgré l'angoisse qui l'étreignait, elle ne put s'empêcher de se dire qu'il était aussi sexy de dos que de face.

C'était le moment où elle aurait habituellement joué la comédie des larmes, dans l'intention de l'émouvoir.

Or les larmes qui vinrent soudain noyer ses yeux ne devaient rien à la comédie.

Il faut dire que les sept derniers mois avaient été un véritable cauchemar.

Un cauchemar qui avait atteint son paroxysme lorsqu'elle avait reçu un appel téléphonique l'informant que son grand-père, Walt Tolliver, n'allait pas bien et avait besoin d'elle.

Voilà deux ans qu'elle n'avait pas remis les pieds à Black Rock et n'avait pas revu son grand-père. Depuis la fois où elle était venue assister aux funérailles de sa mère ; un séjour si bref et si marqué par l'affliction qu'elle n'en gardait qu'un souvenir douloureux et confus.

Après cela, elle s'était efforcée d'appeler Walt tous les week-ends. Mais au cours des six derniers mois, alors que sa propre vie partait en lambeaux, elle ne lui avait plus parlé.

Un sanglot lui échappa, suivi d'un autre. Le temps que le policier revienne, elle pleurait à chaudes larmes.

— Hé ! inutile de pleurer ! s'exclama-t-il en lui rendant son permis de conduire. J'ai décidé de ne pas vous verbaliser et de vous laisser repartir avec un simple avertissement.

— Ce n'est pas à cause de ça…, hoqueta Edie.

Elle saisit son permis et le jeta dans les profondeurs de son sac.

— C'est ma vie qui est lamentable, poursuivit-elle. Il y a un an, je me suis montrée suffisamment idiote pour faire confiance à un homme qui prétendait m'aimer. A l'occasion de son anniversaire, voulant lui faire plaisir, je lui ai passé ma carte bancaire pour qu'il aille s'offrir la chaîne stéréo dont il rêvait. Il a non seulement acheté la chaîne, mais aussi tout le reste du magasin. Il a vidé mon compte jusqu'au découvert maximum autorisé, et il a disparu. J'ai utilisé presque toutes mes économies pour rembourser les dettes qu'il m'avait laissées. Ensuite, j'ai perdu mon emploi.

Les mots se déversaient malgré elle, et des cascades de larmes ruisselaient sur ses joues.

— Et puis ce matin, pendant que je faisais mes bagages pour venir ici, mon propriétaire a sonné à ma porte et m'a annoncé que j'avais un mois pour vider les lieux. Il met en vente l'appartement qu'il me louait. Je dois m'en aller, et…

Elle s'interrompit tout à coup et, horrifiée de s'être ainsi laissée aller à déballer ses problèmes personnels devant un inconnu, leva les yeux vers le séduisant policier.

Seigneur ! C'était affreusement embarrassant ! Mortifiée, elle s'essuya vivement les joues d'un revers de main.

— Je suis désolée, tout cela ne vous concerne en rien. Je suis navrée d'avoir roulé trop vite, et j'apprécie que vous ne me dressiez pas de contravention.

— Vous sentez-vous en état de conduire jusque chez Walt ? demanda le policier.

Elle hocha la tête.

— Oui. Ça va aller.

Il recula alors, et lui fit signe qu'elle pouvait repartir.

Ce n'est qu'après s'être remise en route qu'Edie se demanda tout à coup comment il pouvait connaître sa destination.

Quelle honte d'avoir totalement craqué devant un parfait étranger, en lui exposant tous les détails sordides de sa vie ! Depuis un an, elle avait encaissé les chocs un par un, sans presque verser une larme.

Qu'elle se soit autorisé une telle crise devant ce policier la stupéfiait.

Dieu merci, elle ne lui avait pas tout dit. Elle avait gardé pour elle le fait que la trahison de Greg n'avait pas été, loin s'en faut, le pire motif de désolation laissé dans son sillage.

Ecartant Greg et le séduisant policier de son esprit, elle quitta l'artère principale pour s'engager dans une voie résidentielle bordée d'arbres. Black Rock était une de ces petites bourgades typiques du Kansas dont le centre, n'occupant généralement que deux blocs de la rue principale, était entouré de rues pittoresques où s'alignaient des rangées d'arbres et de maisons coquettes et bien entretenues.

Enfant, elle venait chaque été, avec sa mère, rendre visite à ses grands-parents.

Tandis que sa mère et sa grand-mère occupaient la

plus grande partie de leurs journées dans la cuisine, Walt distrayait Edie en lui apprenant à jouer aux échecs, à observer les oiseaux et à jardiner.

Ces moments-là avaient été parmi les plus heureux de sa vie. Cependant, une fois adolescente, elle avait préféré passer ses vacances avec ses amis, plutôt que de venir voir ses grands-parents.

Ensuite, les années avaient filé à toute allure et, maintenant, rien n'était plus comme avant.

Sa grand-mère avait quitté ce monde, puis sa mère était partie à son tour. La seule famille qui lui restait était son grand-père.

Or, d'après le bref message téléphonique que quelqu'un d'ici — un de ses voisins, sans doute — avait laissé sur son répondeur, il avait besoin d'elle.

Le problème était qu'en ce moment, elle n'était pas vraiment en mesure d'aider qui que ce soit, songea Edie.

Comme elle se garait devant la vieille maison à deux étages, son cœur se serra.

Les lieux paraissaient presque à l'abandon. Même la douce lumière du crépuscule ne parvenait pas à dissimuler son aspect négligé.

La pelouse n'avait pas été tondue depuis un bout de temps et, dans les jardinières qui bordaient l'allée jusqu'au porche, les mauvaises herbes étouffaient les dernières fleurs d'automne. Quant à la maison, elle réclamait une couche de peinture fraîche.

Edie descendit de voiture en tentant d'ignorer le sentiment d'oppression qui l'envahissait. Son grand-père était-il malade ?

Il avait soixante et onze ans. Etait-il trop âgé pour vivre seul ?

Comment allait-elle pouvoir l'aider, alors qu'elle parvenait à peine à prendre soin d'elle-même ?

Elle frappa à la porte, en espérant qu'il était au moins suffisamment en forme pour venir lui ouvrir.

— Qui est là ?

La voix grave qui lui avait répondu lui sembla énergique.

— Papy, c'est moi, Edie.

La porte s'ouvrit toute grande et Edie poussa un soupir de soulagement à la vue de son grand-père, vieilli, mais robuste et apparemment en pleine santé.

— Quelle surprise ! N'est-ce pas là ma petite-fille adorée ?

Il l'attira dans l'étreinte affectueuse de ses bras.

Il sentait l'eau de Cologne bon marché, le baume mentholé, l'air matinal d'automne et les doux souvenirs d'enfance.

Tout en lui rendant son étreinte, Edie se demanda pourquoi elle était restée si longtemps sans venir le voir.

Il la lâcha enfin.

— Entre vite. Il faut que je surveille le dîner.

En le suivant jusqu'à la cuisine, elle remarqua que tout était propre et ordonné, et que le fumet alléchant d'un rôti flottait dans l'air.

C'était peut-être simplement un voisin acariâtre qui l'avait appelée, à cause de l'état extérieur de la maison et du jardin.

Cette personne avait de toute évidence dramatisé la situation et, pour autant qu'Edie s'en souvienne, n'avait pas laissé son nom. Peu importait. L'essentiel était que son grand-père semblait se porter comme un charme.

Elle resterait deux ou trois jours, le temps de tondre la pelouse et de désherber les jardinières. Peut-être même ferait-elle l'acquisition de quelques pots de peinture, afin de redonner un petit coup de neuf à la façade.

En son for intérieur, Edie fit le serment de rendre visite à son grand-père tous les deux mois et de reprendre ses appels téléphoniques hebdomadaires.

— J'ai préparé un rôti de bœuf et des pommes de

terre au four, avec des haricots verts du jardin, annonça ce dernier. Assieds-toi, pendant que je regarde où en sont les haricots.

— Tu attends de la visite ? demanda Edie en voyant que la table était dressée pour deux.

A moins que son grand-père ne soit soudain devenu médium, le deuxième couvert n'avait pas été mis pour elle.

— J'attends mon ami Benjamin. Il vient dîner et faire une partie d'échecs avec moi une ou deux fois par semaine.

Walt lui sourit.

— Et maintenant que tu es là, la soirée sera une véritable fête.

Il égoutta les haricots, puis prit une assiette dans le placard et l'ajouta aux deux autres, sur la table.

— Je commençais à croire que tu avais complètement oublié ton vieux grand-père, remarqua-t-il, une pointe de reproche dans la voix.

— Les lignes téléphoniques fonctionnent dans les deux sens, tu sais, répondit Edie.

— Je sais, mais je me disais que si une jeune fille telle que toi avait envie de parler à un vieux bonhomme comme moi, elle appellerait.

Il s'assit sur la chaise à côté de la sienne.

— Quel âge as-tu, maintenant ? Vingt-trois ans… vingt-quatre ?

— Vingt-neuf, papy, répondit Edie, même si, au cours de l'année qui venait de s'écouler, elle avait commis les erreurs que commettrait une adolescente.

Surpris, Walt haussa un sourcil grisonnant.

— Vingt-neuf !

Il secoua la tête.

— Mon Dieu ! On dirait bien que les années ont passé sans que je m'en rende compte… Cela signifie donc qu'il y a presque dix ans que j'ai perdu ma Delores, et plus de deux ans que ta maman nous a quittés.

Le chagrin assombrissant ses yeux bleus, il parut subitement très vieux. Heureusement, cet accès de tristesse ne dura qu'un instant et son regard retrouva vite son pétillement habituel.

— J'espère que tu vas rester suffisamment longtemps pour que je te donne une ou deux leçons aux échecs !

— Je ne quitterai pas cette maison avant d'avoir gagné au moins une partie, répliqua Edie en riant.

— Parfait ! s'exclama Walt, manifestement ravi. Ça signifie que ta visite sera longue et agréable.

Même si elle était heureuse d'être là, Edie fut une fois de plus frappée par la pensée que son grand-père paraissait en forme et que la personne qui avait laissé ce message sur son répondeur s'était inquiétée sans raison.

Il se leva lestement et alla jusqu'au four pour surveiller le rôti.

— Benjamin ne devrait pas tarder. Nous allons bientôt pouvoir dîner. Tu as faim ?

— Je suis affamée, répondit Edie dont le déjeuner s'était résumé à un sachet de chips grignotées dans sa voiture. Est-ce que je peux t'aider ?

— Il y a deux belles tomates dans le réfrigérateur. Si tu veux, tu peux nous préparer une petite salade.

Pendant qu'elle tranchait les tomates, ils bavardèrent, principalement du passé. Chaque souvenir évoqué provoquait une petite explosion de chaleur dans le cœur d'Edie.

Elle n'aurait jamais dû se tenir éloignée de son grand-père aussi longtemps ! Il était la seule famille qui lui restait et Topeka, où elle vivait, n'était qu'à trois heures de route de Black Rock.

Malheureusement, elle avait été si absorbée par son drame personnel et submergée par le chagrin qu'elle avait pensé à tout sauf à son grand-père.

— Tu vas aimer Benjamin, affirma ce dernier en sortant le rôti du four et en le posant sur la table, sur un dessous-de-plat. C'est un chic type et un joueur d'échecs redoutable.

Et probablement âgé de quatre-vingts ans, supposa Edie, heureuse que Walt ait un ami qui lui tienne compagnie.

Peut-être cette maison était-elle devenue trop grande pour lui. Peut-être était-il temps qu'il songe à s'installer dans un appartement ou dans un lieu où il serait déchargé des soucis d'entretien et de maintenance.

Ils auraient le temps d'en discuter dans les jours à venir, décida-t-elle comme on sonnait à la porte.

— Ce doit être Benjamin, dit Walt.

Pendant qu'il allait ouvrir, Edie essuya le comptoir de la cuisine.

Un instant plus tard, le sourire qu'elle avait plaqué sur ses lèvres pour accueillir le visiteur s'évanouissait à la vue de l'homme qui accompagnait son grand-père.

Il ne s'agissait pas, ainsi qu'elle l'avait imaginé, d'un charmant vieux monsieur aux cheveux blancs, mais du très séduisant policier qui l'avait interpellée à son arrivée en ville et sous les yeux duquel elle s'était littéralement effondrée.

— Edie, je te présente mon ami, Benjamin Grayson. Benjamin, voici ma petite-fille, qui m'a fait la surprise de sa visite.

— Bonjour, Edie. Ravi de faire votre connaissance, dit Benjamin en lui tendant la main, décidant manifestement de faire comme s'il ne l'avait jamais vue.

Il avait eu fière allure, plus tôt, dans son uniforme kaki. Mais à présent, avec ce jean délavé qui moulait ses longues jambes et cette chemise en coton bleu qui épousait ses épaules carrées, il était… diaboliquement sexy.

— Je suis également enchantée de vous rencontrer, répondit Edie en serrant la main tendue.

— Allez, asseyez-vous, et attaquons ce rôti avant qu'il ne refroidisse, suggéra Walt.

Edie prit place à table en s'efforçant de ne pas remarquer le parfum masculin, mêlé à une eau de toilette boisée, qui émanait de Benjamin.

Il sentait bon et était incontestablement bel homme. En d'autres temps, elle aurait pu s'intéresser à lui, mais elle s'était juré de renoncer à jamais aux hommes et au sexe. De plus, elle n'avait pas l'intention de rester à Black Rock plus de deux ou trois jours.

Les deux hommes s'attablèrent à leur tour et, tout en se servant, abordèrent des sujets anodins, tels que le temps qu'il faisait et l'hiver rude qu'annonçait la météo.

De son côté, Edie était finalement ravie d'avoir reçu ce coup de fil qui l'avait poussée à venir jusqu'ici, mais elle ne voyait toujours pas ce qui l'avait motivé.

Walt parla longuement du festival d'automne qui devait se dérouler le mois suivant. Tout en mangeant, Edie se rendit compte qu'elle avait du mal à ne pas observer Benjamin.

Son visage était hâlé, comme s'il passait plus de temps en plein air qu'assis derrière un bureau ou au volant d'une voiture de patrouille.

Il avait des traits réguliers, avec un menton volontaire, un nez aquilin et des lèvres qui paraissaient douces et devaient être très agréables à embrasser.

Elle supposait qu'il n'était pas marié et se demanda pourquoi un homme aussi séduisant choisissait de passer deux soirées par semaine à jouer aux échecs avec un vieux monsieur.

— Combien de temps comptez-vous rester ? demanda-t-il tout à coup en se tournant vers elle.

Avec ces yeux superbes bordés de longs cils braqués sur elle, Edie ne put s'empêcher de ressentir une petite onde de chaleur inopportune au creux du ventre.

— Juste deux ou trois jours, dit-elle, soulagée d'avoir pu répondre d'une voix normale. Je dois rentrer à Topeka pour régler un certain nombre de choses.

Et il savait exactement à quoi elle faisait allusion, puisqu'elle avait si lamentablement fondu en larmes et déballé tous ses problèmes lorsqu'il l'avait arrêtée.

— Tu es toujours gérante de ce restaurant ? s'enquit son grand-père.

Elle secoua la tête après un instant d'hésitation.

— Non. Il y a deux semaines, en arrivant au restaurant, j'ai trouvé la porte cadenassée et un avis annonçant que l'établissement était fermé pour cause de faillite.

Elle refoula la colère qui montait en elle chaque fois qu'elle se remémorait cette journée particulière.

Aucun des employés n'avait en effet été averti du fait que le restaurant rencontrait des difficultés financières.

— Et as-tu trouvé un autre emploi ?

Walt la dévisageait avec inquiétude.

— Pas encore. Mais je suis sûre que j'en décrocherai un sans difficulté dès que je serai rentrée, assura-t-elle avec un sourire confiant.

Elle ne voulait surtout pas l'inquiéter.

Heureusement, le dîner s'acheva assez vite. Comme son grand-père se levait pour débarrasser la table, Edie le chassa gentiment.

— Allez faire votre partie d'échecs, tous les deux. Je m'occupe du rangement.

— Je ne vais pas discuter. J'adore cuisiner, mais je déteste faire la vaisselle, concéda Walt.

— Je peux vous aider, proposa Benjamin. Ça ne prendra qu'une minute.

Edie secoua la tête.

— J'ai la situation en main.

Il avait une présence trop imposante et était bien trop sexy à son goût. Elle préférait éviter de se trouver près de lui au point de sentir son parfum masculin et la chaleur de son corps.

Dès que les deux hommes eurent pris la direction du

salon, elle poussa un soupir de soulagement et mit les restes dans le réfrigérateur. Puis, tout en empilant les assiettes dans l'évier et en remplissant ce dernier d'eau chaude, elle se souvint de toutes les fois où elle s'était tenue là afin d'aider sa grand-mère à faire la vaisselle.

Ça n'avait jamais été une corvée ; c'était l'occasion de parler de la journée qui venait de s'écouler, du temps qu'il faisait et de la vie en général, avec une femme qu'elle considérait à la fois sage et aimante.

La dernière fois qu'elles s'étaient toutes deux trouvées ainsi réunies, Edie avait treize ans et était follement amoureuse d'un garçon prénommé Darrin.

Or cet amour n'était pas réciproque car Darrin préférait alors les jeux vidéo aux filles.

— Aimer n'est pas une erreur, ma petite fille, lui avait assuré sa grand-mère. Mais il te faut aimer intelligemment. Choisir un homme capable de t'aimer en retour, un homme qui te fasse te sentir la personne la plus importante qui soit au monde…

Tout en rinçant la vaisselle, Edie se demanda ce qu'aurait pensé sa grand-mère du gâchis qu'elle avait fait de son existence.

En choisissant un homme qui non seulement s'était révélé incapable de lui rendre son amour, mais qui, en plus, avait eu une pierre à la place du cœur, elle avait été très loin de se montrer intelligente.

Et elle avait payé si cher son erreur qu'elle était désormais déterminée à ne plus jamais se mettre en danger.

Alors qu'elle posait la dernière assiette sur l'égouttoir, des éclats de rire lui parvinrent du salon. Les deux joueurs semblaient bien s'amuser.

Elle regarda machinalement par la fenêtre et se rappela qu'elle avait laissé sa valise dans la voiture.

Lorsqu'elle entra dans le salon, les deux hommes levèrent les yeux de l'échiquier.

— Tu as terminé, ma chérie ? demanda son grand-père. Viens donc t'asseoir et observer un champion à l'œuvre, suggéra-t-il, son sourire illuminant son visage.

— D'après ta mine satisfaite, je suppose que tu gagnes, remarqua Edie.

— Voilà six mois que je joue avec Walt deux fois par semaine, et je n'ai pas encore gagné une seule partie ! se plaignit Benjamin.

Son regard la détailla de la tête aux pieds. C'était le genre de coup d'œil appréciateur qui indiquait qu'un homme trouvait une femme à son goût.

Embarrassée, elle se détourna rapidement.

— Je vais chercher ma valise qui est restée dans ma voiture et je vous rejoins.

— Besoin d'un coup de main ? proposa Benjamin.

Elle secoua vivement la tête.

— Inutile, merci. Je peux la porter seule.

Sur ce, elle se dirigea vers la porte et sortit dans l'air frais du mois de septembre.

La nuit était tombée. Edie resta un moment sur le perron à contempler le ciel. Ici, les étoiles semblaient plus brillantes et plus proches qu'à Topeka.

« Fais un vœu, ma chérie », lui disait sa grand-mère, quand elles s'asseyaient ensemble à cet endroit pour admirer le ciel nocturne et qu'elles apercevaient une étoile filante.

Edie saisit machinalement le petit pendentif qu'elle portait au cou. L'or frais du bijou se réchauffa rapidement entre ses doigts.

Le vœu qu'elle aurait pu formuler en cet instant ne se réaliserait jamais… Elle lâcha le pendentif et se dirigea vers sa voiture, garée dans l'allée.

Un grand pick-up noir, qui devait appartenir à Benjamin, stationnait juste derrière. C'était drôle, elle l'aurait imaginé roulant dans une de ces jolies petites voitures de sport, plutôt que dans ce genre d'engin sérieux et imposant.

Elle avait emporté peu d'affaires. Elle prit sa petite valise sur le siège arrière, puis regagna la maison.

Tout était silencieux. Apparemment, la partie en cours exigeait toute la concentration des deux joueurs.

Elle monta au premier étage, les troisième et septième marches de l'escalier grinçant sous son poids comme lorsqu'elle était enfant, et entra dans la dernière chambre au fond du couloir, celle qu'elle avait toujours occupée lorsque sa mère et elle séjournaient chez ses grands-parents.

La peinture vieux rose des murs et le dessus-de-lit fleuri rose tendre firent refluer en elle une nouvelle vague de souvenirs.

Chaque soir où elle s'était couchée dans cette chambre, sa mère et sa grand-mère l'avaient tendrement bordée dans son lit. Et son grand-père montait souvent lui apporter un biscuit ou une tasse de lait.

Dans cette maison, elle s'était toujours sentie plus aimée que dans aucun autre endroit au monde.

Ranger ses affaires dans la commode et la penderie ne lui prit que quelques minutes, après quoi elle redescendit dans le salon.

Benjamin et son grand-père se levaient de la table de jeu au moment où elle entrait dans la pièce.

— Il m'a battu à deux reprises, annonça Benjamin avec un sourire chaleureux et sensuel qui, de nouveau, fit courir une onde de chaleur dans les veines d'Edie.

— Tu pourrais peut-être faire quelques parties avec Edie, suggéra son grand-père. Tu sais, histoire de t'entraîner un peu pour pouvoir un jour battre le maître, ajouta-t-il avec un clin d'œil malicieux.

Benjamin rit de bon cœur.

— J'adorerais rester et faire une ou deux parties avec Edie, mais, malheureusement, j'ai plusieurs rapports à rédiger avant demain matin.

La lueur espiègle disparut du regard de Walt qui considéra Benjamin avec gravité.

— Attrape ces maudits envahisseurs, Benjamin.

— Des envahisseurs ? répéta Edie, surprise.

Elle dévisagea tour à tour le policier puis son grand-père, qui hocha la tête.

— Oui, des créatures venues de l'espace. Je me tue à expliquer à Benjamin et à ses frères qu'ils cherchent à envahir Black Rock et que, tant qu'ils n'auront pas été neutralisés, nous serons tous en danger.

Une sensation de malaise envahit Edie tandis qu'elle observait son grand-père, cherchant dans son regard une lueur d'amusement qui aurait indiqué qu'il plaisantait.

Or elle n'y vit qu'une pointe de crainte, et la détermination d'un guerrier intergalactique.

C'est alors qu'elle comprit pourquoi quelqu'un lui avait téléphoné, lui demandant de venir se rendre compte de l'état de son grand-père.

Le malheureux était en train de perdre la tête.

2

Benjamin vit le désarroi se peindre sur les traits d'Edie.

C'était une très jolie femme.

Son permis de conduire lui avait appris qu'elle mesurait un mètre soixante-cinq et pesait cinquante-quatre kilos. Ses cheveux étaient auburn et ses yeux verts.

Cependant, ces indications de couleur et autres données anthropométriques étaient loin de décrire parfaitement la femme qui se tenait devant lui.

Oui, ses cheveux courts et bouclés étaient auburn, mais ils brillaient d'un lustre particulier qui lui donnait envie de les toucher.

Et « vert » était un terme trop ordinaire pour décrire ses yeux, au fond desquels scintillaient de minuscules paillettes dorées.

Son pull-over orange s'accordait parfaitement avec les reflets cuivrés de ses cheveux et intensifiait la couleur de ses yeux.

Quelque chose en elle l'émouvait étrangement.

— Je vous raccompagne jusqu'à la porte, proposa-t-elle avec un regard entendu.

— Walt, comme d'habitude, j'ai passé une très bonne soirée. Merci pour le repas et pour la partie d'échecs, dit Benjamin.

— Merci de ta compagnie, répondit Walt, manifestement inconscient du fait que ses propos avaient alarmé sa petite-fille. Edie, tu peux mettre ta voiture dans le garage. J'ai vendu la mienne l'an dernier. J'en avais assez de payer l'assurance, alors que je ne m'en servais pratiquement plus.

Edie hocha la tête.

— D'accord, papy. C'est ce que je vais faire.

Comme Benjamin sortait de la maison à sa suite, une bouffée de son parfum subtil et épicé lui parvint, lui rappelant l'odeur du gâteau à la cannelle.

— C'est moi qui vous ai appelée, lui expliqua-t-il dès qu'ils furent suffisamment loin de la porte d'entrée pour que Walt ne les entende pas. Je suis inquiet pour lui.

Dans la lumière du réverbère de la rue, il lut le trouble sur son ravissant visage.

— Je n'ai pas retenu le nom de la personne qui m'a laissé ce message. Quand je suis arrivée, grand-père m'a paru aller tout à fait bien, alors j'ai pensé qu'il s'agissait simplement d'un voisin grincheux, que l'aspect négligé du jardin dérangeait.

— Walt paraît tout à fait normal, admit Benjamin, si ce n'est cette idée fixe selon laquelle des extraterrestres chercheraient à s'emparer de Black Rock. Ce ne serait pas vraiment un souci s'il ne sortait pas souvent en pleine nuit dans le but de les traquer, ajouta-t-il. J'ai peur qu'une voiture le renverse ou qu'il fasse une chute dans un endroit isolé, où personne ne pourrait lui venir en aide.

— Depuis quand a-t-il cette lubie ? demanda Edie.

Elle semblait bouleversée.

Benjamin se rappela tous les problèmes dont elle lui avait parlé quand il l'avait arrêtée pour excès de vitesse, et éprouva soudain le désir de la prendre dans ses bras et de la rassurer.

Au lieu de cela, il se frotta pensivement le menton et réfléchit à sa question.

— Environ trois mois, dit-il. Mes frères et moi avons essayé de lui sortir cette idée de la tête. Mais Walt ne veut pas en démordre et, lorsqu'on tente de lui faire entendre raison, il se met carrément en rogne. Je pense que vous devriez l'emmener chez son médecin et lui faire faire un check-up complet. Il s'agit peut-être d'un problème médical.

— C'est sans doute la meilleure chose à faire, admit Edie. Eh bien, merci de votre aide. Je vous reverrai peut-être ici ou en ville dans les jours à venir. J'espère en tout cas que ce ne sera pas parce que vous me poursuivrez en tant que policier.

Il lui sourit.

— Tant que vous ne ferez pas la maligne au volant, nous n'aurons pas de problème. Mais je ne peux pas jurer de ne pas vous poursuivre… juste parce que je vous trouve jolie, plaisanta Benjamin, conscient qu'il essayait de lui faire du charme.

Elle avait dû le comprendre aussi. Au lieu d'en paraître flattée ou tout du moins amusée, elle se raidit et recula d'un pas.

— Je suis très maligne. Probablement beaucoup trop maligne pour l'assistant du shérif d'une petite ville de province, rétorqua-t-elle en lui lançant un regard glacial.

Surpris, il resta un instant sans voix.

— Merci encore pour votre aide, ajouta-t-elle d'un ton à peine radouci. Au revoir.

Sur ce, elle regagna la maison d'un pas vif qui fit se balancer ses hanches aux courbes agréables.

Benjamin la regarda jusqu'à ce qu'elle ait refermé la porte d'entrée. Puis, en soupirant, il se dirigea vers son pick-up.

Il ignorait quel démon l'avait poussé à tenter de flirter avec elle et, d'après sa réponse, il ne s'y était pas bien pris. Quoi qu'il en soit, la violence de sa réaction l'avait stupéfié.

Depuis que ses frères, Tom et Caleb, avaient tous deux rencontré l'âme sœur, il était devenu la coqueluche des célibataires de la ville. Malheureusement, toutes les femmes qui s'intéressaient à lui le laissaient froid.

Tandis qu'il reculait dans l'allée de Walt et prenait le chemin de son ranch, ses pensées ne quittèrent pas Edie Burnett.

En la voyant pleurer, lorsqu'il l'avait interpellée à l'entrée de la ville, il avait d'abord cru qu'il s'agissait de larmes factices destinées à échapper à une sanction.

Mabel Tredway tentait le coup régulièrement.

A quatre-vingt-huit ans, la vieille dame n'aurait plus dû conduire depuis longtemps. Il l'arrêtait régulièrement pour avoir franchi une ligne blanche ou ignoré les limitations de vitesse et, chaque fois, elle pleurnichait comme une gamine.

Cependant, la seule fois où il lui avait dressé une contravention, ses larmes s'étaient taries instantanément et elle les avait tous maudits, lui, sa défunte mère, et tout le bétail de son ranch.

En ce qui concernait Edie, il avait vite compris que ses larmes étaient réelles. C'est pourquoi, tout en l'écoutant débiter ses problèmes entre deux sanglots, il avait décidé de ne pas la verbaliser.

Elle aurait déjà suffisamment de mal à trouver une solution pour son grand-père, songea Benjamin. Lui et ses frères, également dans la police, avaient fini par baisser les bras au sujet de Walt.

Ils ne souhaitaient que son bien, et craignaient qu'il ne lui arrive quelque mésaventure.

En passant le portail de la propriété familiale, Benjamin se sentit envahi par le sentiment de paix que lui avait toujours procuré cet endroit.

La maison en elle-même était une bizarrerie architecturale.

La petite ferme de deux pièces qu'elle avait été à l'origine s'était agrandie à mesure que de nouvelles chambres venaient s'y ajouter, à la naissance de chaque enfant.

Il y avait également, juste derrière la maison, un petit cottage où vivait Margaret Kintell.

Margaret était veuve. Elle avait soixante-six ans et travaillait comme gouvernante dans le ranch des Grayson depuis aussi loin que Benjamin s'en souvenait.

Son mari, John, y avait lui-même été employé comme ouvrier agricole jusqu'à sa mort, quelques années plus tôt.

Bien que Benjamin l'ait à plus d'une reprise encouragée à prendre sa retraite, Margaret répondait toujours que sa vie consisterait jusqu'à la fin à prendre soin des enfants Grayson.

Or il était le seul Grayson à demeurer encore dans la maison familiale et, à trente ans, il n'était plus vraiment un enfant.

Ses frères, Tom et Caleb, ainsi que sa sœur Brittany résidaient en ville depuis plusieurs années. Quant à Jacob, il se terrait depuis quelque temps dans une petite cabane nichée au fond d'un bois, un peu plus loin sur la propriété.

La lumière du porche était allumée, indiquant que Margaret était encore là. Comme il s'avançait vers la porte d'entrée, un parfum de pommes et de cannelle lui chatouilla les narines et Tiny vint l'accueillir en aboyant joyeusement.

— Salut, Tiny.

Benjamin s'accroupit pour caresser le chien qui l'avait charmé six mois plus tôt.

— Margaret ? appela-t-il, en se redressant.

Tiny sur ses talons, il traversa le living en direction de la cuisine où la gouvernante l'attendait.

— Assieds-toi. J'ai fait une tarte aux pommes. J'imagine que ce vieux timbré de Walt ne t'a pas nourri correctement.

Benjamin sourit et s'assit.

— En fait, il avait préparé un très bon rôti de bœuf, accompagné de pommes de terre.

Margaret nourrissait une sorte de rancune contre Walt, depuis que sa tarte aux pommes avait remporté — devant la sienne — le trophée du cordon-bleu, lors du festival d'automne de l'année précédente.

Elle mit une généreuse part de tarte dans une assiette, tout en grommelant :

— C'est un de ses amis extraterrestres qui a dû lui donner la recette. Je ne comprends pas pourquoi tu as pris ce vieux fou sous ton aile. Tu as toujours été trop gentil, Benjamin. C'est là ton problème.

Elle posa l'assiette devant lui et alla prendre le pot de lait dans le réfrigérateur.

— Sa petite-fille est arrivée aujourd'hui, annonça Benjamin. Elle réussira peut-être à lui faire entendre raison.

— Ah bon ? Sa petite-fille, dis-tu ?

Margaret lui servit un verre de lait, avant de s'asseoir en face de lui à la table.

— Ce serait la fille de Julie, donc.

— Edie, précisa-t-il. Elle s'appelle Edie Burnett.

— C'est ça. Julie avait épousé ce bon à rien de Kevin Burnett. Un buveur et un homme à femmes. Leur mariage aura duré juste le temps que Julie tombe enceinte. Quelle tragédie, qu'elle ait perdu la vie dans cet horrible accident de voiture ! Alors, dis-moi à quoi ressemble Edie…

« A une bombe sexuelle ! Avec un regard ensorcelant et un corps à tomber par terre », songea Benjamin.

Il prit une bouchée de tarte, en s'efforçant de trouver une réponse plus appropriée.

— Elle ne semblait pas être au courant des récentes élucubrations de Walt, finit-il par dire. Quand elle a compris de quoi il retournait, elle a paru consternée.

— Elle va rester un moment ?

— Non. Juste le temps de trouver ce qu'il convient de faire pour son grand-père, je crois.

— Comment est-elle ? insista Margaret. Julie, sa mère, était aussi jolie que gentille.

— Elle est agréable à regarder, concéda Benjamin. Mais avec tout de même peut-être un peu trop de mordant.

Il repensa à sa riposte acerbe et à la façon dont son regard était devenu glacé, lorsqu'il avait tenté de flirter légèrement avec elle.

S'il avait été homme à aimer les défis, il aurait pu insister un peu plus, juste pour voir s'il parvenait à faire fondre cette glace. Mais il n'avait jamais été passionné par quoi que ce soit au point de se donner énormément de mal pour l'obtenir.

Excepté lorsqu'il s'agissait du ranch.

— Dans ce cas, elle sera à la hauteur de la tâche qui consistera à raisonner ce vieux fou, conclut Margaret en se levant. Je vais rentrer chez moi, maintenant. Il est grand temps, pour une vieille dame de mon âge, d'aller se coucher.

Benjamin sourit.

— Bonne nuit, Margaret.

La brave gouvernante cachait le cœur d'un ange sous la rudesse d'un marin au long cours, et contribuait grandement à faire tourner en douceur le ranch et la vie de Benjamin.

Après son départ, le silence de la maison lui sembla oppressant.

Alors qu'il grandissait entouré de toute sa fratrie, il avait souvent rêvé de silence, mais, depuis quelque temps, celui qui régnait sur sa vie était devenu angoissant, et lui causait une sensation de solitude toute nouvelle.

Son frère Jacob vivait cloîtré dans la cabane, s'imposant une sorte d'isolement forcé. Il voyait très peu Brittany, qui avait mille occupations. Quant à Tom et Caleb, ils avaient à présent des femmes belles et brillantes pour tromper le vide de leur existence.

Il se leva et emporta son assiette et son verre jusqu'à l'évier.

Tout en les rinçant et en les rangeant dans le lave-vaisselle, il pensa aux multiples tâches auxquelles il allait devoir occuper les deux jours de congé qu'il avait devant lui.

Cela dit, les forces de l'ordre étaient si réduites, à Black Rock, que tous les hommes pouvaient être appelés en cas de besoin, même durant leur temps de repos.

Il sortit de la cuisine, éteignit la lumière, puis prit la direction de sa chambre.

Bien décidé à se lever avant l'aube afin de rattraper le retard qu'avaient pris certaines tâches du ranch, il ôta son jean et sa chemise et se prépara à se coucher.

Assis non loin du lit, Tiny braquait sur lui un regard plein d'attente.

— Tu sais bien que tu as ton propre lit, rappela-t-il au jeune chien.

Il indiqua le panier installé dans un coin de la chambre.

— Allez, va te coucher.

Après quelques instants, Tiny se leva à regret et se dirigea lentement vers son panier. Une fois installé, il posa sur Benjamin un regard de chien battu.

— Je ne sais pas pourquoi tu fais toujours cette tête-là. Tu sais aussi bien que moi qu'avant demain matin, tu seras sur mon lit, roulé en boule à mes pieds.

Dès qu'il fut couché, ses pensées se tournèrent de nouveau vers Edie Burnett.

Elle s'était montrée plutôt calme et réservée au cours du dîner, mais il avait le sentiment qu'elle n'était pas naturellement aussi réservée et qu'elle avait un tempérament en réalité bien plus impétueux.

Il éteignit la lumière et ferma les yeux.

C'était bien sa chance ! La première femme qui éveillait son intérêt depuis un long moment n'était à Black Rock que pour un très bref séjour.

D'après ce qu'elle lui avait confié, les choses n'allaient pas être faciles, pour elle, à son retour à Topeka.

Elle allait devoir trouver du travail et un nouveau logement.

Il préférait ne pas penser aux mesures qu'elle risquait de devoir prendre dans le cas où le problème de Walt ne se réglerait pas aussi vite ni aussi aisément qu'elle semblait l'espérer.

Benjamin glissa dans le sommeil avec, à l'esprit, la vision de lèvres pulpeuses et d'un regard vert qui l'accompagna jusque dans ses rêves.

Il fut réveillé quelque temps plus tard par la sonnerie du téléphone.

Il ouvrit aussitôt les yeux et, tout en tâtonnant dans l'obscurité à la recherche du combiné, lança un coup d'œil au réveil.

Il était un peu plus de minuit.

Les appels téléphoniques au beau milieu de la nuit n'auguraient jamais rien de bon.

— Allô ? répondit-il en s'asseyant dans son lit.

— C'est moi, dit son frère Tom. Je t'appelle de l'hôpital. Quelqu'un a agressé Walt Tolliver et l'a méchamment rossé. Il refuse de parler à qui que ce soit d'autre que toi.

— J'arrive.

Benjamin raccrocha et se leva.

Tout en enfilant ses vêtements, il se demanda ce qui était arrivé à Walt, et où diable se trouvait Edie pendant ce temps.

Edie roula sur elle-même et regarda le cadran du réveil, sur la table de chevet. Il était presque minuit et elle n'avait toujours pas réussi à s'endormir.

Après le départ de Benjamin, pendant qu'elle mettait la voiture au garage, elle avait envisagé de questionner plus avant son grand-père au sujet des extraterrestres qu'il imaginait vouloir envahir Black Rock.

Réflexion faite, craignant de le conforter dans ses divagations, elle avait estimé préférable d'en parler d'abord à son médecin afin de savoir comment affronter la situation.

Finalement, même si elle avait voulu en discuter avec lui, elle ne l'aurait pas pu.

Dès qu'elle l'avait rejoint, Walt lui avait souhaité bonne nuit et était allé dans sa chambre, contiguë au salon.

Elle était alors montée jusqu'à la sienne, tout en sachant qu'elle aurait du mal à fermer l'œil.

Pendant la longue douche bien chaude qu'elle avait prise, elle s'était efforcée de ne pas penser à Benjamin Grayson. Malgré ses efforts, il n'avait pas cessé de s'immiscer dans ses pensées.

Elle s'était montrée carrément grossière, en répondant à ses avances par cette remarque désobligeante, mais elle avait éprouvé le besoin inexplicable de le tenir à distance.

Son sourire et son regard brun, à ce moment-là, avaient été si chaleureux qu'elle avait craint d'oublier le serment qu'elle s'était fait de renoncer à jamais à l'amour.

A l'époque où elle avait rencontré Greg, elle était dans un état de grande fragilité, encore totalement sous le choc du décès brutal de sa mère.

Ils avaient fait connaissance dans un bar, à peine deux semaines après les funérailles, et fait l'amour… après le troisième verre.

Deux mois plus tard, il emménageait chez elle.

Trop tard, elle avait compris à quel point elle avait été naïve de croire tout ce qu'il lui racontait à son propos sans jamais chercher à en savoir davantage.

Ils avaient parlé de mariage et d'enfants et il avait rempli le terrible vide laissé par l'absence de sa mère.

Il lui avait dit être un homme d'affaires momentanément

entre deux projets, et prétendu que tout son argent était immobilisé dans un précédent investissement.

Seigneur, ce qu'elle avait été stupide !

Une chose était claire, maintenant : elle n'avait besoin de personne dans sa vie. Une fois rentrée à Topeka, elle se concentrerait sur la recherche d'un emploi et d'un nouveau logement et s'appliquerait à réparer les dégâts.

Elle serait très bien seule, pour le restant de ses jours.

Edie avait dû s'endormir, car elle eut conscience qu'elle rêvait. Elle sentit une violente douleur la transpercer, mais de la joie se mêlait à cette souffrance.

Soudain, le murmure de voix autour d'elle, révélant une urgence, devint terrorisant.

Un homme portant un masque chirurgical se pencha vers elle et la fixa d'un œil accusateur. Au même instant, un téléphone se mit à sonner.

Edie s'éveilla, haletante, en proie à un sentiment de chagrin et de culpabilité. Désorientée, elle regarda autour d'elle la chambre baignée par le clair de lune.

Puis elle se souvint d'où elle se trouvait et se rendit compte que le téléphone qu'elle avait entendu dans son rêve sonnait toujours.

Comme les sonneries persistaient, elle se demanda pourquoi son grand-père ne répondait pas.

Elle regarda le réveil : 0 h 45.

Qui que soit l'auteur de cet appel, il était persévérant, car les sonneries ne cessaient pas.

Elle se leva d'un bond, sortit en hâte de la chambre, alluma le lustre du couloir et dévala l'escalier en courant.

— Allô ? dit-elle, le souffle court, en décrochant le téléphone du living.

— C'est moi, Benjamin.

De l'irritation perçait dans sa voix grave.

— Je suis à l'hôpital, auprès de Walt.

— Quoi ?

Perplexe, Edie regarda la porte fermée de la chambre de son grand-père.

— Mais il est allé se coucher avant moi !

— Apparemment, il est ressorti. Quelqu'un s'est attaqué à lui et l'a frappé. Il a réussi à arrêter une voiture qui l'a transporté à l'hôpital. Il va s'en sortir sans trop de mal, mais je crois que vous devriez venir.

— J'arrive. Où se trouve l'hôpital ?

— Descendez la Grand-Rue sur cinq cents mètres, puis tournez à gauche dans l'avenue des Marronniers. C'est au niveau du deuxième bloc d'immeubles. Vous ne pouvez pas le manquer.

Edie murmura un « au revoir », puis remonta l'escalier au pas de course pour s'habiller.

Son cœur battait follement à la pensée que quelqu'un ait pu frapper son grand-père.

Pourquoi diable avait-il quitté la maison au beau milieu de la nuit ?

De toute évidence, il y avait, sous cette délirante histoire d'extraterrestres, une réalité bien plus sombre.

Quelques minutes plus tard, au volant de sa voiture, elle s'aventurait dans l'artère principale obscure à la recherche de l'avenue des Marronniers.

Au téléphone, Benjamin paraissait furieux, comme si le fait que son grand-père ait erré seul dans les rues avait été sa faute. Qu'aurait-il voulu qu'elle fasse ? Qu'elle l'attache dans son lit, la nuit ?

Edie trouva l'hôpital, un bâtiment en brique de deux étages, avec un grand parking près de l'entrée des urgences, où elle se gara facilement.

Tout en franchissant la porte en hâte, elle pria le ciel pour que, comme l'avait affirmé Benjamin, son grand-père n'ait rien de grave.

Une fois de plus, elle se morigéna pour être restée si longtemps sans lui rendre visite. Il était à présent évident qu'il avait besoin d'elle.

La première personne qu'elle vit en entrant dans la salle d'attente fut Benjamin.

Ses épais cheveux noirs en bataille, suggérant qu'il venait juste de sortir de son lit, lui donnaient une allure encore plus sexy que dans son souvenir.

En l'apercevant, il se leva d'un bond de la chaise en plastique sur laquelle il était assis.

— Où est-il ? s'enquit Edie.

— Où étiez-*vous* ? rétorqua-t-il, les épaules raidies par la tension. Vous ne vous êtes pas aperçue qu'il était sorti ?

— Il est allé se coucher juste après votre départ, et je l'ai imité. Je suis montée dans ma chambre. Qu'étais-je supposée faire ? Lui attacher une clochette autour du cou pour être avertie dans le cas où il sortirait ? répliqua belliqueusement Edie.

Les épaules de Benjamin se détendirent et il sourit.

— C'est un boulet au bout d'une grosse chaîne qu'il aurait fallu lui mettre au pied, parce je pense qu'il se serait facilement débarrassé d'une clochette.

Il passa une main dans sa tignasse rebelle.

— Désolé, soupira-t-il. Je n'avais pas à vous agresser de cette manière.

— Et moi, je suis désolée de ne pas avoir eu un boulet et une chaîne sous la main, répondit Edie, charmée malgré elle par son sourire contrit. Comment va-t-il ? Est-ce que je peux le voir ?

— Il vous attend. Il a refusé de me parler tant que vous ne seriez pas là. Venez, je vais vous mener jusqu'à lui.

Comme il la prenait par le coude, Edie sentit la chaleur de ses doigts à travers son pull-over et se dégagea vivement.

Qu'est-ce qui, chez cet homme, la faisait se mettre à ce point sur la défensive et hérisser ainsi tous ses piquants ?

Et comment pouvait-elle seulement se soucier de lui ? Sa vie était un véritable chaos et voilà qu'en plus elle se retrouvait avec sur les bras un grand-père qui déraisonnait — et qu'elle allait devoir trouver le moyen de remettre sur les rails avant de pouvoir rentrer chez elle.

Elle entendit Walt avant même qu'ils n'aient atteint la salle d'examen.

— Je vais très bien ! J'ai juste besoin de rentrer chez moi et de me reposer un peu.

La frustration conférait un ton grinçant à sa voix.

Lorsque Edie pénétra dans la salle en compagnie de Benjamin, elle exhala à la vue de son grand-père un soupir où se mêlaient la stupeur et la consternation.

Il était assis sur la table d'examen, avec un œil complètement noir et enflé et, à la mâchoire, un hématome énorme qui semblait s'assombrir à vue d'œil.

— Oh ! papy ! s'écria-t-elle en sentant son cœur se serrer à ce spectacle. Que s'est-il passé ?

Il se tourna pour la regarde et ce mouvement lui arracha une grimace de douleur.

— Un de ces salopards m'a repéré et m'est tombé dessus.

— Où étiez-vous, Walt ? demanda aussitôt Benjamin.

Le médecin, un homme d'un certain âge avec une calvitie avancée et un gentil sourire, interrompit d'un geste les questions du policier.

— Avant d'en venir à cela, je me présente, intervint-il. Je suis le Dr Drake. Walt est mon patient depuis bientôt vingt ans.

Il tendit la main à Edie.

— Mon grand-père a-t-il subi d'autres lésions, en dehors de celles qui sont apparentes ? demanda-t-elle aussitôt après s'être présentée à son tour.

— Il a une ou deux côtes fêlées et de nombreuses contusions sur tout le côté gauche. C'est pourquoi j'aimerais le garder ici sous observation une nuit ou deux.

Edie soupira de soulagement, mais Walt s'insurgea :

— Je n'ai pas besoin de passer la nuit ici. Je veux rentrer chez moi et coucher dans mon propre lit.

— Walt, en ma qualité de médecin, je crains de devoir insister, répondit fermement le médecin. Vous avez reçu plusieurs mauvais coups, et je me montrerais extrêmement négligent si je vous laissais sortir sans procéder à de plus amples examens.

La révolte qui crispait les traits de Walt se mua en ce qui ressemblait à de la résignation.

— Je refuse de porter une de ces maudites chemises d'hôpital, décréta-t-il. J'espère que cet endroit a la télévision câblée. Et je veux une jolie infirmière !

Le Dr Drake sourit.

— Je crois que nous pourrons satisfaire à la plupart de ces requêtes. A présent, je vais m'en aller et laisser Benjamin vous interroger.

— Docteur Drake, j'aimerais vous parler en privé quand mon grand-père sera installé, dit Edie.

Le praticien acquiesça d'un hochement de tête.

— Je serai dans mon bureau, près de la sortie, au bout du couloir. Et si je ne m'y trouve pas, demandez à une infirmière de me faire appeler.

Lorsque le médecin fut parti, Benjamin se rapprocha de la table d'examen.

— Dites-moi où vous étiez, Walt ? demanda-t-il de nouveau.

— A l'extérieur du cimetière, où j'avais déjà repéré une de ces créatures, il y a quelques nuits, répondit Walt. J'attendais depuis environ une heure, quand l'une d'entre elles est apparue. J'étais caché derrière un buisson, mais j'ai dû faire du bruit, car, soudain, elle s'est précipitée droit sur moi.

Son regard alla de Benjamin vers Edie.

— Je pense qu'il vaut mieux que tu t'en ailles, Edie.

Ces monstres sont violents. Je crains que Black Rock ne soit plus un endroit sûr.

— Je n'ai aucune intention de partir, papy, répliqua Edie. Du moins, pas avant d'être certaine que tu es toi-même en sécurité et en bonne santé.

— Cet extraterrestre, à quoi ressemblait-il ? s'enquit Benjamin.

— A un extraterrestre ! s'exclama Walt avec exaspération.

Il semblait de plus en plus agité à chaque question.

— Papy, tâche d'être plus précis, intervint Edie. Etait-il petit et vert, par exemple ?

Son grand-père la considéra comme si elle avait perdu la raison.

— Ce n'était pas un Martien de dessin animé, argua-t-il. Je ne peux pas très bien dire à quoi il ressemblait. Il était entièrement vêtu de noir. Il n'avait ni nez ni bouche. Seulement deux grands yeux.

— Où vous teniez-vous, précisément ? demanda encore Benjamin, qui avait sorti un petit bloc de sa poche afin d'y noter les informations qui lui semblaient utiles.

— J'étais caché derrière le grand buisson rouge qui est devant l'entrée du cimetière. Et lui, il était à l'intérieur, tout près du portail.

— Que faisait-il ?

— Rien. Il marchait.

Benjamin continua à enchaîner les questions.

Il eut le mérite de ne perdre patience à aucun moment, pas même lorsque Walt se montra réellement acariâtre, lorsqu'il insista pour que la police fasse appel à des renforts au plus vite afin de protéger la ville.

Quand l'infirmière vint chercher Walt pour l'emmener dans une chambre, elle demanda à Edie et à Benjamin de s'en aller.

Edie déposa un petit baiser sur la tête de son grand-père, lui promit de lui rendre visite le lendemain matin, puis elle et Benjamin sortirent.

Tandis qu'ils longeaient le couloir en direction de la sortie, elle remarqua sombrement :

— Mon grand-père ne vous a pas fourni beaucoup d'indices susceptibles de vous mettre sur une piste…

Elle avait les nerfs en pelote. Elle était arrivée à garder son calme devant son grand-père, mais elle se sentait maintenant dangereusement près de perdre les pédales.

— Il ne s'agissait évidemment pas d'un envahisseur venu de l'espace et investi de quelque vile mission, remarqua Benjamin. Mais il n'empêche que quelqu'un s'est attaqué à Walt, et j'ai la ferme intention de découvrir qui, ajouta-t-il, avec une fermeté qui, étrangement, apaisa Edie.

— Pourquoi voudrait-on lui faire du mal ? se lamenta-t-elle. C'est un vieil homme, il n'est une menace pour personne.

Tout en prononçant ces paroles, elle sentit sa vision se troubler.

Seigneur ! C'était seulement la troisième fois qu'elle se trouvait en présence de Benjamin. Elle n'allait tout de même pas fondre de nouveau en larmes sous ses yeux !

— Ça ne va pas ? lui demanda-t-il gentiment.

Il y avait dans son regard une douceur qui donna à Edie envie de s'y perdre.

Il leva la main, comme pour lui caresser les cheveux ou la joue, mais elle se raidit et fit un pas en arrière. Il laissa retomber son bras le long de son corps.

En son for intérieur, Edie dut admettre que cet homme était dangereux pour elle.

— Il faut que je parle au Dr Drake, dit-elle brusquement. S'il vous plaît, tenez-moi au courant de votre enquête.

Sans attendre sa réponse, elle pressa le pas, s'éloignant de lui… et de la tentation qu'il représentait.

3

Le cimetière de Black Rock se trouvait à environ deux kilomètres de chez Walt.

C'était un lieu paisible et verdoyant, ombragé par de grands arbres, avec quelques bancs en granit disposés parmi les pierres tombales.

L'herbe y était coupée avec netteté et les jardinières de fleurs, impeccablement nettoyées.

Logé dans une petite maison attenante au cimetière, Josh Willoughby était chargé de l'entretien des lieux.

C'était un homme affable qui, en plus d'être employé dans un magasin agricole, prenait soin du cimetière les week-ends et pendant ses jours de congé.

Les parents de Benjamin étaient tous deux enterrés ici. Ils avaient péri dans un accident d'hélicoptère, six ans plus tôt.

Tout en approchant de l'entrée du cimetière, il se promit d'aller se recueillir un moment sur leur tombe, avant de repartir.

Le buisson décrit par Walt, avec son feuillage tout enflammé par l'automne, se trouvait juste à côté du portail.

L'herbe était trop rase et trop sèche à cet endroit pour pouvoir révéler d'éventuelles traces de lutte entre Walt et son agresseur.

Benjamin se baissa et, un genou à terre, commença à inspecter le sol de sa main gantée, à la recherche d'un indice susceptible de l'aider à identifier l'individu qui s'en était pris à Walt.

Tout en œuvrant, il ne put s'empêcher de songer à Edie. Elle n'avait pratiquement pas quitté ses pensées depuis qu'il l'avait laissée à l'hôpital, peu avant l'aube.

Il avait été impressionné par le calme avec lequel elle avait affronté la situation, et par la patience dont elle avait fait preuve avec Walt, même quand celui-ci s'était montré vraiment grincheux.

Ce n'est que lorsqu'ils étaient sortis de la salle des urgences qu'il avait vu son sang-froid s'effriter. Elle lui avait soudain paru fragile, égarée et dépassée par la tournure que prenaient les événements.

Il avait alors dû contenir son impulsion de la prendre dans ses bras et de la serrer contre lui jusqu'à ce que son univers ait retrouvé son axe, comme par magie.

Sa famille le taquinait souvent à propos de sa tendance à recueillir les chiens perdus. Il est vrai que les chiens, les chats et les humains en quête d'assistance semblaient trouver leur chemin jusqu'à lui.

Son attirance insensée pour Edie Burnett n'avait cependant rien à voir avec son souhait de lui venir en aide.

Son seul parfum l'excitait. La sentir près de lui le bouleversait, et sa bouche semblait l'inviter à goûter sa saveur.

Il était comme un adolescent en sa présence, et ne savait pas très bien que faire de son désir brûlant pour elle.

Oui, il avait eu envie de l'embrasser, là, au milieu du couloir de l'hôpital. De l'attirer contre lui, de l'envelopper de ses bras et de l'y tenir serrée jusqu'à ce que la frayeur qui assombrissait son regard se change en désir.

C'était un sentiment nouveau pour Benjamin, cette alchimie immédiate qui s'opérait en lui au contact d'Edie, quelque chose qu'il n'avait pas envie de nier.

Soudain, sa main rencontra un objet en métal, dans

l'herbe. Toute pensée concernant Edie désertant alors son esprit, il le ramassa et l'examina attentivement.

Cela ressemblait à l'extrémité d'un porte-clés — un petit disque noir au centre duquel était gravée une initiale de couleur argentée, un E.

Il le glissa dans un petit sachet en plastique, mais rien ne lui permettait de savoir si cet objet appartenait à l'agresseur de Walt, ou si quelqu'un d'autre l'avait perdu ici à un autre moment.

— Des problèmes ? demanda une voix grave dans son dos.

Benjamin se redressa d'un bond et se retourna, sa main se posant automatiquement sur son revolver.

— Bon sang, Josh ! Vous m'avez surpris, s'exclama-t-il en se détendant. Je vous croyais au magasin, aujourd'hui.

— C'est mon jour de congé. En vous voyant fourrager entre les buissons, je me suis demandé ce qui se passait.

— Walt Tolliver a été agressé et passé à tabac ici la nuit dernière, expliqua Benjamin.

Josh fronça les sourcils et remonta son jean sur son ventre proéminent. C'était un homme corpulent, à la forte et haute stature. Il dépassait Benjamin — qui mesurait déjà 1,83 m — de plusieurs centimètres, et pesait au moins vingt-cinq kilos de plus.

— Ces derniers temps, je me suis efforcé d'ouvrir davantage l'œil sur ce qui se passe par ici la nuit, dit le gardien. Mais hier soir, nous nous sommes couchés tôt, ma femme et moi.

— Donc, vous n'avez rien vu ni entendu ?

— Rien, à part les ronflements de Marylou. La nuit dernière, elle a fait autant de raffut qu'un train de marchandises qui aurait eu des freins défectueux, se plaignit le gros homme. Mais n'allez surtout pas lui répéter ça, ajouta-t-il avec un sourire affligé.

— Vous dites avoir cherché à renforcer votre surveillance. Pour quelle raison ? demanda Benjamin.

— Ces deux dernières semaines, j'ai cru voir des lumières dans le cimetière, assez tard dans la nuit. J'ai pensé que c'étaient des gosses qui faisaient les imbéciles. Mais comme par la suite je n'ai constaté aucune dégradation ni jamais vu aucun signe de leur présence, je me suis dit que j'avais dû rêver.

— La prochaine fois que vous croirez voir quelque chose, appelez le bureau du shérif, lui suggéra Benjamin.

Josh opina du chef.

— Et comment va Walt ?

— Il a reçu quelques méchants gnons, mais il survivra.

— Il n'a pas pu vous dire qui l'a agressé ?

— A votre avis ? répliqua sombrement Benjamin.

Un lent sourire passa sur la large face du gardien.

— Laissez-moi deviner… C'était un extraterrestre.

Benjamin acquiesça d'un signe de tête.

— Je vais repasser à l'hôpital, en espérant qu'il sera en état de me fournir un peu plus d'indices que cette nuit.

— Eh bien, bonne chance ! lança Josh. Je retourne chez moi. Appelez-moi, si vous avez besoin de quoi que ce soit d'autre.

Benjamin suivit des yeux le gros homme qui regagnait sa maison d'un pas lourd. Puis il se dirigea vers l'endroit où étaient enterrés ses parents.

Il ne venait pas souvent se recueillir sur leur tombe.

A vrai dire, il n'avait jamais été aussi proche de son père et de sa mère que de ses frères et sœur. Ses parents adoraient voyager et, une fois leurs enfants élevés, ils avaient passé la plupart de leur temps à l'étranger, embarqués dans une aventure ou une autre.

Cela ne l'empêcha pas, avec un serrement de cœur familier, d'avoir une pensée particulière pour sa mère.

Quand il quitta le cimetière, il était déjà midi. Il décida, avant de se rendre à l'hôpital, de s'arrêter déjeuner au Black Rock Café.

En entrant dans le restaurant, il repéra ses frères, Tom et Caleb, assis dans l'un des box.

Tout en s'avançant vers eux, il salua d'un hochement de tête Larry Norwood, le nouveau vétérinaire, et fit un signe de la main à Billy Jefferson, le propriétaire d'une ferme voisine de la sienne.

— Nous nous demandions justement si la chasse aux extraterrestres avait été bonne, plaisanta Caleb alors que Benjamin se glissait sur la banquette à côté de lui.

— As-tu aperçu l'un de ces fameux petits hommes verts ?

— Je vous ferai savoir que, d'après Walt, il ne s'agit pas du genre de Martiens qu'on voit dans les dessins animés, répliqua Benjamin. Bien sûr, il ignore de quelle planète ils viennent, ajouta-t-il, non sans un soupçon d'ironie.

— En tout cas, c'est quelqu'un de cette planète-ci qui lui a tapé dessus, affirma Tom d'un ton sévère. Et je tiens personnellement à ce qu'on attrape ce type et à ce qu'il soit condamné. Je n'aime pas que ce genre de violences soit perpétré dans ma ville.

Benjamin savait à quel point Tom avait à cœur la sécurité des habitants de Black Rock. C'était ce qui faisait de lui un shérif aimé et respecté.

— Je viens de parler à Josh Willoughby, dit-il. Il pense avoir vu des gosses traîner récemment dans le cimetière, la nuit.

— Ça ne me surprend pas, remarqua Caleb. Halloween approche. A cette période de l'année, il n'y a rien de mieux que d'emmener une fille dans le cimetière et de l'effrayer avec des histoires de fantômes, pour qu'elle se jette dans vos bras en hurlant de terreur.

— Portia sait-elle que tu rôdes dans le cimetière dans le but d'effrayer les filles ? lança Benjamin avec un sourire narquois.

Caleb sourit.

— C'est elle, la fille à qui je faisais peur dans le cimetière.

Portia Perez et Caleb étaient sortis ensemble lorsqu'ils étaient lycéens. Ils avaient rompu au moment où Portia était partie à l'université, mais, récemment, ils avaient repris leur relation et semblaient plus amoureux que jamais.

— Et la petite-fille de Walt ? Quel est son prénom, déjà ? demanda Tom.

A sa grande surprise, Benjamin sentit ses joues s'enflammer.

— Edie. Edie Burnett.

— Comment est-elle ?

Il haussa les épaules.

— Attirante. Dépassée par la situation. En dehors de Walt, elle est pratiquement seule au monde.

— Oh, oh ! fit Caleb. Elle semble être une candidate parfaite pour le club « Benjamin-à-votre-secours ».

Tom sourit, tandis que Benjamin adressait à son cadet un regard irrité.

— Ce n'est pas ce que tu crois, protesta-t-il. D'abord, elle n'est ici que pour quelques jours. Et en plus, elle ne semble pas du tout avoir envie qu'un homme, quel qu'il soit, vienne à son secours.

Edie jura dans sa barbe quand la tondeuse s'arrêta pour la cinquième fois en une heure. Elle était éreintée, mais elle voulait en finir avec la pelouse avant d'aller se coucher.

Cela faisait deux heures qu'elle s'échinait.

Elle rencontrait un double problème : la tondeuse était une antiquité et l'herbe était si haute qu'elle s'emmêlait régulièrement autour des lames, ce qui enrayait le moteur qui calait.

Décidant de faire une pause, elle se laissa tomber sur la plus haute marche du perron. Elle mourait de soif, mais était trop épuisée pour aller chercher de l'eau ou un soda dans la cuisine.

Au cours de la journée, elle avait téléphoné plusieurs fois à son grand-père qui semblait loin d'être satisfait de son sort.

— L'infirmière est laide comme un pou. Je crois même que c'est un vampire. Chaque fois qu'elle vient, c'est pour me prendre du sang, avait-il rouspété.

Edie l'avait calmé. Elle était soulagée que le médecin ait accepté de procéder à une série d'examens, afin de savoir si les divagations de Walt étaient liées à un problème d'ordre physique.

« Et si ce n'est pas le cas ? » souffla une petite voix dans sa tête.

Qu'est-on censé faire quand un de ses proches voit des extraterrestres ?

L'envoyer chez un psy ?

Elle doutait qu'il y ait, à Black Rock, un thérapeute spécialisé dans les délires relatifs aux extraterrestres.

Tout ce qu'elle espérait, c'était que le Dr Drake, grâce aux tests, découvrirait un dysfonctionnement physiologique quelconque qui expliquerait ces lubies, et auquel de simples comprimés pourraient remédier.

Lorsqu'elle vit un pick-up noir se garer dans l'allée, elle oublia instantanément ses soucis concernant son grand-père.

Et quand elle vit Benjamin descendre du véhicule, elle sentit son cœur faire quelques bonds inattendus dans sa poitrine.

C'était sûrement dû au fait qu'elle était restée seule toute la journée, essaya-t-elle de se convaincre.

Cela n'avait rien à voir avec le jean terriblement sexy qui moulait ses longues jambes. Ni avec la lueur qui brilla dans son regard, assortie du sourire qui étira ses lèvres lorsqu'il l'aperçut.

— Qui gagne ? Vous ou l'herbe ? s'enquit-il en venant vers elle.

— L'herbe, assurément, répondit Edie en se levant. Elle est trop haute, et la tondeuse trop vieille. Et moi, je suis claquée. Que se passe-t-il ? Avez-vous trouvé le coupable de l'agression de mon grand-père ?

— Hélas ! non. Je n'ai pas grand-chose de nouveau à apporter.

Il s'approcha suffisamment pour qu'elle sente le parfum boisé de son eau de toilette.

— Je suis allé au cimetière et j'ai examiné les lieux. Tout ce que j'ai trouvé, c'est un morceau de porte-clés sur lequel est gravée la lettre E. Mais rien n'indique que cet objet soit en rapport avec l'agression de Walt.

— Ne lui dites pas que vous avez trouvé ça. Il vous jurerait que le E correspond à « extraterrestre », lança Edie sur un ton ironique.

Benjamin éclata de rire.

— En fait, je viens de lui rendre visite.

— Je lui ai parlé au téléphone il y a environ deux heures, et il ne semblait pas très content de son sort.

Edie eut soudain conscience de son accoutrement : un vieux jean taché de vert aux genoux parce qu'elle s'était agenouillée dans l'herbe pour désherber les jardinières, et une chemise en flanelle trop grande, appartenant à son grand-père, qu'elle avait passée sur son T-shirt.

Elle ne portait pas la moindre touche de maquillage, et le seul fait que cette pensée la perturbe… la perturbait.

— Lorsque je l'ai vu, il ronchonnait encore, rapporta Benjamin. A ce propos, il m'a demandé de passer prendre un de ses pyjamas. Il les trouve plus civilisés que les chemises prêtées par l'hôpital. Ils sont rangés dans le tiroir supérieur de sa commode, m'a-t-il dit.

— Entrez. Je vais vous le chercher.

Au lieu de l'attendre dans le living, il la suivit, d'un peu trop près à son goût, jusqu'à la chambre de Walt.

Edie n'était pas entrée dans cette pièce depuis plusieurs années et ne cacha pas sa surprise.

Du vivant de sa grand-mère, c'était une chambre à coucher typique, avec un dessus-de-lit à fleurs et des rideaux assortis aux fenêtres. Des petites lampes délicates trônaient alors sur les tables de chevet et il y avait au pied du lit une jolie malle pleine de plaids réalisés au crochet par sa grand-mère.

A présent, le lit était collé contre l'un des murs. Les tables de chevet et la malle avaient disparu, et la majeure partie de l'espace était occupée par un vaste bureau.

Plusieurs cartes de la ville et de différentes galaxies s'y trouvaient étalées, ainsi que des dizaines de notes griffonnées de l'écriture illisible de son grand-père, éparpillées près d'un appareil photo.

— Ça ressemble au quartier général d'un chasseur d'extraterrestres, remarqua Benjamin en soulevant une grande carte du ciel.

— J'espère vraiment que le médecin va pouvoir trouver une raison médicale à cette lubie, marmonna Edie avec un soupir.

Elle ouvrit le tiroir supérieur de la commode et y prit le pyjama que Walt avait réclamé.

Après avoir refermé le tiroir, elle s'adossa au meuble. Elle était épuisée et chaque muscle de son corps se ressentait de sa bataille avec la tondeuse.

Pendant ce temps, Benjamin continuait à examiner le désordre du bureau.

— Dommage que Walt n'ait pas eu cet appareil avec lui quand il s'est fait attaquer, déplora-t-il. Il aurait pu immortaliser son agresseur.

Il lui jeta un coup d'œil.

— Vous avez l'air fatigué. J'ai une idée. Et si vous me

laissiez finir de tondre la pelouse à votre place, demain matin ? Cela vous laisserait le temps d'aller prendre une douche et, ensuite, vous pourriez venir dîner avec moi au Black Rock Café.

— Je ne peux pas vous demander de tondre la pelouse à ma place. Ce n'est pas de votre responsabilité, répondit Edie.

— Vous ne me l'avez pas demandé. C'est moi qui vous l'ai proposé, et vous seriez bien bête de refuser, répliqua Benjamin d'un ton léger.

— D'accord. Je vous laisserai finir de tondre à ma place. Mais pour le reste, je peux très bien me faire à manger ici.

Elle ne voulait même pas imaginer sortir dîner avec lui. Cela aurait trop ressemblé à un rendez-vous galant, et elle s'était juré de ne plus jamais accepter ce genre d'invitation.

— Edie…

Il fit un pas vers elle.

— Un bon repas chaud vous fera du bien, insista-t-il. J'ai vu en passant qu'il y a des lasagnes au menu de ce soir, et elles sont excellentes.

La perspective d'un plat de lasagnes était alléchante, et elle était affamée.

Après un instant d'hésitation, elle hocha la tête.

— D'accord. Je vous retrouve au restaurant.

De cette façon, elle pourrait dîner en vitesse et filer, avec sa propre voiture, dès qu'elle aurait vidé son assiette.

Benjamin consulta sa montre.

— Il est 18 heures. Disons dans une heure ?

— C'est parfait, assura Edie en le suivant hors de la chambre.

— Vous n'allez pas me poser un lapin, n'est-ce pas ? demanda-t-il quand ils arrivèrent à la porte d'entrée. Je déteste ça.

Elle doutait qu'une femme ait un jour posé un lapin à un homme tel que lui.

— Je viendrai, promit-elle.

Dès que Benjamin fut parti, Edie courut au premier étage et prit une longue douche très chaude, en regrettant déjà d'avoir accepté de le retrouver plus tard.

Elle aurait dû se contenter de rester à la maison, et de manger un sandwich en regardant la télévision…

A 18 h 25, elle descendait lentement la Grand-Rue au volant de sa voiture, à la recherche du Black Rock Café. Elle le trouva, niché entre la boutique d'un taxidermiste et une clinique vétérinaire.

Comme elle se garait un peu plus bas dans la rue, elle sentit un nœud lui serrer l'estomac.

Etre aussi nerveuse pour un simple repas sur le pouce était ridicule, se raisonna-t-elle. Elle allait juste dîner en vitesse, après quoi elle rentrerait chez son grand-père.

Comme la température s'était un peu rafraîchie depuis que le soleil avait commencé à décliner, Edie se réjouit d'avoir mis son pull-over couleur or, sur un jean propre.

En passant devant la boutique du taxidermiste, elle frissonna au spectacle des malheureux animaux empaillés exposés dans la vitrine. Un loup semblait prêt à fondre sur une proie, et un écureuil était assis sur son séant, une noisette entre les pattes.

Elle n'avait jamais compris le plaisir que pouvaient prendre certaines personnes à avoir une tête de cerf accrochée à un mur ou à faire empailler leur chat afin de le garder pour toujours auprès d'eux.

La mort était une perte irréversible contre laquelle même les procédés de conservation les plus sophistiqués ne pouvaient rien.

A cette évocation, sa main se referma sur le pendentif à son cou. Comme chaque fois, elle sentit le chagrin familier l'étreindre, mais elle le repoussa.

Avant même d'avoir ouvert la porte du restaurant, elle

sentit le fumet délicieux des oignons frits et de la sauce tomate, et son estomac se mit à gronder.

Elle aperçut Benjamin, adossé au comptoir du bar, qui bavardait avec une jolie serveuse blonde.

En entendant le carillon de la porte, il se tourna et lui sourit. Edie sentit se réchauffer en elle des endroits qui ne l'avaient plus été depuis longtemps.

— Vous êtes venue.

— Je vous avais promis de venir et je tiens toujours mes promesses, répliqua-t-elle sèchement. De plus, je suis affamée, et trop fatiguée pour avoir envie de cuisiner quoi que ce soit.

Elle était consciente d'être non seulement un peu trop sur la défensive, mais carrément grincheuse.

Il ne parut pas s'en formaliser. Une lueur amusée passa dans son regard, puis il la prit par le coude et la guida jusqu'à un box libre, au fond de la salle bondée.

Tandis qu'ils se frayaient un chemin entre les tables, de nombreuses personnes saluèrent Benjamin, manifestement très apprécié par les habitants de la petite ville qu'il était chargé de servir et de protéger.

Dès qu'ils furent assis, elle se plongea dans la lecture du menu, afin d'avoir autre chose à regarder que lui.

Toutefois, la liste des plats était beaucoup moins intéressante que Benjamin.

Elle reposa le menu sur la table.

— N'avez-vous pas une femme ou une petite amie, avec qui vous devriez être en train de dîner en ce moment ?

— Je n'ai ni l'une ni l'autre, répondit Benjamin.

Il sourit.

— Mais merci de vous intéresser suffisamment à moi pour le demander.

— Je ne suis pas vraiment intéressée. Je m'efforçais juste de faire la conversation.

Seigneur, c'était lourd ! Toute cette situation était affreusement pesante.

Elle aurait mieux fait de refuser de venir, mais, en l'absence de son grand-père, la maison lui avait paru affreusement vide.

— Alors, parlez-moi un peu d'Edie Burnett, suggéra Benjamin.

— Vous en savez déjà bien plus à mon sujet que je ne l'aurais souhaité.

— Tout ce que je sais, c'est que la chance ne vous a pas souri, ces derniers temps, et que vous avez connu une série de déboires. Mais je suis sûr qu'il y a de nombreux aspects de vous bien plus intéressants.

Edie se laissa aller en arrière contre la banquette et le dévisagea froidement.

— Pourquoi faites-vous ça ?

— Quoi donc ? demanda-t-il, perplexe.

— Flirter avec moi. J'ignore ce que vous cherchez, mais vous ne parviendrez pas à vos fins avec moi. Je ne suis ici que pour un bref séjour. Et, de plus, j'ai non seulement l'intention de ne plus jamais sortir avec aucun homme, mais aussi celle de m'abstenir de toute relation sexuelle jusqu'à la fin de mes jours.

Elle vit les sourcils de Benjamin se hausser brièvement sous l'effet de la surprise.

— Plus d'un homme prendrait ça pour un défi, dit-il après un instant, une lueur malicieuse dans les yeux.

Puis son regard redevint grave.

— Il a dû vous faire beaucoup de mal.

— C'est du passé, marmonna Edie. Ça n'a plus d'importance.

Elle fut soulagée de voir la serveuse venir prendre leurs commandes.

Ils choisirent tous deux le plat du jour, les lasagnes,

puis, une fois la serveuse repartie, Edie décida de prendre les rênes de la conversation.

— J'ai déjà suffisamment déballé l'histoire de ma vie l'autre jour, quand vous m'avez arrêtée. Racontez-moi plutôt ce qu'il y a d'intéressant à savoir sur vous.

— Le plus intéressant, répondit Benjamin, est sans doute le fait que j'ai trois frères et une sœur, et que nous faisons tous partie des forces de l'ordre.

— Votre père était policier ? demanda Edie.

— Non. Mon père s'occupait surtout du ranch. Il avait également un assez bon sens des affaires et a fait quelques excellents investissements, ce qui a permis à mes parents de pas mal voyager quand nous avons tous été autonomes.

— Je sais que l'un de vos frères est le shérif de la ville. Que font les autres, exactement ?

Maintenant qu'elle n'était plus au centre de la conversation, elle commençait à se détendre un peu.

— Tom est l'aîné, et le shérif de Black Rock. Ensuite, il y a Jacob, qui est devenu agent du FBI. Quant à Caleb et Brittany, ils sont tous deux assistants du shérif, comme moi. Voilà, conclut Benjamin avec un petit haussement d'épaules.

Edie but tranquillement une gorgée d'eau, avant d'enchaîner :

— Tout cela est intéressant, mais parlez-moi de vous plus personnellement.

Elle était déterminée à maintenir la conversation orientée sur Benjamin pour ne pas penser aux problèmes et aux épreuves auxquels elle était confrontée.

— Voyons…

Il s'adossa confortablement à la banquette et lui adressa l'un de ses irrésistibles sourires.

— J'aime les promenades à cheval au crépuscule, les steaks juteux à l'intérieur et bien grillés à l'extérieur. Ma couleur favorite est le vert et j'ai un chien nommé Tiny, qui se prend pour le maître du monde. Je n'ai jamais eu le cœur brisé par une femme et je crois n'avoir brisé celui d'aucune femme non plus. Que dites-vous de ça ?

— C'est incroyable ! répondit spontanément Edie.

Il était impossible qu'un homme avec le physique et le charme de Benjamin Grayson ne compte pas au moins un ou deux cœurs brisés à son actif.

A ce moment-là, la serveuse leur apporta leurs lasagnes et ils abordèrent des sujets plus généraux. Benjamin avait une conversation agréable et, durant un moment, Edie oublia ses soucis.

Malgré cela, tout au long du repas, elle fut un peu tendue, à cause de la chaleur de ses sourires.

Dès que son assiette fut vide, elle se leva pour partir. Benjamin offrit de payer le repas et, après un moment de discussion, elle accepta.

Lorsqu'ils sortirent du restaurant, il faisait presque nuit. Il insista pour la raccompagner à sa voiture.

— Ce n'est vraiment pas nécessaire, protesta Edie. Je suis garée juste un peu plus bas dans la rue.

— Je sais, mais un gentleman se doit de toujours reconduire une femme jusqu'à sa voiture, répondit-il d'un ton léger en lui emboîtant le pas.

Arrivée devant sa voiture, Edie sortit sa clé de son sac.

— Merci pour le dîner, dit-elle en déverrouillant sa portière. J'apprécie tout ce que vous avez fait, mais je peux me débrouiller seule, maintenant.

— Vous ne vous débarrasserez pas de moi aussi facilement, répliqua Benjamin avec un grand sourire. Je serai chez vous demain, à la première heure, pour finir de tondre la pelouse. C'étaient les termes de notre marché.

Comme elle hésitait, ne souhaitant rien accepter de plus de sa part, il se rapprocha légèrement d'elle.

— Edie, rien ne vous oblige à vous débattre seule dans cette situation.

Il lui écarta doucement une mèche rebelle du front.

— Walt est mon ami, ajouta-t-il, et je ferai tout ce qui est en mon pouvoir pour vous aider tous les deux.

Il laissa retomber sa main le long de son corps, mais ne s'écarta pas.

Edie s'aperçut qu'elle avait retenu son souffle au moment où les doigts de Benjamin s'étaient posés sur son front. Elle se força à prendre une inspiration.

— Je vous remercie. A demain, alors.

Elle le laisserait finir de tondre la pelouse, mais éviterait toute relation avec lui.

Il n'y avait aucune place dans sa vie pour la moindre complication supplémentaire, ce que Benjamin semblait assurément pouvoir devenir si elle laissait faire les choses.

Il regarda ses lèvres pendant quelques secondes, comme s'il avait l'intention de l'embrasser, et elle espéra presque qu'il le fasse.

L'instant d'après, tout en ouvrant en hâte sa portière, elle se demanda si elle n'avait pas perdu l'esprit.

— Avant de partir, prenez ma carte, dit Benjamin en sortant une carte de visite de sa poche. Et n'hésitez pas à m'appeler sur mon portable si vous avez besoin de quoi que ce soit.

Elle prit la carte et la fourra dans son sac. Puis, pressée d'échapper à cet homme qui la faisait rêver à des baisers brûlants et à la douce sensation de leurs peaux l'une contre l'autre, elle se mit au volant.

Elle démarra et partit sans se retourner, en sachant que son parfum masculin et le souvenir de la caresse de ses doigts sur son front allaient la hanter une bonne partie de la nuit.

De retour à la maison, elle appela l'hôpital afin de prendre des nouvelles de son grand-père, qui se montra plus grognon que jamais. Après avoir raccroché, elle décida d'épousseter les meubles du salon et d'y passer l'aspirateur. Il lui fallait s'occuper par tous les moyens pour détourner ses pensées de Benjamin.

Hélas ! se sortir un tel homme de la tête était difficile.

Il était vraiment très séduisant, et manifestement attiré par elle. Elle le voyait à son regard, et à la façon dont il semblait avoir du mal à se retenir de la toucher.

Se montrait-il si gentil simplement parce qu'il désirait l'entraîner dans son lit ?

A vrai dire, il ne lui paraissait pas être ce genre d'homme, et c'était justement ce qui l'inquiétait.

A contrecœur, elle devait admettre qu'il lui plaisait bien au-delà de la simple attirance physique qu'il exerçait sur elle.

Quand elle rangea l'aspirateur, Edie était exténuée mais elle avait enfin réussi à chasser Benjamin Grayson de son esprit.

Elle verrouilla la porte d'entrée, puis monta l'escalier pour aller se coucher. Demain, dans la matinée, elle appellerait le médecin afin de connaître les résultats des examens qui avaient été pratiqués sur son grand-père. Elle pria pour que le Dr Drake trouve un moyen de le libérer de ses obsessions, et pour que Benjamin et ses frères mettent la main sur l'auteur de l'agression.

Malgré sa fatigue, la pensée de tout ce qui l'attendait à Topeka se mit à tourner dans sa tête dès qu'elle fut couchée. Pour commencer, elle allait devoir trouver un nouvel emploi. Elle avait adoré diriger ce restaurant, mais n'était pas certaine de vouloir continuer à travailler dans ce domaine. A vrai dire, elle ignorait ce qu'elle désirait faire de sa vie.

Un an plus tôt, elle pensait avoir un avenir tout tracé. Elle allait se marier avec Greg, devenir une épouse et une mère, et choisirait une carrière lorsque leurs enfants seraient en âge d'aller à l'école.

Greg était censé faire partie intégrante du paysage, jusqu'au jour où il avait brusquement disparu de sa vie.

Exactement comme son père.

Elle donna un coup de poing rageur dans l'oreiller et ferma les yeux, déterminée à s'offrir une bonne nuit de sommeil, sans plus penser aux hommes ni à leurs trahisons.

« C'est tout ce que tu mérites, murmura une petite voix dans sa tête. Tu n'es pas assez bien pour qu'un homme veuille rester avec toi. »

Une vague d'émotion monta en elle, mais elle la repoussa et, fermement décidée à s'endormir, prit une profonde inspiration pour se calmer.

Edie s'éveilla en sursaut, le cœur battant trop vite et tous les muscles tendus, comme prête à fuir.

Elle sut aussitôt que quelque chose l'avait réveillée.

Il y avait quelqu'un dans la maison ! Cette pensée la traversa avec la fulgurance d'un éclair.

Elle se rappelait parfaitement avoir verrouillé la porte d'entrée avant de monter se coucher, mais un bruit en provenance du rez-de-chaussée vint confirmer ses craintes.

Se levant lentement, elle alla à pas de loup jusqu'à la porte, l'entrouvrit, et tendit l'oreille.

Le bruit provenait de la chambre de son grand-père.

Walt avait-il réussi à persuader le médecin de le laisser sortir ?

Elle jeta un coup d'œil vers le réveil, sur sa table de nuit : 1 heure.

Aucun médecin ne pouvait l'avoir autorisé à quitter l'hôpital à une heure pareille. Sans doute était-il parti de sa propre initiative, s'éclipsant discrètement à la faveur de la nuit.

Il pouvait parfois être si têtu…

Edie sortit dans le couloir, puis descendit l'escalier en hâte, avec pour seul éclairage la lumière de la lune qui entrait par les fenêtres du living.

Son regard se porta vers la chambre de son grand-père, et l'inquiétude la saisit. La pièce était plongée dans l'obscurité, et le faisceau d'une torche balayait les ténèbres.

— Papy ?

Le puissant faisceau lumineux se braqua soudain sur elle. Aveuglée, elle leva la main pour se protéger les yeux.

L'instant d'après, elle laissa échapper un cri lorsqu'un corps massif entra brutalement en collision avec le sien, la propulsant en arrière.

Sa tête heurta le carrelage avec un bruit sourd et elle perdit connaissance.

4

Dans son salon, Benjamin zappait sans entrain d'une chaîne de télévision à l'autre. Il était tard et il aurait dû être couché, mais il était trop tendu pour dormir. Tout cela, à cause d'Edie Burnett !

Quelque chose, chez cette femme, lui nouait les tripes.

Il avait dû se faire violence pour la laisser partir, après le dîner, et brûlait déjà d'impatience de retourner chez Walt le lendemain matin et de la revoir.

C'était nouveau pour lui ; un sentiment qu'il n'avait jamais éprouvé pour aucune femme et sur lequel était inscrit « DANGER », en grandes lettres rouges. Pour autant, en avoir conscience ne le rendait pas plus prudent.

Il était sorti avec de nombreuses femmes, ces dernières années, mais aucune ne l'avait jamais fait littéralement frémir d'excitation comme le faisait Edie.

Elle affirmait ne plus jamais vouloir avoir affaire avec les hommes et avec le sexe. Or il n'avait jamais rencontré plus improbable candidate à l'abstinence.

Ses lèvres étaient à l'évidence faites pour être embrassées et ses courbes gracieuses, pour être aimées et caressées.

Elle avait indéniablement un côté tranchant, mais engendré, devinait-il, par la désillusion. Chaque fois qu'il cherchait à trop s'approcher d'elle, elle utilisait cette agressivité pour se défendre.

A plusieurs reprises, pendant le dîner, lorsque la conversation l'avait mise mal à l'aise, il l'avait vue serrer entre ses doigts un pendentif qu'elle portait au cou.

Le bijou représentait les ailes d'un ange — en souvenir, imaginait-il, de sa mère disparue si tragiquement.

Tout en caressant la douce fourrure de Tiny, il changea de chaîne pour la centième fois. Décidément, la nuit, les programmes de télé étaient tous nuls.

Le chien laissa échapper un long soupir. Il se demandait probablement pourquoi ils étaient encore dans le fauteuil, au lieu d'être couchés.

Benjamin commençait à se résigner à l'idée d'aller se coucher lorsque la sonnerie de son téléphone portable le fit se redresser. Il saisit l'appareil posé sur la table basse près de lui et prit la communication.

— Benjamin… pouvez-vous venir ?

Il lui fallut un moment pour reconnaître la voix d'Edie. Elle avait une tonalité inhabituelle, stressée et presque suppliante.

— Que se passe-t-il ?

Elle laissa échapper un bref éclat de rire.

— Je crois que les extraterrestres ont atterri.

Il sentit l'angoisse lui nouer l'estomac.

— J'arrive, dit-il.

Sans prendre la peine d'interroger davantage Edie, il referma son téléphone. Deux minutes plus tard, il était dans son pick-up et fonçait en direction de chez Walt.

Il était arrivé quelque chose. Quelque chose qui avait suffisamment effrayé Edie pour qu'elle l'appelle.

Il resserra les mains sur son volant, tandis qu'il parcourait en trombe les rues désertes.

Quoi qu'il ait pu se passer, elle allait bien, se rassura-t-il. Suffisamment, du moins, pour pouvoir passer un coup de fil.

Au son de sa voix, elle avait semblé fragile et apeurée, et il avait hâte d'arriver auprès d'elle.

En se garant dans l'allée, il l'aperçut, debout dans l'embrasure de la porte d'entrée. Quand il descendit de voiture, elle s'avança sur le perron.

Elle portait une nuisette bleu marine qui lui arrivait à peine en haut des cuisses, et était pâle comme un linge.

— Que s'est-il passé ? demanda-t-il en la rejoignant.

— Il y avait quelqu'un dans la maison. Dans la chambre de mon grand-père, expliqua-t-elle d'une voix altérée. Je dormais, quand un bruit m'a réveillée. J'ai cru que c'était grand-père qui avait réussi à quitter l'hôpital. Alors, je suis descendue et…

Elle porta la main à l'arrière de sa tête et grimaça de douleur.

— Vous êtes blessée ? demanda Benjamin, un nouveau nœud d'angoisse se formant dans sa poitrine.

Il la prit aussitôt par le bras et l'entraîna dans la maison, jusqu'au canapé.

Sous ses doigts, sa peau était fraîche et son bras tremblait.

Il eut envie de l'attirer contre lui et de la tenir serrée jusqu'à ce qu'elle se réchauffe, mais mieux valait qu'il s'en tienne à son rôle premier : celui d'un policier intervenant sur la scène d'un crime.

— Je me suis cogné la tête, dit-elle. J'ai surpris un intrus dans la chambre de grand-père. Il m'a bousculée en s'enfuyant. Je suis partie à la renverse et ma tête a heurté le sol.

Benjamin tendit la main et lui tâta l'arrière du crâne. En sentant sous ses doigts une bosse de la grosseur d'un œuf, il marmonna un juron.

— Je vais vous emmener à l'hôpital. Vous devez vous faire examiner.

Edie l'écarta d'un geste.

— Ce n'est rien. Je vais bien. Je ne suis pas restée dans les pommes plus d'une ou deux minutes.

— Dans les pommes ? Vous avez perdu conscience ?

Elle grimaça.

— Arrêtez de crier ! Je vous dis que je vais bien.

Benjamin recula d'un pas, stupéfait de s'apercevoir qu'il avait en effet crié, lui qui gardait toujours son sang-froid.

— Racontez-moi ce qui s'est passé, exactement, suggéra-t-il en s'asseyant sur le canapé auprès d'elle.

Il l'écouta et prit des notes, pendant qu'elle recommençait son récit depuis le début.

En l'entendant relater comment elle avait surpris un intrus dans la chambre de Walt et comment ce dernier l'avait bousculée et fait tomber en prenant la fuite, Benjamin eut l'impression que son sang se figeait dans ses veines.

Dieu merci, l'individu n'avait pas fait usage d'un couteau ou d'un revolver. En songeant à ce qui aurait pu se produire, il se sentit au bord de la nausée.

— A-t-il volé quoi que ce soit ?

— Je ne sais pas. Je ne suis pas allée dans la chambre. Quand je suis revenue à moi, je suis juste allée prendre mon sac dans la cuisine et j'ai cherché votre carte pour vous appeler.

Il était heureux de voir ses joues reprendre un peu de couleurs.

— Je vais appeler mon frère pour qu'il nous rejoigne. Et je vais aussi téléphoner au Dr Drake pour lui demander de venir.

— Ce n'est pas nécessaire, protesta Edie.

— Je pense que si. Soit vous acceptez que le Dr Drake vienne, soit je vous emmène à l'hôpital. Vous avez perdu conscience, il faut qu'un médecin vous examine.

Elle lui lança un regard courroucé.

— Vous êtes bien autoritaire !

— Parce que j'estime qu'il le faut, répliqua Benjamin.

Edie ferma les yeux et laissa aller sa tête contre le dossier du canapé, tandis qu'il passait ses coups de fil. Quand il eut terminé, elle se redressa et le regarda.

— C'est peut-être quelqu'un qui a appris que grand-père était hospitalisé et qui a voulu en profiter pour cambrioler la maison, supposa-t-elle. Ma voiture est dans le garage et, à part vous, peu de gens doivent savoir que je suis là.

— C'est possible, admit Benjamin. Je vais aller inspecter la chambre de Walt. Je reviens tout de suite.

— Je vais avec vous.

Comme elle se levait un peu trop vivement, une grimace de douleur déforma momentanément ses traits.

— Pourquoi ne restez-vous pas tranquillement là, à vous détendre ? suggéra-t-il. Il est évident que votre tête vous fait mal.

Une fois de plus, il repoussa l'impulsion de la prendre dans ses bras.

— Je me sentirai mieux en restant avec vous, insista Edie.

Comme elle le suivait de près jusqu'à la chambre de Walt dans laquelle ils entrèrent ensemble, il comprit qu'elle était encore effrayée.

Tout en se servant de son coude pour appuyer sur l'interrupteur, il se tourna vers elle.

— Ne touchez à rien.

— Ne vous faites pas de souci, répondit-elle sèchement.

Dès le premier coup d'œil sur les lieux, deux choses frappèrent Benjamin. Les fenêtres étaient intactes et fermées, ce qui indiquait que l'intrus n'était pas entré par là, et la chambre avait été fouillée.

Tous les papiers qui se trouvaient auparavant sur le bureau étaient éparpillés sur le sol. Des vêtements pendaient hors des tiroirs ouverts de la commode, et plusieurs boîtes de rangement avaient été délogées des étagères du placard.

— S'ils cherchaient des objets de valeur, ils se sont trompés de maison, affirma Edie.

— Etes-vous en mesure de dire s'il manque quelque chose ?

Elle promena un regard circulaire autour d'elle et fronça les sourcils.

— Rien, à première vue. Attendez… vous vous rappelez l'appareil photo qui se trouvait sur le bureau ? Je ne le vois nulle part.

Benjamin s'approcha de la table de travail, afin de vérifier que l'appareil n'était pas tombé. Il n'était pas là non plus.

— Dans quelle histoire grand-père s'est-il fourré ? s'interrogea Edie.

— Je n'en sais rien, mais je vous assure que nous allons le découvrir.

A ce moment, Tom arriva, suivi de près par le Dr Drake.

Pendant que le médecin examinait Edie, Tom et Benjamin procédèrent à une inspection minutieuse des lieux.

Ils purent ainsi déterminer que l'intrus avait pénétré dans la maison par la porte d'entrée, dont la serrure portait des traces d'effraction.

L'homme semblait être allé directement dans la chambre de Walt — rien ne paraissant avoir été dérangé ailleurs.

Après avoir conclu qu'Edie ne souffrait que d'une légère commotion et qu'elle allait se rétablir sans problème, le Dr Drake s'en alla.

Entre-temps, Tom avait relevé les empreintes sur la porte, pendant que Benjamin s'occupait de celles de la chambre. Cependant, les deux policiers avaient peu d'espoir. Quel qu'ait été l'intrus, il devait être suffisamment malin pour avoir porté des gants.

Edie ne fut pas en mesure d'en fournir une quelconque description ; il faisait sombre et tout s'était passé très vite.

Tout ce qu'elle put dire, c'est que l'homme portait des vêtements sombres, qu'il était grand, corpulent, et qu'il l'avait renversée avec la violence d'un bulldozer.

Il était plus de 3 heures du matin quand Tom prit congé. Pelotonnée à une extrémité du canapé, Edie paraissait toute petite et épuisée.

Benjamin s'assit à côté d'elle.

— Comment va votre tête ?

— Mieux. Au lieu d'un orchestre de percussions au grand complet, cela se limite maintenant à un trio.

Elle laissa échapper un soupir de lassitude.

— Vous allez devoir faire poser une nouvelle serrure sur la porte d'entrée, l'informa Benjamin. Changer celle de la porte de derrière ne serait pas non plus superflu. Je vous enverrai un serrurier à la première heure, demain matin.

— Merci. Je… je dois avouer que je suis un peu nerveuse à l'idée de rester seule d'ici là, sans aucun moyen de verrouiller la porte.

Benjamin n'était pas assez stupide pour croire qu'Edie l'invitait à passer la nuit avec elle. Pourtant, il ne put empêcher une légère onde de chaleur de l'envahir à cette pensée.

— Vous avez deux solutions, répondit-il, heureux que sa voix sonne normalement. Soit je vous conduis jusqu'à un hôtel, soit je reste ici avec vous, jusqu'à demain matin.

Comme elle lui lançait un regard suspicieux, il fit tout son possible pour arborer une expression neutre. Il ne voulait surtout pas qu'elle pense qu'il cherchait à profiter d'une quelconque façon de la situation.

Tout en émettant un autre soupir, elle se redressa et s'assit plus droit sur le canapé.

— Je suppose qu'aller à l'hôtel à une heure aussi tardive serait idiot. Je vais vous chercher des couvertures et un oreiller. Vous pourrez dormir sur le canapé.

— Pour votre information, il paraît que je fais un excellent doudou contre lequel se blottir en cas de besoin, ne put s'empêcher de dire Benjamin.

— Agent Grayson, le rôle de « doudou » déborde certainement du cadre de vos fonctions, répliqua Edie en se levant.

Il l'imita.

— Pas forcément.

— Ça n'arrivera tout simplement pas, rétorqua-t-elle. Mais, avant d'aller nous coucher, nous pourrions peut-être bavarder un petit moment en buvant une tasse de thé.

— Très bonne idée, acquiesça Benjamin sans difficulté.

Tout en la suivant jusqu'à la cuisine, il reconnut en son for intérieur qu'il aurait cent fois préféré une place dans son lit. Mais, ainsi qu'elle venait de le lui signifier, cela n'arriverait pas cette nuit.

Le thé ne chassa pas totalement le froid intérieur qui glaçait Edie depuis le moment où elle était revenue à elle, sur le carrelage du living.

— Parlez-moi de votre ranch, Benjamin.

Elle cherchait par tous les moyens à ne pas penser au fait que quelqu'un s'était introduit dans la maison pendant qu'elle était endormie et vulnérable.

Que serait-il arrivé si elle ne s'était pas réveillée à ce moment-là ? L'intrus aurait-il fini par monter l'escalier et par la trouver ?

Un simple cambriolage aurait-il alors pu dégénérer… en viol ? En meurtre ?

Quand Benjamin s'était mis à lui raconter ses journées dans son ranch, son regard s'était illuminé d'une façon qui révélait à quel point il aimait cette vie-là, et un enthousiasme communicatif vibrait dans sa voix grave.

Tandis qu'il lui parlait de vaches, de chevaux et de son quotidien à la ferme, Edie sentit enfin qu'elle se détendait. Il y avait quelque chose de solide et de rassurant en Benjamin et dans l'existence qu'il menait.

Quelque chose qui lui rappelait les espoirs qui avaient naguère été les siens, tous les rêves qu'elle avait nourris pour elle-même.

Elle avait rêvé d'une vie un peu comme celle qu'il

décrivait. Une vie normale, routinière et paisible. Remplie par l'amour de la famille et par un sentiment d'appartenance — le bonheur simple de savoir où était sa place dans l'univers.

Cela faisait longtemps qu'elle n'avait plus su où était la sienne, ni éprouvé ce genre de sentiment.

A posteriori, elle reconnaissait qu'une part d'elle avait toujours soupçonné Greg de ne pas être l'homme qu'il lui fallait. Mais elle avait alors un tel besoin d'être aimée et elle était si lasse d'être seule qu'elle s'était accrochée à lui, malgré tout.

Sa liaison avec Greg n'avait pas été sa première erreur. Avant lui, il y avait eu Charles, avec qui elle était sortie pendant un an. Un homme qui ignorait ce que signifiait le mot fidélité.

Elle n'avait jamais su aimer intelligemment. En amour, elle ne savait qu'être stupide. Mieux valait donc ne plus jamais aimer, plutôt que de commettre sans cesse les mêmes erreurs.

La migraine recommença à pulser dans sa tête, comme pour protester contre ces pensées négatives, et la fatigue s'abattit sur elle avec une telle force qu'elle eut brusquement envie de retrouver le confort de son lit.

— Il faut que j'aille me coucher, dit-elle en se levant. Il y a des couvertures dans le placard du premier étage. Je vais vous les chercher.

Benjamin se leva lui aussi.

— Je vous accompagne. Comme ça, vous n'aurez pas à redescendre.

— Merci, souffla Edie tout en se demandant s'il était toujours aussi prévenant, et en ressentant avec acuité sa présence derrière elle, tandis qu'ils gravissaient l'escalier.

Arrivé au premier étage, Benjamin désigna le placard, au fond du couloir.

— C'est là que sont les couvertures ? Je vais me

débrouiller, assura-t-il comme elle hochait la tête. Allez vous mettre au lit.

Benjamin toujours sur ses talons, elle alla jusqu'à la porte de sa chambre puis se tourna vers lui.

— Merci d'avoir accepté de rester, Benjamin. Je serai tout à fait rassurée dès que les nouvelles serrures auront été posées.

— Pas de problème.

Il se rapprocha d'elle, si près qu'elle sentit son parfum masculin et la chaleur qui irradiait de son corps.

— Vous avez eu une grosse frayeur, et je suis heureux de pouvoir faire quelque chose pour que vous vous sentiez en sécurité.

Elle se sentait merveilleusement en sécurité… et aussi terriblement en danger, près de lui.

— Eh bien… bonne nuit.

— Attendez. Il y a quelque chose que j'ai eu envie de faire toute la nuit.

Il tendit alors les bras et l'attira contre son torse.

Elle se tint d'abord avec raideur entre ses bras. Puis, progressivement, alors que la main de Benjamin montait et descendait le long de son dos comme pour la réconforter, elle s'autorisa à se laisser aller contre lui.

Jusqu'à cet instant, elle ne s'était pas rendu compte à quel point elle avait eu besoin que quelqu'un la serre ainsi dans ses bras.

La sensation de son corps contre le sien, si chaud, si puissant, chassa enfin les derniers résidus du froid qui l'avait saisie, depuis l'instant où elle avait découvert que quelqu'un s'était introduit dans la maison.

Au bout d'un moment, le mouvement de la main dans son dos ralentit et Edie sentit une tension nouvelle naître entre eux.

Elle leva la tête pour le regarder et reconnut le feu qui

brillait dans son regard. Elle sut aussitôt qu'elle devait s'écarter de lui, prendre ses distances.

Elle ne fit ni l'un ni l'autre.

La bouche de Benjamin descendit jusqu'à la sienne. Elle ouvrit alors les lèvres pour accueillir son baiser, en se disant qu'elle pourrait toujours justifier cette folie par les effets résiduels du coup qu'elle avait reçu à la tête.

Sa bouche chaude se plaqua sur la sienne, et sa langue caressa la sienne, tandis qu'il resserrait l'étreinte de ses bras autour d'elle.

Fondre. Elle eut l'impression de fondre contre lui, d'être consumée par sa chaleur, et toute pensée déserta son esprit.

Elle goûta son désir pour elle, un désir tempéré par une tendresse qui menaçait de la mener à sa perte.

C'est ce qui, finalement, lui donna la force de mettre un terme à ce baiser.

Avec un petit grognement de frustration, Benjamin la lâcha et fit un pas en arrière.

— Vous êtes vraiment sûre de vouloir respecter ce vœu d'abstinence ? demanda-t-il avec un sourire taquin.

— Ce n'est pas un petit baiser qui va changer ma vie, rétorqua sèchement Edie. Bonne nuit, Benjamin.

Sur ces mots, pressée d'échapper à sa présence, elle s'engouffra dans sa chambre et referma la porte derrière elle.

Epuisée par la nuit qu'elle venait de vivre, elle se laissa aussitôt tomber sur son lit, mais le sommeil refusa de venir tout de suite.

Le baiser. C'était ce baiser qui la hantait. Et cet homme.

Elle n'avait jamais rencontré un homme tel que Benjamin Grayson et cela l'effrayait. Elle allait devoir prendre ses distances avec lui, jusqu'à ce qu'elle quitte Black Rock.

La question était maintenant de savoir quand elle pourrait repartir.

Alors que son grand-père avait été roué de coups et

qu'un individu s'était introduit dans la maison, comment pourrait-elle seulement imaginer s'en aller ?

Elle ignorait ce qui l'inquiétait le plus : la situation pour le moins préoccupante concernant son grand-père ou l'attirance insensée qu'elle ressentait pour Benjamin.

Lorsque Edie rouvrit les yeux, le soleil inondait la chambre et le grondement du moteur de la tondeuse montait du jardin.

Le temps qu'elle prenne une douche et s'habille, le bruit avait cessé. Elle trouva Benjamin attablé dans la cuisine, en train de boire une tasse de café.

Sa seule vue lui ramena à l'esprit le baiser qu'ils avaient échangé quelques heures plus tôt et une bouffée d'irritation l'envahit.

— Ne devriez-vous pas être au travail ? En train de pourchasser les criminels dont cette ville semble être infestée ? lui lança-t-elle sèchement.

Il haussa ses sourcils bruns avec une surprise amusée.

— On dirait que vous vous êtes levée du mauvais pied.

Edie se sentit rougir et masqua son embarras en se tournant vers le placard pour prendre une tasse et se servir du café.

— J'ai contacté le serrurier, l'informa Benjamin. Il devrait être là dans une demi-heure.

— Merci. J'apprécie votre aide, dit-elle d'un ton radouci en le rejoignant à table.

Elle ne pouvait décemment pas se montrer grincheuse alors qu'il se pliait en quatre pour lui faciliter la vie.

— Mon frère Caleb est en train d'interroger vos voisins, afin de savoir si l'un d'eux a vu quoi que ce soit de suspect cette nuit. Tom s'est entretenu avec quelques lycéens — il semblerait que des jeunes traînent parfois dans le cimetière, le soir — dans l'espoir qu'ils puissent nous renseigner au sujet de l'agression de Walt. Et j'ai demandé à tous les magasins de photo de la ville de nous prévenir si quelqu'un leur apportait un appareil automatique du même modèle que celui de votre grand-père. Il n'y a pas grand-chose d'autre que nous puissions faire pour le moment, conclut Benjamin.

— Je n'ai pas voulu dire que vous ne faisiez pas votre travail, se justifia Edie. J'aimerais simplement comprendre ce qui se passe.

— Nous y parviendrons, assura-t-il.

Il y avait dans sa voix une détermination féroce.

— Tôt ou tard, l'individu qui a agressé Walt sera démasqué et condamné pour ce qu'il a fait. Black Rock est une petite ville. Quelqu'un finira par nous fournir un indice qui nous permettra de mettre la main sur lui.

— Et j'espère que le Dr Drake découvrira comment guérir grand-père de ses lubies et que je pourrai rentrer chez moi.

— Je dois avouer que je ne suis pas pressé de vous voir partir, répondit Benjamin.

Il se leva et déposa sa tasse dans l'évier.

— Puisqu'il est question de partir… je dois y aller.

Il se tourna vers elle.

— A moins que vous ne préfériez que j'attende l'arrivée du serrurier avec vous ?

— Non, ça va aller, assura Edie. Merci de votre aide. Tout ce que je vous demande, c'est de me tenir informée de l'évolution de l'enquête.

Manifestement, elle lui donnait congé.

— Un coup de fil occasionnel devrait suffire, ajouta-t-elle.

Une fois de plus, la surprise arqua les sourcils parfaitement dessinés de Benjamin. La lueur d'amusement qui commençait à devenir familière apparut une nouvelle fois dans son regard.

— De deux choses l'une : soit ce baiser n'était pas du tout agréable, soit il l'était trop.

Edie sentit ses joues devenir brûlantes.

— Ce baiser était une stupidité. Sans ce coup que j'ai reçu à la tête et qui m'empêchait de penser clairement, ça ne serait jamais arrivé.

Benjamin éclata de rire.

— Si c'est ce que vous avez besoin de croire pour pouvoir affronter la journée, qu'il en soit ainsi. A très bientôt.

Elle resta assise à la table pendant qu'il quittait la maison, s'efforçant d'ignorer le trouble que sa présence provoquait en elle.

D'accord, elle était physiquement très attirée par lui. Mais ce baiser serait sa première et dernière concession à cette attirance.

A peine dix minutes plus tard, le serrurier arriva. Il changea les serrures des deux portes et repartit après avoir remis de nouvelles clés à Edie.

Elle sortit peu après, en se disant qu'une visite à son grand-père s'imposait. Tout en descendant la Grand-Rue au volant de sa voiture, elle se surprit à examiner les commerces au passage.

Elle repéra une jolie boutique de vêtements, la pizzeria du Canyon, le Black Rock Café et une dizaine d'autres magasins.

Contrairement à de nombreuses petites villes du Kansas qui avaient périclité, Black Rock paraissait florissante en dépit de l'actuel climat économique.

Edie se gara dans une rue proche du petit hôpital.

En entrant dans la chambre de son grand-père, elle fut accueillie par une infirmière potelée, au joli sourire. Walt était habillé et assis au bord de son lit.

— Je viens justement d'essayer de t'appeler, lui dit-il.

Je peux rentrer à la maison. En dehors de mon œil au beurre noir et de quelques bleus, je suis dans une forme olympique. Après toute la batterie d'examens qu'il m'a fait passer, le Dr Drake a affirmé qu'il aimerait être en aussi bonne santé que moi.

Edie regarda l'infirmière qui approuva d'un hochement de tête.

— Il peut s'en aller, confirma-t-elle. Le Dr Drake devrait passer d'un moment à l'autre, si vous avez des questions à lui poser.

Quelques minutes plus tard, un bref entretien avec le médecin, dans le couloir, apprit à Edie qu'aucune raison médicale susceptible d'expliquer les divagations de son grand-père n'avait été trouvée.

Ils retournèrent donc à la maison. Pendant que Walt préparait le déjeuner, Edie s'assit à la table de la cuisine et l'écouta lui raconter par le menu son séjour à l'hôpital.

Consciente qu'ils n'avaient pas progressé d'un pouce en ce qui concernait ses lubies, elle s'efforça de ne pas se laisser démoraliser en gardant à l'esprit que quelqu'un s'était bel et bien attaqué à lui.

Restait à espérer que Benjamin et ses frères trouveraient vite le coupable. Le fait d'être confronté à son agresseur amènerait son grand-père à admettre qu'il n'avait pas eu affaire à un extraterrestre…

Pendant qu'ils déjeunaient, Edie le mit au courant des événements de la nuit passée, et l'informa que de nouvelles serrures avaient été posées sur les portes.

Lorsqu'elle lui apprit que la seule chose qui semblait avoir disparu était son appareil photo, Walt explosa.

— C'est eux ! s'écria-t-il. Ces salauds savaient que j'avais pris des photos d'eux, la nuit avant ton arrivée.

Il se leva de la table avec de grands gestes excédés.

— J'allais justement apporter la pellicule chez le photographe pour la faire développer.

— Papy, tu dois te sortir cette histoire d'extraterrestres de la tête ! s'exclama Edie.

— Me sortir cette histoire de la tête ? Je ne suis pas près d'oublier ces fumiers ! Ce soir, je vais retourner les traquer et, cette fois, j'aurai mon revolver.

Edie dévisagea son grand-père avec une incrédulité horrifiée.

C'était exactement ce dont Black Rock avait besoin : un fou armé errant à travers la ville au beau milieu de la nuit.

5

Il était plus de minuit quand Edie et son grand-père quittèrent la maison. Elle savait que c'était de la folie, mais au moins était-elle parvenue à le convaincre de ne pas prendre son revolver.

Les habitants de Black Rock allaient devoir lui décerner une médaille.

— Où allons-nous ? demanda-t-elle lorsqu'ils furent dans la voiture.

— Prends la Grand-Rue en direction du sud. Je te dirai où tourner quand ce sera le moment, répondit Walt.

Il était entièrement vêtu de noir, tel un combattant ninja prêt à donner l'assaut.

— Est-ce que nous retournons au cimetière ?

— Non. Ces derniers temps, le vendredi soir, ils vont dans une clairière sur la propriété des Moreland.

Pour la énième fois depuis qu'elle avait décidé de participer à cette folie, Edie pensa à Benjamin.

Elle avait envisagé de lui téléphoner pour lui demander de venir l'aider à dissuader son grand-père de s'aventurer ainsi hors de chez lui. Après mûre réflexion, elle y avait renoncé, car elle n'était pas vraiment certaine de ce qui motivait son désir d'appeler Benjamin.

Etait-ce vraiment dans l'espoir qu'il l'aide à faire entendre raison au vieil homme ou parce qu'elle avait envie de le revoir ?

Plus tôt dans la journée, elle avait écouté son grand-père

lui narrer ses aventures à l'hôpital. Ensuite, pendant qu'il faisait la sieste, elle avait regardé la télévision.

Cependant, quoi qu'elle fasse pour s'occuper l'esprit, le souvenir de Benjamin et du baiser qu'ils avaient échangé avait continué à venir s'immiscer dans ses pensées.

Il avait mis une ardeur surprenante dans ce baiser. Comme s'il s'agissait d'un prélude à quelque chose de brûlant et passionné, en même temps que tendre et durable.

Elle ne voulait surtout pas croire à ce que cela laissait espérer. Et si ce qu'il lui avait dit était vrai, elle ne voulait pas non plus être la première femme à lui briser le cœur.

Ce qui arriverait à coup sûr s'il insistait pour que quoi que ce soit se passe entre eux.

Même s'il pensait être l'homme qu'il lui fallait, Edie savait qu'*elle* n'était pas une femme pour lui.

A cette heure tardive, les rues étaient sombres et désertes. Edie conduisait lentement, en regrettant qu'ils ne soient pas tranquillement à la maison, au lieu de se lancer dans cette stupide « chasse aux extraterrestres ».

— C'est le genre de nuit qu'ils affectionnent, remarqua Walt, rompant le silence.

Il se pencha en avant pour regarder le ciel à travers le pare-brise.

— Tu vois ces gros nuages qui courent devant la lune ? Ils préfèrent les nuits comme celle-ci, où le ciel est couvert. Tourne à gauche à la prochaine.

Tout en suivant les indications de son grand-père, Edie essaya de se persuader qu'elle ne l'encourageait pas dans ses délires.

Ils auraient tous deux dû être couchés, à cette heure-ci, mais elle espérait voir ce qui l'incitait à imaginer la présence d'extraterrestres à Black Rock. Elle serait alors peut-être en mesure de lui faire comprendre qu'il se trompait.

— Comment ça va avec ton petit ami ? lui demanda-t-il à brûle-pourpoint.

Les mains d'Edie se crispèrent sur le volant.

— Nous avons rompu.

Elle fut heureuse que sa voix n'ait rien trahi.

— Tourne à gauche ici. Alors, cela signifie-t-il que tu as un nouvel amoureux ?

— Pour le moment, je suis libre comme l'air et ça me convient parfaitement, répondit-elle tout en concentrant son attention sur la petite route sur laquelle ils venaient de s'engager.

— Tourne à droite, indiqua encore Walt.

Ils entrèrent dans ce qui semblait être une forêt. Les arbres étaient si rapprochés que la lumière de la lune ne parvenait plus jusqu'au sol.

— Tu peux te garer là, sous ce chêne. Nous ferons le reste du chemin à pied.

— Comment as-tu découvert cet endroit ? s'étonna Edie en coupant le contact.

— Ce n'est pas moi qui l'ai découvert. C'est les extraterrestres. Je n'ai fait que les suivre jusqu'ici. Il m'a fallu deux mois pour arriver à repérer leurs habitudes. Il y a des nuits où ils sont dans le cimetière, et d'autres où ils viennent ici.

Walt se munit de la torche électrique qu'il avait apportée et ouvrit sa portière.

— Viens, je connais un endroit où nous cacher et d'où tu pourras les voir.

Edie descendit de voiture et suivit de près son grand-père, tandis qu'il s'engageait à travers l'épaisse forêt, le faisceau de sa torche balayant le sol devant lui.

Il n'était pas étonnant qu'il soit en aussi bonne condition physique, songea-t-elle. Les nuits où il se mettait en tête de traquer les extraterrestres, il devait vraisemblablement parcourir plusieurs kilomètres à pied.

Il lui fit assez vite signe de s'accroupir derrière un gros buisson.

— Tu vois cette clairière ?

Il dirigea le faisceau de sa lampe vers une petite trouée entre les arbres.

— C'est là qu'ils viennent, expliqua-t-il.

Puis il éteignit sa lampe et, s'asseyant par terre, lui indiqua qu'elle devait l'imiter.

— Maintenant, attendons de voir si un de ces salopards va se montrer ce soir.

Edie s'installa aussi confortablement que possible près de son grand-père.

Pendant les quelques minutes qui suivirent, elle ne perçut d'autre son que le frémissement du feuillage agité par la brise et les infimes bruissements des insectes de la forêt.

— Tu sais que tu ne trouveras pas de meilleur homme que Benjamin, murmura tout à coup son grand-père.

Etonnée, Edie tenta de distinguer son visage dans l'obscurité.

— Je ne suis vraiment pas à la recherche d'un homme, papy.

— Je disais ça comme ça. La plupart des femmes de Black Rock semblent le trouver à leur goût, mais c'est un garçon sérieux, pas du genre à papillonner. De tous les frères Grayson, c'est mon préféré. Tom est un leader-né et Caleb un impulsif, facilement irritable. Jacob a toujours été un solitaire. Benjamin est un gars solide, et il a un cœur d'or.

Tandis que Walt continuait à chanter les louanges de Benjamin, Edie pensa à la façon dont les yeux bruns du policier s'assombrissaient quand ils s'emplissaient de désir, et au baiser brûlant qu'ils avaient échangé.

— Je ne cesse de lui dire qu'il devrait quitter la police et s'occuper de son ranch à plein temps, ajouta son grand-père. C'est ce qu'il aime, s'occuper des bêtes et travailler la terre.

Edie se souvenait bien de la passion qui vibrait dans la voix de Benjamin quand il lui avait parlé de son ranch.

— Si c'est ce qu'il aime, pourquoi ne le fait-il pas ?

— Je ne sais pas. Je lui ai posé plusieurs fois la question sans réussir à obtenir une réponse claire.

Ils se turent de nouveau. Les minutes s'égrenèrent avec une lenteur insupportable. Au bout d'une demi-heure, Edie sentit le sommeil commencer à la gagner.

Bon sang ! Ils auraient dû être en train de dormir, à l'heure qu'il était. Pas être assis là, en pleine nuit, dans la fraîcheur automnale, à attendre l'arrivée d'extraterrestres !

Et surtout, elle n'aurait pas dû être en train de penser à Benjamin Grayson et au baiser qu'ils avaient échangé.

— Papy, rentrons à la maison, finit-elle par suggérer, après qu'un autre interminable quart d'heure se fut écoulé. Il est vraiment tard et je suis fatiguée.

Son grand-père soupira, manifestement déçu.

— Je voulais que tu en voies un, que tu comprennes que je ne suis pas fou. Je sais que tout le monde en ville pense que j'ai perdu la boule, mais ce n'est pas vrai.

— Je ne pense pas que tu sois fou, protesta doucement Edie.

— Tu es comme ta maman, ma petite-fille. Tu as hérité de son bon cœur, remarqua Walt, son sourire perçant dans sa voix. Tu m'as manqué, Edie. Nos échanges téléphoniques m'ont manqué. Tu es la seule famille qu'il me reste.

Edie sentit son « bon » cœur se serrer dans sa poitrine. Etait-il possible que toute cette histoire d'extraterrestres ne soit qu'une manifestation de la solitude dont avait souffert son grand-père ?

— Tu m'as manqué aussi, papy, répondit-elle. Et à l'avenir, je te promets de m'efforcer de mieux maintenir le contact entre nous.

Avant que Walt ait eu le temps de répondre, le bruit d'un moteur résonna dans la nuit.

— Les voilà ! s'exclama-t-il.

Edie scruta l'obscurité à travers les broussailles. Elle distingua les lumières d'un véhicule, au loin, qui approchait de la clairière.

Il ne lui fallut qu'un instant pour comprendre qu'il s'agissait d'un quad. Cependant, vu la forme de l'engin, ses chromes et ses phares éblouissants, elle comprenait que son grand-père ait pu imaginer, en pleine nuit, voir une machine venue tout droit de l'espace.

— Papy, reste baissé et ne fais pas de bruit ! lui intima-t-elle alors que le quad s'immobilisait.

Son cœur battait à tout rompre. Que pouvait venir faire un individu sur un quad, dans la forêt, à cette heure de la nuit ? Certainement rien de bien.

Le moteur du quad s'arrêta. Edie serra avec force le bras de son grand-père, en priant pour qu'il ne se redresse pas brusquement pour affronter le conducteur de l'engin.

Sa curiosité se mua en frayeur quand ce dernier en descendit et qu'elle vit qu'il portait une de ces combinaisons de protection contre les matières dangereuses telles qu'en revêtent, par exemple, les nettoyeurs dans les zones radioactives.

Encore une fois, il n'était pas étonnant que son grand-père ait cru voir des extraterrestres.

Avec la lueur froide de la lune qui jouait sur la surface métallisée de la combinaison et se reflétait sur le casque dissimulant son visage, l'inconnu paraissait vraiment débarquer d'une autre planète.

En plus de ça, il avait un aspect inquiétant. Qu'est-ce que c'était que cette histoire ?

L'homme tenait une pelle d'une main et, de l'autre, un sac en plastique duquel s'échappait une étrange lueur vert-jaune fluorescent.

Sous les yeux d'Edie et de Walt, il creusa rapidement un trou dans la terre, et y fit tomber le sac.

— Je parie que c'est celui qui m'a tapé dessus, grogna Walt.

Il avait parlé trop fort. Sa voix résonna avec netteté dans le silence de la clairière.

L'homme redressa la tête. Edie resserra son étreinte sur le bras de son grand-père et retint son souffle.

Braquant alors le puissant faisceau d'une torche dans leur direction, l'individu fit apparaître un revolver dans son autre main.

Edie retint un cri de frayeur au moment où le faisceau lumineux les découvrait.

— Cours, papy !

Elle se redressa d'un bond et tira son grand-père par le bras pour le relever.

Au même moment, elle entendit les broussailles craquer derrière eux. L'homme s'était lancé à leur poursuite.

Un coup de feu déchira l'air et, cette fois, Edie laissa échapper un cri.

Dieu merci, Walt était alerte et semblait bien connaître son chemin dans la forêt. Tout en se tenant la main, ils coururent aussi vite que leurs jambes le leur permettaient.

Puis Edie entendit le quad démarrer. Leur poursuivant avait décidé de les pourchasser sur son véhicule tout-terrain.

Les lumières du quad rebondissaient tout autour d'eux sur les arbres, tandis que l'engin fonçait à travers bois en faisant rugir son moteur. Edie craignait à chaque instant de recevoir une balle dans le dos.

Le passage à tabac de Walt avait sans doute été une sorte d'avertissement. Le fait que leur poursuivant leur tire dessus indiquait qu'il ne plaisantait plus.

Edie sanglota presque de soulagement lorsqu'ils atteignirent sa voiture. Walt se laissa tomber sur le siège du passager, pendant qu'elle se jetait derrière le volant et tournait en hâte la clé de contact. Le moteur vrombit. Elle passa la marche arrière.

Elle fit un demi-tour si rapide que les pneus patinèrent tout d'abord. Le quad surgit alors entre les arbres, juste derrière eux, et une balle fit voler en éclats leur pare-brise arrière. Edie hurla et Walt jura.

— Accélère, ma fille ! cria-t-il. Pied au plancher !

C'est exactement ce que fit Edie, tout en priant le ciel pour que sa vieille guimbarde ne décide pas de rendre l'âme maintenant. Elle fila à tombeau ouvert jusqu'à la route principale, négociant sur les chapeaux de roues le virage à droite censé les ramener en ville.

— Hourra ! hurla Walt. On l'a semé !

Edie regarda dans son rétroviseur et lâcha un soupir de soulagement tremblant. Mais la peur continuait à la dévorer de l'intérieur comme un feu.

Il y avait une personne qu'elle voulait voir, la seule qui pourrait la rassurer, la tirer de cet univers devenu démentiel.

— Indique-moi comment aller chez Benjamin, papy.

Elle ignorait ce qui la perturbait le plus. Le fait qu'un dingue vêtu d'une combinaison de protection ait essayé de la tuer, ou son désir désespéré de se réfugier auprès d'un homme, alors qu'elle savait qu'elle n'aurait pas dû.

Il était en train de rêver d'elle. Dans un recoin de son cerveau endormi, Benjamin savait qu'il s'agissait d'un rêve, et il souhaitait ne plus jamais se réveiller.

Edie était dans ses bras, ses yeux verts brillants de désir. Il avait la tête emplie de son parfum, de ce parfum légèrement épicé qui le rendait à moitié fou.

Sa peau était chaude contre la sienne, et aussi douce que de la soie. Il avait envie de la prendre, de la posséder comme il n'avait jamais possédé aucune femme.

C'était exactement ce qu'il était sur le point de faire, quand des coups sonores frappés à la porte brisèrent net son rêve.

Tiny se mit à aboyer et, sautant à bas du lit, sortit de la chambre à toute vitesse.

Benjamin se leva d'un bond et attrapa son jean qu'il avait posé sur une chaise. Il l'enfilait quand les coups redoublèrent d'intensité.

Il saisit son revolver sur la table de chevet, sortit précipitamment de la chambre et longea le couloir en allumant les lumières sur son passage.

Que diable se passait-il ?

A peine eut-il ouvert la porte qu'Edie et Walt se ruèrent dans le vestibule.

— On a essayé de nous tuer ! clama Walt.

Les aboiements de Tiny se firent encore plus aigus.

— Ce salaud a fait éclater le pare-brise d'Edie d'une balle.

Benjamin ne comprenait pas grand-chose à ce que racontait Walt, mais il sentit un instinct de protection inattendu monter en lui tandis que son regard se posait sur Edie.

Elle avait les yeux écarquillés par la terreur et son visage était affreusement pâle. Posant les mains sur ses épaules, il les fit descendre le long de ses bras, pour finir par prendre ses mains tremblantes dans les siennes.

— Ça va ?

Elle hocha brièvement la tête.

— Oui, ça va. Et ce n'était pas un extraterrestre, mais un homme vêtu d'une combinaison de protection, sur un quad.

— Une combinaison de protection ?

Walt eut l'air aussi perplexe que Benjamin.

— Venez, allons nous asseoir dans la cuisine et vous m'expliquerez ce qui se passe, suggéra-t-il.

A contrecœur, il lâcha les mains d'Edie pour guider ses visiteurs jusqu'à la cuisine.

Lorsqu'ils furent tous trois assis, Tiny, visiblement

épuisé par ses aboiements frénétiques, se lova aux pieds de son maître.

— Maintenant, commencez par le commencement et racontez-moi ce qui est arrivé, dit Benjamin.

Pendant qu'Edie relatait les événements survenus dans la forêt, il sentit la tension lui comprimer la poitrine. Tout d'abord, à la pensée qu'elle et Walt avaient été suffisamment fous pour s'aventurer dans la forêt en pleine nuit, et risquer leur vie. Ensuite, parce qu'ils lui apportaient la preuve que des activités illégales se déroulaient à Black Rock.

— Où cela s'est-il passé exactement ?

— Dans une petite clairière sur les terres de Devon Moreland, indiqua Walt.

Il fronça les sourcils, manifestement en pleine confusion.

— Donc, c'est pas des extraterrestres ?

Il regarda Edie et, durant un moment, parut plus âgé qu'il ne l'était.

Elle couvrit sa main de la sienne.

— Non, papy. L'individu que nous avons vu était assurément un être humain.

Walt secoua la tête.

— Je me sens ridicule. Je ne suis qu'un vieux fou.

— Il ressemblait vraiment à une créature venue de l'espace, concéda Edie. N'importe qui aurait pu faire cette méprise.

Elle regarda Benjamin.

— Nous l'avons vu enterrer quelque chose juste avant qu'il ne repère notre présence. A ce moment-là, il a sorti un revolver et nous a tiré dessus. Ensuite, il nous a pourchassés sur son quad. Il n'a abandonné la poursuite qu'au moment où nous avons rejoint la route principale.

— Et seulement après avoir fait exploser son pare-brise arrière, précisa Walt.

— J'imagine que vous n'auriez aucun moyen de l'identifier ? s'enquit Benjamin qui connaissait déjà la réponse à sa question.

— Non, déplora Edie. Avec cette combinaison, je ne pourrais même pas dire s'il s'agissait d'un homme ou d'une femme.

Benjamin se leva.

— Je ne veux pas que vous rentriez chez vous ce soir. Je vais vous installer tous les deux ici pour la nuit, et nous reparlerons de tout ça demain matin.

— J'avoue que je suis fatigué, admit Walt en se levant à son tour. Je suis navré du dérangement, Benjamin, mais il est vrai que je me sentirai plus tranquille ici.

— Je vais rester là pendant que vous vous occupez de grand-père, proposa Edie.

Quelques minutes plus tard, après avoir confortablement installé Walt dans une des chambres d'amis, Benjamin regagna la cuisine, préoccupé par ce qu'il venait d'apprendre, et horrifié à la pensée qu'Edie et son grand-père aient été en danger de mort.

Il retrouva Edie à la place où il l'avait laissée, avec Tiny sur les genoux.

— Quel adorable petit chien ! s'écria-t-elle en caressant son pelage noir.

— Ne vous y fiez pas. Sous ses airs innocents, c'est un véritable tyran.

Elle semblait aller mieux qu'au moment où elle et Walt étaient arrivés, choqués et affolés, remarqua Benjamin avec soulagement.

— Je m'en veux de vous demander ça, mais pensez-vous que vous pourriez me guider jusqu'à l'endroit où vous êtes allés ? Il y a très longtemps que je n'ai plus mis les pieds sur la propriété de Devon Moreland.

— Je crois que oui, répondit Edie.

— Il faut que je passe quelques coups de fil pour organiser les choses, après quoi nous nous mettrons en route.

Il répugnait à lui infliger cette nouvelle épreuve, mais il avait besoin d'elle pour trouver l'endroit où s'était déroulée la scène.

En ce qui concernait Walt, ils pouvaient partir tranquilles. Il ne risquait pas de profiter de leur absence pour ressortir subrepticement. Ainsi que Benjamin le vérifia tout en se préparant à partir, il ronflait déjà comme un sonneur. Et quand bien même il se réveillerait, le ranch était trop loin de tout pour qu'il s'aventure à pied où que ce soit.

Benjamin appela Tom pour l'informer de ce qui s'était passé. Ils convinrent de se retrouver une demi-heure plus tard, avec Caleb, devant le bureau du shérif.

Enfin, après s'être assuré une dernière fois que Walt dormait à poings fermés, il fit monter Edie dans son pick-up et prit la direction de Black Rock.

— Je suis désolé que vous vous trouviez impliquée dans cette histoire, déplora-t-il.

— Moi aussi, renchérit Edie. Même si je suis très curieuse de connaître l'explication de tout ça. Je vous jure que tout à l'heure, dans la forêt, j'ai eu l'impression d'être dans un film de science-fiction.

— Walt et vous auriez pu être tués, maugréa Benjamin, une pointe de reproche dans la voix.

— Je sais. Nous n'aurions jamais dû nous aventurer là-bas en pleine nuit. Mais dans la soirée, grand-père parlait de prendre son revolver et d'aller traquer les « envahisseurs ». Je n'ai pu le convaincre de laisser son arme à la maison qu'en l'accompagnant.

A la pensée de Walt errant dans la nuit muni d'une arme, Benjamin refoula un frisson rétrospectif.

— Je devrais sans doute remercier le ciel pour sa clémence, marmonna-t-il.

Edie soupira.

— J'espérais voir quelque chose qui ait une explication

logique, et qui me permettrait de démontrer à mon grand-père que cette histoire d'extraterrestres n'était qu'une lubie.

Il lui lança un bref coup d'œil, puis reporta son attention sur la route.

— Je ne veux plus que vous sortiez aussi tard la nuit.

— Oh ! ne vous inquiétez pas ! C'était ma première et dernière chasse aux extraterrestres, assura Edie.

— J'aimerais également que vous et Walt restiez au ranch jusqu'à ce que nous ayons élucidé cette affaire.

— Je ne crois pas que ce sera nécessaire.

— Moi, je crois que si, répliqua Benjamin avec fermeté. On vous a tiré dessus, Edie. Tout laisse à penser que l'intrusion qui a eu lieu chez Walt est liée à ce qui vient de se passer dans cette forêt. Cela signifie que votre agresseur de ce soir sait qui vous êtes et où vous habitez. Vous l'avez vu faire quelque chose qu'il cherchait à accomplir à l'abri des regards. Pour lui, vous représentez maintenant une menace.

En tant qu'assistant du shérif, il estimait qu'Edie devait rester quelques jours dans son ranch, parce qu'elle y serait plus en sécurité qu'ailleurs.

L'homme en lui éprouvait également le besoin de protéger les siens. Il ne connaissait Edie que depuis quelques jours, mais il devait avouer que, de façon inexplicable, il la considérait déjà comme sienne.

Il lança un nouveau regard dans sa direction et vit son visage crispé par la contrariété.

Finalement, elle poussa un soupir résigné.

— Je suppose qu'il serait idiot de refuser…, marmonna-t-elle.

Devant le bureau du shérif, Benjamin se gara à côté de la voiture de Tom qui venait d'arriver.

Benjamin fit les présentations, puis Tom leur expliqua qu'il avait envoyé Caleb chercher deux combinaisons de protection à la caserne des pompiers.

— Si l'homme que vous avez surpris a jugé utile d'en porter une pour se débarrasser de ce qu'il transportait, j'imagine que nous avons intérêt à faire de même pour déterrer cet objet.

— Très bonne idée, approuva Benjamin, avec un regard rassurant à l'intention d'Edie qui lui répondit par un faible sourire.

Caleb les rejoignit peu après et ils se mirent tous en route.

Benjamin et Edie prirent la direction de l'endroit où elle et son grand-père avaient été confrontés à leur agresseur, tandis que Caleb et Tom les suivaient dans la voiture de ce dernier.

— Walt semble être tombé sur une affaire d'entreposage illégal de déchets, dit Benjamin, alors qu'ils quittaient l'artère principale de la ville.

— Au moins, nous savons maintenant qu'il n'est pas fou, ajouta Edie.

Elle tendit la main et dirigea la bouche d'air chaud du tableau de bord vers elle.

— Vous avez froid ? s'enquit Benjamin.

— C'est juste le contrecoup de ce qui s'est passé qui me donne des frissons. Prenez à gauche un peu plus loin.

Benjamin tourna dans le chemin de terre qu'elle lui indiquait en vérifiant dans son rétroviseur que son frère le suivait.

— J'imagine qu'après tout ça, le moment est mal choisi pour vous demander si vous avez songé à vous installer à Black Rock.

— Pour quelle raison y songerais-je ? répondit Edie.

« Pour que j'aie l'occasion de vous voir tous les jours de ma vie », songea Benjamin, sans que, grâce au ciel, cette pensée franchisse la barrière de ses lèvres.

— Je sais que vous allez devoir chercher un nouvel emploi et un autre logement. Je suis sûr que Walt serait ravi de vous avoir à Black Rock.

— Peut-être, mais ça ne fait pas partie de mes projets.

Elle s'interrompit et désigna un endroit du doigt.

— Nous nous étions garés là-bas, sous cet arbre.

Benjamin s'arrêta tout en se maudissant d'être aussi stupide.

Il semblait être réellement tombé amoureux d'une femme pour la première fois de sa vie et celle-ci, excepté la façon dont elle avait accueilli son baiser, semblait totalement insensible à son charme.

Il ne lui restait qu'à espérer que cette incroyable sensation de vertige qui le saisissait dès qu'il était avec elle finirait par s'estomper.

Tom se gara derrière lui et ils descendirent tous de voiture.

Il fut rapidement décidé que Benjamin et Tom iraient ensemble dans la clairière, revêtus des combinaisons de protection, tandis que Caleb resterait en arrière avec Edie.

Dès l'instant où Benjamin enfila sa combinaison, son esprit se vida de toute considération romantique et de toute pensée concernant Edie.

Il n'était pas là pour s'amuser et les précautions que son frère et lui prenaient signifiaient que l'affaire était sérieuse.

Tom et lui progressèrent lentement jusqu'à la clairière, guidés par le faisceau puissant de leurs torches.

La forêt était silencieuse, comme si toutes les créatures qui l'habitaient avaient fui à un moment donné et craignaient à présent de revenir.

Benjamin avait dégainé son revolver, bien qu'il n'ait anticipé aucun danger. De toute évidence, l'homme qui avait tiré sur Walt et Edie ne s'était pas attardé ici.

Tom s'était muni d'une pelle et, en prévision de ce qu'ils allaient découvrir, d'une boîte hermétique en métal, spécialement conçue pour transporter les matières toxiques.

D'après les indications d'Edie, ce que le suspect avait enterré était dans un simple sac en plastique de supermarché.

Ils ne s'attendaient donc pas à trouver des produits chimiques sous forme liquide, mais plutôt quelque chose de solide.

Quand ils eurent atteint la clairière, Tom posa la boîte et la pelle et examina le sol à l'aide de sa lampe. Benjamin l'imita, à la recherche d'un endroit où la terre aurait été fraîchement remuée.

Ils ne tardèrent pas à trouver non pas un, mais trois emplacements répondant à cette description.

Tom prit sa pelle et s'approcha du premier carré de terre. Pendant qu'il creusait, Benjamin l'éclaira en maintenant sa torche braquée sur le trou.

Tom n'avait retiré que trois pelletées de terre, quand Benjamin vit la lueur décrite par Edie. Une faible lueur jaune-vert fluorescent, qui paraissait vraiment provenir d'un autre monde.

Il échangea un regard inquiet avec son frère.

Que diable se passait-il ici ? Qu'est-ce qui pouvait bien être à l'origine de cette étrange luminescence ?

L'angoisse l'étreignit, tandis que des dizaines de scénarios insensés défilaient dans son esprit. Il n'y avait pas d'usine à Black Rock, ni aucune entreprise susceptible de produire des déchets toxiques.

Un autre coup de pelle mit au jour un sac en plastique blanc sur lequel était inscrit le nom d'une épicerie de Black Rock. Le nœud qui le fermait était lâche.

Les deux frères s'accroupirent afin de mieux observer leur découverte.

Il était évident que cette lueur bizarre provenait de ce qui se trouvait dans le sac. La gorge sèche, Benjamin se pencha en avant, défit le nœud et regarda ce qu'il contenait.

Une exclamation horrifiée lui échappa.

Un bras !

Un bras entier, avec une main au bout.

Un tatouage représentant un serpent ressortait sur

l'avant-bras, juste au-dessus du poignet. Benjamin reconnut aussitôt ce tatouage.

C'était le bras de Jim Taylor. Un homme de soixante-dix-huit ans, emporté par un cancer, et qui avait été inhumé dans le cimetière de Black Rock une dizaine de jours plus tôt.

6

— Walt Tolliver ! Que diable faites-vous dans ma cuisine ?

Une voix féminine aux accents courroucés tira Edie du sommeil. Répugnant à se lever alors qu'elle ne s'était couchée que deux heures auparavant, elle resta enfouie sous les couvertures. Un coup d'œil vers la fenêtre lui indiqua que le soleil pointait tout juste à l'horizon.

— Que croyez-vous que je fasse ? Je cherche à me préparer un petit déjeuner ! s'exclama son grand-père.

Puis le ton des voix s'apaisa. Edie referma les yeux, mais ne put se rendormir tout de suite.

Il était plus de 3 heures du matin quand Caleb l'avait enfin ramenée au ranch. Benjamin et Tom, eux, étaient restés dans la forêt.

Personne ne lui avait expliqué ce qu'ils avaient découvert. Tout ce que Caleb avait pu lui dire, c'était que la zone était dorénavant considérée comme une scène officielle de crime.

Même si Edie ignorait la nature de ce crime, la pensée qu'elle ait pu y assister, ne serait-ce qu'en partie, lui glaçait les sangs.

Elle avait dû finir par se rendormir, car, lorsqu'elle rouvrit les yeux, le soleil inondait la chambre de sa lumière, et elle se sentait tout à fait reposée.

S'asseyant dans son lit, elle contempla la pièce où elle avait dormi.

Ainsi que le lui avait fait savoir Caleb au moment où il

l'avait déposée au ranch, Benjamin avait souhaité qu'elle s'installe dans la chambre d'amis avec un dessus-de-lit et des rideaux jaunes.

Celle-ci se trouvait dans l'aile opposée à celle où dormait Walt, et en face de la chambre du maître de maison, dans laquelle elle était entrée par erreur, en cherchant la sienne.

Elle avait tout de suite su qu'il s'agissait de la chambre de Benjamin. Le vaste lit à deux places qui en occupait le centre semblait avoir été quitté en hâte, les couvertures et les draps étant rejetés négligemment sur le côté.

Mais surtout, son odeur flottait partout dans la pièce. Si bien que, l'espace d'un instant, alors qu'elle regardait le lit, elle avait eu envie de s'y glisser et de s'envelopper de cette odeur.

La chambre qui lui avait été attribuée était très agréable, avec des murs jaune bouton-d'or et des rideaux en vichy jaune clair.

Edie ignorait à quoi s'attendre pour la journée à venir, mais elle était pressée d'entendre Benjamin lui dire enfin ce que son frère et lui avaient découvert dans cette clairière.

Elle se leva et alla prendre une douche dans la salle de bains qui se trouvait de l'autre côté du couloir. Après cela, tout en enfilant ses vêtements de la veille, elle se dit que si elle et son grand-père devaient rester ici une autre nuit, il lui faudrait aller à la maison chercher un minimum d'affaires.

En ressortant de la salle de bains, elle longea le couloir jusqu'au living. Elle contempla celui-ci un moment, curieuse de voir le cadre dans lequel vivait Benjamin.

Une télévision à écran plat était fixée au mur, au-dessus d'une cheminée en pierre et face à un canapé tendu de tissu imprimé marron et noir.

Edie sut instinctivement que le grand fauteuil inclinable en cuir noir était le siège de prédilection de Benjamin. Elle l'imagina aisément, ses longues jambes étendues devant lui et Tiny sur les genoux.

A propos de Tiny… Elle se demanda où il était, ce matin. Elle eut la réponse à sa question au moment où elle entra dans la cuisine.

Elle y trouva son grand-père attablé et en train de déguster ce qui, de par son parfum, semblait être un muffin à la myrtille tout juste sorti du four. Tiny était posté à ses pieds, attendant manifestement que des miettes de gâteau tombent.

En voyant Edie, le chien remua joyeusement la queue. Au même moment, une femme aux cheveux gris qui se tenait devant la cuisinière se retourna et s'exclama :

— Ah ! la voilà !

Elle s'avança aussitôt vers Edie.

— Je me présente, mon petit, parce que ce n'est pas votre grand-père qui songerait à le faire. Je suis Margaret.

— Pour l'amour du ciel, Margaret ! maugréa Walt. Vous ne m'avez même pas laissé le temps de prendre mon souffle. Elle est tuante, se plaignit-il à l'intention d'Edie, mais une lueur particulière brillait dans ses yeux.

— Ne l'écoutez pas, répliqua Margaret. Et si je vous préparais plutôt un bon petit déjeuner ? Des crêpes, peut-être, ou des œufs avec des toasts ? Mais asseyez-vous donc.

— Si Edie a faim, je me ferai un plaisir de lui préparer quelque chose, dit Walt en commençant à se lever.

— C'est *ma* cuisine, rétorqua Margaret d'un ton offensé. Je suis le seul maître, ici.

— Papy, finis ton muffin, intervint Edie en prenant place à côté de son grand-père. Et merci, Margaret, mais je n'ai vraiment pas faim. En revanche, je prendrais volontiers une tasse de café.

Après lui avoir servi un grand bol de café, Margaret s'assit en face d'elle à la table.

— Vous ressemblez beaucoup à votre maman, remarqua

la gouvernante. Paix à son âme. C'était une femme adorable. J'ai été navrée d'apprendre son décès.

— Merci, répondit Edie.

Elle but une gorgée de café brûlant.

— Benjamin est-il là ?

— Non. Le pauvre garçon n'est pas encore rentré. Walt m'a un peu raconté ce qui s'est passé la nuit dernière.

Avec un regard en biais à l'adresse de l'intéressé, elle ajouta comme à contrecœur :

— Il faut croire qu'il n'est finalement pas aussi fou que nous l'avions tous pensé.

— Je suis simplement stupide, marmonna Walt. Stupide d'avoir pu prendre un homme vêtu d'une combinaison de protection pour un extraterrestre.

— Pas du tout. N'importe qui aurait pu faire cette confusion, objecta vivement Margaret tandis qu'une légère rougeur colorait ses joues.

Walt la dévisagea avec surprise, avant de baisser les yeux sur son muffin, une vague rougeur teintant tout à coup ses oreilles.

Edie décela une certaine attirance entre eux. Tant mieux, songea-t-elle. Si son grand-père avait une amie pour lui tenir compagnie, elle ne se sentirait plus aussi coupable à l'idée de regagner Topeka.

Et, à ce propos, n'était-il pas temps pour elle de penser à repartir ? La santé mentale de Walt n'étant plus un sujet d'inquiétude, et le crime qui avait été commis à Black Rock ne la concernant pas, rien ne la retenait plus ici.

Rien, en effet, mais peut-être valait-il mieux qu'elle reste encore un ou deux jours… Jusqu'au moment où Benjamin jugerait que Walt pouvait rentrer chez lui en toute sécurité.

Si elle décidait de s'attarder quelques jours de plus à Black Rock, ce n'était pas parce que les yeux de braise de Benjamin lui faisaient désirer des choses qu'elle n'aurait pas dû désirer. Ni parce que son baiser l'avait bouleversée comme jamais aucun autre baiser auparavant.

En début d'après-midi, quand ils eurent tous trois déjeuné, Edie sortit sur le perron et s'installa sur une des deux chaises longues qui y étaient disposées côte à côte. Le soleil était particulièrement chaud pour la saison, et une odeur de foin, de terre humide et de feuilles d'automne embaumait l'air.

Au loin, elle distingua un troupeau de vaches qui paissaient et des chevaux qui gambadaient dans la prairie.

C'était paisible.

La scène qui se déroulait sous ses yeux, ce lieu, tout était tranquille, avec un doux parfum d'éternité.

Ce serait l'endroit idéal où fonder une famille, songea-t-elle, et elle imaginait sans mal que Benjamin ferait un père formidable.

Il avait fait preuve d'une patience incroyable avec Walt, et l'affection qu'il prodiguait à son chien révélait un homme facilement capable d'amour. L'amour et la patience : les qualités les plus importantes pour faire grandir des enfants dans la joie et l'harmonie.

Elle porta la main au pendentif à son cou. Il était froid et dur sous ses doigts, comme la carapace qui entourait son cœur.

Benjamin méritait d'avoir un jour des enfants, et c'était là une autre raison pour qu'elle se tienne à distance de lui. Les enfants ne faisaient pas partie de ses propres projets d'avenir.

Comme Edie portait son regard vers le lointain, elle aperçut un nuage de poussière. Un véhicule approchait.

Elle ignora avec détermination l'accélération des battements de son cœur, lorsque le pick-up de Benjamin apparut dans son champ de vision et vint se garer devant la maison.

Elle se força même à rester assise lorsqu'il en descendit. Le léger affaissement de ses épaules et son visage marqué trahissaient sa fatigue.

Malgré cela, il lui adressa un sourire plein de chaleur.

— La nuit a été longue, remarqua-t-elle, comme il s'asseyait sur la chaise longue à côté de la sienne.

— Vous n'imaginez pas à quel point…

Il se passa la main dans les cheveux, ce qui les ébouriffa, et le fit paraître encore plus sexy.

— Etes-vous autorisé à me dire ce que vous avez découvert dans la clairière ? demanda aussitôt Edie.

Elle n'arrivait pas à le regarder vraiment. La lassitude qui assombrissait son regard le rendait follement attirant et lui rappelait le baiser qu'ils avaient échangé.

— Nous avons fait une découverte incroyable, dit-il avec gravité.

Il prit une longue inspiration, qu'il relâcha en un soupir.

— Des membres humains. Un bras, un pied et une main, précisa-t-il. Brillant tous trois de cette étrange lueur fluorescente.

Choquée, Edie écarquilla les yeux.

— Pensez-vous qu'ils appartiennent à quelqu'un qui a été assassiné ?

— Nous pensons que le bras est celui de Jim Taylor. Un homme emporté par un cancer et qui a été inhumé il y a un peu plus d'une semaine, dans le cimetière de la ville. Mais nous ignorons à qui appartenaient les deux autres membres. La main est celle d'une femme.

Elle le dévisagea avec stupeur.

— Et vous ne savez pas non plus pourquoi ils émettaient cette lueur fluorescente ?

Il secoua la tête.

— Mon frère Jacob nous a mis en contact avec le laboratoire scientifique de Topeka. En ce moment même, un de nos hommes est en train de les y transporter.

— Avez-vous une idée de ce que tout ça signifie ?

Elle lutta contre l'envie de passer la main sur son front plissé par l'anxiété. Il donnait soudain l'impression que le poids du monde reposait sur ses épaules.

— Il est trop tôt pour pouvoir le dire. Mais nous nous demandons si quelqu'un ne mènerait pas des sortes d'expériences.

A ces mots, Edie combattit le frisson glacé qui cherchait à remonter le long de son dos.

— Vous avez des suspects ?

Benjamin eut un rire sans joie.

— A ce stade, seulement l'ensemble des habitants de Black Rock.

Il émit un nouveau soupir.

— Pourquoi faites-vous ça ? demanda-t-elle.

Il tourna les yeux vers elle, perplexe.

— Quoi donc ?

— Pourquoi êtes-vous assistant du shérif ? Il est évident que votre cœur est ici, au ranch. Grand-père m'a dit qu'il ne comprenait pas pourquoi vous ne vous y consacrez pas à plein temps.

Benjamin fixa le lointain et haussa les épaules.

— Tous les hommes de la famille sont dans la police. Bien sûr, j'adore m'occuper du ranch, mais ici, les gens me voient tous comme un homme qui porte un insigne. Et c'est ce que je suis.

Il avait dit cela de façon presque belliqueuse, comme s'il cherchait à s'en convaincre lui-même.

Puis, préférant sans doute aborder un autre sujet, il demanda :

— Alors, comment s'est passée votre journée ?

— Bien, quoiqu'il y ait eu une lutte d'influence dans la cuisine. J'ai bien cru que grand-père et Margaret allaient en venir aux mains pour décider qui allait préparer le déjeuner.

— Qui a gagné ? s'enquit Benjamin.

Il se laissa aller contre le dossier de sa chaise longue, et parut se détendre un peu.

— Margaret, bien sûr. Après avoir menacé grand-père de lui pocher l'autre œil s'il touchait une seule de ses casseroles.

Imaginant la scène, Benjamin sourit, ce qui effaça les rides d'anxiété qui lui barraient le front.

— Ça ne me surprend pas. Margaret est pugnace.

— Quelque chose d'étrange semble se passer entre eux… Ils sont un peu comme deux enfants qui se chamailleraient, le garçon tirant les cheveux de la fille et la fille lui décochant des coups de pied dans les tibias. Mais c'est comme si, en réalité, une folle attirance se cachait sous cette agressivité.

— Ils sont tous les deux restés seuls longtemps. Je trouve que ce serait bien s'ils décidaient de vivre une histoire d'amour.

— J'ai du mal à croire que c'est de mon vieux grand-père que nous sommes en train de parler, remarqua Edie avec un sourire narquois.

Il rit, mais son rire mourut rapidement sur ses lèvres lorsqu'il plongea son regard dans celui d'Edie au fond duquel couvait un feu révélateur.

— Ce serait bien s'il se vivait une histoire d'amour dans cette maison, suggéra-t-il.

Durant un moment, son regard rivé à celui de Benjamin, Edie eut l'impression de ne plus pouvoir respirer. Elle dut faire appel à toute sa volonté pour détourner les yeux.

Formuler une réponse, quelle qu'elle soit, fut néanmoins au-dessus de ses forces.

— Il faut que j'aille dormir, reprit Benjamin. J'ai le

sentiment qu'élucider cette affaire va exiger beaucoup énergie.

Il se leva et, une fois de plus, une immense lassitude se peignit sur ses traits.

— Ne craignez-vous pas de faire des cauchemars ? demanda Edie en se levant à son tour.

Il s'approcha d'elle, si près que leurs corps se touchèrent presque. Elle retint son souffle quand il lui effleura doucement les cheveux du bout des doigts.

— Il y a une chose qui pourrait tenir les cauchemars à distance..., répondit-il. Ce serait que vous soyez avec moi dans mon lit et que nous soyons blottis l'un contre l'autre.

Puis il laissa retomber sa main et recula.

— Mais puisque vous avez décrété que ça n'arriverait pas, il ne me reste qu'à espérer que mes rêves seront agréables.

Sur ce, il tourna les talons et entra dans la maison.

Edie fixa un moment la porte que Benjamin venait de franchir, et laissa échapper un soupir tremblant.

Durant un moment, tandis que son regard était prisonnier du sien et qu'elle avait senti la chaleur qui irradiait de son corps, elle avait eu très envie de se blottir contre lui.

Cela l'effrayait presque autant que la découverte, dans la forêt, de membres humains étrangement luminescents.

— Pouvez-vous me dire où vous étiez mercredi soir, aux alentours de 1 heure du matin ? demanda Benjamin à Erving Appleton, l'ancien pharmacien de Black Rock, désormais à la retraite.

Erving était célèbre pour ses interventions auprès des élèves de l'école primaire. De façon ludique, il initiait les enfants à la physique et à la chimie.

— Toutes les nuits que Dieu fait, à 1 heure du matin, je peux vous assurer que je suis dans mon lit, répondit l'ancien pharmacien. S'agirait-il de cette sombre histoire survenue sur les terres de Moreland ? Qu'est-ce qui vous fait penser que je puisse être impliqué là-dedans ?

— Nous interrogeons toutes les personnes qui ont des connaissances en chimie, expliqua Benjamin.

Les deux hommes se tenaient sur le perron d'Erving Appleton. Il était un peu plus de 8 heures du matin.

Quand Benjamin était arrivé au bureau du shérif, une vingtaine de minutes plus tôt, Tom lui avait remis une liste des personnes qu'il serait bon d'interroger. Erving Appleton y figurait en première position.

Pendant ce temps, plusieurs policiers continuaient à passer la clairière au peigne fin, à la recherche d'autres « choses » susceptibles d'y être ensevelies.

Ils allaient sans doute devoir attendre plusieurs jours avant de recevoir les résultats du laboratoire scientifique du FBI, lesquels détermineraient la provenance de cette lueur fluorescente. En attendant, l'enquête se poursuivait.

— Vous voulez entrer et vérifier mon alibi auprès de Violette ? proposa Appleton. Elle a le sommeil léger et saura vous dire si je me suis levé, cette nuit-là.

Il regarda Benjamin droit dans les yeux.

— Je ne suis pas un criminel, Benjamin. Je fais chauffer du soda pour simuler l'action de volcans en éruption ou passer des œufs durs par des goulots de bouteille afin d'intéresser les enfants. Je vous assure que j'ignore tout de ce qui a pu survenir dans ces bois.

— Connaissez-vous qui que ce soit d'autre, à Black Rock, qui aurait des connaissances en chimie ? demanda Benjamin.

Erving Appleton fronça pensivement les sourcils.

— Personne qui me vienne à l'esprit, non. Bien sûr, j'ignore ce que vous avez découvert exactement. En nous arrêtant au café, ce matin, Violette et moi avons entendu toutes sortes d'élucubrations. Une jambe qui se serait redressée et mise à danser toute seule, et jusqu'à une main qui aurait brusquement saisi le shérif à la gorge.

Benjamin sourit.

— La réalité n'est pas tout à fait aussi extravagante.

Son sourire disparut, tandis qu'il songeait à ladite réalité.

— Il semblerait toutefois que quelqu'un ait pratiqué certaines expériences dont nous ignorons la nature. Quelqu'un qui pourrait avoir des connaissances soit en chimie, soit en médecine.

— Je ne pense à personne, *a priori*, mais si une idée me vient, je sais où vous trouver, assura le pharmacien.

— Merci, Erving. Il se peut que je revienne vous poser d'autres questions.

Le vieil homme sourit.

— Eh bien, vous savez également où me trouver.

Quelques minutes plus tard, tout en sortant en marche arrière de l'allée d'Erving Appleton, Benjamin songea à toutes les forces vives que requérait cette investigation.

Pendant qu'il interrogeait des suspects potentiels, Caleb s'était rendu au cimetière afin de s'entretenir avec Josh Willoughby, le gardien.

Le bras qu'ils avaient découvert appartenait bien à Jim Taylor. Cela signifiait que, pour le moins, certaines personnes à Black Rock violaient des sépultures et profanaient les cadavres.

Tom avait envoyé un autre de ses hommes se renseigner sur les ventes de combinaisons de protection enregistrées au cours des derniers mois.

Dans la région, les magasins disposant de ce genre de matériel n'étaient pas légion, et ces équipements n'étaient pas non plus donnés. Avec un peu de chance, ils dénicheraient une piste de ce côté-là.

Un autre policier avait pour mission d'interroger les médecins et les infirmières de l'hôpital.

Le problème résidait dans le fait que, comme ils ignoraient ce à quoi ils avaient affaire, ils ne pouvaient savoir à aucun moment s'ils étaient enfin sur une piste ou si l'enquête piétinait lamentablement.

Tandis que Benjamin se dirigeait vers la boutique du taxidermiste, ses pensées revinrent vers Edie, qui ne quittait jamais tout à fait son esprit.

Il avait trente ans et il était largement prêt à connaître l'amour. Prêt aussi à fonder une famille. Il souhaitait remplir sa maison d'enfants auxquels il pourrait transmettre sa passion pour son ranch.

Quand Edie lui avait demandé pourquoi il ne s'y consacrait pas à plein temps, il n'avait pas été tout à fait honnête avec elle. La vérité était qu'il avait peur de qui il serait, une fois privé de son insigne.

Peur de n'être plus rien.

Son rôle d'assistant du shérif donnait un sens à sa vie et lui attirait le respect de tous, à Black Rock. Sans cela, que serait-il ? Que lui resterait-il ?

Il repoussa ces pensées absurdes et gara son véhicule devant la boutique du taxidermiste.

Jeff Hudson et son fils, Jeffrey Elias Junior, surnommé Petit Jeff, arrivaient en seconde position sur la liste des personnes à interroger.

Cela, à cause des procédés et des produits qu'ils utilisaient pour naturaliser les animaux. Tom et ses assistants ignoraient tout desdits procédés et produits, mais Benjamin avait bien l'intention de se renseigner à ce sujet.

Comme il entrait dans la boutique, un carillon placé au-dessus de la porte annonça son arrivée. Il avait toujours détesté cet endroit. Tous ces animaux morts qui braquaient sur lui leurs yeux de verre lui donnaient la chair de poule.

— Benjamin ! s'exclama Jeff Hudson depuis le fond de la boutique. Quelle surprise ! Je ne vous vois pas souvent ici.

Benjamin dut contourner un cerf empaillé pour arriver jusqu'à l'homme corpulent assis derrière son comptoir.

— Comment vont les affaires ?

— Pas trop bien. Mais avec l'ouverture de la chasse au cerf, elles ne vont sans doute pas tarder à reprendre. Qu'est-ce qui vous amène dans ma petite boutique des horreurs ?

— J'ai quelques questions à vous poser. Je suppose que vous êtes au courant de ce qui s'est passé sur la propriété des Moreland ?

— Qui ne l'est pas ? Tout le monde ne parle que de ça, en ville.

— Ça semble en effet être le sujet du jour, reconnut Benjamin. Petit Jeff est-il là ?

— Il décharge des fournitures dans l'arrière-boutique. Mais il ne veut plus qu'on le surnomme Petit Jeff. Il préfère Jeffrey Elias, à présent. Vous voulez que j'aille le chercher ?

Tout en acquiesçant d'un hochement de tête, Benjamin pensa immédiatement au porte-clés qu'il avait trouvé à l'entrée du cimetière après l'agression de Walt.

A quoi correspondait le E qui y était gravé ? A Erving ? A Elias ? Il imaginait difficilement l'un de ces deux hommes frappant Walt aussi sauvagement, mais il ne devait exclure aucune hypothèse.

Jeff Hudson disparut dans l'arrière-boutique et revint un instant plus tard, en compagnie de son fils.

Cela faisait déjà plusieurs années que le surnom de Petit Jeff ne convenait plus à l'homme de belle taille destiné à reprendre les rênes de l'entreprise familiale, lorsque son père prendrait sa retraite.

Jeffrey Elias arborait un sourire affable.

— Bonjour, Benjamin. Mon père m'a dit que vous vouliez me parler ?

— Je souhaitais vous parler à tous les deux. J'aimerais connaître la composition des produits que vous utilisez dans le procédé de conservation des animaux, et savoir si certains d'entre eux sont considérés comme toxiques.

— Absolument pas, répondit aussitôt Jeff Hudson.

— Et certains ont-ils des propriétés fluorescentes ?

Ce fut au tour de Jeffrey Elias de répondre, en riant :

— Non plus. Je ne crois pas que les gars du coin apprécieraient particulièrement de voir leurs trophées de chasse, ou leurs plus belles prises à la pêche, briller dans la nuit.

Lorsque Benjamin quitta la boutique, il en savait plus sur la taxidermie qu'il ne l'avait jamais souhaité.

Le reste de la journée se déroula de la même façon, à interroger des personnes, sans rien obtenir qui puisse faire avancer l'enquête.

Démonter les alibis des suspects éventuels pour la nuit où un mystérieux individu avait fait feu sur Walt et Edie n'allait pas être simple. Tout le monde pouvait affirmer avoir été couché et en train de dormir à cette heure-là. Prouver le contraire serait difficile.

Après s'être entretenu avec toutes les personnes figurant sur sa liste, Benjamin regagna le bureau du shérif, où Tom le mit au courant du suivi de l'investigation.

On n'avait rien trouvé d'autre dans la clairière, et Devon Moreland, le propriétaire des lieux, avait juré tout ignorer de ce qui s'y était déroulé.

La balle qui avait pulvérisé le pare-brise d'Edie provenait d'une arme de poing de calibre .38, couramment utilisée dans la région. Tom avait chargé un autre de ses assistants de recenser les propriétaires de revolvers et de quads des environs. En obtenir la liste définitive prendrait plusieurs jours.

De son côté, Benjamin avait également fait en sorte que le pare-brise de la voiture d'Edie soit remplacé dans le courant de la matinée.

Il était un peu plus de 19 heures quand il prit enfin le chemin de son ranch, les muscles endoloris par la fatigue et l'estomac criant famine.

Son petit déjeuner s'était résumé à un muffin et à un

café, et il avait sauté le repas de midi. Il se consolait avec la certitude que Margaret lui avait gardé son repas au chaud pour quand il rentrerait.

En approchant de la maison, il vit Edie assise sur le perron, les derniers rayons du soleil étincelants dans ses cheveux. A ce spectacle, une bouffée de plaisir l'envahit, chassant instantanément toute sensation de faim ou de fatigue.

Il pourrait aisément s'habituer à la retrouver chaque soir, à son retour. Elle lui plaisait indubitablement, à tout point de vue. Comme il garait son pick-up, elle se leva de sa chaise longue et lui sourit.

Ce sourire le délivra d'une part de sa lassitude, et remplaça celle-ci par le désir ardent d'en apprendre davantage sur elle, de goûter de nouveau sa bouche, de parvenir d'une façon ou d'une autre à se glisser sous la carapace défensive dont elle s'entourait.

— Encore une longue journée, remarqua-t-elle.

Ce n'était pas une question, mais un commentaire.

— J'ai l'impression qu'elles vont toutes l'être pendant un moment, répondit Benjamin.

— Il y a du nouveau ?

Il secoua la tête.

— Rien de spécial. Rentrons. Il fait trop frais pour rester assis dehors, une fois que le soleil est couché.

Dès qu'il ouvrit la porte, Tiny l'accueillit avec une danse joyeuse qui les fit tous deux rire.

— Il ne me quitte pas d'une semelle, quand vous êtes absent, remarqua Edie, tandis que Benjamin se penchait et prenait le chien dans ses bras.

— Vous aimez les chiens ?

— J'adore Tiny, précisa Edie. Où l'avez-vous trouvé ?

— Dans un carton, sur le bord de la route. Quelqu'un l'avait probablement jeté d'une voiture. Il était à demi mort et je n'étais pas certain qu'il survivrait. Finalement, tout ce dont il avait besoin, c'était d'un peu de tendresse et d'attention.

Edie s'approcha de lui, afin de caresser Tiny sous l'oreille.

— Pauvre petite chose ! Je me demande s'il fait encore des cauchemars à cause des misères qu'il a subies avant de faire votre rencontre.

— J'aime à penser qu'avec du temps et suffisamment d'amour, les mauvais souvenirs n'ont plus le pouvoir de nous faire faire de cauchemars.

Que ce soit la deuxième fois qu'Edie faisait allusion aux cauchemars n'avait pas échappé à Benjamin qui se demanda ce qui hantait son sommeil, la nuit.

Ils traversèrent le living jusqu'à la cuisine, où Margaret et Walt étaient assis devant une tasse de café. En le voyant arriver, Margaret se leva.

— Nous avons tous dîné, mais je t'ai gardé une bonne assiettée de bœuf aux carottes avec du pain de maïs, qui va bien te rassasier.

— Merci, Margaret.

Benjamin posa Tiny par terre et alla se laver les mains à l'évier avant de s'attabler.

— Walt, votre œil a meilleur aspect, remarqua-t-il, pendant que Margaret déposait devant lui une assiette copieusement remplie. Comment vont tes côtes ?

— Mieux qu'hier, bien qu'elles soient encore un peu endolories. As-tu attrapé le minable qui m'a tapé dessus ?

Benjamin sentit qu'Edie s'installait juste à côté de lui. Son parfum épicé lui donna faim de quelque chose d'autre que le bœuf aux carottes de Margaret.

— Pas encore, mais nous y travaillons, répondit-il.

Tout en mangeant, il leur raconta tout ce qu'il était autorisé à divulguer concernant l'enquête.

Dès qu'il eut terminé son repas, Margaret débarrassa la table et annonça que Walt et elle se rendaient dans son cottage pour faire une partie de rami.

Quand ils furent tous deux partis, Benjamin conclut à l'intention d'Edie :

— Je crois que nous en saurons plus quand nous aurons reçu les résultats du labo de la police scientifique.

— Mais ça risque de prendre un peu de temps, non ?

— Malheureusement, convint-il avec un hochement de tête. En attendant, nous allons poursuivre les interrogatoires, en espérant que quelqu'un nous fournira une info intéressante.

Edie se laissa aller contre le dossier de sa chaise. Elle était plus jolie que jamais, dans un pull-over rose profond qui rehaussait son teint.

— Je crois qu'il est temps que je rentre à Topeka, dit-elle.

— Pensez-vous vraiment que ce soit une bonne idée ?

— Depuis le temps, l'individu qui nous a tiré dessus a dû comprendre que nous n'étions pas en mesure de l'identifier, grand-père et moi. De plus, je sais maintenant que grand-père n'est pas en train de perdre la tête, et il est le premier à insister pour que je m'en aille.

Benjamin voulut protester, lui demander si elle resterait pour lui, mais ils n'avaient échangé qu'un seul baiser et il n'était vraiment pas en droit de lui demander cela.

— Donc, quels sont vos projets ?

— Demain matin, je passerai récupérer mes affaires chez mon grand-père. Ensuite, je prendrai la route pour Topeka.

Elle fronça les sourcils.

— Je répugne tout de même à laisser grand-père seul. Je me demandais si vous accepteriez de le garder encore quelques jours chez vous. Il se rétablit parfaitement, mais je crois que l'agression dont il a été victime l'a ébranlé plus qu'il ne veut l'avouer. Je lui ai dit que je voulais rester au moins jusqu'à ce qu'il soit tout à fait remis, mais il ne veut rien entendre.

— Walt est le bienvenu ici jusqu'à ce qu'il se sente prêt à rentrer chez lui, assura Benjamin.

Edie hocha la tête.

— Merci.

— Et si j'ai besoin de vous parler… à propos de l'enquête ?

— Je vous laisserai le numéro de mon portable, et je vous ferai connaître mon adresse dès que j'en aurai une.

— Je vais être navré de vous voir partir.

Les mots avaient franchi les lèvres de Benjamin malgré lui.

Edie évita partiellement son regard.

— Vous êtes un homme de valeur, Benjamin, et vous méritez une femme bien dans votre vie.

Elle se leva de la table.

— Croyez-moi, je ne suis pas la personne qu'il vous faut. Je ne suis pas une femme bien, et il est temps pour moi de reprendre le cours de mon existence.

Sur ces mots, et avant que Benjamin n'ait eu le temps de dire quoi que ce soit, Edie tourna les talons et sortit de la cuisine.

7

Il était plus de 11 heures quand Edie quitta finalement le ranch le lendemain matin.

Tout d'abord, Margaret avait insisté pour qu'elle prenne un copieux petit déjeuner. Après cela, leur faire ses adieux, à elle et à son grand-père, avait pris un peu plus de temps que prévu.

Si elle avait pensé que son grand-père avait vraiment besoin d'elle, elle serait peut-être restée, mais elle sentait qu'une petite idylle était en train de naître entre Margaret et lui. Une idylle qui pourrait combler la solitude dont Walt avait souffert par le passé.

Quant à Benjamin, elle ne l'avait pas vu. Il était déjà parti lorsqu'elle s'était levée.

La veille, après avoir coupé court à leur conversation dans la cuisine, elle était montée directement dans sa chambre et n'en était plus ressortie.

Elle avait eu peur de passer ne serait-ce qu'une minute de plus avec lui. Peur qu'il parvienne à la convaincre de rester, qu'il l'embrasse une nouvelle fois et qu'il la fasse le désirer plus encore qu'elle ne le désirait déjà.

Il était vraiment temps de prendre le large, mais cela ne l'empêcha pas d'avoir le cœur lourd, en voyant le ranch disparaître dans son rétroviseur.

Elle aurait pu être heureuse dans cet endroit.

Elle aurait pu être heureuse avec Benjamin, si seulement elle avait eu droit au bonheur. Les choses étant ce qu'elles étaient, elle se sentait soulagée de ne pas avoir eu à lui faire face une dernière fois.

C'était plus facile, ainsi. A quoi bon s'infliger de longs et pénibles adieux ?

Le temps qu'elle atteigne les faubourgs de Black Rock, son esprit était déjà absorbé par les problèmes qui l'attendaient à Topeka. Heureusement, il lui restait encore quelques économies, juste assez pour pouvoir prendre un nouvel appartement et s'y installer.

Pour ce qui était de trouver un emploi, elle ne s'inquiétait pas trop. Elle accepterait n'importe quel job — elle ferait griller des steaks dans un fast-food, si nécessaire — le temps de trouver mieux.

Elle regrettait de ne pas avoir fait d'études, mais il n'y avait jamais eu beaucoup d'argent à la maison. Dès l'obtention de son baccalauréat, elle avait commencé à travailler afin d'aider sa mère.

Arrivée devant chez son grand-père, Edie se gara dans l'allée. En descendant de voiture, elle vit avec surprise un homme sortir en hâte de la maison voisine, pour venir lui parler.

— Bonjour, dit-il avec un sourire amical. Je suis Bart Crosswell, le voisin de Walt. Ma femme et moi avons appris qu'il avait été victime d'une agression, et je souhaitais savoir comment il se porte.

Bart avait la soixantaine, avec un visage large et lisse, qui semblait n'avoir jamais connu la moindre tension.

— Il va séjourner chez des amis pendant quelques jours, répondit Edie, mais il va bien.

— Je suis heureux de l'entendre. Et j'ai remarqué que vous aviez superbement nettoyé le jardin. Nous ne voulions pas nous plaindre ni ennuyer Walt avec ça, mais, depuis quelque temps, il nous semblait un peu dépassé par l'ampleur de la tâche.

— Je vais faire en sorte que quelqu'un se charge

d'entretenir la pelouse, à l'avenir, promit Edie, soulagée que le voisin se révèle aussi aimable.

— Je pourrais tondre la pelouse de Walt en même temps que la mienne. Mais, jusqu'ici, je n'avais pas voulu lui donner l'impression de marcher sur ses plates-bandes, si j'ose dire.

— C'est très gentil à vous. Quand grand-père rentrera, vous pourrez peut-être convenir ensemble d'un arrangement adéquat, suggéra Edie.

— Certainement.

Il leva amicalement la main en signe d'adieu, puis rentra chez lui.

Tout allait se passer au mieux pour Walt, songea Edie, en déverrouillant la porte. Manifestement, il était bien entouré. Il avait des amis et des voisins qui se souciaient de son sort ; il n'avait pas besoin d'elle.

Personne n'avait besoin d'elle et elle n'avait besoin de personne, se rappela Edie en montant l'escalier.

Elle sortit sa valise de la penderie et la déposa sur le lit. Réunir ses affaires ne lui prendrait pas longtemps. Bientôt, elle aurait quitté Black Rock.

Elle aurait quitté Benjamin.

A cette pensée, elle ne put s'empêcher de ressentir un pincement au cœur.

En d'autres temps, en d'autres lieux, elle aurait pu s'autoriser à l'aimer. Ici et maintenant, il était inutile d'y songer.

Elle alla dans la salle de bains qui faisait face à sa chambre, et prit ses affaires de toilette.

Sa valise bouclée, elle s'assit au bord du lit et laissa de nouveau ses pensées s'envoler vers Benjamin.

Il lui avait demandé si elle avait songé à s'installer à Black Rock, puisque rien ne la retenait plus à Topeka.

Ses brefs séjours ici depuis qu'elle était adulte lui avaient permis de constater que c'était une ville agréable et que ses habitants étaient pour la plupart très amicaux.

Elle pouvait aisément imaginer y vivre. Elle prendrait un appartement non loin du centre-ville, afin de pouvoir accéder aux boutiques à pied, les jours où il ferait beau. Ainsi, elle serait près de son grand-père et lui rendrait régulièrement visite, tout en se construisant une vie agréable à Black Rock.

Il n'y avait qu'une ombre au tableau : un policier beaucoup trop séduisant à son goût.

Avec de doux yeux de braise et qui embrassait d'une façon qui lui donnait envie d'oublier son vœu de célibat.

D'oublier qu'elle avait abandonné l'espoir de trouver le véritable bonheur.

Non. Elle ne devait même pas s'autoriser à s'imaginer vivant à Black Rock. Benjamin Grayson représentait une tentation beaucoup trop grande.

Croire qu'elle pourrait avoir une relation aimante et équilibrée avec un homme était une pure folie.

Elle se leva d'un mouvement décidé et se tourna pour prendre sa valise sur le lit.

C'est alors qu'elle se figea en l'entendant — le léger mais si reconnaissable craquement de la troisième marche de l'escalier.

Son sang se glaça.

Quelqu'un était dans la maison, quelqu'un qui montait subrepticement l'escalier, sans s'être annoncé !

Le souffle soudain court, Edie attrapa son sac à main et jeta un regard affolé autour d'elle, à la recherche de quelque chose qui puisse lui servir à se défendre.

Elle ne repéra rien. En entendant la septième marche craquer à son tour, elle sentit la panique resserrer ses griffes sur elle.

L'intrus était de toute évidence animé de mauvaises intentions, sinon, il aurait annoncé sa présence.

Son sac serré contre sa poitrine, Edie se dirigea à pas de loup vers la penderie et s'y enferma. Assise par terre, le dos solidement plaqué contre la porte en accordéon, elle s'arc-bouta, les pieds calés contre le mur d'en face.

Durant un long moment, elle n'entendit rien d'autre que les battements affolés de son cœur.

Seigneur ! Elle avait été si imprudente ! Elle n'avait pas pensé à verrouiller la porte d'entrée derrière elle, en entrant. Elle n'avait pas imaginé qu'il pourrait y avoir du danger.

S'il s'était agi de Bart, le voisin, il aurait sûrement appelé. Plusieurs secondes angoissantes s'égrenèrent, sans qu'elle entende quoi que ce soit.

Le rythme de son cœur se calma un peu. Avait-elle imaginé ces craquements dans l'escalier ?

Etaient-ce simplement les vieilles boiseries de la maison qui travaillaient ?

Au même instant, un coup violent, un coup de poing sembla-t-il, ébranla la porte de la penderie.

— Sors de là, espèce de garce ! rugit une voix masculine.

Edie ravala un cri et plaqua plus fermement son dos contre le panneau de bois. De l'aide. Elle avait besoin d'aide. Oh ! Seigneur ! Son portable…

Elle tâtonna dans son sac à la recherche de son téléphone, et laissa échapper un sanglot angoissé en ne le trouvant pas.

L'homme saisit alors la poignée de la porte et la secoua frénétiquement. Puis il se jeta contre elle avec force. Le choc se répercuta dans tout le corps d'Edie.

— Toi et ce vieux fou avez tout foutu en l'air ! Tu vas me le payer, tu peux me croire.

La voix, grave et gutturale, lui était inconnue.

Au moment où il se jetait une nouvelle fois contre la porte, Edie mit enfin la main sur son téléphone.

— J'appelle le shérif ! hurla-t-elle tout en composant le 911.

Dès que l'opérateur répondit, elle cria l'adresse de son

grand-père, puis laissa échapper un nouveau hurlement alors que la porte s'ébranlait une fois de plus violemment.

— Quoi que tu fasses, tu ne m'échapperas pas ! vociféra l'homme.

Une rage meurtrière vibrait dans sa voix.

— Tu as foutu ma vie en l'air ! Je te trouverai où que tu sois, et je te jure que je te le ferai payer.

Edie entendit le bois craquer. Un des panneaux de la porte venait de céder.

Puis ce fut le silence.

Les seuls sons qu'elle percevait, à présent, étaient ceux de sa respiration haletante et de ses sanglots incontrôlables.

L'homme était-il parti ou s'agissait-il d'une ruse ? Attendait-il qu'elle s'aventure hors de la penderie pour fondre sur elle ?

De qui s'agissait-il ? Et qu'avait-elle fait pour s'attirer une haine aussi démentielle ?

Serait-elle en sécurité, si elle retournait à Topeka ? Cet homme parviendrait-il à la retrouver là-bas, comme il l'en avait menacée, afin d'assouvir sur elle son incroyable désir de vengeance ?

Benjamin, qui s'était arrêté au Black Rock Café pour boire un café en vitesse, prit un appel sur son biper. Quelqu'un réclamait l'intervention de la police au 3, rue des Chênes-Verts — l'adresse de Walt.

Il sortit en courant du restaurant, monta en hâte dans sa voiture de police et démarra, le cœur battant si vite qu'il arrivait à peine à respirer.

Une seule personne pouvait être à l'origine de cet appel.

Edie.

Il savait qu'elle devait s'arrêter chez son grand-père avant de prendre la route. Si quoi que ce soit lui arrivait, il ne se le pardonnerait jamais. Il aurait dû la dissuader de s'en aller, insister pour qu'elle reste jusqu'à ce qu'ils aient la situation en main.

Benjamin arriva chez Walt quelques minutes plus tard.

Il trouva la porte ouverte et dégaina son revolver avant d'entrer.

Un silence de mort régnait dans la maison. Veillant à ne pas faire le moindre bruit, Benjamin inspecta le rez-de-chaussée.

Si quelqu'un de malintentionné s'était introduit ici, il ne voulait surtout pas annoncer sa présence, et risquer d'envenimer une situation dont il ignorait tout.

Le rez-de-chaussée étant désert, il monta les marches de l'escalier à pas de loup, grimaçant lorsque deux d'entre elles grincèrent sous son poids.

Lorsqu'il arriva devant la première chambre, son sang bourdonnait si fort dans ses oreilles qu'il craignit de ne rien pouvoir entendre d'autre.

Il visita toutes les chambres, ainsi que les deux salles de bains, jusqu'à ce qu'il n'en reste plus qu'une, à l'extrémité du couloir.

Son cœur fit un bond dans sa poitrine quand il découvrit la valise d'Edie sur le lit.

Il se décida alors enfin à appeler.

— Agent Grayson. Police. Y a-t-il quelqu'un ?

A ce moment-là, Edie émergea de la penderie et se précipita vers lui. Elle lui passa les bras autour du cou puis, le visage enfoui contre son torse, éclata en sanglots.

Benjamin la tint contre lui d'une main, son arme fermement serrée dans l'autre.

— Que s'est-il passé ?

— Il… il était là ! hoqueta-t-elle. Il a dit que j'avais fichu sa vie en l'air et… et qu'il allait me le faire payer.

— Qui, mon ange ? Qui était-ce ?

— Je n'en sais rien… Je ne l'ai pas vu.

Assez vite, Benjamin sentit qu'elle se ressaisissait.

Elle prit une profonde inspiration et s'écarta de lui, le visage atrocement pâle et les yeux rougis par les larmes.

— Je venais juste de boucler ma valise quand j'ai entendu quelqu'un monter l'escalier.

Sa voix tremblait.

— J'ai eu peur. Dieu merci, j'ai eu le réflexe de prendre mon sac et d'aller m'enfermer dans la penderie.

A cette évocation, ses yeux s'emplirent une nouvelle fois de larmes.

— Je me suis assise par terre en m'arc-boutant contre la porte. Il a essayé de la défoncer à plusieurs reprises, et j'ai bien cru qu'il allait y arriver avant que quelqu'un ne vienne à mon secours.

— Partons d'ici, suggéra Benjamin.

Pendant qu'elle récupérait son sac dans la penderie, il prit sa valise en se demandant qui avait pu s'attaquer ainsi à elle.

— Nous allons d'abord passer au bureau du shérif, où vous ferez une déposition. Après quoi je vous ramène au ranch, décréta-t-il quand ils furent dans son pick-up. Vous ne quitterez pas Black Rock tant qu'il y aura le moindre danger.

— Ça va peut-être vous surprendre, mais je n'ai pas l'intention de discuter, répondit Edie.

— Vous n'avez pas reconnu sa voix ?

Elle secoua la tête.

— C'étaient plutôt des grognements de fureur.

Comme pour se protéger, elle enroula ses bras autour de son buste.

— D'une fureur meurtrière, ajouta-t-elle. Il semblait vraiment vouloir m'étrangler de ses propres mains et sur-le-champ.

Benjamin resserra son étreinte sur le volant. La pensée que quelqu'un puisse seulement poser la main sur Edie le faisait littéralement bouillir de rage.

Au commissariat, Tom les fit asseoir dans son bureau, et Edie lui relata sa mésaventure dans le détail.

Le shérif envoya aussitôt deux policiers chez Walt, avec pour mission de relever les empreintes sur la porte de la penderie et d'interroger les voisins, dans le cas où l'un d'entre eux aurait vu quelqu'un rôder autour de la maison ou s'y introduire.

Une heure plus tard, sachant que la police avait pris la situation en main, Benjamin et Edie remontèrent en voiture et se dirigèrent vers le ranch.

— Je sais que vous étiez pressée de regagner Topeka et de vous réorganiser une vie là-bas, dit Benjamin.

— C'est curieux comme le fait que quelqu'un cherche à vous tuer peut vous faire rapidement changer d'avis, ironisa Edie avec un faible sourire.

Elle arrivait encore à plaisanter. Benjamin sentit une bouffée d'admiration pour elle l'envahir.

— Pour tout dire, maintenant, j'ai peur, si je rentrais à Topeka, que ce dingue ne m'y retrouve, enchaîna-t-elle. Et je n'aurais alors pas mon policier attitré pour voler à mon secours.

Benjamin tenta de répondre à son sourire, mais la situation n'était vraiment pas amusante.

— Je n'aurais pas dû vous laisser partir, se reprocha-t-il. Ni vous laisser aller chercher seule vos affaires chez Walt. J'aurais dû être avec vous, ou vous dissuader tout à fait de retourner à Topeka.

Elle lui posa une main sur le bras.

— Vous ne pouviez pas deviner ce qui allait se passer. Qui aurait pu penser que cet homme s'attaquerait à moi ?

Otant sa main, elle conclut sombrement :

— J'aimerais simplement savoir de quoi il retourne.

— Nous le saurons, je peux vous le garantir, assura Benjamin alors qu'ils franchissaient l'entrée du ranch.

Ce qui l'inquiétait à présent — mais cela, il préférait

ne pas le lui dire —, c'était la certitude que son agresseur finirait par savoir qu'elle et son grand-père s'étaient réfugiés ici.

S'il devait choisir entre son travail et assurer la sécurité d'Edie, son choix était fait. Même si elle lui avait clairement fait savoir qu'elle ne voulait pas de lui, il s'était profondément épris d'elle, et la seule pensée qu'il puisse lui arriver quelque chose lui était intolérable.

— Je m'assurerai que vous et Walt soyez en sécurité ici, affirma-t-il.

— Merci. Je vous fais entièrement confiance, répondit Edie.

Tandis que Benjamin se garait devant la maison, son esprit inventoriait tous les moyens dont il disposait pour honorer cette promesse.

Etant donné l'ampleur de l'investigation en cours, Tom n'allait sans doute pas pouvoir mettre un de ses hommes à sa disposition.

Il était peut-être temps qu'il ait une discussion avec Jacob, et qu'il tente de l'enrôler pour l'aider à surveiller le ranch.

Dès qu'ils furent entrés, il réunit Walt, Margaret et Edie autour de la table de la cuisine et s'y assit avec eux. Il leur expliqua que la menace qui pesait sur Edie et Walt n'était pas levée.

Il les exhorta en conséquence à demeurer vigilants, leur enjoignant de garder portes et fenêtres verrouillées en permanence.

Ensuite, et après s'être assuré que toutes les issues étaient soigneusement fermées, il alla parler à son frère.

Cela faisait maintenant presque trois mois que Jacob se terrait dans une petite cabane située un peu plus loin sur la propriété.

Après avoir démissionné de son poste au FBI de Kansas City, Jacob était rentré chez eux, le regard hanté par un mal mystérieux. Jusqu'à présent, il avait refusé de confier ce qui lui était arrivé à qui que ce soit.

Il avait seulement dit à ses frères qu'il souhaitait que personne n'apprenne son retour à Black Rock. Il vivait en ermite, Benjamin et Margaret lui apportant les provisions dont il avait besoin.

Quelques minutes plus tard, Benjamin gara son pick-up devant la cabane presque entièrement dissimulée par un épais bouquet d'arbres.

A l'origine, la petite bâtisse avait servi à loger un gardien. Lorsque Benjamin était enfant, elle n'avait plus pour fonction que d'accueillir les hôtes. Il arrivait aussi que ses parents y fassent de temps en temps une escapade romantique.

Son frère se tenait où Benjamin le trouvait chaque fois qu'il lui rendait visite : assis dans un fauteuil du petit living, devant la télévision, une bière à la main.

Une barbe de plusieurs jours couvrait ses joues et son menton, et jamais Benjamin ne l'avait vu avec les cheveux aussi longs. Il ressemblait à un homme qui aurait perdu toute fierté et à qui tout serait devenu indifférent.

— Tu as une tête épouvantable, remarqua Benjamin.

— Et bonjour à toi aussi, petit frère, répliqua sèchement Jacob.

Il désigna le fauteuil qui faisait face au sien et baissa le son de la télévision.

— Que se passe-t-il ?

— J'ai besoin de ton aide, dit Benjamin en s'installant dans le fauteuil.

Jacob arqua un sourcil noir.

— J'espère que ça n'exigera pas que je m'éloigne de mon fauteuil ou de ma bouteille de bière.

Benjamin se sentit gagné par l'irritation. Jacob lui avait toujours inspiré le plus profond respect, mais l'homme qui était revenu trois mois plus tôt au ranch ne ressemblait en rien à celui qui l'avait quitté quelques années auparavant.

— En fait, si, répondit-il. Ça va exiger que tu lèves les fesses de ton fauteuil et que tu lâches ta bouteille de bière.

— Dans ce cas, il y a peu de chances que je puisse t'aider.

— Pour l'amour du ciel, Jacob, ressaisis-toi ! s'exclama Benjamin dans une explosion de colère inhabituelle. J'ai besoin que tu m'aides à protéger une femme.

Jacob but une gorgée de sa bière et observa son frère avec intérêt.

— D'après le ton de ta voix, je devine qu'il ne s'agit pas de n'importe quelle femme.

Benjamin sentit une légère chaleur empourprer ses joues.

— C'est une femme qui se trouve confrontée à des problèmes dont elle n'est aucunement responsable. Un homme a cherché à s'attaquer à elle aujourd'hui, et je pense qu'il recommencera. Elle loge à la maison et j'aurais besoin d'une paire d'yeux supplémentaires pour surveiller le ranch.

— Cela a-t-il un rapport avec ce qui s'est passé chez les Moreland ?

— Oui, il s'agit de la petite-fille de Walt Tolliver. Je les ai tous deux accueillis ici, elle et son grand-père.

Il se laissa aller contre le dossier de son fauteuil et soupira.

— Du fait qu'ils n'avaient pas pu identifier le coupable, j'ai cru qu'ils ne couraient aucun danger. Mais je me suis trompé.

Il raconta à son frère ce qui venait d'arriver à Edie.

— Si je comprends bien, ce serait par pur esprit de vengeance que ce type a cherché à s'attaquer à elle, conclut Jacob.

Il secoua la tête.

— C'est un mobile plutôt vicieux. D'après moi, l'homme que tu recherches a des problèmes caractériels, voire un complexe de persécution. C'est le genre de type paranoïaque qui pense que le monde entier est ligué contre lui et qui rejette en permanence ses problèmes sur les autres.

— Ce profil ne nous donne pas grand-chose à partir de quoi avancer, marmonna Benjamin.

Jacob haussa les épaules.

— Il n'y a pas grand-chose à partir de quoi avancer dans toute cette affaire, remarqua-t-il. Tom m'a appelé hier soir pour me mettre au courant des dernières évolutions de l'enquête.

— Pour le moment, mon souci principal est d'assurer la sécurité d'Edie et de Walt. J'espère que Tom pourra se passer de moi pour que je puisse rester à la maison. Mais je serais plus rassuré si je savais que tu couvres mes arrières.

Jacob posa sa bière. Son regard était aussi sombre que la nuit.

— D'accord, dit-il. Fais-moi simplement savoir à quel moment tu as besoin de moi et je viendrai.

— Me diras-tu un jour ce qui t'a ramené chez nous ? demanda doucement Benjamin.

Jacob détourna les yeux. Pendant un long moment, il resta silencieux, jusqu'à ce que Benjamin se penche vers lui.

— Quel que soit le problème, nous pouvons t'aider, Jacob.

Son frère le fixa avec un sourire désabusé.

— Personne ne peut m'aider.

— Dis-moi juste une chose. De qui te caches-tu ? De quelqu'un ou de toi-même ?

Sans doute surpris par la question, Jacob écarquilla légèrement les yeux. Puis ils se réduisirent à la taille de fentes, tandis qu'il répondait :

— Peut-être un peu des deux.

Il reprit sa bouteille de bière.

— Appelle-moi si tu as besoin que je surveille la maison, d'accord ?

Sur ce, il saisit la télécommande de la télévision et

remonta le volume, comme pour indiquer que l'entretien était clos.

En regagnant la maison familiale, Benjamin ne put s'empêcher de s'inquiéter pour son frère. Il craignait vraiment que Jacob ne finisse par se laisser sombrer totalement.

Il n'était pas normal qu'un homme se barricade ainsi contre tout le monde, qu'il passe son temps avec, pour seule compagnie, de la bière et ses pensées.

Jacob avait besoin d'aide, mais, tant qu'il n'en demanderait pas, personne ne pourrait lui en fournir.

Benjamin songea à Edie.

Jacob et elle avaient cela en commun.

Edie avait certainement elle aussi besoin que quelqu'un lui tende la main, mais elle avait peur de le demander ou n'osait pas le faire.

Il regretta de n'être pas la personne dont elle aurait eu besoin puis se reprit. Plus ou moins consciemment, il s'était résigné à l'idée qu'il ne pouvait rien faire de plus pour elle qu'assurer momentanément sa sécurité.

Une fois le danger passé, il devrait la laisser repartir et poursuivre sans lui le cours de son existence.

8

Edie était littéralement à bout de nerfs.

Deux longs jours s'étaient écoulés, depuis le matin où elle avait été agressée par cet homme, chez son grand-père.

Deux jours de confinement total avec Benjamin. Il n'avait plus quitté la maison et était resté en permanence à ses côtés, depuis le moment où il l'y avait ramenée.

Une heure plus tôt, elle était montée avec l'intention de se coucher mais, incapable de s'endormir, elle avait fini par se relever pour se faire du thé.

Elle était donc installée à la table de la cuisine, devant une tasse de thé fumant, avec pour tout éclairage celui du four. Enfin seule ! C'était la première fois, depuis quarante-huit heures, qu'elle avait le sentiment de pouvoir respirer.

La familiarité engendre le mépris, dit un vieil adage. Dans le cas présent, c'était faux. Car plus elle et Benjamin passaient de temps ensemble, plus l'attirance entre eux s'intensifiait.

Elle sentait en permanence son regard brûlant sur elle, comme la caresse d'une main sur sa cuisse ou sur son sein, et elle avait envie de cela.

Elle le désirait davantage à chaque instant.

En ce qui concernait Margaret et Walt, ils étaient devenus les meilleurs amis du monde au cours des dernières quarante-huit heures. Ils se partageaient à présent la cuisine à l'instar de deux chefs étoilés, jouaient ensemble aux cartes, et gloussaient comme des adolescents.

Edie ressentait quant à elle l'urgence désespérée de fuir cette maison et cette ville.

Mais chaque fois que la tentation lui venait de le faire, l'image de cet homme la traquant pour exercer sa vengeance sur elle s'imposait à son esprit.

Il n'y avait aucun doute : elle se sentait en sécurité, ici, auprès de Benjamin. Il mettait tout en œuvre pour assurer leur protection.

Il avait même demandé à Margaret d'occuper momentanément la chambre en face de celle de Walt, au lieu de regagner seule son cottage le soir. Il ne voulait donner à personne l'occasion de se servir d'elle pour arriver jusqu'à eux.

Edie but une gorgée de thé brûlant qui la réchauffa jusqu'aux orteils. Elle avait beau s'efforcer de ne pas penser à Benjamin, il ne cessait de s'immiscer dans son esprit.

Tout à coup, comme si ses pensées avaient suffi à l'attirer jusqu'à elle, il apparut dans l'embrasure de la porte, Tiny à ses pieds.

— Je pensais que tu dormais, dit-elle.

Depuis la veille, et en grande partie suite aux exhortations de Walt, ils en étaient venus à se tutoyer.

Il s'avança jusqu'à la table et s'assit à côté d'elle, Tiny se lovant entre eux, sur le sol.

— J'étais au téléphone avec Tom, afin de savoir comment évolue l'enquête.

— Il y a du nouveau ?

— Pas assez pour résoudre notre affaire, déplora Benjamin sans chercher à masquer sa frustration. Nous avons eu confirmation que le bras déterré dans la clairière appartenait à Jim Taylor, l'homme dont je t'ai parlé et qui est récemment décédé des suites d'un cancer. Mais nous n'avons pas encore pu déterminer d'où provenaient les autres membres humains que nous avons découverts. Et nous n'avons toujours pas reçu les résultats du laboratoire scientifique concernant cette lueur bizarre.

— Il n'y a donc pas vraiment de nouveau, conclut Edie en levant sa tasse pour boire une autre gorgée de thé.

Benjamin força un sourire sur ses lèvres.

— Rien de concret pour l'instant. Mais mes collègues continuent à rassembler des informations qui, je l'espère, finiront par nous permettre de lever le voile sur cette affaire.

— Tu devrais être avec eux, au lieu de rester ici avec moi.

— Dans cette affaire, Walt et toi êtes les seuls éléments à partir desquels nous puissions prévoir ce qui risque d'arriver. Par exemple, que quelqu'un vienne jusqu'ici dans le but de s'en prendre à vous. Dans ce cas, je serai là pour l'accueillir. En restant ici pour assurer votre sécurité, je fais ma part du boulot.

— A propos, dis-moi… Comment se fait-il que tu sois seul ici, que tu n'aies aucun ouvrier pour t'aider ? demanda Edie avec curiosité.

Elle s'était en effet étonnée de n'avoir jamais vu personne dans la cour, ni dans les pâturages ou à l'intérieur du corral.

— Mon exploitation n'est pas très importante. J'ai réussi à me débrouiller par moi-même, ces deux dernières années.

— Ça doit tout de même être difficile de tout mener de front, ton travail de policier et celui du ranch.

— Ça l'est par épisodes, concéda Benjamin.

Enhardi par l'intérêt que lui manifestait Edie, il tendit la main à travers la table et la posa sur la sienne avant de formuler la question qui lui brûlait les lèvres depuis un moment :

— Et toi, Edie, dis-moi d'où vient cette tristesse dans ton regard ?

Elle eut un rire forcé et dégagea doucement sa main.

— De la vie, répondit-elle simplement en serrant les mains autour de sa tasse. La mienne a vraiment commencé à s'écrouler au moment où ma mère est morte, lui confiat-elle. Nous étions très proches, maman et moi. Mon père nous a abandonnées quand j'avais six mois. Après cela, nous avons toujours vécu seules, toutes les deux.

— Elle n'a jamais envisagé de se remarier ?

— Pas que je sache. Je crois qu'elle n'est même jamais sortie avec un homme. Elle avait un vaste cercle d'amis et, quand elle n'était pas en leur compagnie, elle semblait heureuse d'être seule.

Elle s'interrompit pour boire une gorgée de son thé qui était tiède, à présent.

Il y avait quelque chose de très intime à être assis ensemble à cette table, alors que le reste de la maisonnée dormait. Dans la pénombre de la cuisine, baisser sa garde et s'ouvrir à Benjamin lui semblait soudain plus facile.

— J'ai rencontré Greg dans un bar, deux semaines seulement après le décès de ma mère. J'étais terrassée par le chagrin, vulnérable ; mûre à point, en somme, pour être cueillie. Il s'est tout de suite installé chez moi et je me suis alors transformée en une de ces femmes que j'ai toujours méprisées pour leur impardonnable stupidité.

Elle haussa les épaules avec un sourire piteux.

— J'ai commis toutes les erreurs qu'une femme peut commettre. J'ai cru tout ce qu'il a voulu me faire croire, par exemple, qu'il avait investi la totalité de son argent dans une affaire qui allait bientôt lui rapporter gros. Il m'a raconté ce que j'avais envie d'entendre, mais ce n'était qu'un tissu de mensonges.

Les mains entourant toujours sa tasse, elle s'adossa à sa chaise.

— Quand il m'a quittée, j'ai vécu cela comme une tragédie. Avec le recul, je me rends compte qu'en sortant de ma vie, il m'a rendu service. Je suis comme ma mère. Je suis très bien seule, conclut-elle.

Le regard de Benjamin s'attarda un long moment sur son visage.

— Je regrette de ne pas t'avoir rencontrée le premier, dit-il enfin doucement. De ne pas avoir été le premier homme à être entré dans ta vie, avant Greg.

Et voilà. Il était de nouveau là, ce profond désir de plonger tout entière dans son regard, de sentir ses bras puissants autour d'elle, et les battements de son cœur contre le sien. C'était un désir presque palpable, qui faisait fondre quelque chose en elle contre son gré.

— Cela n'aurait fait aucune différence, affirma-t-elle.

Mais sa voix, au lieu de résonner avec force et assurance, était faible et presque haletante.

Benjamin se laissa lui aussi aller contre le dossier de sa chaise et soupira. Il chercha son regard…

— Raconte-moi ce qui te fait faire des cauchemars, Edie.

Elle le dévisagea avec surprise et eut un rire gêné.

— Qu'est-ce qui te fait penser que je fais des cauchemars ?

— Je ne sais pas. J'ai juste eu l'impression que tu en faisais.

— C'est veiller trop tard et boire du thé avant de dormir qui me fait faire des cauchemars, prétendit Edie en se levant.

Consciente du regard de Benjamin rivé dans son dos, elle alla mettre sa tasse dans le lave-vaisselle, puis se tourna pour lui faire face.

— Arrête, Benjamin. N'essaye pas de découvrir les secrets que je pourrais avoir, ni quel genre de femme je suis. Fais-moi confiance quand je te dis que tu n'aimerais pas ce que tu découvrirais.

— Je trouve ça difficile à croire, argua-t-il comme Edie se dirigeait vers la porte.

— Bonne nuit, Benjamin, se contenta-t-elle de répondre avant de sortir de la pièce.

En traversant le living en direction du couloir, elle lutta contre les larmes qui lui piquèrent soudain les paupières. Elle avait l'impression que le pendentif, à son cou, lui brûlait la peau, en un rappel douloureux de la perte qu'elle avait subie et du chagrin qu'elle avait enduré.

Mais tout avait été sa faute.

Elle n'aurait jamais dû tomber enceinte. Il était évident qu'elle n'était pas faite pour être mère.

Même si le médecin lui avait assuré que de tels accidents survenaient sans aucune raison explicable, quand son bébé était mort, Edie avait su qu'elle en était responsable. Que c'était sa faute si son enfant était mort-né.

Benjamin méritait mieux. Il méritait mieux que ce qu'elle serait jamais capable de lui offrir. Elle n'avait aucune intention d'avoir des enfants, aucune intention d'aimer une nouvelle fois.

Elle l'admettait, elle était lâche. Elle ne voulait pas prendre le risque de devoir affronter de nouveau une perte aussi douloureuse. Même auprès d'un homme tel que Benjamin. Surtout auprès d'un homme tel que Benjamin.

Quel que soit le chagrin qu'elle en éprouvait, elle devait lui fermer son cœur.

Cela avait été une autre longue journée.

Après sa discussion avec Edie, la nuit précédente, Benjamin s'était couché le cœur lourd.

En l'espace de quelques jours, il avait le sentiment d'avoir appris à la connaître mieux qu'il n'avait jamais connu aucune autre femme.

Elle était profondément bonne, chaleureuse et généreuse, et avait un formidable sens de l'humour. Elle était brillante et si terriblement belle.

Pourtant, il y avait en elle une part d'ombre dont il n'arrivait pas à percer le mystère.

Elle s'était montrée distante avec lui, toute la journée, comme si elle avait voulu le punir de s'être trop rapproché d'elle la nuit précédente.

Une tension insoutenable avait chargé l'atmosphère entre eux, au point qu'il avait eu l'impression qu'il allait exploser.

Cette tension ne s'était relâchée qu'après le dîner, quand ils avaient joué tous les quatre au poker, autour de la table de la cuisine. Cette partie de cartes et la distraction qu'elle leur apportait avaient été un soulagement bienvenu.

En ce qui concernait Walt et Margaret, il était évident qu'entre eux l'étincelle s'était produite. Ils avaient commencé à se comporter comme un vieux couple, chacun finissant les phrases de l'autre, et échangeaient en permanence des regards complices.

Benjamin pressentait qu'il risquait fort de perdre sa gouvernante dès que cette affaire serait résolue, mais cette perspective ne le désolait pas. Il était heureux que Walt et Margaret se soient trouvés pour se tenir compagnie durant les belles et longues années qui, espérait-il, leur restaient à vivre.

Il était à présent assis dans son fauteuil, Tiny sur les genoux. Edie avait accompagné Walt dans sa chambre, afin d'examiner le bandage qui lui entourait les côtes, et Margaret était allée se coucher.

Un homme avait besoin d'une compagne, se dit Benjamin. Les hommes n'étaient pas faits pour être seuls et il était convaincu que les femmes ne l'étaient pas davantage.

Il ne doutait pas du fait qu'Edie soit attirée par lui et qu'elle ait des sentiments pour lui. Il le voyait dans son regard, le sentait lorsqu'elle le touchait. Cette évidence irradiait d'elle chaque fois qu'ils se tournaient autour avec méfiance.

Cependant, il ignorait comment venir à bout de ses défenses. Il ne disposait pas des outils qui lui auraient donné accès à son cœur. Tiny gémit, comme s'il percevait son découragement.

— Chut…

Il gratta l'animal derrière l'oreille, ce qui mit instantanément fin à ses plaintes.

Dommage qu'une simple caresse derrière l'oreille ne puisse le délester lui-même du poids qu'il sentait peser sur ses épaules, déplora Benjamin.

Peut-être manquait-il simplement de sommeil. Depuis deux jours, il se faisait un devoir de surveiller les lieux vingt-quatre heures sur vingt-quatre, ne s'autorisant que de très brefs sommes durant ses longues nuits de garde.

Il passait la majeure partie de la nuit à parcourir la maison, allant de fenêtre en fenêtre, scrutant l'obscurité à l'extérieur en se demandant si le danger n'était pas tapi là, tout près.

Pour le moment, l'enquête se poursuivait sans lui, même s'il restait en contact étroit avec Tom et Caleb.

Il était impossible de retrouver le conducteur d'un quad par les voies administratives car ce genre d'engin n'avait pas de numéro d'immatriculation. Sam McCain avait donc été chargé de tenter de dresser une liste des personnes qui en possédaient à Black Rock.

Jim Ramsey, un autre assistant du shérif, épluchait les registres des armes de la ville, relevant les noms de tous les détenteurs de revolvers de calibre .38.

Ils attendaient toujours les résultats du laboratoire du FBI, lesquels, avec un peu de chance, leur indiqueraient plus précisément à quoi ils avaient affaire.

Benjamin passait en revue les dernières informations que lui avaient récemment communiquées ses frères, quand une série de détonations et de bruits de verre brisé le firent bondir de son fauteuil.

Tandis qu'il s'élançait le long du couloir, avec Tiny sur ses talons qui aboyait comme un fou, le hurlement d'Edie lui transperça le cœur.

Il entra en courant dans la chambre qu'occupait Walt,

pour découvrir celui-ci étendu sur le sol, le haut du bras couvert de sang. Edie était assise par terre à côté de lui.

Les vitres de la fenêtre avaient volé en multiples éclats qui jonchaient le sol.

— Restez tous baissés ! s'écria-t-il. Margaret, appelle le 911.

Alertée par les détonations, la gouvernante s'était elle aussi précipitée dans le couloir séparant sa chambre de celle de Walt.

Sans perdre un instant de plus, déterminé à poursuivre le tireur, Benjamin repartit au pas de course.

C'était peut-être son unique chance de capturer l'individu qui semblait résolu à éliminer Edie et Walt.

Il attrapa son revolver qu'il avait laissé dans l'entrée et se rua dehors.

La nuit était froide et obscure. Il contourna la bâtisse jusqu'à se trouver sous la fenêtre de la chambre de Walt.

Il s'efforça de ne pas penser au sang qu'il avait vu s'échapper de la blessure du vieil homme, et pria le ciel pour qu'il tienne le coup jusqu'à l'arrivée de l'ambulance.

De ce côté de la maison se dressaient deux constructions, une resserre et une étable. Deux abris parfaits pour qu'un tireur cherchant un bon angle sur la fenêtre de la chambre d'amis s'y embusque.

Courbé pour se rendre le moins visible possible, Benjamin courut vers la resserre. Par chance, d'épais nuages masquaient la lune, lui permettant de passer mieux inaperçu dans l'obscurité.

Avant qu'il ait atteint sa destination, le son étouffé d'un moteur — un moteur de quad — résonna dans la nuit.

Comme il contournait la resserre à toute allure, il faillit entrer en collision avec un autre homme.

— Halte-là ! cria-t-il, le doigt sur la détente de son revolver.

— Benjamin, c'est moi, Jacob ! J'ai entendu les détonations et je viens de voir le tireur repartir sur un quad. Il est déjà loin.

Benjamin émit un juron sonore.

— Tu as vu de qui il s'agissait ?

— Non, je suis arrivé trop tard. J'ai juste eu le temps de me rendre compte qu'il était costaud.

— Il faut que je retourne à l'intérieur, expliqua Benjamin. Walt a été touché.

Il fut soulagé d'entendre le son strident d'une sirène qui approchait.

— Je vais inspecter les alentours, dit Jacob.

Benjamin opina de la tête, puis repartit vers la maison.

Lorsqu'il y entra, son cœur battait à tout rompre.

Il trouva Edie, Walt et Margaret dans le vestibule où les deux femmes avaient amené le blessé.

— Ce salopard m'a eu à l'épaule, grogna Walt.

Son visage était pâle. Edie, qui pressait une serviette en tissu-éponge sur sa blessure, leva des yeux affolés vers Benjamin.

— Il perd beaucoup de sang.

— L'ambulance arrive, lui assura-t-il.

Un terrible sentiment d'impuissance l'étreignait, et il contenait difficilement sa rage.

Il s'accroupit à côté de Walt.

— Restez avec nous, Walt. J'ai la ferme intention d'arriver à vous battre au moins une fois aux échecs.

Walt lui adressa un faible sourire.

— Ne te fais pas de souci, fiston. Je n'ai pas l'intention de m'en aller.

Les secours arrivèrent enfin, en même temps que Tom et Caleb.

Lorsque l'ambulance repartit avec Walt à son bord, Caleb, Edie et Margaret la suivirent.

Benjamin resta au ranch, afin de rapporter les événements à Tom.

Il terminait son récit quand Jacob entra. Tom arqua un sourcil étonné à la vue de son frère.

— C'est la première fois que je t'aperçois hors de ta tanière, remarqua-t-il.

Jacob haussa les épaules.

— J'ai entendu les coups de feu et je savais que Benjamin risquait d'avoir des problèmes. J'ai vu le tireur repartir sur un quad, mais j'étais trop loin pour distinguer son visage.

— As-tu pu au moins en dégager une impression générale ? Taille, corpulence ? demanda Tom.

Benjamin les interrompit :

— Je file à l'hôpital. Je n'ai rien vu, Tom, je ne peux t'être d'aucune utilité, dit-il d'une voix étranglée par la frustration.

Son frère acquiesça d'un bref hochement de tête.

— Vas-y.

Quelques minutes plus tard, assis au volant de son pick-up, Benjamin avait écarté le tireur de son esprit. Ses pensées étaient tournées vers Walt et Eddie et il s'abreuvait intérieurement de reproches.

Il avait failli à sa promesse de les protéger. Alors qu'il pensait pouvoir assurer leur sécurité, il avait échoué. Il avait fait preuve de négligence. Jamais il n'aurait dû s'asseoir, ne serait-ce qu'une minute, dans son fauteuil.

Il aurait dû continuer à arpenter les couloirs, à inspecter les fenêtres. A monter la garde sans relâche.

Il n'avait rien à faire dans la police. Ce n'était pas sa place. Il le savait depuis longtemps, mais il avait eu peur de n'être plus rien s'il la quittait, si bien qu'il avait persévéré dans la voie ouverte par son aîné.

Et ce soir, deux personnes avaient failli mourir à cause de lui. Du moins priait-il pour que Walt ait reçu à temps l'assistance nécessaire.

Le temps qu'il atteigne l'hôpital, il était rongé par

l'inquiétude. Dès qu'il franchit la porte des urgences, il aperçut Edie et Margaret, assises l'une à côté de l'autre.

— Que se passe-t-il ?

— Ils ont refusé de nous laisser accompagner grand-père au-delà de ces portes, se plaignit Edie en désignant l'accès aux salles d'examen. Et nous n'avons encore été informées de rien.

Dans sa voix, l'angoisse était palpable.

— Mais le médecin a promis de venir nous parler dès qu'il le pourrait, ajouta Margaret.

Elle tapota le genou d'Edie.

— Walt est costaud et il a trop mauvais caractère pour que même le diable veuille de lui, ajouta-t-elle d'un ton léger. Il va s'en sortir.

Malgré ses paroles rassurantes, ses yeux noirs étaient pleins d'inquiétude.

La culpabilité luttant en lui avec la colère, Benjamin enfouit les mains dans ses poches et s'adossa au mur.

— J'ai commis une grave erreur de jugement, dit-il. J'ai pensé que Walt et toi seriez protégés, dans mon ranch. Qu'à l'intérieur de la maison, vous ne risquiez rien, et…

— Arrête ! l'interrompit Edie. Ne commence pas à te reprocher ce qui est arrivé.

— Je ne peux pas m'en empêcher. Pour assurer votre sécurité, il aurait fallu qu'une dizaine d'hommes soient postés autour du ranch. J'aurais dû me rendre compte que je ne pouvais pas y arriver seul.

A ce moment-là, le Dr Drake vint leur parler. Edie bondit sur ses pieds et se posta à côté de Benjamin.

— Ne vous inquiétez pas. Il va bien, commença le médecin.

Soulagée, Edie s'affaissa contre Benjamin.

— Par chance, la balle a traversé la partie charnue du bras, avant de ressortir, poursuivit le Dr Drake. Mais il a perdu pas mal de sang. Nous allons lui faire une transfusion et le garder ici quelques jours, surtout pour éviter tout risque d'infection.

— Je vais demander qu'un garde soit posté devant sa chambre durant toute la durée de son hospitalisation, annonça Benjamin. Tom va devoir s'arranger pour assurer sa protection.

Margaret se leva à son tour de sa chaise.

— Et je resterai à son chevet vingt-quatre heures sur vingt-quatre, renchérit-elle en redressant le menton comme pour affronter quiconque oserait émettre la moindre objection. Personne ne touchera à un seul cheveu de sa tête, tant que je serai auprès de lui.

— Puis-je le voir ? demanda Edie.

Le Dr Drake opina de la tête.

— Oui, vous pouvez y aller.

Au moment de franchir les portes menant aux salles d'examen, elle se tourna vers Margaret.

— Grand-père sera sûrement heureux de vous voir aussi.

Margaret lui adressa un sourire reconnaissant, après quoi les deux femmes disparurent derrière les portes battantes.

Benjamin se passa la main sur le visage avec lassitude.

— Sale nuit, remarqua le médecin, avec un sourire plein de commisération.

— Ça aurait pu être pire, répondit Benjamin. Si cette balle avait atteint Walt quelques centimètres plus bas ou plus à gauche, c'est avec le médecin légiste que je m'entretiendrais, à l'heure qu'il est, ajouta-t-il sombrement.

Les deux hommes se tournèrent vers la porte vitrée des urgences, qui venait de s'ouvrir sur Tom.

— Comment va Walt ?

— Il a eu de la chance, répondit Benjamin.

Lorsque le Dr Drake eut pris congé, il planta son regard dans celui de son frère.

— J'ai promis que nous posterions un garde devant la chambre de Walt, aussi longtemps qu'il serait hospitalisé.

— C'est comme si c'était fait, assura Tom. Je m'en occupe.

Benjamin fronça pensivement les sourcils.

— Quelque chose m'échappe, dit-il. Quel que soit le type qui se cache derrière tout ça, il doit avoir compris que Walt et Edie ne représentaient pas une menace pour lui. Alors, pourquoi s'acharne-t-il sur eux ?

— Selon Jacob, il voudrait se venger du fait qu'à cause d'eux, nous avons découvert ce qu'il avait enterré dans la clairière.

— En tout cas, ce fumier est dangereux, conclut Benjamin.

Tom en convint.

— Walt devrait en principe être en sécurité, avec un garde posté devant sa porte. Mais qu'allons-nous faire d'Edie ? Il serait peut-être temps qu'elle retourne à Topeka.

— Pour l'instant, elle ne le souhaite pas. Elle a peur que ce salopard ne la suive jusque là-bas. Et après ce qui s'est passé ce soir, je pourrais difficilement lui dire que ses craintes sont injustifiées.

Benjamin se frotta pensivement la mâchoire.

— Je crois que la meilleure chose à faire serait de la loger dans un hôtel pendant un jour ou deux, conclut-il. Je resterai avec elle pour m'assurer qu'il ne lui arrive rien.

— Est-ce qu'elle va accepter cette solution ?

Benjamin hésita un moment, puis hocha la tête.

— Oui. Ce qu'il faut, c'est que vous résolviez cette affaire au plus vite, toi et tes hommes.

— Jacob a joint son contact au labo du FBI, l'informa Tom. Grâce à lui, nous saurons peut-être à qui appartenaient les membres trouvés dans la clairière un peu plus vite que prévu. Et, à propos, il m'a demandé de te dire de faire ce qui te paraîtrait le plus judicieux, et qu'il prendrait soin de Tiny.

Benjamin réfléchit à la meilleure organisation possible.

— Il vaudrait sans doute mieux que je laisse mon pick-up ici, pour éviter qu'on nous suive jusqu'à l'hôtel, Edie et moi. Tu pourrais nous y déposer discrètement. Ainsi, à part Brett, personne ne saura où nous sommes. Et Brett se taira, si nous le lui demandons.

Tom opina d'un hochement de tête.

— Entendu. Fais-moi signe quand vous voudrez partir, Edie et toi. Je serai dehors. J'ai plusieurs coups de fil à passer sur mon portable. J'ignore ce qui se passe dans cette ville, marmonna-t-il, l'air soucieux. Mais j'ai le sentiment que nous ne sommes pas au bout de nos peines.

Benjamin lui donna une claque amicale sur l'épaule.

— Ne t'inquiète pas, frérot. Nous éluciderons cette affaire, comme nous l'avons toujours fait.

Tom lui adressa un regard reconnaissant.

— Viens me chercher, quand Edie et toi serez prêts.

Benjamin le regarda s'éloigner, puis s'assit pour attendre Edie.

Ça aurait pu être elle, songea-t-il avec horreur.

Cette balle aurait pu l'atteindre, elle.

La tuer.

Comment pouvait-il la protéger d'un ennemi inconnu ? D'un fou animé par une telle soif de vengeance que rien ne l'arrêtait ?

Une demi-heure plus tard, Sam McCain franchit la porte de l'hôpital. Lorsqu'il vit Benjamin, un large sourire fendit son visage couleur café.

— Comment ça va, vieux ?

— Ça pourrait aller mieux, répondit Benjamin en se levant pour aller au-devant de son collègue.

— Tom m'a désigné pour assurer la première faction devant la chambre de Walt Tolliver, l'informa Sam.

— Je pense que tu ne devrais pas rencontrer de problème. Tout devrait être tranquille pour le moment.

— Tranquille ? s'exclama Sam. Nous n'avons pas eu une seule minute de tranquillité depuis deux jours !

— Tu as raison, soupira Benjamin.

Comme Sam partait à la recherche de Walt dans l'hôpital, il regagna sa chaise, préoccupé.

Qui diable se cachait derrière cette affaire ? Et surtout, allait-il réussir à assurer la sécurité d'Edie jusqu'à ce que le coupable soit derrière les barreaux ?

9

Lorsque Edie sortit de la chambre de son grand-père et regagna la salle d'attente, elle était tellement tendue qu'elle se sentait nauséeuse.

Quant à Benjamin, qui bondit littéralement de sa chaise dès qu'il la vit arriver, il n'était plus que culpabilité.

— Comment va-t-il ? demanda-t-il, l'air inquiet.

— Il devrait très bien se rétablir, assura-t-elle. Et j'ai bien l'impression que s'il a besoin de quoi que ce soit, Margaret fera en sorte qu'il l'obtienne. Et maintenant, que faisons-nous ?

— J'ai déjà tout organisé. Tom va nous emmener à l'hôtel. Nous y resterons un jour ou deux, sans dire à personne où nous sommes. Je suis convaincu que d'ici là, la police aura tiré cette affaire au clair.

Il soutint son regard, comme s'il s'attendait à ce qu'elle proteste.

— A moins que tu ne préfères trouver toi-même un hôtel ailleurs ? Dans une autre ville…

Edie considéra les deux options qui s'offraient à elle. La pensée de fuir le danger était certes attirante, mais elle ne voulait pas s'éloigner de son grand-père.

De plus, elle avait le sentiment effrayant que l'homme qui la traquait la retrouverait, où qu'elle se terre.

— Je ne peux pas partir, finit-elle par répondre. Je ne veux pas laisser grand-père. Et ici, je sais que tu es là pour me protéger.

Il fronça les sourcils.

— Oui, ça s'est avéré très utile, ce soir.

Elle prit sa main dans la sienne.

— Arrête, Benjamin. Cesse de te blâmer pour ce qui est arrivé. Tu n'avais aucun moyen de le prévoir.

Elle lâcha sa main avant de poursuivre :

— Conduis-moi plutôt à cet hôtel et allons dormir.

L'adrénaline qui l'avait galvanisée depuis l'instant où les vitres de la fenêtre avaient explosé sous l'impact des balles et où elle avait vu son grand-père s'effondrer commençait à refluer.

Elle avait toutes les raisons d'être terrifiée à l'idée que quelqu'un cherchait à les tuer, Walt et elle, mais elle savait qu'il serait en sécurité dans cet hôpital.

L'agent McCain lui avait assuré qu'en dehors du personnel médical il ne laisserait entrer personne dans sa chambre et que, même dans ce cas-là, il serait extrêmement vigilant.

Il s'écoula environ une heure entre le moment où ils quittèrent l'hôpital et celui où ils prirent possession de leur chambre d'hôtel. Celle-ci était banale, avec deux lits doubles, une petite table poussée contre un mur et une armoire au-dessus de laquelle était fixé un poste de télévision.

— Le propriétaire du motel va faire en sorte que personne n'ait vent de notre présence ici, assura Benjamin, après avoir verrouillé la porte derrière eux.

Edie hocha la tête et s'assit sur le lit le plus proche de la porte. Elle était épuisée et, en même temps, sur les nerfs. Bien qu'il soit tard, elle savait qu'elle n'arriverait pas à dormir.

Benjamin alla à la fenêtre et tira soigneusement les rideaux.

— Normalement, je t'aurais fait dormir sur le lit qui est près de la fenêtre, pour me trouver entre toi et la porte.

Mais, au vu des événements de ce soir, je préfère te savoir le plus loin possible de cette fenêtre.

— Je me fie à ton jugement.

— Tu ne devrais pas, marmonna Benjamin d'un ton amer en s'asseyant sur l'autre lit. Je n'aurais jamais dû vous garder au ranch, toi et Walt, sans une dizaine de gardes armés pour le surveiller.

— Benjamin... Black Rock est une petite ville. Je sais que le shérif ne dispose que de peu d'hommes. Il était impossible de poster des gardes tout autour du ranch, tu n'as rien à te reprocher. Ce qui s'est passé n'a pas ébranlé ma confiance en toi.

A ces mots, elle vit les épaules de Benjamin se redresser, comme si on venait de le libérer d'un poids.

— Je te jure que je me ferais tuer plutôt que de laisser quoi que ce soit t'arriver, Edie, dit-il.

La profondeur de ses sentiments pour elle était inscrite sur son visage, brillait dans ses yeux.

Edie sentit leur force l'envelopper et, durant quelques secondes, elle eut l'impression d'avoir oublié comment respirer.

— Je sais, parvint-elle enfin à répondre.

Puis, se levant en hâte, elle ajouta :

— Je vais prendre une douche avant de me coucher.

Sur ce, elle se rendit dans la salle de bains où elle s'adossa, sans forces, contre le mur.

Elle s'était juré de ne plus jamais désirer un homme mais, en cet instant, son désir pour Benjamin la submergeait totalement.

Elle voulait qu'il la tienne dans ses bras, qu'il la caresse, qu'il l'embrasse jusqu'à ce qu'elle soit ivre de plaisir.

Elle aurait aimé croire qu'il s'agissait d'une réaction aux événements de cette nuit, comme une sorte d'élan vital engendré par le fait d'avoir frôlé la mort. Mais elle savait que c'était faux.

Ce désir, cette envie de lui, était comme une brûlure constante et lancinante qui la consumait un peu plus à chaque instant qu'elle passait à ses côtés.

Elle tourna le robinet de la douche, en s'efforçant de refouler le trouble que lui inspirait Benjamin.

D'ici une ou deux semaines, espérait-elle, cette affaire serait terminée. Elle pourrait alors regagner Topeka et reprendre sa vie en main.

Benjamin méritait mieux qu'une femme de passage. Il méritait mieux qu'elle.

Elle s'avança sous l'eau chaude, accueillant avec soulagement l'effet relaxant du jet sur ses muscles noués par la tension.

Après sa douche, il ne lui resterait plus qu'à se mettre vite au lit et à dormir. En évitant surtout de penser que Benjamin était couché à moins d'un mètre d'elle…

Dieu merci, ils avaient pu obtenir une chambre à deux lits. Partager une chambre pendant un ou deux jours allait déjà être difficile. S'ils avaient en plus dû dormir dans le même lit, la cohabitation aurait été quasiment impossible.

Au bout de quelques minutes, Edie coupa l'eau, et saisit l'un des épais draps de bain blancs disposés sur le porte-serviettes.

Elle se sécha, puis passa les doigts dans ses cheveux mouillés pour en défaire les nœuds.

Elle répugnait à remettre les vêtements qu'elle venait d'enlever, mais elle n'avait pas le choix. Une fois couchée, elle retirerait son jean et son T-shirt et dormirait en slip et soutien-gorge.

En sortant de la salle de bains, elle vit que Benjamin n'avait pas bougé. Il était toujours assis au bord du lit.

Il leva les yeux vers elle.

— Ça va mieux ?

— Oui, cette douche m'a détendue, répondit Edie.

Il semblait préoccupé.

— Tu parais soucieux.

— Je pensais à cette affaire. Et je me disais aussi qu'avec tout ce qui se passe à Black Rock, ce n'est pas le moment de parler à mon frère de démissionner.

Elle le considéra avec surprise.

— Tu songes réellement à démissionner ? J'espère que ta décision n'est pas liée à ce qui s'est passé ce soir.

Une expression indéfinissable assombrissant ses yeux bruns, il soutint son regard.

— Ça fait longtemps que j'y pense, mais jusqu'à maintenant, j'avais peur.

— Peur ?

Elle avait peine à imaginer un homme de la trempe de Benjamin avoir peur de quoi que ce soit.

Il laissa échapper un soupir et, détournant les yeux, fixa le mur en face de lui, les sourcils froncés.

— Il y a longtemps que j'ai envie de me consacrer entièrement au ranch. Seulement, j'avais peur de ce que penseraient les gens, et… de ce que je serais à leurs yeux, une fois privé de mon insigne.

— Je ne comprends pas.

— Cet insigne me vaut le respect de tous les habitants de Black Rock. Ils m'apprécient et ont confiance en moi. Je craignais, si je quittais la police, de perdre leur considération. Celle de mes amis, de mes voisins…

— Oh ! Benjamin ! Les gens t'apprécient et te respectent parce que tu es un homme droit et que tu as du cœur. Parce que tu es chaleureux, amical, solide. Et la considération qu'ils te portent n'a sûrement rien à voir avec le fait que tu arbores un insigne sur ta poche de poitrine, s'exclama Edie.

Il lui sourit.

— C'est grâce à toi, en tout cas, si j'ai décidé de rendre mon insigne, une fois que cette affaire sera résolue.

— Grâce à moi ?

Elle le dévisagea avec stupeur.

— Qu'ai-je fait ?

Un feu qui ne manqua pas de la troubler s'alluma dans le regard de Benjamin.

— Je sais que tu es morte de peur, et pourtant tu affrontes toutes ces épreuves avec courage et grâce. La peur ne te retient pas d'agir comme tu l'entends. Je me suis dit que si tu y parvenais, je devais également en être capable.

Cette fois, ce fut Edie qui détourna les yeux.

— Tu dois faire avant tout ce qui te rend heureux, Benjamin. Le bonheur est si fugitif… Lorsqu'il passe à notre portée, nous devons le saisir et l'accueillir de tout notre être.

Elle repoussa le couvre-lit.

Il était temps de mettre fin à cette conversation.

De mettre de la distance entre Benjamin et elle. Elle ne voulait pas de son admiration, ni qu'il la regarde avec cette intensité qui lui donnait envie de se laisser tomber dans ses bras — et de croire, d'une certaine manière, que c'était peut-être à elle d'accueillir le bonheur.

Il sembla percevoir son besoin de distance.

— Je crois que je vais aller prendre une douche moi aussi, dit-il en se levant.

— Je dormirai sûrement quand tu sortiras de la salle de bains, alors je te dis bonne nuit maintenant, répondit Edie.

Sur ce, elle éteignit sa lampe de chevet. La chambre ne fut plus éclairée que par le rai de lumière en provenance de la salle de bains.

Debout dans l'embrasure de la porte, Benjamin hésita, comme s'il souhaitait ajouter quelque chose.

De crainte qu'il ne parvienne, d'une façon ou d'une autre, à faire écrouler ses défenses, elle refusa de le regarder.

Finalement, il murmura simplement « bonne nuit », avant de fermer la porte de la salle de bains.

Edie ôta vite son jean et son T-shirt et se glissa entre les draps. Les couvertures remontées jusqu'au menton, elle ferma les yeux et tenta de ne pas penser à la lueur qui avait brillé dans le regard de Benjamin.

Etendue dans l'obscurité, elle mit cependant un mot sur ce qu'elle ressentait pour lui et sur ce qu'elle voyait dans ses yeux, chaque fois qu'il la regardait.

De l'amour.

Et elle prit conscience qu'aucun homme ne l'avait jamais regardée de cette façon. Qu'aucun homme, avant lui, ne l'avait jamais véritablement aimée.

Elle avait cru que Greg l'aimait et qu'elle l'aimait. En analysant cette relation *a posteriori*, il était clair que c'était simplement le besoin d'affection qui l'avait poussée dans ses bras et l'intérêt financier qui avait poussé Greg dans les siens.

L'élément manquant, dans chacune de ses anciennes relations, avait été le genre d'amour qu'elle voyait briller dans les yeux de Benjamin quand il les posait sur elle.

Il regrettait, lui avait-il dit, de ne pas l'avoir rencontrée avant Greg. Elle le déplorait également. Son cœur se serait peut-être alors ouvert pour prendre ce qu'il semblait vouloir lui offrir et le lui rendre au centuple.

Mais il était trop tard.

Il arrivait trop tard.

Une part d'elle, malgré tout, se demandait ce que ce serait que de faire l'amour avec quelqu'un qui nourrissait pour elle des sentiments aussi profonds.

Benjamin resta sous la douche jusqu'à ce que l'eau commence à refroidir. Au cours des jours qui venaient de s'écouler, il avait pris la décision de quitter la police.

Pas maintenant, bien sûr, alors que Tom avait cette sombre affaire sur les bras et besoin de tous ses effectifs pour la résoudre. Mais, dans les mois à venir, il suivrait son inclinaison et deviendrait fermier à plein temps.

Chaque fois qu'il s'imaginait passant toutes ses journées et toutes ses nuits au ranch, Edie était à ses côtés.

Il se voyait, remontant le sentier qui menait des pâturages à la maison, tandis qu'elle guettait son retour, assise sur le perron.

Il les imaginait, tous deux à cheval, le rire d'Edie résonnant dans l'air embaumant de parfums frais, et ses yeux étincelants de cette lueur qui le bouleversait.

Il n'avait jamais rien ressenti de tel pour aucune femme avant elle, et il doutait de jamais retomber aussi profondément amoureux.

Elle était comme une marque indélébile dans son âme, comme un chant d'allégresse résonnant dans son cœur, et il savait que, quoi qu'il se passe entre eux, elle l'avait transformé à jamais.

Il sortit de la douche et se sécha rapidement, l'esprit toujours entièrement occupé par Edie.

Elle lui avait montré qu'il était capable d'amour, capable d'éprouver une immense passion pour une femme.

Alors qu'il avait commencé à croire que de tels sentiments n'étaient pas dans son tempérament, Edie l'avait fait se sentir plus vivant que jamais.

Avant de sortir de la salle de bains, il ne prit pas la peine de remettre sa chemise, se contentant d'enfiler son caleçon et son jean.

La chambre était silencieuse et plongée dans l'obscurité. Il se dit qu'Edie dormait déjà.

Il enleva son jean, posa son revolver sur la table de nuit, puis se glissa entre les draps qui sentaient vaguement l'eau de Javel et l'adoucissant.

Même s'il était épuisé, il savait qu'il aurait du mal à s'endormir. Les pensées se bousculaient dans son esprit, à propos des événements de la soirée et à propos d'Edie.

— Benjamin, tu dors ? murmura-t-elle tout à coup.

— Non.

— Moi non plus…

— Tu es préoccupée ? Tu veux que nous parlions ?

Il roula sur le côté pour lui faire face.

Elle resta silencieuse un moment.

— Je suis en train de reconsidérer cette histoire d'abstinence sexuelle…, murmura-t-elle.

A ces mots, Benjamin sentit tous les muscles de son corps se tendre. Il avait peur de parler, peur d'espérer ce que pouvaient signifier ces paroles. Il se rendit compte qu'Edie attendait une réponse de sa part.

— Vraiment ? parvint-il enfin à dire. Qu'est-ce qui t'a fait changer d'avis ?

— Toi.

Il l'entendit bouger et devina qu'elle s'était tournée vers lui.

— De quelle manière ? demanda-t-il encore, le cœur battant, alors qu'il s'efforçait de ne pas anticiper ce qui pourrait suivre.

— Je ne sais pas, tu l'as fait, c'est tout, lâcha-t-elle avec une pointe de frustration dans la voix. J'ai envie de toi, Benjamin. J'ai envie de faire l'amour avec toi.

Son cœur bondit de joie dans sa poitrine, mais c'était une joie mêlée de méfiance.

— Edie, je ne veux pas que le choc dû aux récents événements te pousse à faire quelque chose que tu regretterais plus tard.

Même s'il la désirait plus que tout, il ne voulait pas qu'elle puisse ensuite penser avoir commis une erreur — une de plus — en se donnant à lui.

— Tant que tu comprends qu'il s'agit d'une aventure d'une nuit sans conséquences, je n'aurai pas de motif de le regretter, répondit-elle.

C'était drôle… La plupart des hommes auraient sauté sur l'occasion d'une relation sexuelle libre de toute attache et de toute promesse d'engagement, mais Benjamin avait espéré davantage. Il avait désespérément souhaité qu'elle lui en donne plus.

— Benjamin ?

Sa voix trahissait le désir, ainsi qu'un certain embarras.

Il prendrait tout ce qu'elle consentirait à lui offrir, se dit alors Benjamin en rejetant son drap et en se levant. Au passage, il attrapa son portefeuille sur sa table de chevet.

Son frère Caleb y avait un jour glissé un préservatif, en prétendant qu'un Grayson devait toujours être prêt à parer à toute éventualité.

Il fut surpris de constater que ses doigts tremblaient légèrement, tandis qu'il en sortait le préservatif et le posait sur la table de chevet d'Edie.

Puis il hésita ; il ne distinguait pas ses traits, dans l'obscurité.

— Tu es sûre ?

Elle tendit la main et rencontra la sienne. Sans un mot, elle l'attira dans son lit.

Aussi nerveux et excité que s'il s'apprêtait à faire l'amour pour la première fois, il se glissa entre les draps.

Lorsqu'il la prit dans ses bras, elle s'y blottit sans hésiter, enfouissant la tête dans son cou. Elle était chaude et tout en courbes douces contre lui.

Il lui caressa le dos. Sa peau était aussi soyeuse qu'il l'avait imaginé.

Il avait envie de lui murmurer des mots d'amour, de lui exprimer à quel point elle comptait à ses yeux, mais il savait que cela ne ferait que l'éloigner de lui.

Elle souhaitait que ce qui allait se passer soit sans importance, alors il se dit que ça n'en avait pas. Qu'il s'agissait de se donner mutuellement du plaisir, et rien d'autre.

Malgré cela, quand ses lèvres rencontrèrent celles d'Edie, il but avidement à leur source, s'emplissant de leur saveur, le cœur battant désespérément la chamade et une passion brûlante courant dans ses veines.

— Je savais que ce serait aussi bon que ça, chuchota Edie, tandis qu'il libérait sa bouche pour déposer de petits baisers le long de sa mâchoire.

Elle laissa échapper un gémissement, comme il découvrait un endroit particulièrement sensible, juste sous son oreille.

— Moi aussi, murmura-t-il.

Resserrant l'étreinte de ses bras autour de lui, elle lui caressa le dos, intensifiant le feu qui menaçait de le consumer.

Son désir pour elle était si violent qu'il avait envie de la posséder sur-le-champ, de lui arracher sa culotte et son soutien-gorge et de la prendre vite et frénétiquement.

Il voulait la posséder d'une façon qui la ferait s'attacher à lui pour toujours, mais cette envie était tempérée par la volonté d'aller doucement.

Il tenait à savourer chaque instant où il la tiendrait dans ses bras, car il savait que cela n'arriverait sans doute jamais plus.

Il captura sa bouche une nouvelle fois, leurs langues se mêlant en un baiser profond et intime.

En même temps, il approcha les doigts de l'attache de son soutien-gorge.

Là, il hésita, souhaitant être sûr de son assentiment. Comme elle n'émettait aucune protestation, il dégrafa le fin sous-vêtement.

Elle s'en libéra d'un mouvement des épaules, le jeta au pied du lit, puis revint dans ses bras.

Benjamin sentit alors les battements de son cœur s'accélérer au contact de ses seins chauds contre son torse.

Le corps d'Edie épousait parfaitement le sien, comme s'ils étaient faits l'un pour l'autre. Elle s'écarta légèrement et lui caressa le torse.

— Tu es si fort…, chuchota-t-elle avant de presser les lèvres à la naissance de son cou.

Oh, non ! Il n'était pas fort, dès qu'il s'agissait d'elle. Il se sentait faible, vulnérable et fou de désir, tandis qu'il prenait ses seins dans ses mains.

— Tu es si belle, murmura-t-il. Tu me fais perdre tous mes moyens.

— Je ne veux pas que tu perdes tes moyens. Je te veux fort et puissant.

Ses paroles ne firent qu'intensifier le violent désir qui brûlait en lui.

Il pencha la tête et prit la pointe d'un de ses seins dans sa bouche, savourant le petit cri de plaisir qu'elle laissa échapper.

Son téton se durcit entre ses lèvres et elle enfouit les mains dans ses cheveux en gémissant.

Au moment où elle se pressa contre lui, il se dit qu'elle s'était forcément rendu compte à quel point il était prêt pour elle.

Au lieu d'effrayer Edie, son érection sembla intensifier son excitation. Elle lui agrippa les fesses, ses doigts lui brûlant la peau à travers le fin coton de son caleçon.

Il fit descendre une main jusqu'à son ventre doux et plat, puis la glissa sous la soie de sa culotte.

Chaude et humide, elle se cambra à la rencontre de ses doigts.

Une soudaine impatience le saisit.

Il voulait être entièrement nu contre elle et il la voulait nue. Il commença à baisser doucement la culotte d'Edie et elle l'aida en soulevant les hanches.

Puis il ôta son caleçon, avant de la reprendre dans ses bras, goûtant la sensation de sa peau nue contre la sienne.

De nouveau, il toucha sa chaleur humide. Elle retint un instant sa respiration, puis gémit son nom.

Il sentit son cœur se gonfler d'amour pour elle. Il voulait être le meilleur amant qu'elle ait jamais eu. Il intensifia sa caresse et sentit que le plaisir montait en elle.

Il fit alors courir les lèvres sur sa joue et le long de son cou et gémit de plaisir au moment où elle atteignit l'orgasme.

Elle fut agitée de longs frissons et cria son prénom une dernière fois, avant de retomber, inerte, sur le lit.

Edie ne resta toutefois pas longtemps immobile. Bientôt, elle posa la main sur son sexe dur et le prit dans sa paume. Ce fut alors à son tour de crier de plaisir.

« Contrôle-toi ! » s'ordonna-t-il. Il allait vraiment perdre *tous* ses moyens, si elle continuait à le caresser de cette façon.

S'écartant d'elle, il prit le préservatif sur la table de nuit, en remerciant mentalement son frère d'avoir insisté pour qu'il le conserve dans son portefeuille.

Quand il fut prêt, il se positionna au-dessus d'Edie et prit son visage entre ses mains. Il ne voyait pas ses yeux, mais il imaginait aisément à quoi ils ressemblaient, en cet instant, le feu de la passion étincelant dans leur iris émeraude.

Puis, tout en lui embrassant les lèvres, le visage, le front, il entra lentement en elle.

Plongé dans un plaisir exquis, il murmura son nom encore et encore, et commença à bouger.

Elle lui saisit les fesses, l'amenant plus profondément en elle à chaque coup de reins.

Perdu. Il était perdu en elle et il souhaitait qu'on ne le retrouve jamais.

Mais, trop vite, il sentit une vague de plaisir le soulever, puis le submerger jusqu'à l'extase.

Quand celle-ci vint, il prit sa bouche, en un baiser qui contenait toutes les émotions qui l'habitaient.

Lorsque ce fut fini, il se laissa retomber à son côté, étreint par l'angoisse.

Par le passé, il avait à de multiples occasions pris du

plaisir à faire l'amour. Mais jamais il n'avait été animé par le genre d'amour qu'il ressentait pour cette femme.

Pour son Edie.

Non, elle n'était pas *son* Edie, rectifia-t-il en son for intérieur.

D'après les termes de leur marché, ce qu'ils venaient de faire ne signifiait rien pour elle. Il ne s'agissait que de plaisir physique sans conséquence.

Elle lui avait clairement fait comprendre, de cent manières, qu'elle n'avait pas l'intention de lui rendre son amour.

D'accord. Mais ça ne l'empêchait pas de tenter de briser ses défenses et de gagner son cœur, songea Benjamin.

Il roula sur lui-même, l'embrassa, puis se leva.

— Je reviens tout de suite, dit-il, en se dirigeant vers la salle de bains.

Il se lava rapidement, puis examina son reflet dans le miroir. Elle l'avait pris par surprise. Rien ne l'avait préparé aux puissantes émotions qu'Edie éveillait en lui.

Et il n'avait pas non plus le pouvoir de l'empêcher de le quitter.

La triste vérité était que ceux qu'on aime ne nous le rendent pas toujours. Peu importait. Jusqu'au moment où elle quitterait Black Rock, il continuerait à tout faire pour tenter de gagner son amour.

Il la tiendrait dans ses bras la nuit, la protégerait le jour, et lui apporterait tout le bonheur possible. Et peut-être, peut-être la force de son amour vaincrait-elle.

Il éteignit la lumière de la salle de bains et retourna dans la chambre.

— Bonne nuit, Benjamin, murmura Edie.

Comprenant qu'elle ne souhaitait pas qu'il la rejoigne dans son lit, Benjamin renonça au doux rêve qu'il avait fait de la garder dans ses bras toute la nuit.

— Bonne nuit, répondit-il, en se couchant dans son propre lit.

Il sentait son parfum sur lui et désirait en conserver toujours le souvenir.

Hélas ! il savait que cette affaire finirait par se résoudre et qu'il la perdrait alors à jamais.

10

Le lendemain matin, lorsque Edie se réveilla, elle n'avait aucune idée de l'heure qu'il était. Benjamin était déjà debout ; elle l'entendait parler au téléphone, dans la salle de bains.

Faire l'amour avec lui avait été une erreur, même si c'était une magnifique erreur.

Tout son corps vibrait encore au souvenir de chacune de ses caresses, de chacun de ses baisers, et il lui était impossible de nier qu'il était entré dans son cœur plus profondément qu'aucun autre homme avant lui.

Ils avaient fait merveilleusement l'amour et elle ne pouvait plus à présent ignorer les sentiments qu'il lui inspirait.

Cependant, rien n'avait changé. Elle ne pouvait pas gommer son passé, comme s'il n'avait jamais existé. Et elle refusait de baisser sa garde.

Benjamin était un homme bien, qui méritait à ses côtés une femme de qualité.

Elle saisit machinalement le pendentif à son cou et, durant un moment, elle laissa la douleur la traverser.

Ce bijou était un souvenir de son bébé. Sa fille, morte avant même d'avoir poussé son premier cri.

Une énigme médicale, lui avait expliqué le médecin d'une voix pleine de compassion. Une tragédie, avait déploré l'infirmière en enveloppant le magnifique bébé, parfaitement formé, dans une couverture rose.

Mais Edie savait que c'était sa faute.

Elle avait fait quelque chose de mal. Elle s'était complètement laissé submerger par le désespoir, après l'abandon de Greg. Au fond de son cœur, elle savait qu'elle était responsable de la mort de son enfant.

— Vous aurez d'autres bébés, avait affirmé le médecin. Vous êtes jeune et je suis convaincu que, dans le futur, vous aurez de nombreux enfants en parfaite santé.

Il s'était trompé. Le jour où elle avait enterré la petite fille qu'elle avait prénommée Marie, elle avait enterré avec elle tout espoir de bonheur futur.

Avant que le chagrin ne l'engloutisse totalement, elle lâcha le pendentif et prit une profonde inspiration.

C'était cela, son secret. Bien sûr, les quelques amis qu'elle avait à Topeka savaient qu'elle avait perdu son bébé, mais, après son accouchement, elle s'était éloignée d'eux tous.

La compassion dans leurs yeux et les platitudes qui sortaient de leur bouche lui étaient alors insupportables.

Tout ce qu'elle avait souhaité, à ce moment-là, avait été d'être seule, et une part d'elle éprouvait le même sentiment aujourd'hui.

Elle alluma la lampe de chevet, se leva et enfila rapidement ses vêtements de la veille.

Elle se sentirait mieux à même d'affronter cette journée — d'affronter Benjamin — habillée.

Quand la porte de la salle de bains s'ouvrit, elle se tendit. Elle ne voulait surtout pas d'un de ces lendemains matin romantiques, d'une quelconque redite de son erreur de la nuit passée.

— Oh ! Tu es réveillée, remarqua sobrement Benjamin en entrant dans la chambre.

Il alla à la fenêtre et, tout en ouvrant les lourds doubles rideaux afin de laisser le soleil entrer dans la pièce, il garda les voilages tirés pour que personne ne puisse voir l'intérieur de la chambre depuis le dehors.

— Tom vient de m'appeler. Le rapport du labo est arrivé.

Il s'assit au bord de son lit et Edie décela, dans la douceur de son sourire, le souvenir de leurs ébats de la veille.

— Ce rapport fournit-il une piste pour retrouver le coupable ? s'enquit-elle.

— Tout d'abord, la bonne nouvelle est que les produits chimiques retrouvés sur les membres humains que nous avons découverts ne sont pas radioactifs, expliqua Benjamin. Et la plupart d'entre eux sont couramment utilisés par les taxidermistes, ce qui oriente nos soupçons vers Jeff Hudson et son fils. Tom est déjà en route pour les interroger.

— Tu crois que ce sont eux, les coupables ?

Elle ne voulait pas le regarder, elle ne voulait pas se rappeler la sensation de ses lèvres chaudes contre les siennes, la caresse de ses mains sur son corps dénudé.

— Je pense que c'est une piste sérieuse. Et il se peut que cette affaire se résolve très vite.

Il se leva.

— J'ai également appelé Brett, le directeur du motel, qui va nous apporter du café et de quoi déjeuner.

— Nous avons droit à un service en chambre ? J'ignorais que les motels offraient ce genre de prestations.

Il lui sourit de nouveau, de ce sourire si merveilleusement chaleureux qui lui donnait envie de se jeter à son cou — ou de s'enfuir en courant et le plus loin possible de lui.

— Au fil des années, nous avons plusieurs fois eu recours à cet établissement quand nous avions besoin d'abriter quelqu'un. Brett se montre très accommodant, dans ces cas-là.

Comme pour ponctuer sa phrase, on frappa à la porte. Le sourire de Benjamin fut aussitôt remplacé par un froncement de sourcils tandis qu'il sortait son revolver de son holster et guidait Edie jusqu'à la salle de bains.

Il écarta légèrement le voilage puis, après avoir jeté un coup d'œil à l'extérieur, se détendit.

— Tout va bien. C'est Brett, dit-il en déverrouillant

la porte pour laisser entrer un homme d'un certain âge, chargé d'un gros sac de victuailles.

Après avoir salué Edie d'un hochement de tête, il alla poser son sac sur l'unique table de la chambre.

— Je vous ai apporté du café, des tartines et des croissants.

— Merci beaucoup, Brett, dit Benjamin.

— Pas de problème. Si vous avez besoin de quoi que ce soit d'autre, appelez-moi et j'irai vous le chercher.

Après avoir de nouveau salué Edie d'un hochement de tête, il sortit de la chambre.

Benjamin verrouilla la porte, tandis qu'Edie commençait à déballer leur petit déjeuner.

Elle se sentirait peut-être mieux après un café, songea-t-elle. Une bonne dose de caféine la secouerait un peu et bannirait le désir qui la taraudait de se lover de nouveau dans les bras de Benjamin.

Ils s'assirent à la petite table et commencèrent à manger, parlant peu, jusqu'à ce que tout ait disparu.

Tandis qu'ils finissaient leur café, Benjamin reprit ses explications.

— L'autre bonne nouvelle, sachant que cette fluorescence suspecte n'était pas radioactive, est qu'il n'y aura pas lieu de décontaminer la clairière. Le coût de ce genre d'entreprise aurait pu ruiner une petite ville comme Black Rock.

— C'est en effet une bonne nouvelle pour vous tous, approuva Edie.

— Et il y en a également une pour toi. Cette affaire sera bientôt résolue, et l'homme qui s'est attaqué à toi et à ton grand-père sera mis derrière les verrous.

— Que le ciel t'entende, répondit Edie avec un soupir.

Elle voyait de nouveau dans le regard de Benjamin cette lueur de vulnérabilité, ce doux désir qui l'effrayait tant. Elle détourna les yeux.

— Edie…

Le désir qu'elle avait lu dans les yeux de Benjamin s'étendait aussi dans sa voix.

— Benjamin, arrête…

Elle avait peur de ce qu'il s'apprêtait à dire. Elle ne voulait surtout pas qu'il lui confie ce qu'il pensait ressentir.

— Je dois te le dire, insista-t-il, ayant à l'évidence compris ce à quoi elle faisait allusion. Jusqu'ici, mon incapacité à éprouver de la passion m'inquiétait. J'ai vu deux de mes frères tomber amoureux. J'ai vu la passion briller dans leurs yeux et je l'ai entendue résonner dans leur voix, chaque fois qu'ils regardaient leurs femmes ou qu'ils s'adressaient à elles.

Il marqua une pause avant d'ajouter :

— J'ai pensé que mon cœur était sec. Je n'avais jamais ressenti cela pour aucune des femmes avec qui j'étais sorti. Jusqu'à maintenant.

Et voilà ! Il venait de dire ce qu'elle n'avait pas envie d'entendre. Ce qu'elle refusait d'entendre. Elle se força à le regarder.

La vive émotion qui brillait dans son regard était livrée, sans voile, au sien.

— Je t'aime, Edie. Je t'aime passionnément, désespérément, et je veux que tu restes à Black Rock avec moi. Je te veux dans ma vie, pour toujours.

C'était exactement ce qu'elle avait redouté, songea Edie.

Elle allait être la première femme à lui briser le cœur, et elle détestait cette pensée.

Elle se détestait de ne pas être celle dont il avait besoin à ses côtés.

— Si tu ressens cela, c'est simplement à cause de ce qui s'est passé la nuit dernière, assura-t-elle. J'admets que c'était formidable. A l'évidence, toi et moi nous entendons très bien, physiquement. Mais je te l'ai toujours dit, je ne suis pas à la recherche de l'amour et je ne veux m'engager dans aucune relation.

— L'amour se place parfois sur notre chemin sans que nous l'ayons cherché, argua Benjamin.

Il chercha à prendre sa main, mais elle l'écarta. Elle ne voulait pas qu'il la touche. Ça n'aurait fait que lui rendre les choses plus difficiles.

— Ecoute-moi, Edie. Je suis un homme simple, mais je crois que tu m'aimes aussi. Je le vois dans tes yeux quand tu me regardes, je l'ai senti dans tes baisers, la nuit dernière. J'ai eu de nombreuses relations sexuelles avant cela. Mais avec toi, il ne s'agissait pas uniquement de sexe. Nous avons véritablement fait l'amour, cette nuit.

Edie chercha désespérément les mots capables de nier ses propres sentiments, mais ils refusaient d'atteindre ses lèvres.

Elle riva son regard sur la table. Soutenir celui de Benjamin, sans se noyer tout entière dans les sentiments qu'il lui exprimait, était impossible.

— Peu importe. Ne comprends-tu pas ?

Elle se leva et s'écarta de lui avant de poursuivre :

— Quels que soient tes sentiments et quels que puissent être les miens, je rentrerai à Topeka et je poursuivrai ma vie. Seule.

Le chagrin lui noua la gorge et les larmes lui brûlèrent les paupières à l'idée qu'elle se détournait de l'amour.

Et une affliction plus dévastatrice encore menaçait de la submerger, à l'idée de perdre Benjamin.

Elle agrippa si fort le dossier de sa chaise que les jointures de ses doigts blanchirent, tandis qu'elle luttait pour maîtriser ses émotions.

La lutte fut vaine.

Des larmes commencèrent à rouler sur ses joues. Une souffrance atroce lui déchirait le cœur.

— Je t'en prie, Benjamin, laisse-moi, parvint-elle à balbutier. Je ne suis pas le genre de femme qu'il te faut. Tu mérites mieux que moi.

Elle promena un regard affolé autour d'elle.

Il fallait qu'elle s'échappe, qu'elle fuie, non seulement Benjamin, mais ses propres pensées et l'incroyable douleur qui menaçait de la mettre en pièces.

Il se leva à son tour, la prit par les épaules et la força à le regarder.

— Qu'est-ce que tu racontes, Edie ? C'est toi que je veux, et nous méritons tous les deux d'être heureux ensemble. Je me consacrerai entièrement au ranch et tu feras tout ce qui te plaira, du moment que je peux voir ton visage chaque matin en me réveillant et que je peux m'endormir chaque soir en t'entendant respirer à mes côtés.

Il remonta la main jusqu'à sa joue et la caressa doucement.

— Nous nous construirons une existence ensemble. Nous rirons ensemble et nous nous aimerons. Chaque soir, quand il fera beau, nous nous assiérons sur le perron et nous regarderons ensemble le soleil se coucher sur les pâturages. Ce sera une vie merveilleuse, Edie, si seulement tu acceptes de la partager avec moi.

La vie qu'il lui dépeignait était si idyllique qu'elle avait envie d'en faire partie et d'embrasser de toutes ses forces un tel avenir.

Elle sentait sa détermination vaciller et ses défenses se fissurer.

— Allons, Edie. Je sais que tu m'aimes. Fondons une famille et élevons des enfants ensemble.

Si séduisantes qu'aient pu être ses paroles, cette dernière phrase fit s'écrouler brusquement tout le rêve, et Edie se remit à pleurer de plus belle.

Elle n'avait pas voulu le lui dire. Elle n'aurait souhaité l'avouer à personne, mais elle sentait que c'était la seule chose qui le ferait se détourner d'elle.

La seule chose qui pourrait lui faire reprendre l'amour qu'il lui vouait.

Et, au bout du compte, ce serait tellement plus facile pour elle s'il cessait simplement de l'aimer.

Elle cesserait peut-être alors à son tour de le désirer aussi désespérément et aussi follement.

— Parle-moi, Edie ! Pourquoi pleures-tu ?

Il essuya les larmes sur ses joues à l'aide de ses pouces.

Elle ignorait pourquoi au juste elle pleurait.

Etait-ce parce qu'elle s'apprêtait à se détourner de cet homme extraordinaire ?

Ou pleurait-elle l'enfant qui n'avait pas vécu, la merveilleuse petite fille qu'elle avait perdue moins d'un an plus tôt ?

Il tenta de la prendre dans ses bras, mais elle se dégagea avec brusquerie et se précipita en direction de la salle de bains. Elle avait besoin d'être seule.

Cependant, avant d'y entrer, elle se tourna vers lui.

— Tu ne sais pas ce que j'ai fait, Benjamin.

— Alors, dis-le-moi. Je sais que rien de ce que tu pourras me révéler ne changera mes sentiments pour toi. Rien de ce que tu as pu faire ne m'empêchera de t'aimer.

Il était comme un mirage tremblant à travers le voile de ses larmes.

Un mirage qui ressemblait à l'amour, mais dont elle savait que si elle le laissait s'approcher, il disparaîtrait.

— J'ai tué mon bébé, Benjamin. Voilà ce que j'ai fait.

Avant de s'engouffrer dans la salle de bains et d'en refermer la porte à clé derrière elle, Edie eut le temps de voir ses yeux s'écarquiller et le choc s'inscrire sur ses traits.

Benjamin eut l'impression de recevoir un coup de poing à l'estomac. Il aurait pu s'attendre à tout sauf à cela, de la part d'Edie.

Tout ce qu'il savait, c'était qu'elle était incapable d'avoir intentionnellement fait du mal à quiconque, et encore moins à son propre enfant.

Il fixa la porte de la salle de bains, le bruit de ses sanglots déchirants lui parvenant à travers le panneau de bois.

Elle ne pouvait pas le heurter ainsi de plein fouet en lui faisant cette révélation, et s'enfuir ensuite sans la moindre explication.

Après tout ce qu'ils avaient traversé ensemble, il méritait mieux que cela, décréta Benjamin.

Il alla frapper à la porte de la salle de bains.

— Edie, appela-t-il, en se durcissant pour ne pas se sentir fondre au son de ses gémissements.

Il tenta de tourner la poignée. Ainsi qu'il s'y était attendu, Edie s'était enfermée.

— Edie, sors de là et parle-moi. Je ne t'ai jamais demandé grand-chose, mais cette fois, il me semble que j'ai droit à une explication.

Ses sanglots lui serraient les tripes. Il l'entendit chercher sa respiration et hoqueter, puis ses pleurs commencèrent à s'espacer.

Il resta devant la porte jusqu'à ce que le silence se fasse dans la petite salle d'eau.

— Edie, je t'en prie, parle-moi.

La poignée de la porte tourna enfin et la porte s'ouvrit.

Les ravages de la souffrance étaient inscrits sur le visage boursouflé d'Edie et dans ses yeux rougis par les larmes.

Benjamin n'avait qu'une envie, la prendre dans ses bras, mais il se retint de le faire et recula pour la laisser passer.

Elle se dirigea vers le lit et s'y assit, sans le regarder.

Après un moment, tout en fixant le tapis à ses pieds, la tête basse, elle commença à parler :

— J'étais enceinte de sept mois, quand Greg m'a abandonnée.

Sa voix était neutre, comme si les larmes qu'elle avait versées dans la salle de bains avaient drainé toutes ses émotions.

— J'étais sous le choc de sa trahison, plongée dans le

marasme financier où il m'avait laissée, et toujours affligée par le décès de ma mère... De plus, je me demandais comment j'allais me débrouiller pour élever un enfant seule.

Benjamin avait envie de s'asseoir à côté d'elle, de l'attirer contre lui et de la consoler.

Toutefois, il sentait que, pour pouvoir raconter son histoire, elle avait besoin de toutes ses forces, et que le réconfort qu'il lui aurait apporté les aurait sapées.

— Les premières semaines après son départ, alors que tous ses créanciers me harcelaient au téléphone, je n'ai fait que pleurer.

Elle croisa si fort les mains sur ses genoux que la jointure de ses doigts blanchit, indiquant à quel point évoquer ces souvenirs lui était pénible.

— Finalement, un beau jour, j'ai arrêté de pleurer et j'ai décidé que j'allais très bien m'en sortir. Que j'allais être une mère formidable et que j'étais assez forte pour élever cet enfant par mes propres moyens.

Comme elle levait la tête et le regardait, la souffrance et le désespoir qui hantaient son regard lui serrèrent le cœur.

— La grossesse a semblé se dérouler normalement, poursuivit-elle. Mais j'ai perdu les eaux une semaine avant la date prévue pour l'accouchement. Je me suis rendue à l'hôpital et là, très vite, j'ai compris qu'il y avait un problème.

D'une voix étranglée, Edie poursuivit :

— Dans la salle d'accouchement, l'atmosphère avait brusquement changé. Soudain, personne ne souriait plus ni ne plaisantait. Enfin, elle est arrivée. Une petite fille. Un magnifique bébé. Mort-né.

Incapable de résister plus longtemps au désir de la réconforter, Benjamin s'assit à côté d'elle.

Quand il tenta de la prendre dans ses bras, elle se dégagea vivement.

— Edie, je suis navré pour toi. Je suis navré que tu aies perdu ton bébé.

Son cœur saignait pour elle et il aurait voulu trouver un moyen d'apaiser sa douleur, de bannir le tourment qui habitait son regard.

— Qu'ont dit les médecins ?

Elle eut un rire amer.

— Que ce genre d'accident arrive, que ce sont des énigmes médicales.

— Tu n'as rien fait de mal, Edie. Les tragédies surviennent parfois sans raison. Tu ne dois pas te le reprocher, ni te punir le restant de tes jours à cause de ça.

Tremblant de tout son corps, elle se leva d'un bond.

— Mais j'ai fait quelque chose de mal ! Pendant ces deux semaines où j'ai été si abattue, une nuit, la pensée m'a traversée que tout serait plus facile si je n'étais pas enceinte. Mon corps était si lourd ! J'étais inconfortable et angoissée. Ne vois-tu pas, Benjamin, que j'ai souhaité que mon bébé disparaisse et qu'il est mort ?

Il se leva alors et la prit dans ses bras. Elle lutta pour se dégager, mais il la tint fermement, jusqu'à ce qu'elle s'effondre en larmes contre lui.

Il comprenait à présent d'où provenaient les ombres qu'il voyait si souvent passer dans ses yeux, mais il ignorait comment la délivrer de la culpabilité qui l'obsédait, comment lui faire comprendre que renoncer à jamais au bonheur n'était pas la solution.

Il se contenta de la serrer dans ses bras, en attendant que le flot de ses larmes se tarisse.

Après de longues minutes, elle cessa enfin de pleurer et resta, épuisée, dans ses bras.

Lentement, il la ramena vers le lit et ils s'assirent ensemble. Il l'entoura de ses bras.

Pendant un moment, aucun d'eux ne parla. Le chagrin

d'Edie était palpable, comme une présence tangible dans la pièce.

Il lui caressa l'épaule, tout en sachant que ce simple contact physique n'avait pas le pouvoir de soulager son chagrin.

Puis, après avoir pris une profonde inspiration, il dit :

— Il y a six ans, mes parents ont tous les deux péri dans un accident d'hélicoptère. La dernière fois que j'ai vu ma mère, je me suis disputé avec elle, pour une broutille. Au terme de cette discussion, je lui ai lancé que ma vie serait plus simple si elle en sortait un moment.

Il s'interrompit pour prendre une autre inspiration.

Contre lui, Edie était aussi raide qu'une statue.

— Qu'a-t-elle répondu ?

— Elle a ri et m'a tapoté la joue en me traitant gentiment d'ours mal léché. C'est la dernière fois que nous nous sommes parlé. Dois-je croire que, dans un moment de colère, j'ai provoqué sa disparition ?

— Bien sûr que non !

— Alors, pourquoi crois-tu qu'une simple pensée ait eu le pouvoir de tuer ton enfant ?

Edie ne répondit pas. Elle garda la tête baissée et son corps resta inerte contre le sien. Il sut qu'il n'avait pas réussi à la convaincre.

— Edie, ne gâche pas ta vie à cause de cette tragédie. Tu mérites d'être heureuse, et si ce n'est pas avec moi, eh bien, ouvre ton cœur à quelqu'un d'autre.

Comme elle relevait enfin la tête pour le regarder, il vit dans ses yeux qu'elle avait remis en place tout son système de défense.

Elle s'écarta de lui et se leva, le dos rigide et la bouche serrée en une ligne triste.

— Je ne suis pas aussi forte que toi, Benjamin. Je ne peux pas oublier ce qui s'est passé, ni ce que j'ai perdu.

Elle porta la main au pendentif à son cou.

— Il ne s'agit pas d'oublier, Edie. Ton enfant a fait partie de toi durant neuf mois. On n'oublie jamais ceux qu'on a aimés et perdus. Ils demeurent dans notre souvenir et il nous arrive de les pleurer. Mais la vie continue, et la seule façon d'honorer leur mémoire est d'être heureux.

Benjamin sentit la panique le gagner en voyant les murs qu'Edie érigeait autour d'elle s'élever de plus en plus. Il allait la perdre, sans avoir jamais réussi à gagner son cœur.

— Edie, par pitié, accorde-moi une chance ! Laisse-moi te donner de l'amour et du bonheur.

Durant un bref instant, il vit briller dans ses yeux son amour pour lui, enfoui au fond de son cœur.

L'espoir l'envahit pour s'évanouir tout aussi vite, lorsqu'elle secoua la tête et que l'émotion qui avait trop fugitivement animé son regard disparut.

— Je suis désolée, Benjamin, mais quand toute cette affaire sera terminée, je rentrerai à Topeka. Je n'ai pas besoin de ton amour. Je n'en veux pas. Je veux simplement vivre seule jusqu'à la fin de mes jours, sans prendre de risques.

Une fois de plus, elle se dirigea vers la salle de bains et s'y enferma.

Cette fois, Benjamin ne la poursuivit pas.

Il n'y avait rien qu'il puisse ajouter, rien qu'il puisse faire. Pour la première fois de sa vie, une femme lui brisait le cœur.

11

Edie aurait aimé rester à jamais dans la salle de bains. Au moins, ici, n'était-elle pas contrainte de regarder Benjamin. De voir l'amour dans son regard.

Elle avait le cœur broyé par le chagrin.

Par son amour pour lui.

Elle ne désirait rien davantage qu'un avenir avec lui, que la perspective de vieillir avec cet homme à ses côtés.

Mais elle avait peur d'aimer de nouveau, peur de croire au bonheur. Et elle n'arrivait pas à concevoir que l'amour que lui portait Benjamin puisse être réel, qu'il ne s'agissait pas uniquement d'une illusion destinée à la faire souffrir.

Après avoir pris une douche et s'être habillée, elle s'attarda longuement dans la salle de bains. Elle n'avait aucune envie de retourner dans la chambre et d'être le témoin de la peine qu'elle infligeait à Benjamin.

Elle n'avait jamais eu l'intention de le faire souffrir. C'était un homme profondément gentil, solide et capable d'une tendresse merveilleuse.

Pendant un moment, en fermant les yeux et en se laissant aller, elle put imaginer l'avenir avec lui, entendre leurs rires mêlés, sentir l'amour qui emplirait sa vie.

Un coup frappé à la porte interrompit brusquement sa rêverie.

— Edie. Tom vient d'appeler, l'informa Benjamin. C'est fini ! Jeffrey Elias Hudson a tout avoué.

Sous l'effet du soulagement et de la douleur mêlés que lui causait cette nouvelle, elle dut s'appuyer au mur.

Fini.

Tout était fini.

Rien ne la retenait donc plus à Black Rock.

Elle se redressa, prit une profonde inspiration et ouvrit la porte.

— Parfait, dit-elle. Partons d'ici.

— Tom et Caleb me rapportent mon pick-up, expliqua Benjamin. Ils ne vont pas tarder.

— Si ça ne te dérange pas, j'aimerais m'arrêter à l'hôpital, avant d'aller au ranch. Il faut que je dise au revoir à grand-père et à Margaret avant de partir.

— Tu veux partir dès aujourd'hui ?

Il la considéra avec surprise.

Edie hocha la tête.

— Je prendrai la route dès que j'aurai récupéré mes affaires chez toi.

— Notre petit déjeuner n'était pas très nourrissant. Avant de prendre le volant, viens au moins partager un bon repas avec moi au Black Rock Café. Je te raconterai ce que Tom m'a appris.

— D'accord, mais à une seule condition, répondit-elle. Que tu n'essayes pas de me convaincre de rester.

Il eut un sourire las et désabusé.

— J'ai fait tout ce que je pouvais, Edie. La balle est dans ton camp. Je ne tenterai pas de te convaincre de quoi que ce soit.

Une heure plus tard, ils s'asseyaient l'un en face de l'autre à une table du Black Rock Café.

Ils venaient de passer à l'hôpital pour qu'Edie fasse ses adieux à son grand-père et à Margaret et, dans son esprit, elle était déjà presque partie.

Elle avait accepté ce repas parce qu'elle avait une longue route devant elle, mais aussi parce qu'elle était tout de même curieuse de connaître le fin mot de l'affaire qui l'avait retenue ici, ainsi que les raisons pour lesquelles on s'était à ce point acharné sur elle et sur son malheureux grand-père.

— D'après ce que Tom m'a dit, commença Benjamin, Jeffrey Elias, le fils du taxidermiste, cherchait à inventer un produit miracle qui préserverait totalement la peau des effets du vieillissement.

Benjamin attendit que la serveuse venue prendre leur commande soit repartie pour poursuivre.

— Il espérait révolutionner le monde des cosmétiques avec son invention.

— Et c'est pour l'expérimenter qu'il dérobait des restes humains dans le cimetière ?

— Oui. A un moment donné, ses expériences ont abouti à cette couleur fluorescente. Il a alors craint d'avoir provoqué une réaction radioactive. D'où la combinaison de protection qu'il revêtait pour se débarrasser de ses sujets d'expérience.

— Et pourquoi s'est-il attaqué à grand-père et à moi ? Il devait savoir que nous n'étions pas en mesure de l'identifier !

— Curieusement, lui faire admettre ces violences semble avoir posé davantage de difficultés. Mais, ainsi que nous le soupçonnions, il semblerait que ce soit par pur esprit de vengeance. Il faut dire que si ses expériences avaient abouti à quelque chose, il aurait pu amasser une véritable fortune. L'industrie cosmétique est un secteur juteux, de nos jours.

Edie combattit un frisson. Elle se revit, cachée dans la penderie de sa chambre, tandis que l'homme lui hurlait des menaces en tentant d'enfoncer la porte.

— Ça ne va pas ? s'inquiéta Benjamin comme s'il avait perçu sa frayeur rétrospective.

— Si, si. Je suis juste vraiment soulagée que tout soit fini et de pouvoir enfin m'en aller.

A ce moment, la serveuse leur apporta ce qu'ils avaient commandé. Leur repas fut interrompu à plusieurs reprises par des clients du restaurant qui s'arrêtaient à leur table pour s'enquérir de la santé de Walt ou se renseigner sur l'arrestation de Jeffrey Elias Hudson.

Benjamin lui présenta ainsi Larry Norwood, le vétérinaire, et Hugh Randolf, le propriétaire d'un magasin d'alimentation. Elle rencontra également Karen Patterson, qui était employée de banque, et Lisa Rogers, l'esthéticienne.

L'affabilité avec laquelle toutes ces personnes la saluèrent lui confirma ce qu'elle savait déjà. Black Rock aurait pu être un endroit où il aurait fait bon vivre, si elle l'avait voulu.

En sortant du restaurant, ils croisèrent un homme grand et corpulent, vêtu d'une salopette bleue et d'une chemise de flanelle rouge.

Benjamin lui présenta Josh Willoughby, le gardien du cimetière.

— J'espère que vous allez rester à Black Rock, dit-il à Edie. Je suis sûr que Walt serait heureux de vous avoir auprès de lui.

— En fait, je reprends la route tout à l'heure, répondit-elle. Au départ, je n'étais venue que pour une brève visite, qui s'est transformée en une véritable histoire de fou.

— Il me semble que le seul véritable fou, dans cette histoire, c'est Jeffrey, rétorqua Josh en souriant.

Il regarda Benjamin.

— Ça explique sans doute les lumières que j'avais cru voir dans le cimetière, la nuit. Ce devait être Jeffrey qui rôdait autour des tombes.

— Sans doute, admit Benjamin. Le mystère est résolu.

Après avoir salué Josh, Edie et Benjamin remontèrent dans le pick-up et prirent la direction du ranch.

Ils restèrent tous deux muets pendant une bonne partie du trajet. Un silence tendu et inconfortable régnait entre eux.

Edie savait que faire ses adieux à Benjamin allait lui

broyer le cœur, mais elle était déterminée à maintenir son cap et à ne rien changer à ses projets.

— Que comptes-tu faire, une fois à Topeka ? finit-il par demander, rompant le silence qui devenait de plus en plus pesant.

— Pour commencer, trouver un emploi et un nouveau logement.

— Tu communiqueras tes nouvelles coordonnées à Walt ? Il faudra peut-être que tu reviennes témoigner, au moment du procès.

— Tu as mon numéro de portable. Il ne changera pas. Tu pourras me joindre sans problème, en cas de besoin.

Comme l'entrée du ranch apparaissait devant eux, Edie se durcit contre une curieuse impression de rentrer à la maison.

Ce n'était qu'une impression illusoire. Cet endroit n'était pas chez elle, se rappela-t-elle.

Elle songea à sa grand-mère qui lui avait toujours conseillé d'aimer intelligemment.

Elle avait fait le choix de ne plus aimer du tout, ce qui était en fait la meilleure des solutions.

Une fois dans la maison, elle alla directement dans la chambre qu'elle avait occupée et commença à rassembler ses affaires pendant que Benjamin se dirigeait vers la cuisine.

Elle était soulagée qu'il ne reste pas à tourner autour d'elle, tandis qu'elle rangeait les quelques vêtements qu'elle avait apportés dans sa valise.

Lorsque ce fut fait, elle emporta un jean propre et un corsage à manches longues vert émeraude dans la salle de bains.

Quand elle en ressortit, un moment plus tard, elle faillit entrer en collision avec Benjamin dans le couloir.

— Je voulais juste te dire que j'ai appelé Jacob pour lui demander de ramener Tiny, lui dit-il. Je pensais que tu aimerais peut-être dire au revoir au chien.

Un nouveau nœud se forma dans la poitrine d'Edie, en pensant à l'adorable petit chien. Elle hocha la tête et se détourna pour aller dans la chambre. Elle fourra ses vêtements de la veille dans la valise et la ferma.

Pendant qu'elle prenait son sac, Benjamin empoigna la valise et ils se dirigèrent ensemble vers le living-room.

Ils le traversaient en direction de la porte d'entrée, quand Jacob arriva, Tiny dans les bras. Le chien trembla d'excitation à la vue d'Edie et de Benjamin.

Jacob le posa à terre et il courut d'abord vers son maître, puis vers Edie.

Elle le prit dans ses bras et l'y serra un moment, tandis qu'il lui léchait le cou. Elle sourit à Jacob, tout en remarquant son aspect rude et négligé, avec sa barbe brune de plusieurs jours et son regard sombre.

Il la salua d'un hochement de tête, puis tourna les talons et s'en alla sans un mot.

Edie reposa Tiny par terre.

— Excuse mon frère. On ne peut pas dire qu'il soit très sociable, déplora Benjamin.

— Ce n'est pas grave. Eh bien… je pense qu'il est temps que je prenne la route, dit-elle en évitant de croiser son regard.

— Edie, si tu as un jour besoin de quoi que ce soit, si tu changes d'avis à mon propos… à propos de nous… je serai là.

L'intensité qui vibrait dans sa voix faillit l'anéantir.

Pour ne pas être tentée de se jeter à son cou et de s'y accrocher désespérément, elle saisit sa valise et en serra la poignée avec force.

— Te dire merci, après tout ce que tu as fait pour nous, me semble peu… Grand-père et moi avons eu énormément de chance que tu aies été là pour veiller sur nous. Je t'en serai toujours reconnaissante.

Elle le regarda, mémorisant ses magnifiques yeux noirs,

ses traits puissants et séduisants, qui resteraient gravés à jamais dans son souvenir.

Plus tard, dans des années, durant certaines nuits froides et solitaires, elle se souviendrait de lui et de l'expression de son visage, et la pensée qu'elle avait un jour été aimée la réconforterait.

Ils sortirent ensemble de la maison. Benjamin resta près de sa voiture pendant qu'elle mettait sa valise dans le coffre. Puis elle ouvrit sa portière et se tourna vers lui.

— Voilà… Je suppose qu'il est temps de nous dire au revoir.

Elle refusait de pleurer devant lui, même si elle sentait les larmes monter.

— J'espère que tu vas te consacrer à plein temps à ton ranch, Benjamin. Ton regard s'anime tellement dès que tu en parles…

Il hocha la tête, les yeux emplis d'une tristesse qu'elle n'était pas sûre de pouvoir oublier un jour.

— J'espère que tu trouveras la paix, Edie. J'espère que tu parviendras à te pardonner un jour, même si tu n'as aucune raison de t'en vouloir. Prends soin de toi, et tâche de trouver le bonheur.

Il s'écarta de la voiture.

Edie se mit au volant, referma sa portière et, tout en ravalant ses larmes, démarra.

Le regard rivé droit devant elle, elle s'éloigna, refusant de regarder dans le rétroviseur.

Avant même qu'elle n'ait franchi l'entrée de la propriété, les larmes se mirent à ruisseler sur ses joues.

Elle avait fait le bon choix, se répéta-t-elle. Pourtant, une petite voix, dans sa tête, lui hurlait qu'elle commettait la plus grosse erreur de sa vie.

— Tais-toi ! marmonna-t-elle.

Les larmes continuaient malgré cela à couler sur ses joues. Elle les essuya d'un revers de main rageur.

Elle n'avait aucune raison de pleurer. Elle avait pris la bonne décision, un point c'est tout.

Celui qui ne recherche pas le bonheur n'est jamais déçu.

Celui qui ne recherche pas l'amour garde son cœur intact à jamais. C'était la façon la plus sûre de traverser l'existence, prudemment enveloppée dans un cocon protecteur.

Le temps qu'Edie atteigne l'étroit tronçon d'autoroute menant à la sortie de la ville, ses larmes avaient cessé et elle concentrait déjà son esprit sur toutes les démarches qu'elle allait devoir entreprendre à Topeka.

La route était déserte ; elle pouvait donc aisément laisser libre cours à ses pensées.

Elle pourrait peut-être essayer de trouver un logement dans les petits immeubles locatifs situés plus bas, dans la rue où se trouvait son ancien appartement.

Seigneur ! Comme son sourire allait lui manquer ! Edie resserra les mains sur le volant, et se força à écarter Benjamin de son esprit.

Elle n'avait parcouru que quelques kilomètres quand elle vit dans son rétroviseur une camionnette qui approchait à vive allure.

Arrivé derrière elle, le conducteur klaxonna, puis se déporta sur la gauche pour la doubler.

Lorsqu'il fut à sa hauteur, elle le reconnut. C'était un des hommes que Benjamin lui avait présentés, tout à l'heure, au Black Rock Café. Josh quelque chose… Le gardien du cimetière.

Il désigna l'arrière de sa voiture, en faisant de grands gestes comme pour indiquer qu'il y avait un problème.

Génial ! C'était juste ce dont elle avait besoin… Un ennui d'ordre mécanique qui la bloquerait de nouveau plusieurs jours ici.

Elle se rabattit sur le bas-côté et Josh se gara derrière elle.

— Votre pneu arrière droit est à plat, dit-il, en sortant de son véhicule en même temps qu'Edie descendait du sien.

— Super ! Et je n'ai pas de roue de secours ! se lamenta-t-elle en se dirigeant vers l'arrière de sa voiture.

Elle se pencha pour examiner le pneu concerné et fronça alors les sourcils avec perplexité. Il avait l'air en parfait état.

Avant qu'Edie ait le temps de se redresser, elle reçut un coup violent au sommet de la tête.

Des milliers de points lumineux explosèrent devant ses yeux et elle s'effondra sur le sol.

Sa dernière pensée fut qu'ils s'étaient tous trompés.

C'était loin d'être fini.

Benjamin errait comme une âme en peine dans la maison, Tiny sur ses talons.

Depuis l'âge de dix-huit ans, il avait pratiquement toujours vécu seul, mais jamais il n'avait éprouvé un tel sentiment de solitude.

Il avait dit à Tom qu'il allait prendre quelques jours de congé. Maintenant que Jeffrey Elias Hudson était derrière les barreaux, son frère disposait de suffisamment d'assistants pour vaquer aux affaires courantes. Il n'avait pas vraiment besoin de lui.

« Elle n'a pas besoin de toi. Elle ne t'aime pas suffisamment », dit une voix dans sa tête. A cette pensée, il ressentit une souffrance jusqu'alors inconnue.

Il avait continué à espérer, jusqu'au moment où sa voiture avait disparu de son champ de vision. Ce n'est qu'alors que tout espoir l'avait déserté.

Au ranch, le travail ne manquait pas. Et c'était probablement ce dont il avait besoin — s'occuper physiquement, pour tenir Edie à distance de son esprit.

Il avait envie de s'épuiser, jusqu'à n'être plus en état de penser lorsqu'il fermerait les yeux le soir.

Ne pas penser à son rire chaleureux, ne pas se souvenir de son parfum enivrant ni de la sensation de son corps contre le sien…

Ce n'était pas la faute d'Edie si son bébé était mort-né.

Il n'osait imaginer ce que pouvait éprouver une femme qui avait porté et aimé un enfant neuf mois durant, puis accouché dans la douleur, pour se retrouver soudain seule, sans rien.

Une telle expérience ne pouvait que la marquer profondément, mais il ne fallait pas qu'elle la détruise.

Tout en ouvrant la porte de l'écurie, il secoua la tête.

Edie avait laissé cette tragédie et le sentiment de culpabilité qui la rongeait la miner, et il ne pouvait rien faire pour changer cela.

Par le passé, il avait toujours trouvé la paix et un certain réconfort dans l'écurie, où l'air sentait le cuir, la paille et les chevaux.

Hélas ! il semblait bien qu'il n'y avait plus pour lui ni paix ni soulagement possibles. Le seul parfum qu'il désirait sentir était celui d'Edie, et elle l'avait quitté.

Il prit sa selle avec l'intention d'en graisser le cuir.

Il s'acharnait dessus depuis un bon moment quand son téléphone portable sonna.

Il le sortit de la poche de sa chemise.

— Benjamin, je crains que nous n'ayons un problème, dit Caleb d'une voix où perçait la tension. Edie est avec toi ?

Benjamin se tendit instantanément.

— Non. Elle a pris la route il y a environ une heure. Elle est repartie à Topeka. Pourquoi ?

— On a retrouvé sa voiture au bord de l'autoroute, mais elle n'était ni à l'intérieur ni à proximité du véhicule.

A ces mots, Benjamin sentit son cœur sombrer au fond de sa poitrine.

— J’arrive.

Il sortit de l’étable au pas de course et se rua jusqu’à son pick-up.

Trois minutes plus tard, il roulait en direction de l’autoroute, en se disant qu’il devait se calmer, qu’il y avait forcément une explication logique à tout cela.

Edie avait eu un problème mécanique, ou alors elle était tombée en panne d’essence et était partie à pied, se raisonna-t-il.

Mais elle avait son numéro de portable. Pourquoi n’avait-elle pas appelé pour lui demander son assistance ?

Si elle avait eu besoin d’aide, elle aurait mis de côté toute considération d’ordre personnel.

Le temps qu’il arrive à l’endroit où se trouvait la voiture d’Edie et qu’il se gare derrière, il avait échafaudé mille hypothèses.

Tom et Caleb étaient là, leurs véhicules garés devant celui d’Edie.

— Sa voiture n’est pas endommagée, annonça Caleb. Et les clés sont encore sur le contact. Le moteur démarre au quart de tour et le réservoir d’essence est plein.

Ces indications firent s’écrouler tous les espoirs auxquels Benjamin avait pu s’accrocher. Sa panique dut se lire sur son visage, car Tom s’empressa d’indiquer :

— Il n’y a pas de sang à l’intérieur de la voiture, ni aucune trace de lutte.

— Ça ne prouve pas qu’elle soit saine et sauve, répliqua Benjamin.

Se pouvait-il qu’ils l’aient protégée d’un cinglé pour qu’elle tombe aussitôt après aux mains d’un autre ? se demanda-t-il soudain avec angoisse.

— Nous devons la trouver, décréta-t-il, avec un sentiment d’urgence qui lui donna presque la nausée.

Il avait accepté de renoncer à Edie parce qu’elle ne

l'aimait pas, mais il refusait de la perdre par quelque funeste coup du sort.

Durant près de deux heures, Benjamin et ses frères passèrent les alentours au peigne fin, à la recherche d'un indice susceptible de les guider jusqu'à la jeune femme.

Tom avait dépêché plusieurs hommes en ville, afin de savoir si quelqu'un l'avait aperçue. Pendant ce temps, les pensées de Benjamin tournaient à toute allure dans son esprit, et il avait le cœur de plus en plus lourd.

Il semblait qu'Edie se soit arrêtée de son plein gré. Qu'est-ce qui avait pu l'inciter à le faire ? Ou qui ?

Etait-il possible que sa disparition soit liée à l'affaire qu'ils pensaient résolue ? Que l'homme qui l'avait menacée et qui avait tenté de s'attaquer à elle soit toujours en liberté ? Jeffrey avait pourtant confessé être l'auteur de toutes les agressions.

Seigneur ! Il avait vraiment cru qu'Edie était hors de danger.

Il regarda Tom.

Son frère referma son téléphone et secoua la tête.

— Personne ne l'a vue en ville.

— Je veux parler à Jeffrey, décréta alors Benjamin.

Tom le considéra avec surprise.

— Pourquoi ? Il est bouclé dans une cellule. Il ne peut pas être responsable de la disparition d'Edie.

Benjamin fronça pensivement les sourcils.

— Je sais, mais je connais Jeffrey depuis toujours et je ne l'ai jamais vu se mettre en colère, ni faire de mal à qui que ce soit.

Des pensées désordonnées se bousculaient dans sa tête. Des pensées qui auraient dû l'effleurer, au moment où Tom lui avait appris que Jeffrey avait avoué.

— Les coups que Walt a reçus étaient d'une violence extrême. Et d'après Edie, l'individu qui a cherché à s'attaquer à elle, chez son grand-père, était comme enragé. Ce genre de comportement ne ressemble pas à Jeffrey.

Il marqua une pause, avant d'ajouter :

— De plus, tu as dit qu'il avait facilement reconnu avoir procédé à des expériences sur ces membres humains, puis les avoir enterrés dans la forêt. Mais, si j'ai bien compris, il n'a avoué qu'à contrecœur avoir frappé Walt et agressé Edie.

Tom haussa un sourcil intrigué.

— Tu penses qu'il aurait eu un complice ?

Benjamin hocha la tête.

— Quelqu'un qu'il cherche à protéger, peut-être. Ou quelqu'un qui lui fait davantage peur qu'une peine de prison.

— Allons lui tirer les vers du nez, suggéra Tom.

Tout en montant dans son pick-up et en faisant demi-tour en direction de Black Rock, Benjamin pria le ciel pour qu'ils obtiennent des réponses qui puissent les mener jusqu'à Edie.

Et, surtout, il pria pour qu'il ne soit pas déjà trop tard.

12

Edie revint à elle, les bribes éparses de sa conscience émergeant péniblement de la confusion. Une violente douleur à l'arrière de la tête lui arracha une plainte.

Au même moment, elle se rendit compte qu'elle n'aurait rien pu produire d'autre que ce gémissement, parce que du ruban adhésif recouvrait sa bouche.

Son cœur s'emballa sous l'effet de la panique, et elle ouvrit brusquement les yeux.

Elle avait les chevilles liées et les mains attachées derrière le dos.

En se contorsionnant, elle parvint à s'asseoir sur le sol en terre battue de ce qui semblait être une petite resserre. Durant plusieurs secondes angoissantes, elle fut incapable de comprendre ce qu'elle faisait là.

Puis elle se souvint. Elle quittait Black Rock au volant de sa voiture quand Josh, le gardien du cimetière, l'avait poussée à s'arrêter.

Mais pourquoi ? Que lui voulait-il ?

Elle lutta pour tenter de libérer ses mains, mais ses liens étaient solides et ses efforts ne firent qu'en resserrer les nœuds et lui couper la circulation.

Combien de temps était-elle restée inconsciente ? Quelques minutes ? Des heures ?

Quelqu'un savait-il qu'elle avait été enlevée ? La cherchait-on seulement ?

« Benjamin ! » Elle cria son nom intérieurement. Qu'allait-il advenir d'elle ?

Allait-elle disparaître sans laisser de traces, comme certaines femmes dont on apprenait trop souvent le sort dans les journaux ?

Les larmes lui montèrent aux yeux, mais elle les refoula, de crainte, si elle se mettait à pleurer, de s'étouffer.

Si son nez se bouchait, elle suffoquerait. N'était-ce pas le comble de l'ironie ?

Elle en aurait presque ri, si elle avait pu. Que préférerait-elle ? Mourir étouffée par ses larmes ou être tuée par un malade mental ?

Elle ne pouvait pas attendre que quelqu'un vienne à son secours, d'autant qu'il se pouvait bien que personne ne vienne jamais. Elle devait trouver le moyen de s'en sortir par elle-même.

Elle fouilla frénétiquement du regard l'abri sombre et poussiéreux. Elle repéra des pelles et des pioches appuyées dans un angle de la cabane, mais rien de suffisamment tranchant pour couper les cordes qui l'entravaient.

Puis elle vit une machine, plus grosse qu'une tondeuse, qui ressemblait à… une mini-pelleteuse.

Son sang se glaça lorsqu'elle comprit qu'elle devait servir à creuser les tombes.

Etait-ce ce qui allait lui arriver ? Josh allait-il la tuer, puis ensevelir son cadavre dans une tombe anonyme qu'il creuserait quelque part dans le cimetière ?

A cette pensée, une nouvelle vague de panique l'envahit. Elle pourrait peut-être utiliser l'une des pelles pour se libérer, imagina-t-elle. Ou du moins essayer.

Lorsqu'elle voulut se rapprocher des outils, elle découvrit que ses mains étaient non seulement attachées derrière son dos, mais également fixées à quelque chose qui la maintenait en place.

La frustration venant s'ajouter à sa terreur, Edie réalisa

qu'elle n'avait aucun moyen de se sortir de ce pétrin. Elle était totalement à la merci de son geôlier et du destin.

Elle se figea soudain et eut l'impression que son cœur s'arrêtait de battre. Quelqu'un approchait !

« Par pitié, par pitié, faites que ce soit quelqu'un venu me secourir ! pria-t-elle. Par pitié, faites que ce soit Benjamin, ou l'un de ses frères, qui franchisse cette porte ! »

La porte s'ouvrit dans un affreux grincement, et Edie sentit son cœur sombrer au fond de sa poitrine en voyant Josh entrer.

Elle redressa le menton et riva sur lui un regard empli de tout le défi dont elle était capable. Il s'esclaffa, d'un rire grinçant qui lui glaça le sang.

— Tu peux me braver du regard tant que tu voudras, dit-il en s'adossant à la porte et en toisant Edie avec un sourire amusé. Dans le cas présent, je crois que c'est moi qui ai la main, ma jolie, et tu aurais plutôt intérêt à me supplier de te laisser la vie sauve. Bien que cela ne servirait à rien.

Son sourire se mua en un rictus, tandis qu'il s'approchait d'elle.

— Stupide garce ! Toi et ce vieux gâteux avez tout foutu en l'air !

Il commença à arpenter le sol devant elle.

— Jeffrey Elias était sur le point de découvrir un produit miracle. Moi, je lui fournissais ce dont il avait besoin pour ses expériences, et on se serait partagé tous les gains.

Il s'arrêta devant elle, le regard luisant de haine.

— Tu sais combien je suis payé pour tout le boulot que je fais dans ce cimetière ? Des clopinettes ! Je suis obligé d'avoir un autre emploi, avec lequel j'arrive à peine à nous nourrir, ma femme et moi. J'allais être riche, mais il a fallu que toi et Walt fourriez votre nez dans mes affaires !

Il se pencha vers elle, si près que si elle n'avait pas été bâillonnée, elle aurait pu lui arracher le nez avec les dents.

Edie voyait étinceler dans ses yeux non seulement une fureur profonde, mais également une lueur de démence.

— Tu as bousillé tous mes plans.

Elle sentait son souffle, son haleine fétide sur son visage.

— Et ça, tu vas le payer de ta vie.

Il se redressa et alla jusqu'à la porte.

— Cette nuit, je creuserai un trou et après, je viendrai te chercher. Ça te laisse largement le temps d'imaginer ce qu'on peut ressentir quand on est enterré vivant.

Dès qu'il fut sorti de la resserre, Edie s'affaissa contre la paroi de bois, terrifiée.

Elle se demanda quelle heure il était et combien de temps elle avait devant elle avant la tombée de la nuit.

Sa tête bourdonnait sous l'effet de la panique et son cœur battait follement.

Elle n'aurait jamais dû s'arrêter, mais elle n'avait eu aucune raison de se méfier et n'avait pas senti venir le danger…

Fermant les yeux, elle se rendit compte que ce qu'elle avait entendu dire était vrai. Face à la mort, votre vie défilait devant vous.

Elle se revit, contemplant les étoiles avec sa grand-mère, et songea à tous les moments emplis d'amour passés aux côtés de sa mère.

Elle regretta tout le temps perdu dans sa relation avec son grand-père, et espéra que Margaret et lui tisseraient des liens durables qui les uniraient jusqu'à leur mort.

Et elle pensa à Mary, sa petite fille qu'elle avait perdue, l'enfant qu'elle avait aimée. Elle avait aimé et désiré son bébé en dépit des difficultés auxquelles elle risquait d'être confrontée en tant que mère célibataire.

Elle avait attendu cet enfant avec bonheur. Elle avait caressé tendrement son ventre arrondi, en lui chantant des chansons douces. Jamais elle n'avait souhaité qu'il disparaisse de sa vie. Elle s'était blâmée pour une faute qu'elle n'avait pas commise.

Au moment d'affronter la mort, elle se rendait compte que Benjamin avait raison. La mort de Mary était une tragédie inexplicable dont on ne pouvait accuser personne.

Des larmes se formèrent de nouveau dans ses yeux à la pensée que le bonheur était passé juste à portée de sa main.

Tout ce qu'elle aurait eu à faire était de le saisir et de le retenir. De retenir Benjamin.

« Benjamin ! » Une nouvelle fois, elle hurla silencieusement son nom.

Elle avait été stupide de laisser la peur l'empêcher de s'abandonner à son amour pour elle.

Stupide de ne pas s'être autorisée à s'abandonner à son amour pour lui.

Et maintenant, il était trop tard.

Le destin lui avait donné une chance de passer sa vie auprès d'un homme qui l'aimait éperdument, un homme qui la rendait plus heureuse que n'importe qui d'autre au monde.

Une chance d'avoir d'autres enfants, et un époux qui l'aurait chérie et soutenue de toute son âme. Et elle était partie.

Elle avait aimé intelligemment, mais elle avait réagi stupidement. Elle avait fui et, à présent, il était trop tard.

Elle fixa les interstices entre les planches par lesquels passait la lumière du jour.

Combien d'heures restait-il, avant la nuit ?

Combien d'heures lui restait-il, avant d'être enterrée vivante ?

Jeffrey Elias Hudson ressemblait à un homme brisé, quand Tom l'amena dans la petite salle d'interrogatoire où Benjamin attendait.

Ses épaules étaient affaissées et sa large face était d'une pâleur extrême, comme si un mal incurable le rongeait de l'intérieur.

Après l'avoir fait asseoir sur une chaise, Tom indiqua à Benjamin celle qui se trouvait en face, de l'autre côté de la table.

Benjamin préféra rester debout.

— Je ne sais pas ce que vous me voulez, marmonna Jeffrey. J'ai déjà tout avoué.

Refusant de regarder les deux policiers, il fixa le plateau de la table.

— Jeffrey, parlez-moi de la façon dont vous vous êtes attaqué à la petite-fille de Walt Tolliver, demanda Benjamin en se penchant vers le prisonnier.

— J'ai déjà avoué à Tom que c'était moi le coupable. Qu'est-ce que vous voulez que je vous dise de plus ?

Les yeux toujours rivés à la table, Jeffrey ajouta :

— Pourquoi ne me laissez-vous pas tranquille ? Je suis prêt à accepter les peines qui me seront infligées, mais je n'ai rien d'autre à dire.

— Si vous coopérez avec nous, je parlerai peut-être au procureur en votre faveur, intervint Tom.

Jeffrey prit une profonde inspiration et leva finalement les yeux. Un profond tourment emplissait son regard.

— Qu'est-ce que vous voulez de moi ? s'enquit-il sur un ton méfiant.

Tout en s'exhortant au calme, alors qu'il avait envie de hurler sous l'emprise de l'impatience, Benjamin réfléchit rapidement à la meilleure façon de formuler sa question.

— J'ai juste besoin de savoir une chose. Ce couteau que vous avez planté dans la jambe d'Edie… Etait-ce un de ceux qui se trouvaient dans la cuisine de Walt, ou un couteau de poche qui vous appartenait ?

Il ignora la mimique surprise de Tom.

La perplexité s'inscrivit sur les traits de Jeffrey — fugitivement mais indéniablement —, puis il baissa de nouveau le regard vers la table.

— Un… couteau de poche, bredouilla-t-il.

Benjamin abattit alors son poing sur la table, faisant sursauter Jeffrey qui recula vivement sa chaise.

— Vous mentez ! Qui cherchez-vous à protéger, Jeffrey ? Un ami ? Votre père ?

— Non ! Mon père n'a rien à voir avec ça ! s'exclama Jeffrey avant de se prendre la tête dans les mains.

— Jeffrey, Edie Burnett a disparu. On a retrouvé sa voiture au bord de l'autoroute et nous pensons qu'elle est en danger. Si vous savez quoi que ce soit, vous devez nous le dire. Vous n'aimeriez pas être responsable du fait qu'elle soit blessée… ou pire.

Benjamin avait envie d'arracher ce type à sa chaise et de le secouer jusqu'à ce qu'il crache toute la vérité.

Des larmes se formèrent dans les yeux du prévenu.

— Il a dit qu'il tuerait mon père si je parlais, dit-il dans un murmure. Il est cinglé, vous savez. Je m'en suis rendu compte trop tard, alors que nous étions déjà impliqués jusqu'au cou dans cette histoire. Il avait tellement espéré s'enrichir grâce à mes découvertes qu'il est devenu dingue quand tout s'est écroulé.

— Qui, Jeffrey ? Dites-moi de qui il s'agit ! s'exclama Benjamin, au comble de l'anxiété.

Il devina la réponse à sa question avant que le prisonnier n'ait eu le temps de la lui fournir.

— C'est Josh Willoughby, n'est-ce pas ?

La panique crispa les traits de Jeffrey et Benjamin sut qu'il avait vu juste. Il regarda son frère.

— Tu ferais mieux de demander à quelqu'un de m'accompagner chez Josh, parce que si je découvre qu'il a fait du mal à Edie, je vais le tuer.

Sur ce, sans attendre la réponse de Tom, il sortit en courant de la pièce, puis du commissariat.

Il conduisait déjà en direction de chez Josh quand il vit la voiture de patrouille de Caleb derrière lui.

Il était sérieux, en proférant ces menaces. Si Josh avait touché un seul cheveu d'Edie… ou pire, il le tuerait de ses propres mains sans sourciller.

Josh Willoughby. Bon sang ! Ils auraient dû deviner qu'il était impliqué dans cette affaire.

C'était lui qui faisait office de fossoyeur, à Black Rock. Il lui avait donc été facile de fournir à Jeffrey des membres prélevés sur des cadavres, avant que les cercueils ne soient mis en terre.

Benjamin avait toujours eu du mal à croire que Jeffrey ait pu frapper Walt avec une telle violence, puis s'être attaqué à Edie aussi rageusement. Un tel comportement ne collait pas du tout avec le personnage.

En revanche, cela collait parfaitement à la personnalité de Josh. Il était connu pour son caractère emporté, et il possédait un quad.

Il était logique que Jeffrey se soit chargé de l'aspect scientifique et Josh du sale boulot.

Le jour déclinait. Le soleil, à l'ouest, s'enfonçait rapidement derrière l'horizon.

Il ferait bientôt nuit et la pensée qu'Edie puisse être quelque part en danger, dans l'obscurité, lui était intolérable.

« Tu arrives probablement trop tard », murmura une voix dans sa tête. Il crispa les mains sur le volant et tenta de l'ignorer.

Il ne pouvait pas arriver trop tard pour secourir Edie ! C'était impossible. Il ne pouvait pas la perdre.

Peu importait qu'elle ne veuille pas partager son existence. L'important était qu'elle vive.

Le cimetière apparut enfin dans le champ de vision de Benjamin et, juste après, la petite maison de Josh.

La camionnette du fossoyeur était garée dans l'allée, indiquant que l'homme était chez lui.

Benjamin se gara devant, puis se rua vers la porte, à laquelle il frappa à coups de poing.

Caleb arrêta sa voiture derrière la sienne, puis se hâta de le rejoindre.

La femme de Josh, Marylou, ouvrit la porte. C'était une petite femme falote et peu sociable, qui sortait rarement en ville.

Elle dévisagea Benjamin et Caleb avec une appréhension manifeste.

— Oui ?

— Nous devons parler à Josh, dit Benjamin.

La femme ne parut pas surprise, juste lasse.

— Il est à l'arrière de la maison.

Benjamin fit volte-face et contourna la maison, le cœur battant si vite qu'il arrivait à peine à respirer. Caleb était juste sur ses talons.

— Ne fais rien de stupide, lui conseilla-t-il.

— Ne t'inquiète pas, je vais très intelligemment rouer ce salopard de coups, répliqua Benjamin.

Ils trouvèrent Josh dans l'arrière-cour, un marteau à la main, en train de réparer le rebord rouillé d'une fenêtre.

— Cette maudite baraque tombe en ruine, grommela-t-il en les voyant approcher. Qu'est-ce qui vous amène, les gars ?

— Posez ce marteau, ordonna Caleb en sortant son revolver.

— Hé ! Qu'est-ce qui se passe ? s'étonna Josh.

— Où est-elle ? demanda Benjamin, tandis que Josh posait lentement le marteau par terre.

Il se redressa et le considéra avec perplexité.

— Qui ça ?

Benjamin le poussa violemment des deux mains, le faisant tituber en arrière.

— Vous savez très bien de qui je parle. Où est Edie ?

Le visage de Josh était devenu rouge de colère et de confusion.

— Hé ! vieux, qu'est-ce qui vous arrive ? Je ne sais pas de quoi vous parlez.

Envahi par une rage meurtrière, Benjamin lança son poing dans la mâchoire de Josh.

— On peut faire ça tranquillement ou à la manière dure, gronda-t-il.

Josh se frotta la mâchoire.

— Ça ne va pas ? Vous êtes dingue !

Il regarda Caleb.

— Vous allez rester là sans rien faire ?

Caleb sourit.

— Non, je vais regarder.

Josh laissa retomber sa main et mit les poings sur ses hanches.

— Ecoutez, j'ignore ce qui se passe. Et j'ignore de quoi vous parlez.

Une lueur de rage étincela dans son regard.

— Mais si vous me frappez encore, je porterai plainte pour abus de pouvoir. Contre vous et contre tout le département de police de cette ville !

Benjamin lui assena un second coup de poing au même endroit.

— Allez-y, portez plainte.

— Tournez-vous et mettez les mains dans le dos, ordonna Caleb. Votre complice, Jeffrey Elias, a parlé. Vous êtes en état d'arrestation pour agression contre la personne de Walt Tolliver, ainsi que d'autres délits dont le détail vous sera énoncé ultérieurement.

— Jeffrey Elias n'est qu'un sale menteur ! s'exclama Josh. Il essaie simplement de se dédouaner de ce qu'il a fait.

— Tournez-vous, Josh, répéta Caleb d'un ton dur.

Josh fixa Benjamin, un petit rictus sardonique aux lèvres.

— J'espère que vous trouverez ce que vous cherchez, mon vieux.

Puis son regard se déplaça imperceptiblement vers le cimetière, plus loin.

Benjamin ressentit alors une sorte de choc électrique, et un horrifiant sentiment d'angoisse l'envahit.

— Emmène-le, dit-il Caleb avant de s'élancer à toutes jambes en direction du cimetière.

La voix railleuse de Josh résonna dans son dos.

— Il est trop tard. Cette garce a tout gâché. Elle est morte, Benjamin. Vous m'entendez ? Elle est morte. Morte et enterrée !

A ces mots, Benjamin faillit trébucher et s'effondrer sous l'assaut du chagrin.

— Non. Non. Non, scanda-t-il désespérément entre ses dents serrées en se forçant à continuer à courir.

Trop tard.

Trop tard…

Ces deux mots retentissaient dans sa tête comme de violents coups de glas.

Son angoisse était telle qu'il crut qu'il allait vomir.

Le soleil avait sombré à l'horizon et l'obscurité commençait à descendre sur la campagne.

La distance qui le séparait du cimetière lui parut atrocement longue. Il courait à toutes jambes et si vite qu'il ressentit la brûlure aiguë d'un point de côté.

Trop tard.

Non. Josh bluffait, tenta-t-il de se rassurer. Edie n'était pas morte. Il allait la retrouver. Il fallait qu'il la retrouve !

Un sanglot s'échappa de sa gorge comme il franchissait à toute allure l'entrée du cimetière, son regard cherchant frénétiquement un rectangle de terre fraîchement retourné.

Ce n'était pas uniquement le chagrin qui lui lacérait le cœur, mais aussi un terrible sentiment de culpabilité.

Ils avaient tous assuré à Edie que c'était terminé, qu'elle ne risquait plus rien.

Ils avaient recueilli les aveux de Jeffrey les yeux fermés, sans mettre leur véracité en doute.

Il avait lui-même accompagné Edie jusqu'à sa voiture et l'avait tranquillement renvoyée chez elle.

C'était sa faute.

Il sillonna au pas de charge les allées entre les tombes, à la recherche d'un élément suspect.

Pendant ce temps, la nuit continuait à tomber.

Il avait toujours secrètement craint de ne pas être capable d'éprouver certaines émotions intenses, de ne pas être capable d'aimer une femme avec chaque fibre de son être.

Tandis qu'il montait et redescendait à toute vitesse les allées, les larmes brouillant sa vision, il regrettait à présent de ne pas être insensible à la souffrance.

Il parvint au bout de la dernière division, sans savoir s'il devait être soulagé ou préoccupé de n'avoir rien découvert.

Où était-elle ?

Dieu du ciel ! Où pouvait-elle être ?

Il savait qu'elle était quelque part près d'ici, il en avait l'effrayante conviction.

La voiture de patrouille de Tom apparut, ses phares trouant l'obscurité de plus en plus envahissante.

— Tu l'as trouvée ? demanda son frère en descendant en hâte de son véhicule.

— Non, parvint à dire Benjamin, malgré la boule qui lui bloquait la gorge.

— As-tu été voir dans la resserre ?

Benjamin dévisagea son frère avec perplexité.

— Quelle resserre ?

— Derrière cette butte. Un petit abri de jardin.

Il en indiqua la direction du doigt.

Benjamin repartit en courant. Il avait complètement

oublié l'existence de cette cabane, invisible depuis l'intérieur du cimetière.

Il entendit les pas de Tom marteler le sol derrière lui, et fut soulagé lorsque son frère alluma une lampe torche pour éclairer leur chemin.

Les contours de la vieille resserre lui apparurent et, une fois de plus, il sentit une nausée lui retourner l'estomac.

— Par pitié ! murmura-t-il. Par pitié, faites qu'elle soit à l'intérieur ! Faites qu'elle soit saine et sauve !

Il s'efforça de ne pas penser à tous les endroits où Josh aurait pu enterrer son cadavre. Le cimetière était entouré de terrains en friche et il essaya de ne pas songer au temps qu'il faudrait pour retrouver un corps enseveli là.

Trop tard.

Ces mots retentirent de nouveau dans sa tête.

« Pitié ! Pitié, faites qu'il ne soit pas trop tard ! »

Il lança sa prière en direction du ciel, en espérant que quelqu'un l'écoutait.

La nuit.

Elle l'entourait et envahissait son âme. Il avait dit qu'il viendrait la chercher à la tombée de la nuit, quand personne ne pourrait le voir l'enterrer vivante.

Ses poignets étaient à vif et sanguinolents, tant elle s'était débattue dans ses liens, et sa dernière once d'espoir l'avait désertée.

La nuit était là, et le monstre allait revenir d'un instant à l'autre.

Edie se laissa aller contre la cloison. Sa tête lui faisait mal et elle n'avait jamais ressenti une fatigue aussi intense.

Il lui semblait absurde que tout cela soit arrivé parce que son grand-père avait cru voir des extraterrestres.

Et il semblait tout aussi absurde qu'elle doive mourir

simplement pour qu'un malade mental puisse assouvir sa vengeance sur elle.

Le monde était fou, mais la plus folle d'entre tous, c'était elle, pour s'être détournée de Benjamin et de son amour.

« Il te faut aimer intelligemment, ma petite fille. Il faut savoir choisir le bon », murmura dans sa tête la voix de sa grand-mère.

« C'est ce que j'ai fait, grand-mère. En tombant amoureuse de Benjamin, j'ai choisi le bon. Mais, à présent, il est trop tard pour moi, trop tard pour nous ! »

Edie se raidit et redressa brusquement la tête. Elle avait entendu des pas, au-dehors.

Il venait.

Elle ferma les yeux et s'efforça de devenir invisible dans l'obscurité. Un gémissement monta de sa gorge au moment où la porte grinça.

Elle rouvrit les yeux et ne distingua qu'une silhouette sombre dans l'embrasure.

La mort. Elle venait à elle.

— Edie !

Elle frissonna au son de cette voix — une illusion cruelle, car elle ressemblait à celle de l'homme qu'elle aimait.

Une autre silhouette apparut à la porte et le faisceau d'une lampe l'aveugla un instant.

— Edie !

L'homme se précipita vers elle et Edie comprit enfin qu'il s'agissait de Benjamin et non de Josh.

Elle éclata en sanglots alors qu'il ôtait le ruban adhésif qui la bâillonnait.

— Tout va bien, ma chérie. Tout va bien. Tu es hors de danger, maintenant. Je te jure que tu es en sécurité.

Il la prit dans ses bras, tandis que Tom passait derrière elle pour la délivrer des liens qui l'entravaient.

— Il a dit qu'il allait… m'enterrer vivante, hoqueta-t-elle tandis que Benjamin la serrait contre lui. Que j'allais payer… de ma vie le fait d'avoir… ruiné tous ses plans.

Dès que Tom eut libéré ses poignets, elle passa les bras autour du cou de Benjamin, et s'accrocha à lui en tremblant.

Lorsque Tom eut coupé la corde qui lui attachait les chevilles, Benjamin la souleva dans ses bras.

— Nous allons t'emmener loin d'ici, lui dit-il, comme elle se blottissait contre son torse puissant.

La nuit était noire et froide, mais elle se sentait au chaud et en sécurité, serrée dans ses bras, tandis qu'il la portait vers la maison devant laquelle les voitures étaient garées.

— Josh est apparu derrière moi, sur la route, et il a commencé à me doubler, expliqua-t-elle. Arrivé à mon niveau, il a fait de grands signes, comme pour indiquer que ma voiture avait un problème. J'ai fait l'erreur de m'arrêter, en n'imaginant pas que je courais un risque.

Tremblant toujours, elle s'accrocha à lui avec davantage de force.

— Il a prétendu que mon pneu était à plat. Alors, je suis sortie de ma voiture. Au moment où je me suis penchée pour examiner le pneu en question, il m'a assommée.

Elle prit une inspiration saccadée.

— J'ai vraiment cru que j'allais mourir.

Lorsqu'ils eurent atteint le pick-up de Benjamin, il la déposa sur le siège du passager, puis contourna en hâte le véhicule.

— Josh ? dit-elle lorsqu'il fut assis au volant.

— Il est en détention, et je t'emmène à l'hôpital pour que le médecin t'examine.

Elle ne protesta pas. Sa tête pulsait douloureusement et sa peau était à vif autour de ses poignets, suite à ses tentatives pour se libérer de ses liens.

— Pourquoi Jeffrey Hudson a-t-il avoué des crimes qu'il n'a pas commis ? demanda-t-elle.

— Parce que Josh l'avait menacé de tuer son père s'il parlait.

Edie se laissa aller contre le dossier de son siège et ferma les yeux, en essayant d'assimiler ce qui s'était passé, et en s'efforçant d'oublier à quel point elle était passée près de la mort.

— Comment m'as-tu trouvée ? demanda-t-elle encore sans ouvrir les yeux.

— Nous avons un peu secoué Jeffrey, qui a fini par dénoncer son complice. Je me suis ensuite rué jusque chez Josh, que j'ai secoué à son tour.

Elle entrouvrit un œil et le regarda.

— Tu l'as secoué très fort, j'espère.

Il eut un rictus menaçant.

— Si Caleb n'avait pas été avec moi, j'aurais tué ce salaud.

Edie hocha la tête, puis referma les yeux, satisfaite de sa réponse. Elle était physiquement épuisée et en proie à un angoissant désordre émotionnel.

Elle sentait encore le goût de la peur dans sa bouche et n'avait qu'une envie : sombrer dans un sommeil profond et sans rêves.

Deux heures plus tard, les plaies à ses poignets avaient été soignées et le Dr Drake l'avait placée en observation pour la nuit dans une des chambres de l'hôpital.

— Walt et vous êtes devenus des habitués des lieux, observa le médecin. Vous avez reçu un sacré coup à l'arrière de la tête, Edie. Et je souhaite réexaminer vos poignets, demain matin, afin de m'assurer qu'ils ne s'infectent pas.

A ce moment, Benjamin apparut à la porte.

— Je viens de mettre Walt au courant de ce qui s'est passé. Il a dit que Josh avait eu de la chance que nous l'ayons arrêté, sans quoi il aurait été obligé de s'échapper de l'hôpital pour aller s'occuper de lui.

Edie eut un sourire las.

— Je reconnais bien là mon grand-père. Toujours prêt à s'attaquer aux méchants. Et même aux extraterrestres…

— Il faut dormir, maintenant, Edie, intervint le Dr Drake. Vous avez subi un sérieux traumatisme et le meilleur remède, dans ces cas-là, c'est le repos.

Il se tourna vers Benjamin et lui adressa un regard sévère.

— Ne la fatiguez pas avec vos questions. Il sera toujours temps de boucler votre enquête demain.

— Ne vous inquiétez pas, docteur. Je vais juste m'asseoir un moment auprès d'elle jusqu'à ce qu'elle s'endorme.

— Tu n'es pas obligé de rester, protesta faiblement Edie qui luttait pour garder les yeux ouverts.

— Si, je dois rester, répondit Benjamin. J'éprouve le besoin de rester assis là et de te regarder dormir. De m'assurer que tu vas vraiment bien. De rester là et de t'entendre respirer.

Sa voix était rendue rauque par l'émotion.

— De ma vie, je n'ai jamais eu aussi peur qu'au moment où j'ai vu ta voiture sur le bord de l'autoroute. J'espère ne plus jamais ressentir une telle terreur.

Edie tendit la main vers lui et il la prit dans la sienne.

— Je t'aime, Benjamin, murmura-t-elle.

Sur ces mots, elle s'endormit.

Lorsqu'elle rouvrit les yeux, un rayon de soleil matinal entrait par la fenêtre.

Affaissé dans un fauteuil, Benjamin était aussi attirant, ainsi endormi, qu'il paraissait mal installé.

Son mal de tête avait disparu et Edie se sentait tout à fait prête à quitter l'hôpital et à affronter la vie, avec toutes ses joies et ses peines.

En regardant Benjamin, elle sentit son cœur se gonfler d'amour et s'autorisa enfin à l'accepter.

Cet amour l'emplit de sa douce chaleur, comblant tous les recoins froids et vides de son âme.

Elle saisit le pendentif à son cou et le serra entre ses doigts. Elle n'oublierait jamais le bébé qu'elle avait perdu.

Une part de chagrin l'habiterait toujours, mais elle ne pouvait pas réduire la vision qu'elle avait d'elle-même à cette seule tragédie ni la laisser déterminer son avenir.

Benjamin ouvrit alors les yeux et les posa sur elle. Durant un moment, elle plongea son regard dans leur profondeur brune.

Il se redressa dans son fauteuil et passa vivement la main dans ses cheveux embroussaillés.

— Bonjour. Comment te sens-tu ?

— Prête à m'en aller d'ici et à vivre, répondit Edie avec enthousiasme.

— J'ai demandé à Tom de ramener ta voiture au ranch, l'informa Benjamin en se levant. Je vais chercher le Dr Drake, pour qu'il nous dise si tu peux sortir.

Avant qu'elle n'ait le temps de le retenir, il sortit de la chambre. Un léger doute traversa Edie tandis qu'elle se levait pour aller dans la salle de bains.

Peut-être Benjamin avait-il finalement décidé qu'elle était trop compliquée. Il avait laissé libre cours à ses émotions, la nuit dernière, mais, à son réveil, il avait semblé étrangement détaché, comme s'il avait changé d'avis à son sujet.

Elle enleva la chemise d'hôpital et enfila ses vêtements. Puis elle examina ses poignets, et fut soulagée de voir qu'ils avaient meilleur aspect, ce matin.

Elle passa les doigts dans ses cheveux pour les peigner et se rinça la bouche, puis elle retourna dans la chambre pour attendre l'arrivée du Dr Drake.

Quelques instants plus tard, Benjamin revint.

— Tu sembles prête à prendre ton envol, remarqua-t-il en s'adossant au mur, près de la porte.

— Je t'ai dit que j'étais prête à commencer une nouvelle vie.

Elle fit un pas vers lui.

Il enfouit les mains dans ses poches, une expression indéchiffrable sur le visage.

— Tu vas repartir à Topeka.

— En fait, j'ai réfléchi à tout ça. J'ai beaucoup réfléchi, dans cette resserre.

Elle fit un pas de plus dans sa direction, son cœur tambourinant à toute allure et presque douloureusement dans sa poitrine.

— J'ai compris à quel point j'avais été stupide de tenter de me protéger de la vie, de l'amour. Je t'aime, Benjamin. Je t'aime de tout mon cœur.

Le regard de Benjamin s'illumina imperceptiblement et il s'écarta du mur.

— Oui, tu m'as dit ça hier soir. Mais j'ai pensé que c'était sous l'effet des tranquillisants que le Dr Drake avait dû te donner.

Edie sourit.

— Il ne m'a rien donné du tout. J'étais sérieuse et parfaitement lucide. Je t'aime… et s'il n'est pas trop tard, je veux faire partie de ta vie. Je pensais n'avoir besoin de personne, mais j'ai besoin de toi, Benjamin.

Il sembla se figer sur place.

— Es-tu sûre que tu ne dis pas ça poussée par une sorte de sentiment de gratitude déplacé, parce que je t'ai arrachée aux griffes de Josh ?

— Je t'aimais déjà quand je suis montée dans ma voiture et que j'ai quitté Black Rock. Je t'aimais déjà la nuit où nous avons fait l'amour. J'ai l'impression de t'aimer depuis la nuit des temps et que je continuerai à t'aimer de la même manière après ma mort.

Elle avança encore vers lui. Elle était à présent si près qu'elle percevait la chaleur qui irradiait de son corps, qu'elle sentait son parfum masculin qui lui donnait l'impression d'être rentrée à la maison.

— J'avais peur. C'est pour ça que j'ai pris la fuite. J'avais peur de croire que je méritais d'être heureuse. Mais, alors que j'étais prisonnière dans cette resserre, j'ai enfin compris que je méritais le bonheur, que je te méritais, toi.

Benjamin referma aussitôt les bras autour d'elle.

— Je te rendrai heureuse, Edie, lui promit-il, les yeux étincelants d'une passion qui lui coupa presque le souffle. Je t'aime, et il n'y a personne au monde que je souhaiterais davantage à mes côtés que toi, jusqu'à la fin de mes jours.

Ses lèvres trouvèrent les siennes et s'unirent à elles en un baiser qui avait la saveur des couchers de soleil partagés, de la passion brûlante et de l'amour. Du plus doux des amours.

C'était là qu'était sa place, dans la vie de Benjamin, dans ses bras puissants.

Lorsque le baiser s'acheva, Benjamin toucha le pendentif qu'elle avait au cou.

— Ce n'est pas grave si tu ne veux pas d'enfants, dit-il. Si tel est ton choix, je le comprendrai.

Il la stupéfia par ces paroles. Elle savait à quel point la perspective de fonder une famille était importante pour lui.

Le fait qu'il soit prêt à faire ce sacrifice pour elle ne faisait qu'exprimer davantage la profondeur de son amour.

Elle lui caressa la joue et sourit.

— Certainement pas. Nous allons remplir ce ranch d'enfants ! Mary aurait aimé avoir plein de frères et sœurs.

Il l'embrassa de nouveau.

Cette fois, leur baiser fut interrompu par un raclement de gorge sonore.

Ils se séparèrent vivement, comme deux adolescents pris et faute, pour découvrir le Dr Drake à l'entrée de la chambre.

— Eh bien, je n'aurai manifestement pas à m'inquiéter de savoir si ma patiente est entre de bonnes mains, remarqua le médecin avec ironie.

— Faites-moi confiance, docteur, elle est entre les meilleures mains qui soient, assura Benjamin en attirant Edie contre lui.

— Edie, vous êtes libre de quitter l'hôpital.

— Génial ! Allons-y, dit-elle aussitôt à Benjamin, prête à entamer sans perdre un instant une nouvelle vie avec lui.

Après avoir salué le médecin, ils quittèrent l'hôpital et sortirent dans le matin frais et ensoleillé d'automne.

Benjamin l'attira de nouveau dans ses bras, son regard empli d'amour et d'une pointe d'amusement.

— Je n'arrive pas à croire que nous devions notre chance à Walt et à ses envahisseurs venus de l'espace.

— C'était peut-être écrit dans les astres, repartit Edie en riant.

— Alors, tu rêves vraiment d'unir ta vie à celle d'un simple fermier ? demanda-t-il. Je ne sais pas très bien ce que je serai, une fois privé de mon insigne.

Edie leva le visage vers lui et lui sourit.

— Oh ! Benjamin ! Je rêverais d'unir ma vie à la tienne, quoi que tu fasses. Je sais, moi, ce qui se cache sous ton insigne : un homme d'honneur et de cœur. L'homme que j'aime de toute mon âme.

Elle s'écarta légèrement de lui.

— Et maintenant, qu'as-tu l'intention de faire ? Allons-nous rester sur ce parking toute la journée ou rentrer au ranch pour nous exercer à fabriquer ces bébés que nous allons avoir ?

Ravie par la lueur de désir ardent qui étincela dans les yeux de Benjamin, elle rit tandis qu'il l'entraînait vers son pick-up et vers un avenir dont elle savait qu'il serait empli de rires, de passion et d'amour.

Épilogue

— Je continue à penser que nous aurions dû préparer une farce aux champignons, affirma Walt, tandis que Margaret et lui étaient occupés à farcir une énorme dinde de Thanksgiving.

— La farce à la sauge est plus traditionnelle, répliqua Margaret d'un ton qui ne souffrait aucune discussion.

Postée à la fenêtre, Edie sourit tout en regardant Benjamin remonter le chemin qui menait des pâturages à la maison.

Cela faisait deux mois, jour pour jour, qu'elle avait quitté l'hôpital et, durant ces deux mois, beaucoup de choses s'étaient passées.

Benjamin l'avait conduite à Topeka afin qu'elle emballe ses affaires et les rapporte au ranch.

Margaret avait quitté son cottage pour s'installer chez Walt. Ils semblaient tous deux satisfaits de leur compagnonnage, certes parfois un peu houleux, mais fondé sur une profonde affection mutuelle.

Benjamin continuait à porter son insigne, bien qu'il ait déjà informé son frère de son intention de démissionner au printemps.

Pour Edie, les deux mois qui venaient de s'écouler avaient été magiques. Son amour pour Benjamin avait grandi, devenant chaque jour plus profond.

Le jour s'était entièrement fait sur les agissements de Josh Willoughby grâce à Jeffrey, lequel coopérait avec les autorités dans l'espoir d'écoper d'une peine plus légère à l'issue du procès.

Josh lui avait fourni les membres humains dont il avait besoin pour ses expériences, en échange de la promesse de partager tous les gains éventuels de Jeffrey.

C'était Josh qui avait frappé Walt, dans le cimetière, une tentative de dissuasion visant à l'effrayer, afin qu'il les laisse agir en paix, lui et son complice.

C'était également lui qui leur avait tiré dessus, dans la forêt, la nuit où il était venu se débarrasser des membres humains que Jeffrey pensait avoir rendus radioactifs.

Et c'était lui qui avait terrorisé Edie, le matin où elle était retournée chercher ses affaires chez son grand-père.

C'était la seule concupiscence, puis la soif de vengeance qui avaient animé cet homme, et Edie était rassurée de savoir qu'il resterait emprisonné pendant de nombreuses années.

Ce soir-là, Tom et Caleb allaient venir dîner, accompagnés de leurs fiancées respectives, Peyton et Portia.

Ils avaient également invité Jacob, mais Benjamin l'avait avertie que ce dernier ne se montrerait probablement pas. Il préférerait rester reclus dans sa cabane, lui avait-il expliqué.

La porte d'entrée s'ouvrit et Benjamin entra, son visage s'éclairant, comme toujours, quand il la vit.

Il la prit dans ses bras et l'embrassa, puis sourit en entendant Walt et Margaret discuter vivement à propos de pommes de terre.

— Nos deux chefs étoilés sont encore en train de se chamailler, on dirait.

— Je crois que ce qu'ils sont en train de nous concocter restera dans les mémoires, répondit Edie.

— Ce sera bien d'être tous réunis ici, se félicita Benjamin.

Son regard s'assombrit légèrement et Edie sut qu'il

pensait à Jacob qui, pour quelque raison terrible, refusait de leur parler et s'était totalement retranché de la vie.

L'ombre disparut de ses yeux, aussitôt remplacée par l'étincelle de l'amour tandis qu'il la contemplait.

— J'ai de nombreuses raisons d'être reconnaissant, cette année. Et la plus importante, c'est toi.

Tandis que leurs lèvres se rencontraient, Edie songea qu'elle aussi avait de nombreuses raisons d'être reconnaissante.

Reconnaissante pour l'amour de Benjamin, pour le bonheur qui était le leur, et surtout pour avoir fini par être suffisamment intelligente pour leur ouvrir son cœur.

Retrouvez en juin 2018,
dans votre collection

BLACK ROSE

Cette ombre dans ton regard, de B.J. Daniels - N°481

SÉRIE LES SECRETS DE WHITEHORSE - TOME 3/3

Désolée, je ne peux pas vous aider... Choqué par le refus catégorique de C.J. West, la jeune enquêtrice qu'il a contactée suite à de nouvelles révélations concernant la disparition de sa petite sœur, enlevée quinze ans plus tôt, Boone McGraw s'interroge. La mort suspecte de l'associé de C.J., deux jours plus tôt, justifie-t-elle à elle seule la peur qu'il lit dans son regard ? Et se peut-il qu'en venant la trouver il ait mis malgré lui la jolie détective en danger ?

Un dossier trop sensible, de Nicole Helm

Le cœur battant, Alyssa regarde le cliché que lui tend Bennet Stevens. Pourquoi la photo de sa mère, morte lorsqu'elle avait huit ans, est-elle en possession de ce Texas Ranger aux yeux trop bleus et au sourire ravageur ? Pourquoi parle-t-il de meurtre et veut-il rouvrir un dossier clos depuis des années ? Elle l'ignore, mais ce qu'elle sait, c'est qu'elle ne l'aidera pas. D'abord parce qu'elle a l'habitude d'enquêter seule, ensuite – et surtout – parce qu'elle sait que de nouvelles investigations risquent d'impliquer son père et ses frères qui, contrairement à elle, ont choisi de vivre en marge de la loi.

Alliés face à l'inconnu, de Heather Graham - N°482

Vous n'avez pas peur des momies ? Surprise, Harley lutte contre son trouble pour répondre en riant à l'inconnu très sexy qui vient de l'aborder en pleine exposition archéologique. En tant qu'égyptologue, elle est habituée aux mystères du passé et ne craint pas les vieilles légendes. Pourtant Micah Fox, l'agent du FBI qui vient de lui poser cette étrange question, semble quant à lui les prendre très au sérieux. Pire, il va jusqu'à attribuer quelques crimes récents à certains individus couverts de bandelettes. Et, pour lever le voile sur cette énigme, il compte sur l'aide éclairée de Harley...

Identité cachée, de Julie Miller

En entendant le téléphone portable vibrer dans la poche de Jane, Thomas retient une exclamation exaspérée. C'est la troisième fois qu'elle reçoit un SMS pendant son service... Intrigué, il réalise brusquement qu'il sait peu de choses sur la séduisante infirmière qui s'occupe de la rééducation de son père. Mais il n'est pas trop tard pour réparer cette erreur, et, malgré le trouble qu'éveillent en lui le charme et la douceur de celle qui depuis quelques semaines a su égayer sa solitude, il va jouer son rôle de flic et enquêter discrètement sur elle...

Retrouvez en juin 2018,
dans votre collection

BLACK ROSE

Pour l'amour de son fils, de Carol Ericson - N°483

Se cacher, fuir, toujours plus loin sans se retourner… Depuis qu'il a quitté l'armée, Miguel est poursuivi par des mystérieux hommes de l'ombre, persuadés qu'il détient des secrets d'État de la plus haute importance. Une traque impitoyable à laquelle il n'hésiterait pas à mettre fin en affrontant ses ennemis si seule sa vie était en danger. Mais il a entraîné avec lui Jennifer, son épouse qui refuse de l'abandonner, et Mikey, leur petit garçon, deux innocents qu'il doit mettre en sécurité au plus vite…

La rivière des souvenirs, de Melinda Di Lorenzo

Les yeux secs, Jordynn fixe Donovan et tente d'appréhender l'incroyable vérité : tel un fantôme, son amour de jeunesse vient de revenir sur les lieux où, dix ans plus tôt, il avait été emporté par la rivière. Luttant contre la colère qu'elle sent monter en elle, elle écoute les raisons de sa fausse disparition – le meurtre dont il a été témoin, les menaces dont il a fait l'objet… Laissant alors tomber ses défenses, elle s'apprête à se jeter dans ses bras mais, soudain, Donovan lui fait une révélation glaçante. S'il est revenu, c'est pour la protéger, car ses ennemis ont retrouvé sa trace et veulent désormais s'en prendre à elle…

Le voile de l'ombre, de Natalie Charles - N°484

Dans sept jours, tu seras morte… En découvrant ce message, le procureur Libby Andrews a d'abord cru à une mauvaise plaisanterie. Au fil des jours, pourtant, alors que de nouvelles menaces lui parviennent, elle sent l'angoisse la gagner. Nick Foster, son ex-fiancé, qui est persuadé qu'elle est en danger, aurait-il raison ? Libby est désemparée. D'autant que Nick la déteste depuis leur rupture et n'a proposé de la protéger que parce qu'il est un agent du FBI consciencieux... Malgré tout, l'avoir à ses côtés la rassure. Au moins, dans ce cauchemar où chaque seconde compte, ils sont ensemble…

Une protection inattendue, de Linda Turner

Depuis qu'elle a fait la connaissance de Logan St. John, Abby ne peut s'empêcher de rêver à une histoire d'amour avec lui. Journaliste de renom, Logan est également beau, drôle, gentil… Mais, bouleversé par la mort récente de son épouse, il lui a bien fait comprendre qu'il n'a que son amitié à lui offrir. Et puis, de toute façon, qui voudrait d'une femme comme elle, maladroite et bien trop timide ? Pourtant, elle trouve en Logan un soutien inattendu quand, alors qu'elle soupçonne son patron de toucher des pots-de-vin, elle lui fait part de ses doutes. Et lorsque, quelques jours plus tard, elle se met à recevoir des menaces, il va jusqu'à lui proposer de venir habiter chez lui et lui promet de la protéger…

Retrouvez en juin 2018,
dans votre collection

BLACK ROSE

Au nom de l'innocence, de Jacqueline Diamond - N°485

Joni n'a pas tué Lowell, son ex-mari. Mais comment prouver à la police que quelqu'un l'a assommée, avant d'assassiner Lowell et de placer un couteau entre ses mains ? Désespérée, et surtout terrifiée à l'idée d'être jetée en prison et séparée de Jeff, son fils de huit ans, elle se tourne à contrecœur vers son beau-frère, Dirk. Certes, Dirk ne l'a jamais appréciée, persuadé qu'elle a épousé son frère pour sa fortune. Mais, en homme d'affaires influent, et connu pour sa droiture, il représente pour Joni le seul espoir de voir son innocence reconnue. Et de garder auprès d'elle le petit garçon qui est désormais sa raison de vivre…

Une impossible révélation, de Linda Conrad

Summer est habitée par une haine tenace. Elle n'a plus qu'une raison de vivre : tuer Brian Hoss, l'assassin qui lui a volé son bonheur. En se faisant embaucher comme gouvernante chez Travis Chance, le propriétaire d'un ranch situé à quelques pas de la demeure de Hoss, elle croit trouver le repaire idéal : d'ici, elle pourra observer sa cible en toute discrétion, avant de passer à l'acte. Mais sa stratégie se retourne contre elle ; des actes de vandalisme sont commis sur la propriété de Travis. À qui s'adresse l'avertissement, à elle… ou bien à Travis qui ignore pourtant tout de son projet ? Inquiète, gagnée par la culpabilité, Summer ne sait plus que faire. Car peut-elle avouer à Travis – le seul homme à avoir touché son cœur depuis des années – qu'elle lui ment depuis le début ?

Composé et édité par HarperCollins France.

Achevé d'imprimer en avril 2018.

BLACK PRINT

Barcelone

Dépôt légal : mai 2018.

Pour limiter l'empreinte environnementale de ses livres, HarperCollins France s'engage à n'utiliser que du papier fabriqué à partir de bois provenant de forêts gérées durablement et de manière responsable.

Imprimé en Espagne.